世界不朽
傳家經典

基度山恩仇記 2

Le Comte De Monte-Cristo

大仲馬 著
Alexandre Dumas

鄭克魯 譯

目次

基度山恩仇記2 主要角色簡介

弗朗茲・德・埃皮奈男爵

活躍於巴黎社交圈的將軍之子，與維勒福之女瓦朗蒂娜訂有婚約。性格冷靜理智。遊歷義大利時參觀水手辛巴達位於基度山島的祕密洞窟，並因此對基度山伯爵持保留觀望態度。

阿爾貝・德・莫爾賽夫子爵

德・莫爾賽夫伯爵與梅爾塞苔絲的獨生子。長期生活優渥，性好流行風尚，亦因此總是一派自在樂觀。與唐格拉爾之女歐仁妮訂有婚約。與弗朗茲參與羅馬狂歡節時，曾為強盜瓦姆帕所虜。

水手辛巴達

行蹤飄忽的神祕人物。周遊於地中海間，與水手、強盜、走私客皆有往來，並曾致信摩雷爾先生之女朱麗，並提供關鍵援助。

基度山伯爵

真實身分成謎。突然現身歐洲社交圈，以無可計數的豐厚資產，大方闊綽的行事作風，以及廣博學識見聞風靡全巴黎，成為議論話題的焦點。貌似疏離，實則暗中別有籌謀，果敢實踐。

路易季・瓦姆帕

幼時是一牧童，後跟隨教父識字。性情大膽殘忍，堅毅沉著，為義大利令人聞之膽寒的強盜首領。與基度山伯爵有特殊的交誼與默契。

馬克西米利安·摩雷爾

法老號已故船主摩雷爾先生之子，北非騎兵軍團上尉。為人正直善良。對當年濟助父親困境的恩人念念不忘。與維勒福之女瓦朗蒂娜兩情相悅，然戀情備受阻礙。

唐格拉爾男爵

著名銀行家、貴族院議員。積極參與金融投資。與妻子感情不睦，育有一女歐仁妮，並與莫爾賽夫家族訂有婚約。

德·維勒福

德高望重的巴黎首席檢察官。為人孤冷高傲，行事沉著嚴謹。與第一任妻子育有一女瓦朗蒂娜，與現任妻子再生一子愛德華。與基度山伯爵因妻小馬車意外而結識，並不時互有交鋒。

海蒂

希臘女子。被基度山伯爵視為女奴，實則備受寵愛。模樣美麗動人，擁有神祕曲折的身世際遇。

貝爾圖喬

基度山伯爵的管家。行事俐落，以執行主人意志為唯一使命。早年曾以走私為業，並有過驚心動魄的經歷與見聞。

德·莫爾賽夫伯爵

貴族院議員、將軍。以戰功等過往經歷在政壇扶搖直上，並以貴族身分自豪。與妻子梅爾塞苔絲育有一子阿爾貝。透過阿爾貝引薦，與基度山伯爵相識。

31 義大利——水手辛巴達

大約在一八三八年初，巴黎上流社會的兩個青年來到佛羅倫斯，一個是阿爾貝．德．莫爾賽夫子爵，另一個是弗朗茲．德．埃皮奈男爵。他們約定，要到羅馬度過這年的狂歡節。弗朗茲在義大利居住了四年，因此擔任阿爾貝的導遊。

但由於到羅馬過狂歡節不是一件小事，尤其當你堅持不睡在人民廣場或瓦奇諾廣場。他們寫信給西班牙廣場上倫敦飯店的老闆帕斯特里尼，請求他為他們預訂一個舒適的套房。

帕斯特里尼老闆回信說，他只有三樓的兩個房間和一間盥洗室，租金低廉，每天一個路易。兩個年輕人接受了。阿爾貝想利用剩下來的時間，動身到拿波里去。至於弗朗茲，他留在佛羅倫斯。

他在梅迪奇家族[1]的別墅享受了幾天奢豪的生活，常常在卡齊內這個伊甸園裡漫步，並在佛羅倫斯幾個顯赫的主人家裡受到款待。由於已見識過拿破崙的搖籃科西嘉島，他突發奇想，想去看看拿破崙的重要中繼點厄爾巴島。

因此，一天傍晚，他解開繫在里沃那港鐵環上的一艘小帆船，穿上大衣，躺在船艙裡頭，只對船員們說了這句話：「前往厄爾巴島！」

小帆船離開港口，如同海鳥飛離鳥巢，第二天就把弗朗茲送到費拉約港。

弗朗茲沿著偉人留在島上的足跡遊歷，穿越皇帝待過的這個小島，然後在馬爾恰納上船。

離岸兩小時後，他登上皮亞諾扎島。據說，那裡有不斷飛過的紅山鶉，就等他獵取。

打獵成果不佳。弗朗茲好不容易才打死幾隻瘦山鶉，他像所有獵手一樣，很快就就厭倦了，他一肚子氣回到船上。

「啊！如果閣下願意，」船老大對他說：「您可以到一個好地方打獵！」

「哪裡？」

「您看到那個島嗎？」船老大繼續說，用手指向南面，從美麗如畫的蔚藍色海面中冒出來的圓錐形礁岩。

「嗯，那是什麼島？」弗朗茲問。

「基度山島。」里沃那人回答。

「但我沒有在那個島打獵的許可證。」

「閣下不需要許可證，那個島荒無人煙。」

「啊！是嗎？」年輕人說：「地中海有一個荒無人煙的島，這是怪事。」

「那是很自然的，閣下。那個島是一大片岩石，島上連一阿爾邦[2]的可耕地都沒有。」

「這個島歸誰管轄？」

「由托斯卡尼[3]管轄。」

「我能打到什麼獵物？」

1 義大利一個商人、銀行家的家族，從十五至十八世紀在佛羅倫斯有重要影響力。
2 舊日的土地面積單位，約二十至五十公畝。
3 托斯卡尼包括九個省，一八〇七年曾併入法國，一八一四年又脫離出來。

「幾千隻野山羊。」

「牠們舔石頭為生吧。」弗朗茲帶著疑惑的微笑說。

「不，可以啃石縫裡長出來的歐石南、愛神木和乳香黃連木。」

「但我睡在哪裡呢？」

「在島上就睡在岩洞裡，在船上就裹著您的大衣睡。而且，只要閣下願意，我們打獵後可以馬上啟航。閣下知道，我們夜裡照常航行，若沒有風，我們就划槳。」

由於弗朗茲在與同伴會合前還有許多時間，又不用擔心在羅馬的住處，他便接受了提議，想藉以補償第一次打獵的損失。

得到肯定的答覆後，水手們低聲交換了幾句話。

「怎麼，」他問：「臨時有什麼情況？會遇到麻煩嗎？」

「不，」船老大又說：「但我們要事先告訴閣下，這個島是禁地。」

「這是什麼意思？」

「是說，由於基度山島沒有住人，有時成了走私客和海盜的停靠站，他們來自科西嘉島、撒丁島或者非洲，如果有什麼徵象暴露了我們曾在島上停留，回到里沃那以後，就必須檢疫隔離六天。」

「見鬼！那就另作他議了！六天，正好是上帝創造世界所需要的時間。太長了，我的夥計們。」

「但誰會說出閣下到過基度山呢？」

「哦！不會是我。」弗朗茲大聲說。

「也不會是我們。」水手們說。

「這樣的話，去基度山島吧。」

船老大下令開船，小帆船往那個島駛去。

弗朗茲看著開航準備完畢，待小帆船朝新航道駛去，風帆鼓起，四個水手各就各位，三名在前，一名掌舵，他又開口。

「親愛的蓋塔諾，」他對船老大說：「我想，剛才您對我說，基度山島是海盜的藏身之地，我看那不像山羊那麼好對付。」

「是的，閣下，確實如此。」

「我知道確實有走私客，但我想，自從攻占了阿爾及爾，結束了攝政制度，海盜就只存在於庫柏[4]和馬里亞特船長[5]的小說中。」

「閣下搞錯了，有些海盜像強盜，大家以為強盜已被教皇雷歐十二世[6]消滅了，其實他們每天都搶劫旅客，甚至連在羅馬城門都會發生。您沒聽說，半年前法國駐教廷的代表在離韋萊特里五百步遠的地方被搶了嗎？」

「聽說過。」

「那麼，如果閣下像我們一樣住在里沃那，您就會不時聽說，有一艘載滿貨物的小帆船，或者是一艘漂亮

4 庫柏（一七八九—一八五一），美國小說家，著有《最後一個摩希根人》、《間諜》、《大草原》、《殺鹿者》等。
5 馬里亞特（一七九二—一八四八），英國小說家。
6 雷歐十二世（一七六〇—一八二九），第二百五十位教皇。

的英國遊艇，本來預計開到巴斯蒂亞[7]、費拉約港或契維塔韋基亞，卻未能抵達，下落不明，應是觸礁沉沒了。而它撞上的礁石，其實是一艘又矮又窄的小帆船，上面有六個到八個人。他們在一個月黑風高的夜裡，在一個無人荒島的轉角襲擊、搶奪這艘商船，就像強盜在樹林的一角攔截和搶劫一輛驛站快車一樣。」

「但是，不管怎麼說，」弗朗茲始終躺在船上，又說：「出了這種事的人怎麼不告狀，怎麼不要求法國、撒丁或托斯卡尼政府對這些海盜採取行動呢？」

「為什麼？」蓋塔諾微笑著說。

「是的，為什麼？」

「首先因為海盜將所有值錢的東西，從商船或遊艇搬到小帆船；其次，海盜綁住船員的手腳，在每個人的脖子繫上一隻二十四斤重的鐵球，並在商船的龍骨位置鑿出一個酒桶那麼大的洞，接著海盜爬上甲板，關閉艙口，轉到小帆船上。十分鐘後，商船開始叫喊、呻吟，逐漸下沉。先是一側沉下去，然後是另一側。隨後它又浮起來，再沉下去，一直沉下去。突然傳來像炮聲一樣的轟響，是空氣脹破了甲板。於是商船像溺水者那樣晃動，每一下都變得更沉重。不一會兒，留有空間的地方由於水壓太大，從裂口激迸突出，就像巨大的抹香鯨從鼻孔噴出水柱。末了，商船噓了最後一口氣，旋轉了最後一圈，形成一個旋轉的大漏斗，沉入海底。這個大漏斗逐漸裝滿了水，最後完全消失。五分鐘以後，只有上帝才能在這平靜的大海深處，尋找到這艘消失不見的商船。」

「現在您明白，」船老大微笑著補充：「商船怎麼不返回港口，船員怎麼不告狀了吧？」

如果蓋塔諾在提議到遠處打獵之前說了這番話，弗朗茲很可能會再三斟酌，但他們已經動身了，他覺得退縮是怯弱。他屬於這種人，不會冒險，但如果危機出現，就會鎮定地迎擊。他屬於這種意志沉著的人，將生活中的危險視作決鬥中的對手，打量對手的動作，評估對手的力量，停下來只是為了喘口氣，不是怯懦，而且一眼就看出自己的優勢，一出手便能致對方於死。

「好啊！」他說：「我走遍了西西里島和卡拉布利亞[8]，在愛琴海航行過兩次，從來沒看到過一個強盜或海盜。」

「因此，我對閣下說這番話，」蓋塔諾說：「並不是要閣下放棄計劃。您問我，我回答，如此而已。」

「是的，親愛的蓋塔諾，您的敘述饒富趣味。我想盡可能地享受一下，開往基度山島吧。」

小帆船迅速駛近旅程的終點，徐風吹來，小帆船每小時航速六、七海里。隨著接近，小島似乎在海中變得越來越大，透過夕陽下明淨的空氣，可以看見層層疊疊的礁岩宛如兵工廠裡疊起來的圓形炮彈，透過縫隙可以看到殷紅的歐石南和翠綠的樹木。至於水手，雖然看來隨遇而安，但很明顯，他們提高警覺，以目光搜尋波平如鏡的海面，他們正在海面滑行，只有幾艘掛著白帆的漁船點綴在地平線，像海鷗在浪尖上晃蕩。

當太陽逐漸沉落在科西嘉島後方的時候，他們離基度山島只有十五海里左右。山巒顯現在右邊，在天空中映出犬牙交錯的影子。這一大堆礁岩彷彿巨人阿達馬斯托[9]，咄咄逼人地矗立在小帆船前方。礁岩為小帆船擋住陽光，高處染上了金色。黑暗逐漸從海上升起，彷彿在驅趕即將熄滅的最後一縷夕陽，光線終於被趕到圓錐體的頂端，在那裡停留了一會兒，如同一座火山冒出的光焰。最後，不斷擴大的黑暗侵入島的底部，

7 科西嘉島首府，港口。
8 義大利半島的南端突出地區。
9 阿達馬斯托是傳說中好望角的鬼靈，向水手預言災難。見於葡萄牙詩人卡蒙斯（一五二四——一五八〇）的《盧濟塔尼亞人之歌》。

島就像一座灰色的山逐漸變暗。半小時後，一片漆黑。

幸好海員熟悉這帶海域，甚至熟悉托斯卡尼一帶群島的每一塊岩石。因為在籠罩著小帆船的墨黑之中，弗朗茲並不是處之泰然的。科西嘉島已完全隱沒不見，基度山島也變得模糊不清，但水手們彷彿像山貓一樣，具有在黑暗中辨識東西的能耐，舵手沒有露出絲毫猶豫。

太陽西沉後約一小時，弗朗茲在左邊四分之一海里處似乎看到一堆黑黝黝的東西。但他無法分辨那是什麼，他怕把浮雲當作陸地，引起水手們訕笑，便保持沉默。突然，岸上出現一片亮光，陸地也許像是一片烏雲，然火光不是一顆流星。

「那道光是什麼？」他問。

「噓！」船老大說：「那是一堆火。」

「可是您說過，島上沒有人住！」

「我說過，島上沒有固定的住民，但我也說過，那是走私客的停靠站。」

「而且是海盜的藏匿處！」

「而且是海盜的藏匿處。」蓋塔諾重複弗朗茲的話說：「因此，我已下令越過這個島，正像您看到的，火光在我們身後。」

「但我覺得，」弗朗茲又說：「那火光倒是安全的憑證，擔心被人發現的人不會生起火堆。」

「哦！不能這樣說，」蓋塔諾說：「如果您能在黑暗中判斷這個島的位置，就會發現，這火光的位置，從海岸線上看不見，從亞諾扎島也不會發現，而只能從海上才看得到。」

「因此您擔心那火光代表有壞人來嗎？」

「這正是必須弄清楚的。」蓋塔諾回答，眼睛一直盯著陸地上那顆星星。

「怎麼弄清楚呢？」

「您馬上就會看到。」

說完這句話，蓋塔諾與他的夥伴們商量。討論了五分鐘後，他們默默地操作起來，過了一會兒，小帆船掉頭，朝來時的路回航，不久，火光被地面遮住，消失不見了。

接著，舵手又改變小帆船的方向，明顯朝島靠近，不一會兒離島只有約五十步距離。

蓋塔諾收帆，小帆船停住不動了。

這一切都是在靜默中完成的，而且改變航道後，船上沒任何人說話。

蓋塔諾由於提出這次遠行，要負起全責。四個水手的目光不曾離開他，準備好槳，隨時準備開划，在黑暗中，這麼做並不困難。

至於弗朗茲，他帶著讀者已經知道的那種鎮靜檢查武器，他有兩支雙銃槍和一支短槍，他都裝上子彈，準備妥當，等待著。

這時，船老大已脫下厚呢上衣和襯衫，紮緊長褲，由於他本來就光著腳，不需脫鞋襪。裝束完成，或者說脫掉衣服後，他一隻手指放在唇上，示意保持安靜，便滑到海裡，小心翼翼地游向岸邊，悄無聲息。不過，從他的動作發出的像磷光般閃爍的軌跡，可以追蹤他的去向。

不一會兒，那道軌跡消失了，顯然，蓋塔諾已游到岸邊。

船上的人靜候了半小時，隨後，看到岸邊那一道閃光的軌跡又出現了，並向小帆船靠近。不久，蓋塔諾划了兩下，到達船邊。

「怎麼樣？」弗朗茲和四個水手異口同聲地問。

「嘿，」他說：「是西班牙的走私客，不過還有兩個科西嘉強盜和他們在一起。」

「這兩個科西嘉強盜和西班牙走私客在一起做什麼？」

「唉！我的天！閣下，」蓋塔諾用基督徒悲天憫人的語氣回答，「必須互相幫助。強盜時常在陸地被憲兵或騎兵逼得走投無路，於是他們找到一艘小帆船，船上有幾個像我們這樣的好心人。他們要求讓他們上船，怎麼能拒絕受到追趕的可憐蟲呢！我們收留了他，安全起見，我們就駛到外海。這並不花費我們什麼，卻救人一命，或者至少挽救了他的自由，說不定什麼時候，他會感謝我們的幫忙，為我們指點一個好地方，我們可以將貨物卸到岸上，不會受到好奇者的打擾。」

「啊！」弗朗茲說：「您也做一點走私生意是吧，親愛的蓋塔諾？」

「唉！我有什麼辦法呢，閣下！」他帶著難以描述的笑容說：「人總得什麼都幹一點，總要生活嘛。」

「所以您與正待在基度山的人很熟囉？」

「差不多吧。我們這些水手，就像共濟會會員[10]，靠某些暗號互相認識。」

「您認為若我們也上岸，不用害怕嗎？」

「絕對不用害怕，走私客不是盜賊。」

「但那兩個科西嘉強盜呢？」弗朗茲說，他想到各種危險的可能性。

「唉，我的天！」蓋塔諾說：「如果他們是強盜，錯不在他們，而是當局的責任。」

「怎麼回事？」

「當然是這樣！追趕他們不為別的，是因為發生命案，好像科西嘉人復仇的天性不容允許似的。」

「您說有命案是什麼意思？是殺了人嗎？」弗朗茲追根究柢問道。

「我的意思是殺死一個仇人。」船老大回答：「那就大不相同了。」

「那麼，」年輕人說：「我們到走私客和強盜那裡做客吧。您認為他們會歡迎我們嗎？」

「毫無問題。」

「他們有多少人？」

「四個，閣下，再加上兩個強盜，一共六個人。」

「好啊，正好是我們的人數。一旦那幾位發起脾氣來，我們勢均力敵，能夠抵擋他們。我再說最後一遍，到基度山島。」

「是，閣下。但是，您允許我們更謹慎小心嗎？」

「怎麼，親愛的！要像涅斯托耳[11]一樣明智，又要像尤利西斯[12]一樣謹慎。我不但允許您，而且還鼓勵您這樣做。」

「那麼，保持安靜！」蓋塔諾說。

大家默不出聲。

對於像弗朗茲這樣考慮事情都直達核心的人來說，眼前的形勢雖然不危險，卻仍然有點嚴峻。他置身黑

10 一種祕密團體，最早出現於石匠之間。
11 希臘傳說中皮洛斯之王，是位有智慧的長者。
12 即奧德修斯，在羅馬神話中稱為尤利西斯。特洛伊攻陷後，他在海上漂流十年，才回到家鄉。

暗，獨自與一些不瞭解他，也沒有任何理由忠於他的水手待在海上。他們知道他的腰帶上有幾千法郎，而且他們如果不是羨慕地，至少是好奇地多次察看他的武器，那些武器非常漂亮。另一方面，他就要上岸了，除了這些人，沒有別的隨從。這個島有一個宗教意味非常濃厚的名字，但由於這些走私客和強盜，弗朗茲得到的待遇可能無異於基督受難的髑髏地。另外，那個帆船被鑿沉的故事，白天他覺得太誇張了，晚上他覺得非常真實。處於這雙重的、或許只是想像出來的危險間，他的目光緊盯著這些人，手未曾離開槍。

但水手們已重新拉起了帆，又駛向剛才來回經過的航道。弗朗茲已經有點習慣黑暗，透過夜色，他分辨出小帆船與從旁駛過的那個花崗岩巨人，末了，重新繞過礁岩，他看到閃耀著的火光，比先前更亮，火堆圍坐著五、六個人。

篝火的亮光照射到百步左右的海面上。蓋塔諾沿著亮光的邊緣行駛，讓小帆船保持在不被照到的地方。當小帆船正對著篝火時，他將船頭對著篝火，大膽地進入光圈，同時唱起一首漁歌，他獨自領唱，而他的夥伴們應和地唱著副歌。

一聽到歌聲，坐在篝火旁的人站起身，走近碼頭，盯著小帆船。明顯地，他們竭力在判斷來者的實力，捉摸來者的意圖。一會兒，他們顯然審查夠了，除了留下一個人站在岸上，他們又回去坐在篝火旁，那裡正烤著一隻小山羊。

當小帆船到達離岸邊約二十幾步的時候，站在岸邊的那個人機械性地揮舞短槍，就像等待巡邏隊的哨兵那樣，還用撒丁方言喊道：「誰！」

弗朗茲冷靜地上好他的雙銃槍。

蓋塔諾於是和這個人交換了幾句話，弗朗茲一句也聽不懂，但顯然與他有關。

「閣下，」船老大問：「您想報上大名還是隱姓埋名？」

「我的名字千萬不能讓人知道，就簡單地告訴他們，」弗朗茲回答：「我是一個乘興而來的法國遊客。」

待蓋塔諾轉達了這個回答，哨兵下了道命令給一個坐在火堆前的人，那人馬上站起來，消失在岩石間。四周一片安靜。每個人似乎都各自忙著。弗朗茲忙著上岸，水手們忙著收帆，走私客忙著他們的小山羊，但在這種表面的漫不經心中，彼此在互相觀察著。

離開的那個人突然從他消失的反方向出現。他向哨兵點頭示意，哨兵轉身對著帆船，只說了一個詞：S'accommodi。

這個義大利字 S'accommodi 無法翻譯，它同時表示：來吧，請進，歡迎光臨，像在自己家裡一樣別拘束，您是這裡的主人。就像莫里哀筆下那個土耳其的句子，由於它豐富的涵義，讓那個醉心於貴族的人驚異萬分[13]。

水手們沒有等他再說一遍，划了四下槳，小帆船便抵達岸邊。蓋塔諾跳下沙灘，與哨兵低聲交換了幾句話。他的夥伴們一個接一個下船，最後輪到弗朗茲。

他背著一支槍，蓋塔諾拿著另一支槍，一個水手則拿著短槍。他的服裝既像藝術家又像花花公子，這絲毫不引人懷疑，也沒有造起任何不安。

小帆船繫在岸邊，水手們走遠幾步，尋找合適的露營地點。但他們前往的那個地方明顯不合那個當哨兵的

13 見莫里哀（一六二二—一六七三）的喜劇《貴人迷》第四幕第三場：聽差考維艾耳用了一個杜撰的土耳其語 Mamamouchi 去戲弄汝爾丹先生。

走私客的意，他向蓋塔諾喊道：「不，請不要去那邊。」

蓋塔諾小聲表示歉意，不再堅持，朝反方向走去，有兩個水手為了照明，走到篝火旁點燃火把。

他們走了大約三十步，停在一個環繞著岩石的小空地上，有人已在岩石上挖出座位，幾乎就像小崗亭，哨兵可以坐在上面。在周圍積存腐殖土的岩縫中，生長著幾棵矮橡樹和一叢叢茂密的愛神木。弗朗茲放低火把，從一堆灰燼中確認他不是第一個發現這個舒適地方的人，而且這大概是基度山島來訪者常常駐足的地方之一。

他先前預想的各種心情已經消逝。他一踏上陸地，一看到主人們雖稱不上友好，但至少是無所謂的平和，他所有的顧慮便消失了。當聞到旁邊營地上燒烤小山羊的香味，他的顧慮變成了食欲。

他對蓋塔諾提了兩句吃飯的事，蓋塔諾回答他，要做一頓晚飯再簡單不過了，他們的小帆船上有麵包、葡萄酒、六隻山鶉，只要燒旺一堆火就可以烤熟。

「另外，」他補充說：「如果閣下覺得小山羊的香味非常誘人，我可以向我們的鄰居提出用兩隻飛禽換一塊獸肉。」

「就這麼辦，蓋塔諾，就這麼辦，您真是談判的天才。」

這時，水手們已經折下幾大把歐石南，數綑愛神木和綠橡樹，他們在上面生火，燒起相當可觀的篝火。

弗朗茲一邊聞著小山羊的香味，一邊迫不及待等著船老大回來，這時，船老大出現了，憂心忡忡地向他走來。

「怎麼，」他問：「有什麼新情況？他們拒絕我們的提議嗎？」

「恰恰相反，」蓋塔諾說：「有人對他們老大說，您是個年輕的法國人，他邀請您與他共進晚餐。」

「好啊，」弗朗茲說：「這個老大很有教養，我看不出拒絕的理由，何況我還帶上自己的晚餐。」

「哦！不是這樣，他的晚餐很豐盛，但他邀請您到他家裡，有一個奇怪的附加條件。」

「到他家裡？」年輕人說：「他蓋了一幢房子？」

「不，但至少據他們說，他有一個非常舒適的住所。」

「您認識這個頭兒嗎？」

「我聽人談起過。」

「評價是好是壞？」

「兩種都有。」

「見鬼！那是什麼條件呢？」

「就是您要蒙上眼睛，直到他親自告訴您的時候，才能把綁帶取下。」

弗朗茲仔細探究蓋塔諾的目光，想知道這個提議隱藏著什麼居心。

「啊！」蓋塔諾看穿弗朗茲的心思：「我很清楚，這件事是需要考慮的。」

「您若是處在我的位置會怎麼做？」年輕人問。

「我嘛，毫無損失，我會去的。」

「您會接受？」

「是的，哪怕是出於好奇。」

「這個老大的住處，有值得看的東西嗎？」

「聽著，」蓋塔諾壓低聲音說：「我不知道別人的話是否屬實……」

他停下來，察看是否有人在偷聽。

「別人說什麼？」

「說這個老大住在地下，和他比起來，碧提[14]的住所不算什麼。」

「胡說！」弗朗茲又坐下來說。

「哦！這不是胡說，」船老大又說：「這是真實的！聖斐迪南號的舵手卡馬有一次進入他的住處，出來時非常吃驚，說那樣的財富只出現在童話裡。」

「啊！但是，」弗朗茲說：「您知道如您所言，我不就像是去到阿里巴巴的岩洞嗎？」

「我只是把聽到的話告訴您而已，閣下。」

「所以，您建議我接受囉？」

「哦！我沒有這樣說，閣下悉聽尊便。我不想在這樣的場合向您提出任何建議。」

弗朗茲考慮了一下，覺得這樣的富豪不可能貪圖他的錢，他身上只有幾千法郎而已。由於他想到的只是一頓豐盛的晚餐，他因此接受了。蓋塔諾帶走他的回覆。

但正如上述，弗朗茲是很謹慎的，他想盡可能了解這個古怪而神祕的主人的情況。他於是轉向身旁的水手，這個水手在他們談話時拔光了山鶉的毛，那種一本正經的態度是對本身工作感到自豪的人所具有的。他問水手，他們那些人怎麼靠岸，因為看不到任何一艘小帆船、平底船或單桅三角帆船。

「我倒不擔心這個，」水手說：「我知道他們坐的是帆船。」

「是艘漂亮的帆船嗎？」

「我希望閣下也有那樣一艘，可以環遊世界。」

「多少噸位？」

「差不多一百噸。而且是一艘新奇的帆船，像英國人所說的一艘遊艇，但是您看，它承受得起任何風浪。」

「在哪裡建造的？」

「我不知道。我想是熱那亞人建造的。」

「一個走私客的老大，」弗朗茲又問：「怎麼敢在熱那亞港請人建造一艘遊艇，用來從事這種買賣呢？」

「我可沒有說，」水手回答：「遊艇主人是一個走私客。」

「是沒有說過，但我想蓋塔諾說過。」

「蓋塔諾從遠方看到那些船員，但還沒有跟誰說過話。」

「如果那個人不是走私客的老大，他究竟是什麼人呢？」

「一個有錢的紳士，愛遊山玩水。」

「唔，」弗朗茲心想：「說法不一，這號人物越加神祕了。」

「他叫什麼名字？」

「每當有人問起，他就說他叫水手辛巴達。但我懷疑那是他的真名。」

「水手辛巴達？」

「是的。」

14 碧提是佛羅倫斯的一個家族，一四四〇年建成的碧提豪宅十分著名，裡面的碧提畫廊收藏了十五至十八世紀的繪畫。

「那位紳士住在哪裡？」

「住在海上。」

「他是哪國人？」

「我不知道。」

「您見過他嗎？」

「見過。」

「他是什樣的人呢？」

「閣下自己判斷吧。」

「他要在哪裡接待我？」

「一定在蓋塔諾對您提起的地下宮殿吧。」

「您以前停靠在這裡時，看到島上荒無人煙，從來沒有心生好奇，試著走進那座魔宮嗎？」

「哦！有這種好奇心，閣下，」水手回答：「甚至不止一次。但我們怎麼找都一無所獲。我們搜索岩洞的各個方向，連最小的通道都找不到。此外，聽說不是用鑰匙開門，而是透過咒語。」

「啊，很明顯，」弗朗茲喃喃地說：「我捲進《一千零一夜》的故事裡了。」

「爵爺在恭候您。」他身後有個聲音說，他聽出是哨兵的嗓音。

來者身後還伴隨著遊艇上的兩個船員。

弗朗茲二話不說地掏出手帕，遞給對他說話的那個人。

他們一言不發，綁住他的眼睛，那種小心翼翼的動作顯示擔心他會偷看。然後，他們請他發誓，無論如何不試著解下綁帶。

他發了誓。

於是由兩個人各抓住他一隻胳臂，帶領著他，前面是那個哨兵。

走了三十幾步，他聞到小山羊的香味越來越誘人，感覺又經過那個營地。他們又帶著他往前走了五十幾步，明顯地是往剛才他們不許蓋塔諾靠近的那個方向走，那個禁令得到了解釋。不久，從空氣的變化，他明白已進入地道。幾秒鐘後，他聽到喀噠一聲，覺得空氣的味道又變了，變得溫和芳香。他終於感到自己的腳踩在厚實的、柔軟的地毯上。他的導遊們放開他。沉默片刻，有一個聲音儘管帶著外國人的口音，卻以正統的法語說：「歡迎光臨，先生，您可以解下您的手帕了。」

不難想像，弗朗茲不需對方說第二次，就拿掉了手帕。他眼前是一個三十八至四十歲的男子，身穿一套突尼斯的服裝，也就是戴了頂垂下一綹長長藍絲線流蘇的紅色無邊圓帽，穿著一件繡滿金線的黑呢上衣，深紅色的寬大燈籠褲，像上衣那樣繡著金線的、同樣深紅色的護腿套，黃色的拖鞋，一條華麗的喀什米爾帶子束緊他的腰，上面插著一把銳利的小彎刀。

那個人臉色蒼白，面孔卻異常俊美。他的眼神生動犀利，洞察力強；鼻子高挺，幾乎與額頭齊平，是純正希臘式的；牙齒潔白如珍珠，在黑色小鬍子的襯托下更加顯眼。

不過他的臉色蒼白得很古怪，彷彿長期被囚禁在墳墓裡，無法恢復常人的血色。

他的身材雖然並不高大，但十分勻稱，而且像南方人那樣，手腳都很細巧。

弗朗茲曾認為蓋塔諾的敘述是胡說，但他現在驚訝於家具的奢華。

整個房間罩著深紅色的、點綴金花的土耳其織錦。在一個凹處，放著一把沒有扶手的長沙發，上面擺著一簇劍鞘鍍銀、劍柄閃爍出寶石光芒的阿拉伯寶劍。天花板上吊著一盞威尼斯的琉璃燈，式樣和色彩都很迷人。而腳踩在土耳其地毯上，一直沒到腳踝，弗朗茲進來的那道門前掛著門簾，另一道門也是，那道門通向第二個被照得明亮通透的房間。

主人讓弗朗茲從驚愕中恢復過來，他同時也在審視客人，眼光始終不離開後者。

「先生，」他終於對客人說：「千萬原諒對您採取謹慎措施，才把您帶到我這裡來，由於大部分時候島上沒有人，如果這個住處的祕密被外人知道了，我回來的時候就會看到這個落腳處亂七八糟，我會因此大大不快，倒不是因為可能遭受的損失，而是因為我會因此沒有把握在需要的時候，能夠與世隔絕。現在，我要盡力讓您忘掉這小小的不快，提供您意想不到會在這裡看到的東西，也就是一頓還可以的晚餐和相當舒適的床鋪。」

「真的，親愛的主人，」弗朗茲回答：「您不必客氣。我看到那些進入魔宮的人總是要蒙上眼睛，例如《預格諾教徒》中的拉烏爾[15]，我真的沒有什麼抱怨，因為您讓我看到的是《一千零一夜》奇蹟的續篇。」

「唉！我要像魯庫路斯[16]那樣對您說：如果早知道有幸接待您，我會提前做好準備。然而，就請您隨意使用我這保持原狀的隱居之處，晚餐也按照原來所準備的。阿里，晚餐準備好了嗎？」

幾乎與此同時，門簾掀開，一個努比亞[17]黑人，他的皮膚黑得像烏木，身穿普通的白色上裝，向他的主人示意，可以到餐廳了。

「現在，」陌生人對弗朗茲說：「我不知道您是否同意我的想法，但我認為，像這樣單獨相處兩三小時，而不知道彼此的姓名與頭銜，是不會造成什麼不適的。請注意，我很重視待客之道，不會冒昧詢問您的名字或頭銜，而僅只是請您隨意告訴我一個稱呼，好方便我對您說話。至於我，為了不讓您感到拘束，我告訴您，大家通常叫我水手辛巴達。」

「我呢，」弗朗茲回答：「我跟您說，跟阿拉丁的際遇相比，我只缺那盞有名的神燈，所以此際您可以叫我阿拉丁，這樣的稱呼能讓我們不致離開東方。我不由得相信，我已被某個善良精靈的魔法送到了東方。」

「那麼，阿拉丁老爺，」古怪的晚宴主人說：「您知道晚餐已經準備好了，是嗎？那就移駕到餐廳吧，在下為您帶路。」

說完這番話，辛巴達掀開門簾，真的走在弗朗茲前面。

弗朗茲從一個奇觀走到另一個奇觀，桌上擺滿珍饈佳肴，光彩奪目。確認這個重點後，他環顧四周。餐廳與他剛離開的那個小客廳一樣富麗堂皇，全部用大理石建成，還有價值連城的古典浮雕，在這個長形餐廳的兩端，有兩尊頭上頂著籃子的精美雕像，籃子裡的鮮美水果堆成小塔，有西西里的鳳梨、瑪拉加的石榴、巴利阿里群島[18]的橘子、法國的桃子和突尼斯的椰棗。

至於晚餐，菜色包括，烤野雞配上科西嘉烏鶇，野豬腿凍，一大塊芥茉羔羊肉，一尾珍貴的鰈魚和特大的龍蝦。在一道道大菜間，擺滿了盛著甜點的小碟子。

碟子是銀製的，餐盤是日本瓷器。

15《預格諾教徒》是德國作曲家梅耶比爾（一七九一——一八六四）根據法國作家斯克里布（一七九一——一八六一）的作品改編而成的五幕歌劇，拉烏爾是該劇的男主人公。

16 魯庫路斯（約西元前一〇六—五六），羅馬將軍，退居田園後，過著奢華的生活。

17 努比亞是東北非的沙漠地區，包括埃及和蘇丹。

18 西班牙領土，位於地中海。

弗朗茲揉揉眼睛，要確認他不是做夢。

只有阿里一人侍候，服務周到。客人為此恭維主人。

「是的，」主人回答，一面悠然自在地盡地主之誼，「是的，這個可憐蟲對我忠心耿耿，盡心盡力。他沒忘記我救了他的命，由於他很看重自己的腦袋，所以始終很感激我保住了它。」

阿里走近主人，拿起他的手親吻。

「辛巴達老爺，」弗朗茲說：「若是問您是在什麼情況下有這善舉的，不會太唐突吧？」

「哦！我的天，事情非常簡單，」主人回答：「這個傢伙在突尼斯的貝伊[19]後宮附近閒逛，超出了一個有色人種被允許的範圍，導致他被貝伊判處要割掉他的舌頭、手和腦袋：第一天是舌頭，第二天是手，第三天是腦袋。我一直渴望有一個啞巴為我服務，等到他的舌頭被割掉，我便向貝伊提出，用一支精巧的雙銃槍換取他。割下腦袋的前一天，我覺得那支槍挑起了陛下的欲望，他斟酌再三，堅持要處決這個可憐蟲。我又在槍支之外，加上一把英國獵刀，我曾用那把刀剁碎陛下的土耳其彎刀。於是，貝伊決定饒過這個可憐蟲的手和頭，條件是他永遠不能再踏上突尼斯的土地。這個條件是多餘的。這個異教徒遠遠看見非洲海岸，便逃到艙底去，直到再也看不見世界第三大洲，才能把他叫出來。」

弗朗茲默默無言，沉思了一會兒，對於剛才主人敘述時那種既善良又殘忍的態度，不知該做何想法。

「既然您用了這個值得敬佩的水手的名字，」他改變話題說：「您也是在遊歷中度過一生嗎？」

「是的，那是我在盼望能如願以償的時候，發下的誓願，」陌生人微笑著說：「我曾經發過幾個類似的誓願，希望能一一實現。」

即使辛巴達說這番話時泰然自若，他的眼睛仍然發出古怪的凶光。

「您遭遇過很多磨難嗎，先生？」弗朗茲問他。

辛巴達顫抖了一下，盯著他，反問道：「您根據什麼看出這點的？」

「根據種種現象，」弗朗茲回答：「根據您的聲音、目光、蒼白臉色和您目前所過的這種生活。」

「我呀，我過的是我所知最幸福的生活，真正是帕夏的生活。我是天地萬物之王，什麼地方過得愉快，我就留下來，過膩了就離開，我像鳥兒一樣自由自在，像鳥兒一樣有翅膀，周圍的人對我唯命是從。我不時捉弄人類的司法機構，從中作樂，劫走一個它正追蹤的強盜或罪犯。我有自己的司法機構，同時擁有低級和高級的審判權，沒有緩刑，沒有上訴，有罰有賞，誰也管不著。啊！如果您享受過我的生活，就不願再去過別的生活了，您永遠不會回到人間，除非您要完成某項大計劃。」

「比如說報仇！」弗朗茲說。

陌生人用看透人心和思想深處的目光盯著年輕人。

「為什麼是報仇？」他問。

「因為，」弗朗茲回答：「我覺得您的模樣就像曾受到社會迫害，和社會有一筆可怕的帳要算的人。」

「那麼，」辛巴達說，他發出古怪的笑聲，露出又白又尖的牙齒，「您沒有說對。正像您所看到的，我是某種慈善家，或許有一天我會到巴黎，與阿佩爾先生[20]和那個穿藍色小披風的人比試一下。」

「您將是第一次到那裡嗎？」

19 原是奧斯曼帝國高級官員的尊稱，這裡或指國王。
20 阿佩爾（一七四九—一八四一），法國工業家，創立了第一個罐頭工廠。

「哦！我的天，是的。我看來不太好奇，是嗎？但我向您保證，我遲遲未去並不是我的錯，有朝一日我會成行的。」

「您打算很快成行嗎？」

「還不知道，要視因各種原因而變化的情況而定。」

「您到巴黎的時候，希望我也在那裡，我會竭盡所能禮尚往來，答謝您在基度山島的盛情款待。」

「我非常樂意接受您的邀約，」主人說：「不巧的是，如果我到巴黎，或許會隱姓埋名。」

他們繼續用餐，但這頓豐盛的晚餐彷彿是專為弗朗茲而準備的，這個不速之客吃得津津有味，陌生人卻只淺嘗了一兩樣菜。最後，阿里端來飯後甜點，或者更確切地說，從兩尊雕像手中取下籃子，放在桌上。在兩個籃子中間，他放上一只鍍金的小銀盅，蓋子也是同樣材質。

阿里端來這只小盅時畢恭畢敬，勾起了弗朗茲的好奇心。他掀開蓋子，看到淺綠的糊狀物，很像當歸醬，但他完全不知道是什麼東西。

他又闔上蓋子，對盅裡的東西，仍像揭蓋前一樣一無所知。他的目光轉向主人，看到主人對他的失望報以微笑。

「您猜不出，」主人對他說：「這只小盅裝著什麼食物，這使您驚詫莫名，對吧？」

「我承認是的。」

「這綠色瓊漿正是赫柏[21]端上朱庇特餐桌的神品。」

「但這種瓊漿，」弗朗茲說：「經過凡人的傳遞，無疑已經失去了天上的神名，而有了一個人世間的稱謂。用俗氣的話來說，這種配料怎樣稱呼呢？老實說，我對它沒有什麼好感。」

「這正顯露了我們凡夫俗子的質地，」辛巴達大聲說：「我們常常這樣與幸福錯身，而沒有看它一眼；或者，我們確實看到並注視過它，卻認不出它。您要做一個務實的人嗎？那金錢是您的神靈，就嘗嘗這瓊漿吧，祕魯、居扎拉特和戈爾孔德[22]的礦藏將會為您打開。您要做一個富有想像力的人或一位詩人嗎？還是嘗嘗這瓊漿吧，所有可能的障礙會消失，無窮的世界向您敞開，您身心自在、思想開放，漫步在幻想的無邊領域內。您野心勃勃，追逐廣袤的領土嗎？還是嘗嘗這瓊漿吧，一小時後，您就是國王，不是一個只占據歐洲一角，像法國、西班牙或英國那樣的小王國的君主，而是世界之王，宇宙之王，天地萬物之王。您的王位將坐落在撒旦劫走耶穌的那座高山之巔。您不必向撒旦表示敬意，無需親吻牠的利爪，您將是世上一切王國的主人。我提供給您的畫面不誘人嗎？說吧，只要嘗一口就可以了，這不是易如反掌嗎？看吧。」

說著，他打開那只盛著受到如許讚美的內容物的小銀盅，舀了一匙有魔力的瓊漿，送到嘴邊，慢慢品味，眼睛半閉，頭往後仰。

弗朗茲讓他慢慢品嘗他心愛的食物，然後，看到他從陶醉中清醒過來後，弗朗茲問：「這寶貴的食物究竟是什麼？」

「您聽說過高山老人嗎？」主人反問他：「就是那個想派人暗殺菲利普．奧古斯特[23]的人？」

「當然聽說過。」

---

21 羅馬神話中的青春女神，她在奧林匹斯山上為眾神端送神食瓊漿。
22 印度古城，建於一五一八年，盛產鑽石，從十七世紀起，西方各國認為這裡是寶地。
23 菲利普．奧古斯特（一一六五—一二二三），法國國王（一一八〇—一二二三）。

「那您知道，他統治著一座由大山環抱的富庶山谷，他那別致的名字也源於此。在那座山谷裡，有哈森·本·薩巴赫培植的美好花園，而那些花園裡，有一座座獨立的亭台樓閣。他讓自己的選民走進那些亭台樓閣。據馬可·波羅[24]說，他讓他們在那裡食用一種草藥，那種草藥將他們帶往天堂樂園，那裡有常年盛開的花朵，總是成熟的果實，以及青春燦爛的處女。然而，這些幸福年輕人以為是現實的東西，卻是一場夢。一個非常甜蜜、懾人心魄的夢，以致他們願意把身體和靈魂都賣給讓他們做這場夢的人，對他唯命是從，就像完全聽從上帝那樣。他們會到天涯海角痛打那個指定的受害者，會不發一語的受盡折磨死去。因為他們唯一的想法是，目前忍受的死亡只是到達極樂世界的過渡。讓他們嘗過那種生活滋味的神聖草藥，現在就放在您面前。」

「所以，」弗朗茲大聲說：「這是印度大麻！是的，我知道這種東西，至少知道名字。」

「正是，您說對了，阿拉丁老爺，這是印度大麻，是亞歷山大出產的，最好和最純的大麻，是阿布戈爾調製的大麻，他是偉大的調製聖手，舉世無雙，人們應該為他建造一座宮殿，上面刻著這句題辭：全世界感謝這位出售幸福的商人。」

「您知道嗎，」弗朗茲對他說：「我很想透過自己，判斷您這番頌詞是真確的，還是言過其實？」

「您自己判斷吧，我的貴賓，試試吧。不要執著於第一次體驗，正如什麼事都要讓感官習慣於新的印象，不管是柔和的還是強烈的，是讓人憂鬱的還是愉快的。人的天性與這種神聖物質是相衝突的——人生來不是為了享受快樂，而是緊緊依附著痛苦。必須讓天性在搏鬥中敗下陣來，讓現實被夢幻所取代。如此一來，夢幻成了主宰，於是夢幻變成生活，而生活變成夢幻。多大的變化啊！就是說，只要將實際生活的痛苦與虛幻生活的歡樂做比較，您不願再生活在現實裡，而希望永遠做夢。當您離開夢幻世界，回到凡塵俗世的時候，您會覺得像從拿波里的春天來到拉普蘭[25]的冬天；您會覺得離開天堂，轉到人間；離開天國，落到地獄。嘗嘗大麻吧，我的貴賓！嘗一嘗吧！」

弗朗茲二話不說舀了一匙這神奇的糊狀物，分量仿照晚宴主人剛才所舀的那勺，放到嘴邊。

「見鬼！」他吞下神漿之後說：「我還不知道效果是否如您所說的那樣叫人愉悅，但我覺得吃起來不像您說的那樣美味。」

「因為您的味覺神經還沒有嘗出這東西的妙處。請告訴我，您是從第一次就喜歡上牡蠣、茶、黑啤酒、奶油巧克力圓糖，所有您後來才喜歡的東西嗎？羅馬人用阿魏給野雞作配料，中國人吃燕窩，您能理解嗎？唉！我的天，不理解。那麼，對於大麻也一樣。您連續吃一星期，今天您或許覺得味道淡而無味，讓人噁心，到那時，您會覺得世界上沒有任何食物比它甘美。我們到旁邊的房間，也就是您的臥室吧，阿里會為我們準備咖啡，為我們送來菸斗。」

兩個人站起來，自稱辛巴達——我們也不妨這樣稱呼他，因為像他的客人一樣，也得給他一個稱呼——的那個人吩咐了僕人幾句話，這時弗朗茲走進隔壁的那個房間。

這個房間也很華麗，但陳設簡單。房間是圓形的，周邊圍了一圈大型的無扶手沙發。但那沙發、牆壁、天花板和地板都鋪上了華美的獸皮，像最柔軟的地毯一樣舒適柔軟。有鬣毛濃密的阿特拉斯[26]獅皮，條紋斑

24 馬可．波羅（一二五四—一三二四），義大利旅行家，一二七五年抵達中國北京，在宮廷待了幾年，後口述遊記。
25 斯堪地納維亞半島北部地區。
26 北非山區，在摩洛哥、突尼斯一帶，綿延至地中海和撒哈拉沙漠。

斕的孟加拉虎皮，像在但丁面前出現的開普敦金錢豹皮，西伯利亞熊皮，挪威狐皮，這些獸皮層層相疊，讓人宛如走在最茂密的草坪上，躺在最柔軟的床上。

他們倆睡在沙發上，一支支茉莉木管琥珀嘴的土耳其長菸斗放在伸手可及的地方，不需要連抽兩次同一支菸斗。他們各拿起一支。阿里近身點著了，然後出去端咖啡。

沉默片刻，辛巴達任憑想像馳騁，看來各種念頭不斷盤桓在他的腦中，甚至談話時也是如此。而弗朗茲沉浸在默默無言的幻想中，抽到上好的菸草，幾乎總是陷入這種狀態。菸草彷彿能藉由裊裊輕煙帶走煩惱，並與抽菸的人交換各種形形色色的心靈夢幻。

阿里端來咖啡。

「您要怎麼喝咖啡？」陌生人問：「法式還是土耳其式，濃還是淡，加糖還是不加糖，現沖的還是煮開的？隨您選擇，各種都備好的。」

「我喝土耳其式的。」弗朗茲回答。

「選得好，」主人大聲說：「這證明您愛好東方生活。啊！您知道，只有東方人才懂得生活。至於我，」他補充說，露出一個古怪的微笑，這個微笑逃不過年輕人的眼睛，「等我在巴黎辦完事，我要老死在東方。如果到那時您想找我，就必須來到開羅、巴格達或伊斯法罕[27]。」

「說實話，」弗朗茲說：「那是輕而易舉的事，因為我覺得我已長出老鷹的翅膀，可以搧動翅膀，在二十四小時內周遊世界。」

「啊！是大麻發揮效用了。那麼，張開您的翅膀，在人類不可企及的領域飛翔吧。絲毫不用害怕，我們會照顧您，如果您的翅膀像伊卡羅斯[28]的翅膀一樣，在陽光下融化，我們會接住您。」

他對阿里說了幾句阿拉伯文，阿里做了個遵命的手勢，後退一些，但未走遠。

至於弗朗茲，他身上產生了一種古怪的變化。白天身體上的勞累和晚上發生的事，對他所產生的精神憂慮都消失了，就像初入睡時那樣，他大腦還清醒著，但可以感到睡眠來臨。他的身體彷彿變得輕飄飄的，大腦出奇地清晰，他的感官似乎加倍敏銳。他的視野持續擴大，不是他熟睡之前看到的、一種被朦朧恐怖感籠罩著的幽暗原野，而是藍色的、透明的、廣闊的天際，其中有著大海的蔚藍，太陽的萬道金光以及和風的薰香。水手們引吭高歌，歌聲嘹亮圓潤，如果能記錄下來，那就是一首神曲。這時，他看到基度山島顯露出來，它不再像浪濤上一塊驚險的礁石，而是隱沒在沙漠裡的一塊綠洲。隨著小帆船駛近，歌聲變得更激昂了，因為一片迷人的、神祕的和聲從島上升往天際，彷彿有個仙女，宛如羅雷萊[29]或安菲翁[30]那樣的魔法師，想引誘一個靈魂到那裡，在島上建造一個城市。

小帆船終於靠岸，但毫不費勁，沒有震動，就像上唇觸到下唇那樣。他回到岩洞，而那迷人的音樂沒有停止。他走下，或者更確切地說，他感覺飄下幾級階梯，呼吸著清新芬芳的空氣，就像客耳刻[31]的岩洞周圍籠罩著的那種空氣，香氣撲鼻，讓人陷入遐想，同時又如此刺激，讓人的感官躍動。他又看見睡前見過的東西，從神奇的主人辛巴達到啞巴僕人阿里。接著一切似乎都消失了，在他眼前煙消雲散，如同一盞神燈在熄

27 伊朗城市。

28 據希臘神話，伊卡羅斯之父為他用蜂蠟和羽毛做成雙翼，因飛得過高，太陽把蜂蠟融化，致落海而死。

29 萊茵河上的女妖，用歌聲引誘船夫觸礁。

30 宙斯與忒拜公主安提娥佩之子，是個神奇的音樂家，一彈起豎琴，石頭就自動疊起。

31 太陽神之女，精通魔法，奧德修斯曾與她同居一年。

滅前所投下的最後暗影一樣。他又來到那個有雕像的房間，房裡只點亮一盞昏黃的古老油燈，那是為了在深沉的黑暗，照看睡眠與逸樂的。

仍舊是那些雕像，體態優美，充滿誘惑，而又富有詩意，眼神迷魅，笑容春意蕩漾，長髮濃密嫵媚。那是弗麗內[32]、克麗奧帕特拉[33]、梅薩琳[34]，三位名聞遐邇的交際花。接著，在這些放蕩的幽靈間，出現一個聖潔的形象，一個寧靜的幽靈，一個柔美的幻象，彷彿因為不願面對那三個大理石蕩婦雕塑，她以面紗遮住貞潔的額頭，她像一道純潔的光，又像一個奧林匹斯山上的基督天使那樣悄然而過。

於是弗朗茲覺得，這三尊雕像把她們的愛情都集中在一個人身上，也就是他。她們走近他的床邊，他正渴望再度入睡。她們的雙腳隱沒在白色長裙裡，胸脯袒露，頭髮像波浪一般飄盪下來，那姿態連天神也要屈膝拜倒，只有聖人才能抵擋。她們目光專注，異常熱烈，就像毒蛇緊盯小鳥一般。那種目光像攫住人一樣叫人疼痛，像親吻一樣讓人舒坦。他深深沉浸在那目光之中。

弗朗茲覺得自己閉上了眼睛，透過對周圍的最後一瞥，他看到那尊將自己完全遮掩的貞潔雕像。然後他的眼睛閉上，再也看不見真實的事物，而感官領受著虛無縹緲的歡愉時刻。

這種快感持續不斷，這種愛毫無止息，就像穆罕默德向選民所允諾的那種愛。於是石雕的嘴巴顫動了，酥胸變得溫暖。對弗朗茲來說，他第一次受到大麻的藥力，這種愛幾乎成了痛苦，快感簡直是一種折磨。這時，他感到雕像的嘴唇像蛇一樣柔軟冰冷，爬過他扭曲的嘴巴；他的手臂越想推拒這種陌生的愛，他的感官就越感受到這神祕的夢的魅力，以致於，經過一場甘願出賣靈魂來換取這種感受的搏鬥，他毫無保留地屈服了，在大理石情婦的親吻和這神奇的夢的魔力之下，他氣喘吁吁，被快感折磨得精疲力竭。

32 甦醒

等弗朗茲甦醒過來，外在事物似乎成為夢境的延伸。他彷彿置身在墳墓裡，陽光像是一道憐憫的目光，幽微地照了進來。他伸出手，碰到石頭。他坐了起來，發現自己裹著呢斗篷，睡在一張由非常柔軟和芬芳的乾燥歐石南鋪成的床上。所有幻覺都消失了，彷彿那些雕像是只有做夢時才從墓地鑽出來的幽靈，當他醒來，它們都逃得無影無蹤。

他朝日光照進來的那個地方走了幾步，在夢境的激動亢奮之後，接著來的是現實的平靜。他看到自己置身在岩洞裡，便朝洞口走去，越過拱門，看到碧海藍天。空氣和海水在晨曦中閃閃發光，岸邊，水手們坐在那邊聊天說笑，十步遠的地方，海上的小帆船被錨拉著，輕悠悠地蕩漾。

好一會兒，他享受著拂過額頭的清新和風，傾聽著漸次微弱的海浪拍岸聲。波浪打向海岸，在礁石上留下一圈銀白色的泡沫。他不思不想，沉浸在自然景物所蘊含的聖潔魅力中。尤其做過神奇的夢之後，感受更加強烈。隨後，如此寧靜、純淨、偉大的現實世界，讓他慢慢回想起昨晚的幻夢，記憶回到他的腦海裡。

他回想起來到這個島，被介紹給一個走私客的頭兒，一座富麗堂皇的地下宮殿，一頓山珍海味的晚餐，一

---

32 西元前四世紀的希臘名妓，善吹笛，傳說被控褻瀆宗教，她的辯護者脫掉她的衣服，她的美折服了審判官。

33 埃及女王，曾是凱撒的情婦，一生風流。

34 梅薩琳（死於西元四八），羅馬皇帝克勞狄的第二任妻子，奢侈淫佚，據傳還賣淫。

匙大麻。

不過，面對這陽光燦爛的現實，他覺得所有那些事至少過去一年了，但夢境仍歷歷在目，在腦海裡留下了深刻印象。那些幽靈以親吻綴滿他的夜空。在他的想像中，其中一個幽靈正坐在水手間，或者正穿過一塊岩石，或者正蕩漾在小帆船上。此際，他的腦袋完全沒有束縛，他的身體得到完全的休息。他的頭腦不僅不再昏昏沉沉，相反地，還身心舒暢，比平日更能享受空氣和陽光。

於是他興致高昂地走向水手們。他們一看到他便站起來，船老大走近他。

「辛巴達老爺，」他對弗朗茲說：「請我們代為向閣下致意，還讓我們向閣下表達他不辭而別的歉意。但他希望當您知道有件十分緊迫的事讓他必須立刻趕到瑪拉加後，或許能夠原諒他。」

「啊！親愛的蓋塔諾，」弗朗茲說：「這一切都確有其事嗎，有一個人在這個島上款待我，對我表達盛情美意，而在我睡著時離開了嗎？」

「千真萬確，您看他的遊艇已經駛遠了，拉滿了帆，如果您願意拿起望遠鏡，您應會看到您的東道主置身在他的船員間。」

一邊說著，蓋塔諾一邊指向一艘小帆船的方向，小帆船正揚帆駛向科西嘉島的南端。

弗朗茲拿出望遠鏡，校正焦聚，對準指引的那個方向。

蓋塔諾沒有說錯。那個神祕的外國人站在船尾，正朝向這邊，也像他一樣手裡拿著一架望遠鏡。沒錯，外國人穿著昨夜待客時的那套衣服，正揮舞手帕告別。

弗朗茲也掏出手帕，像對方那樣揮動致意。

頃刻間，一縷輕煙從船尾冒出，裊裊地消散在空中，接著微弱的炮聲傳到弗朗茲耳裡。

「瞧，您聽，」蓋塔諾說：「他向您告別呢！」

年輕人拿起他的短槍，朝空中放了一槍，不過並不指望槍聲能越過遊艇與小島間的距離。

「閣下有什麼吩咐？」蓋塔諾問。

「您先為我點燃一支火把。」

「是的，我明白，」船老大說：「是為了尋找魔宮的入口。如果您有興趣，我樂意遵命。閣下，我這就拿來火把。我也有過您這種突然襲來的念頭，曾有過三、四次，但都放棄了。焦萬尼，」他補上一句：「去點燃一支火把，交給閣下。」

焦萬尼照辦了。弗朗茲拿了火把，走進地道，蓋塔諾尾隨在後。

他從那張弄亂了的、歐石南鋪成的床鋪，認出了他剛才醒來的地方。但他拿火把照遍了岩洞的上下左右，除了煙燻的痕跡，他徒勞無功，什麼也找不到。在他之前，已有人進行過相同的探索，什麼也沒發現。

花崗岩的牆壁像未來一樣難以洞穿。他仔細觀察每一寸牆壁，沒有任何一道裂縫是可以插入獵刀的；也沒有任何一個突起處，是按壓敲打後發現原來是虛掩的。一切都白費功夫，他花費了兩個鐘頭搜尋，一無所獲。

最後，他放棄了。蓋塔諾是對的。

等弗朗茲回到海灘上時，遊艇在地平線上只剩下一個小白點。他借重望遠鏡，但仍然一無所察。

蓋塔諾提醒他，他此行是為了獵取山羊，這件事他早已拋諸腦後。他拿起槍，跑遍全島，那模樣更像是為了履行職責，而不是盡興取樂。一刻鐘後，他打死了一隻山羊和兩隻羔羊。這些羊雖然是野生的，並像岩羚羊一樣敏捷，卻酷似我們馴養的山羊，弗朗茲不把牠們視為野味。

而且，有更強烈的念頭占據了他的腦海。從昨夜以來，他確實成了《一千零一夜》故事裡的主角，他忍不住又回到岩洞。

儘管第一次搜索徒勞無功，在吩咐蓋塔諾叫人烤一隻小羔羊後，他還是開始第二次搜索。第二次時間相當長，因為他回來時小羔羊已經烤熟了，早飯也準備好了。

弗朗茲坐在昨晚那個神祕的東道主派人來邀請他共進晚餐的地方，他還看得見那艘繼續開往科西嘉島的遊艇，彷彿一隻海鷗蕩漾在浪尖上。

他對蓋塔諾說：「您告訴我，辛巴達老爺揚帆前往瑪拉加，但我覺得他直接駛向韋基奧港[35]。」

「您不記得了嗎？」船老大回答：「在他的船員中，我告訴過您，有兩個科西嘉強盜。」

「沒錯！他要將他們送上岸嗎？」弗朗茲問。

「正是。這個人啊，」蓋塔諾大聲說：「據說天不怕地不怕，他會繞上五十海里，只為了幫助一個可憐的人。」

「但是，幫這種忙會與所在當局鬧僵的。」弗朗茲說。

「當局又能對他怎樣！」蓋塔諾笑著說：「他可會嘲弄當局呢。讓他們追蹤他看看。首先，他的遊艇不是一艘船，而是一隻鳥，每走十二節就超過一艘三桅戰艦三節路程。而且，他只要一上岸，怎麼會找不到朋友呢？」

從這番話中能清楚知曉，弗朗茲的東道主辛巴達老爺交遊廣闊，和地中海沿岸的走私客和強盜保持聯繫，這讓他持續擁有一種相當奇特的地位。

至於弗朗茲，基度山不再有羈留他的理由，他已經放棄搜尋岩洞祕密的希望，於是他一邊匆匆吃早飯，一邊吩咐水手，等他吃完就把小帆船準備好。
半個小時後，他上了船。
他向遊艇瞥了最後一眼，遊艇即將消失在韋基奧港灣裡。
他發出啟航的信號。
正當小帆船啟動時，遊艇也消失得無影無蹤。
於是，關於昨夜的最後一點痕跡煙消雲散了：晚餐、辛巴達、大麻、雕像，對弗朗茲來說，全都消失在同一個夢境中。
小帆船航行了一天一夜，第二天日出時，基度山島也隱沒不見了。
弗朗茲一上岸，他至少暫時忘卻了甫發生的事，他在佛羅倫斯了結了尋歡作樂和應酬往來等事，一心要跟同伴會合，同伴正在羅馬等著他呢。
接著他動身了，星期六傍晚，他坐郵車來到海關廣場。
正如上述，房間已經預訂好了，他只需要抵達帕斯特里尼老闆的飯店。但這可不是容易的事，因為街上人山人海，羅馬已經處於大節日前那種吵吵嚷嚷、喧鬧不已的狀態中。在羅馬，每年有四大節慶：狂歡節、聖難週、聖體瞻禮和聖彼得節。
在其餘日子裡，這座城市處於麻木陰沉、要死不活的狀態，這讓羅馬就像現世和陰府之間的中繼站。然而

35 科西嘉島的東南部港口。

這個中繼站是個崇高的，滿富詩意和特色的憩息地，弗朗茲已經待過五、六次，每次他都感到特別美妙，特別神奇。

他終於穿過不斷增加和越來越興奮的人群，到達了飯店。他才開口詢問，飯店服務人員就用已有客人包下出租馬車和飯店已客滿的傲慢態度回答他。倫敦飯店已沒有空房了。於是他讓人把自己的名片送到帕斯特里尼老闆那裡，並要求見阿爾貝．德．莫爾賽夫。這個辦法成功了，帕斯特里尼老闆親自跑出來，對讓客人久等表示歉意，並責備侍者，從那個向遊客兜售生意的導遊手裡拿過蠟燭盤，準備將他領到阿爾貝那裡，這時阿爾貝出來迎接他。

預訂的套房由兩個小房間和一個盥洗室組成。兩個房間都臨向街道，帕斯特里尼強調這個優點，認為價值難以估量。這層樓的其餘部分租給了一個富豪，他可能是西西里或馬耳他人，飯店老闆無法確定這個遊客屬於哪一個民族。

「好極了，帕斯特里尼老闆，」弗朗茲說：「我們必須馬上用晚餐，明天和隨後幾天，我們需要一輛四輪敞篷馬車。」

「晚餐嘛，」飯店老闆回答：「馬上為你們端上來，至於四輪敞篷馬車……」

「怎麼！至於四輪敞篷馬車……」阿爾貝大聲說：「等等，等等！別開玩笑，帕斯特里尼老闆，我們需要一輛四輪敞篷馬車。」

「先生，」飯店老闆說：「我們會竭盡所能為你們準備。我只能這麼說。」

「我們什麼時候能得到答覆？」弗朗茲問。

「明天早上。」飯店老闆回答。

「見鬼！」阿爾貝說：「我們要多付一些錢了，不就是這回事嘛。在德拉克或者阿隆車行，平常日子每天二十五法郎，每逢星期天和節日三十至三十五法郎，再加上每天五法郎的傭金，總共是四十法郎，就這樣說定了。」

「我擔心即使付一倍價錢，那些車行老闆也弄不到馬車呢。」

「那麼牽幾匹馬，套在我的四輪敞篷馬車上吧，我的馬車在旅途中損壞了邊角，但無大礙。」

「找不到馬。」

阿爾貝望著弗朗茲，那神情就像不理解這個回答似的。

「您明白嗎，弗朗茲？找不到馬，」他說：「驛馬呢，難道也沒有嗎？」

「半個月前都租光了，目前只剩下業務上不可或少的幾匹。」

「對此您有什麼話要說？」弗朗茲問。

「我說，一旦有什麼事超過了我的理解力，我往往不會糾纏在上頭，而是去考慮另一件事。晚餐準備好了嗎，帕斯特里尼老闆？」

「是的，閣下。」

「那麼，我們先吃晚飯。」

「但四輪敞篷馬車和馬匹呢？」弗朗茲問。

「放心吧，親愛的朋友，時候到了自然會出現，就看出多少價錢了。」

莫爾賽夫認為，只要錢包或皮夾塞滿了錢，沒有辦不到的事。他抱著這種可敬可佩的哲學吃晚飯、躺上床、呼呼大睡，夢見他坐上六匹馬拉著的四輪敞篷馬車，在狂歡節跑遍羅馬。

33 羅馬強盜

第二天，弗朗茲先醒，一醒就拉鈴。

鈴聲還響著，帕斯特里尼老闆已親自進來了。

「您好，」老闆甚至不等弗朗茲問他，便得意洋洋地說：「閣下，昨天我無法貿然答應你們，是因為你們動作太慢，很明顯，狂歡節的最後三天，羅馬連一輛四輪敞篷馬車也沒有了。」

「是的，」弗朗茲接著說：「就是最需要馬車的那幾天。」

「怎麼了？」阿爾貝進來問：「沒有馬車？」

「是的，親愛的朋友，」弗朗茲回答：「您一下子就猜中了。」

「所以，你們這永恆的城市真是一個了不起的城市！」

「是啊，閣下，」帕斯特里尼老闆又說，他想在遊客眼裡保持基督教世界首都的某種尊嚴：「是啊，從星期天上午直到星期二晚上，租不到四輪敞篷馬車；但從現在到星期天上午，如果您願意，找五十輛都可以。」

「啊！這已經不錯了。」阿爾貝說：「今天是星期四，從現在到星期天，誰知道會發生什麼事呢？」

「要是來一萬至一萬二千名遊客，」弗朗茲回答：「他們會讓租車變得更加困難。」

「我的朋友，」莫爾賽夫說：「目前有什麼就享受什麼吧，別為未來操心了。」

「至少，」弗朗茲問：「我們能租到一個觀景窗吧？」

「朝哪裡的？」

「當然朝行市區！」

「啊，一個窗口，」帕斯特里尼老闆喊道：「不可能！絕對不可能！多里亞宮的六樓本來還剩下一個窗口，後來以每天二十個西昆[36]租給了一個俄國親王。」

兩個年輕人吃驚地面面相覷。

「那麼，親愛的，」弗朗茲對阿爾貝說：「您知道我們最好怎麼辦？我們到威尼斯去過狂歡節。在那裡，即使我們租不到馬車，至少還有貢多拉[37]。」

「啊！說實話，不！」阿爾貝高聲地說：「我已決定在羅馬度過狂歡節，哪怕踩高蹺，我也要上街去看。」

「啊！」弗朗茲嚷道：「這是一個絕妙的主意，尤其還能吹滅長明燭。我們可以扮成駝背吸血鬼或隆德[38]的居民，我們會得到驚人的成功。」

「兩位閣下是否想從現在到星期天雇一輛馬車？」

「當然！」阿爾貝說：「您認為我們要像法院的辦事員那樣，以步當車，跑遍羅馬的大街小巷嗎？」

「我會盡快執行兩位的吩咐。」帕斯特里尼老闆說：「不過預先告訴兩位，馬車每天要花六個皮阿斯特。」

「我呢，親愛的帕斯特里尼先生，」弗朗茲說：「我不像我們的鄰居，不是個百萬富翁。我也要預先告訴

36 威尼斯的古金幣。
37 威尼斯平底狹長的輕舟，用作交通工具。
38 法國西南部省分，臨大西洋，沙質平原，多森林沼澤。

您，由於我是第四次到羅馬，我知道四輪敞篷馬車在平常日子、星期天和節日的價錢。今天、明天和後天，我們給您十二皮阿斯特，您可以大賺一筆。」

「但是，閣下……」帕斯特里尼想抗辯。

「好了，親愛的老闆，好了。」弗朗茲說：「要不然我親自跟您的搭檔講價，他也是我的搭檔，一個老朋友，他一生中已經騙了我不少錢，為了能再繼續騙下去，他會出比我給您的更低的價錢，您會因此失去差價，那只能怪你自己了。」

「閣下無需事必躬親，」帕斯特里尼老闆說，帶著一個義大利投資客承認失敗的笑容：「我竭盡所能，希望您能滿意。」

「好極了！我們彼此心照不宣。」

「您什麼時候要車？」

「過一小時。」

「一小時後馬車就停在門口。」

果然，一小時後，馬車等候著兩個年輕人，那是一輛普通的出租馬車，由於時值慶典，它已被提升至四輪敞篷馬車的地位。不管外表如何寒傖，兩個年輕人還是很高興能在最後三天找到這樣一輛馬車。

「閣下！」導遊看見弗朗茲把頭伸出窗口，便叫道：「要把華麗四輪馬車駛近王宮嗎？」

即使弗朗茲早已習慣義大利人的浮誇，他仍下意識環顧四周。但這句話確實是對著他說的。

弗朗茲是閣下，華麗四輪馬車是出租馬車，王宮是倫敦飯店。

這個民族熱愛恭維人的才能全都反映在這一句話中。

弗朗茲和阿爾貝走下樓。華麗四輪馬車駛近「王宮」。兩位「閣下」伸長腿擱在軟墊長凳上，導遊跳進來坐在後座。

「兩位閣下要去哪裡？」

「先到聖彼得教堂，然後到競技場。」阿爾貝以道地巴黎人的口氣說。

但阿爾貝不知道：參觀聖彼得教堂需要一天時間，研究它需要一個月，因此一天僅夠參觀這座教堂。

兩個朋友忽然發覺天色暗了下來。

弗朗茲掏出懷錶，已經四點半。

他們馬上打道回府。在門口，弗朗茲吩咐車伕八點鐘準好車，他想讓阿爾貝看看月光下的競技場，就像他想讓阿爾貝看看白天的聖彼得教堂那樣。讓朋友參觀一個自己看過的城市，正如讓人看一個曾是自己情婦的女人，十分熱情殷勤。

弗朗茲為車伕畫出行車路線。從人民城門出城，沿著外城牆走，再從聖焦萬尼門進城。這樣，競技場便能突如其來出現在他們面前。而卡比托山丘[39]、古羅馬廣場、塞提米歐．塞維洛[40]的拱門、安東尼和法斯提娜的神廟、聖山不會是必經景點，而使得競技場黯然失色。

他們開始進餐。帕斯特里尼老闆原先答應兩位房客準備一桌精美的宴席，他卻端出一頓勉勉強強的晚飯，對此也沒什麼可說的。

39 山丘上有朱彼特神廟遺址，原為古羅馬的宗教中心。

40 塞提米歐．塞維洛（一四六—二一一），羅馬皇帝（一九三—二一一），一生征戰，死在英國。

晚飯結束時，他親自來了，弗朗茲起初以為他是來聽恭維話的，已準備好列舉一番，不料才開口，老闆就打斷他說：「閣下，承蒙贊許，不勝榮幸。但我上樓到這裡來不是為了這事……」

「是為了告訴我們，您找到了一輛馬車嗎？」阿爾貝點燃雪茄，問道。

「更不是，閣下，您最好別再想這件事，將就吧。在羅馬，事情要嘛辦得到，要嘛辦不到。當別人對您說辦不到時，就完結了。」

「在巴黎，事情好辦得多，辦不到時就付一倍的錢，馬上能得到想要的東西。」

「我聽到每個法國人都這麼說，」帕斯特里尼老闆有些生氣地說：「這就讓我不明白，他們為什麼要旅行。」

「因此，」阿爾貝說，淡漠地向天花板吐出煙圈，往後翹起扶手椅的兩隻腳，搖搖晃晃，「像我們這樣旅行的人都是瘋子和傻子，理智的人不會離開赫爾德街的公館、根特大街和巴黎咖啡館。」

不用說，阿爾貝就住在上面提到的那條街上，每天故作時髦地散步，天天到那家咖啡館吃飯，而且，要與侍者打好關係才行。

帕斯特里尼老闆沉默半晌，很明顯，他在考慮如何回答，無疑地，他對這個說詞不甚了然。

「不管怎麼說，」弗朗茲說話了，他打斷老闆的沉思，「您來是有目的的，您願意說明來意嗎？」

「啊！沒錯，是這樣的，您吩咐四輪敞篷馬車八點鐘過來是嗎？」

「沒錯。」

「您們想參觀 il Colosseo？」

「就是競技場嗎？」

「一點沒錯。」

「是的。」

「您吩咐車伕從人民城門出城，繞城牆一圈，再從聖焦萬尼門進城嗎？」

「我是這樣說的。」

「那麼，這條路線不能走。」

「不能走！」

「或者說非常危險。」

「危險！為什麼？」

「因為那個大名鼎鼎的路易季·瓦姆帕。」

「首先，親愛的老闆，這個大名鼎鼎的路易季·瓦姆帕是什麼人呢？」阿爾貝問：「他在羅馬也許大名鼎鼎，但我告訴您，他在巴黎無人知曉。」

「什麼！您不知道他？」

「我沒有這種榮幸。」

「您不曾聽人提起過他的名字？」

「從來沒有聽人說過。」

「那麼，他是一個強盜，跟他相比，德澤拉里和加斯帕羅內之流，都成了唱詩班的孩子。」

「小心啊，阿爾貝！」弗朗茲大聲說：「那畢竟是個強盜！」

「我事先告訴您，親愛的老闆，您對我們說的話，我一個字也不相信。我們之間先確定這一點，您愛怎麼說都行，我洗耳恭聽。『從前……』是什麼，說啊！」

帕斯特里尼轉向弗朗茲，他覺得兩個年輕人中，弗朗茲更理智。我們應該對這個正直的人說句公道話，他這輩子接待過許多法國人，但他從來不曾理解他們的某些想法。

「閣下，」他非常慎重地說，正如上述，他是對弗朗茲說話：「如果您把我看作一個說謊者，我要對您說的話就不必說了。但我向您表明，這是為了兩位閣下好。」

「阿爾貝沒有說，您是一個說謊者，親愛的帕斯特里尼先生，」弗朗茲回答：「他對您說，他不相信您的話，如此而已。但我呢，我相信您的話，放心吧，請說下去。」

「但是，閣下，您明白，如果懷疑我是否誠實……」

「親愛的，」弗朗茲又說：「您比卡珊德拉[41]更多疑，不過即使她是女預言家，卻無人聽信；而您呢，至少有一半聽眾相信您。請坐下，告訴我們瓦姆帕先生是什麼人。」

「我已經對您說過了，閣下，那是一個強盜，從著名的馬斯特里拉出現以來，我們還沒有見過這樣厲害的強盜。」

「那麼，這個強盜跟我讓車伕從人民城門出城，再從聖焦萬尼門進城的吩咐，兩者之間有什麼關聯？」

「總之，」帕斯特里尼老闆回答：「您能從第一個城門出去，但我懷疑您能從另一個門進城。」

「為什麼呢？」弗朗茲問。

「因為天黑以後，離城門五十步的地方難保安全。」

「此話當真？」阿爾貝大聲問。

「子爵先生，」帕斯特里尼老闆說，阿爾貝懷疑他說話的真實性，深深傷害到他的自尊心，「我沒有跟您說話，而是跟您的旅伴說話，他瞭解羅馬，知道不能拿這種事開玩笑。」

「親愛的，」阿爾貝對弗朗茲說：「這倒是一次現成的、絕妙的冒險，我們在馬車裡裝滿手槍、霰彈槍和雙銃槍。路易季．瓦姆帕若來攔截，我們就抓住他。我們把他帶回羅馬，獻給教皇陛下，表示敬意。教皇陛下會問我們，如何犒賞我們立下的大功。於是我們只簡單要求一輛華麗四輪馬車和教皇馬廄裡的兩匹馬。於是，我們就可以坐在馬車裡觀看狂歡節，說不定羅馬民眾出於感激，還可能在卡比托山丘上為我們戴上花冠，宣揚我們就像庫提烏斯[42]和賀拉提烏斯．柯克萊斯那樣，是他們祖國的拯救者。」

正當阿爾貝推演出這個設想時，帕斯特里尼老闆做了一個難以言喻的怪臉。

「首先，」弗朗茲問阿爾貝：「您到哪裡去找那些塞滿馬車的手槍、霰彈槍和雙銃槍呢？」

「事實是，我的裝備裡確實沒有，」阿爾貝回答：「因為在特臘契納[43]時，我連匕首都被偷走了。您呢？」

「我在阿夸彭登泰，也有同樣遭遇。」

「啊！親愛的老闆，」阿爾貝用第一根雪茄的菸蒂點燃第二根雪茄，說道：「您知道這個辦法對盜賊非常合適，而且我還沒有跟他們算總帳呢？」

不用說，帕斯特里尼老闆感到開這個玩笑會自討苦吃，因為他只回答了一半問題，而且是對弗朗茲說話，他認為只有弗朗茲還有理智，他們還能溝通。

---

41 特洛伊公主，為阿波羅所愛，賦予她預言的本領，但她拒絕了阿波羅的愛情。阿波羅為了報復，使誰都不信她的預言。她預言特洛伊城中木馬計而淪陷，但無人相信。
42 庫提烏斯為西元前四世紀羅馬英雄，相傳在保衛羅馬的戰鬥中犧牲。
43 義大利西部港口，在羅馬南部。

「閣下知道，遭到強盜襲擊時，自衛通常是不行的。」

「什麼！」阿爾貝大聲地說，想到要俯首稱臣地任人搶劫，不禁怒火上升，「什麼！通常不行？」

「不行，因為一切反抗都沒有用。要是有十一、二個強盜從壕溝裡、破屋裡或者下水道裡跳出來，全對著您瞄準，您能怎麼辦呢？」

「見鬼！我寧願被殺！」阿爾貝高聲說。

飯店老闆轉向弗朗茲，那種神情意味著：閣下，您的夥伴一定是瘋了。

「親愛的阿爾貝，」弗朗茲又說：「您的回答是偉大的，比得上老高乃伊[44]那句『讓他去死吧』。不過，賀拉斯這樣回答時，關係到羅馬的存亡，那是很值得捐軀的。至於我們，請想想，這是一時的心血來潮，為此拿生命去冒險，是很可笑的。」

「啊！per Bacco[45]！」帕斯特里尼老闆喊道：「好極了，這就叫一語中的。」

阿爾貝為自己斟了一杯義大利麝香葡萄酒，小口喝著，一面咕噥著一些聽不清楚的話。

「好了，帕斯特里尼老闆，」弗朗茲說：「現在我的夥伴已經冷靜下來，您盡可相信我的個性是隨和的，現在，請說說看，路易季．瓦姆帕是怎樣的大人物？他是牧童還是貴族？年輕還是年老？矮還是高？請描繪一下他，如果我們碰巧在上流社會遇到他，就像遇到約翰．斯博加爾或萊拉，至少能認出他來。」

「想瞭解詳情，問我就對了，閣下，因為我認識路易季．瓦姆帕的時候，他還是個孩子。有一天我從費倫蒂諾到阿拉特里，落到他手上，我運氣很好，他記得我們以前曾經相識，便放我走，不僅不需付贖金，還送給我一支非常漂亮的錶，並且說了他的經歷。」

「我們看看那隻錶。」阿爾貝說。

帕斯特里尼從小口袋掏出一支精美的布雷蓋[46]懷錶，上面刻著製造者的名字，巴黎的印記和伯爵的冠冕。

「就是這個。」他說。

「喲！」阿爾貝說：「恭喜您，我也有一支幾乎一模一樣的錶。」他從背心口袋掏出自己的懷錶，「我花了三千法郎。」

「讓我們聽聽他的經歷，」弗朗茲說，他拉來一把扶手椅，示意帕斯特里尼坐下。

「兩位容許我坐下嗎？」老闆說。

「當然。」阿爾貝說：「您又不是佈道者，要站著說話，親愛的。」

飯店老闆向這兩位聽眾恭恭敬敬地各鞠了一躬，然後坐下。這鞠躬是要表示，他已準備如實道出他們想知道的關於路易季．瓦姆帕的所有情況。

「啊，」正當帕斯特里尼老闆要開口時，弗朗茲止住了他：「您說認識路易季．瓦姆帕的時候，他還是個孩子，所以他還是個年輕人囉？」

「怎麼，是個年輕人！我想是的，他才二十二歲。哦，他是一條好漢，前途無量，你們等著看吧。」

「阿爾貝，您覺得如何？二十二歲就已經名聞遐邇，真有出息。」弗朗茲說。

「沒錯，在他這個年紀，亞歷山大、凱撒和拿破崙還沒有這樣頭角崢嶸呢。」

---

44 高乃伊（一六〇六—一六八四），法國古典主義悲劇奠基作家，代表作為《勒．熙德》、《賀拉斯》。《賀拉斯》描寫賀拉斯孿生三兄弟與庫里亞斯孿生三兄弟進行決鬥，以了結羅馬和阿爾布之間的長期爭端，最後只剩下最小的賀拉斯。

45 義大利文：哎呀！

46 從十八世紀下半葉延續至今的法國著名鐘錶匠家族。

「所以，」弗朗茲對老闆說：「故事的主角只有二十二歲？」

「剛滿二十二歲，我已榮幸地告訴過您。」

「他是高是矮？」

「中等身材，跟閣下差不多。」老闆指著阿爾貝說。

「謝謝這樣比較。」阿爾貝鞠了一躬說。

「請說下去，帕斯特里尼老闆，」弗朗茲說，對朋友的敏感微微一笑：「他屬於什麼社會階層？」

「他是聖費利切伯爵農莊裡一個普通的牧童，這個農莊位於帕萊斯特里納和加布里湖之間。他生在帕姆皮納拉，五歲時便為伯爵幹活。他的父親也在阿納尼放牧，有一小群牲口。他家就靠綿羊毛和羊奶製品生活，由他父親載到羅馬賣掉。

「從小時候，小瓦姆帕就性格古怪。七歲的時候，他找到帕萊斯特里納的本堂神父，請求神父教他識字。這是很困難的事，因為小牧童無法離開他的羊群。但善良的本堂神父每天會到一個貧困的小鎮做彌撒，那個鎮太小，負擔不起一個教士。那個鎮甚至沒有名字，一般人叫它博爾戈。神父向路易季提議，等在他回程的半路上，他會幫他上課，並說好上課時間很短，要好好利用。

「孩子興高采烈地接受了。

「每天，路易季把羊群帶到帕萊斯特里納到博爾戈的路上放牧。每天早上九點，本堂神父路過，教士和孩子就坐在一條溝渠邊上，小牧童把本堂神父的《日課經》當作教材。

「三個月後，他學會念書。

「那還不夠，他還要學會寫字。

教士和孩子坐在壕溝邊，以《日課經》學習功課。

「教士請一個羅馬的書法教師寫了三套字母表：一套大字，一套中字，一套小字，他讓孩子按照字母表，用鐵針臨摹在石板上，因此學會寫字。

「當天傍晚，把羊群趕回農莊以後，小瓦姆帕跑到帕萊斯特里納的鎖匠家裡。要了一枚大鐵釘，燒紅之後鎚打，讓鐵釘變得又圓又尖，成為像古代探針一樣的東西。第二天，他搜集了許多石板，開始摹寫。

「本堂神父看他這樣聰明，十分驚奇，又發現他很有天分，十分感動，就送他好幾本筆記簿，一捆鉛筆和一把削筆刀。

「這是一門新功課，但跟第一門功課相比，算不了什麼。一星期之後，他使用鉛筆就像使用那支鐵針一樣得心應手。

「本堂神父把這件軼事說給聖費利切伯爵聽，伯爵想見見小牧童，讓他當著自己的面念書寫字，然後吩咐管家讓孩子與僕人一起吃飯，而且每個月給他兩個皮阿斯特。

「路易季用這筆錢買了書和鉛筆。

「他把自己這種善於模仿的能力用在各方面，就像小時候的喬托[47]一樣，在石板上畫母羊、樹木、房子。

「後來，他開始用鉛筆刀在木頭上雕刻，削成各種形狀。民間雕塑家皮內利就是這樣起步的。

「一個六、七歲，也就是比瓦姆帕小一點的女孩子，也在帕萊斯特里納附近的一個農莊看羊。她是孤兒，生在瓦爾蒙托內，名叫泰蕾莎。

「兩個孩子相遇，併肩坐下，讓羊群混在一起吃草，他們聊天、嘻笑、玩耍。傍晚，他們把聖費利切伯爵和切爾韋特里男爵的羊群分開，然後道別，回到各自的農莊，約定第二天早上再見面。第二天，他們遵守諾言，就這樣，兩人肩並肩長大。

「瓦姆帕到了十二歲，而小泰蕾莎十一歲。他們的性情也還在發展。路易季獨處時盡可能發展他的藝術興趣，除此之外，他會突然感到憂鬱，不時激動，隨意發火，總愛冷嘲熱諷。帕姆皮納拉、帕萊斯特里納或瓦爾蒙托內的小伙子不僅沒有人能夠左右他，而且無法成為他的夥伴。他脾氣倔強，從不肯屈膝讓步，這讓所有示好和同情都離他遠遠的。除了泰蕾莎，她一句話、一個眼神、一個手勢，就能主宰這個性格固執的人，他對這個女人言聽計從，而對任何其他男人都毫不屈服，無法通融。

「相反的，泰蕾莎熱情、靈活、開朗，且喜愛打扮，聖費利切伯爵的管家給路易季的兩個皮阿斯特，他賣給羅馬玩具商雕刻小玩意兒的所有收入，都換成了珍珠耳環、玻璃項鍊、金胸針。因此，靠著她朋友的慷慨大方，泰蕾莎成了羅馬一帶最漂亮、打扮最時髦的農莊女孩。

「兩個孩子繼續長大，天天廝守在一起，毫無衝突地任憑各自的天性發展。在他們的交談、願望和夢想中，瓦姆帕總是想像自己成為艦長、將軍或一省總督；而泰蕾莎則想像自己變得富裕，身穿最漂亮的長裙，穿著制服的僕從隨侍在側。他們鎮日以這種異想天開的、閃耀光芒的畫面編織他們的未來，然後道別，各自把羊群領回羊圈，從夢想雲端跌回卑微的現實中。

「有一天，年輕的牧童告訴伯爵管家，他看到一隻狼從薩比納山裡下來，在他的羊群周圍徘徊。管家給了他一支槍，這正是瓦姆帕渴望的東西。

「這支槍剛好是優良的布雷夏[48]產的，與英國馬槍一樣性能優良。只是有一天伯爵痛打一隻受傷的狐狸時，敲碎了槍托，這支槍就廢置不用了。

「對一個像瓦姆帕這樣的雕刻家來說，那並不礙事。他檢查原來的槍托，估量出該換多大的槍托才能讓自己瞄準，並因此製造出另一個槍托，上面刻滿精美絕倫的裝飾，如果他將這塊木頭拿到城裡去賣，一定能賺到十五或二十個皮阿斯特。

「但他沒有這樣做，一支槍是這個年輕人夢寐以求的。在所有以獨立代替自由的國家裡，凡是好勇善鬥、體格強健的人，首先需要的，就是一支槍，既能攻，又能守，有了槍便可以無所忌憚，讓人生畏。

「從這時起，瓦姆帕利用所有空閒時間練槍。他買了火藥和子彈，一切都成了他的目標：生長在薩比納山坡上枝瘦老弱的灰色橄欖樹幹；夜裡鑽出洞穴覓食的狐狸，以及在空中翱翔的老鷹。不久，他的槍法變得非常嫻熟，泰蕾莎起初聽到槍聲感到害怕，如今克服了恐懼，很樂意觀看她年輕的同伴隨心所欲地用子彈打中目標，準確得就像用雙手奉上一樣。

「有天晚上，從兩個年輕人常待的松樹林跑出一隻狼，狼在平地上走不到十步，便一命嗚呼了。瓦姆帕對這漂亮的一擊得意洋洋，把狼扛在肩上，帶回農莊。

「這些大小事讓路易季在農莊一帶小有名氣，一個不尋常的人不管待在哪裡，總會出現一批崇拜者。附近的人把這個年輕牧童說成方圓十法里最靈巧、最能幹、最勇敢的農民。儘管泰蕾莎在更大範圍內被視為薩比

47 喬托（約一二六六—一三三七），義大利畫家、雕塑家、建築師，作品有《悲悼聖弗蘭西斯》等。
48 義大利北部城市。

納最漂亮的女孩之一，但沒有人敢對她調情，因為大家都知道瓦姆帕愛她。

「可是兩個年輕人不曾互相表白過。他們緊挨著一起長大，彷彿兩棵樹，樹根在地底下盤繞糾纏，枝幹地面上環抱交錯，花香也在空氣中相互融合。不過，他們有相見的共同願望，這變成一種需要，他們寧願死去，也不願一日分離。

「泰蕾莎十六歲，瓦姆帕十七歲。那時，大家議論紛紛，提到在萊皮尼山一帶糾結成群的強盜。羅馬附近，嚴格說來並未斬除強盜。盜賊有時缺乏首領，但只要出現一個首領，他是不會沒有嘍囉的。

「著名的庫庫梅托曾在拿波里作亂，他在阿布魯佐[49]山區受到圍剿，被逐出拿波里公國[50]，像曼弗雷德一樣穿過加利格利亞諾河[51]，來到索尼諾和尤佩爾諾之間，躲在阿馬齊納河畔。

「他一心重振旗鼓，步德切扎里和加斯帕羅內的後塵，他希望不久後能超越二人。帕萊斯特里納、弗拉斯卡蒂和帕姆皮納拉的幾個年輕人失蹤了。起初大家還為他們擔憂，不久，才知道他們加入庫庫梅托的匪幫。

「過了一段時日，庫庫梅托成了大家關注的目標。大家議論紛紛這個強盜頭子的膽大包天，以及讓人反感的殘忍野蠻。

「有一天，他虜走了一個女孩，那是弗羅齊諾內土地測量員的女兒。強盜的法律是很實際的，女孩先歸那個劫持她的強盜所有，接著其他人以抽籤方式占有她，不幸的女孩受到這夥人的蹂躪，直到被他們拋棄，或者死去。

「如果她的父母富有，想把她贖回來，強盜就派出一個使者進行談判。肉票的項上人頭保障了使者的安全。如果對方不願支付贖金，肉票即被判處死刑。

「那個女孩的情人就在庫庫梅托的組織裡，他名叫卡爾利尼。

「當她認出年輕人，向他求援，以為自己即將得救。但可憐的卡爾利尼認出她後，心碎腸斷，因為他已料到等待著自己情人的是什麼樣的命運。

「不過，由於他是庫庫梅托眼前的紅人，三年來與庫庫梅托共患難。曾有一個憲兵舉起軍刀對準庫庫梅托的腦袋，他一槍擊倒了憲兵，救了庫庫梅托的性命。卡爾利尼因此希望庫庫梅托對她手下留情。

「於是他把強盜首領拉到一邊，而那個女孩靠坐在林中空地一棵巨大松樹上，以羅馬農婦的雅致頭巾作為面紗，遮住自己的臉龐，不讓強盜們虎視眈眈的目光看見。

「卡爾利尼把一切都告訴了首領，他與肉票的愛情，他們的海誓山盟，自從他們來到這一帶，每夜他們如何在廢墟裡幽會。

「剛好這一夜庫庫梅託派卡爾利尼到鄰近的村莊，他無法赴約。而庫庫梅托的說法，他偶然去到那裡，於是他擄走了女孩。

「卡爾利尼哀求首領為他破例，尊重麗塔，並說她的父親很有錢，會付一筆可觀的贖金。

「庫庫梅托似乎接受了朋友的哀求，要他找一個牧羊人，到弗羅齊諾內麗塔父親家裡報信。

「卡爾利尼滿心喜悅地走近女孩，告訴她，她得救了，要她寫信給父親，信裡敘述她出事了，並告訴他贖金訂為三百皮阿斯特。

49 在亞平寧山脈中部。

50 義大利當時處於分裂狀態，拿波里王國滅於一八六一年。

51 義大利中部河流。

「給她父親的期限是十二小時，也就是說，直到第二天早上九點鐘。

「信寫好後，卡爾利尼搶過信，馬上奔向平地尋找一個使者。

「他找到一個正將羊群關進羊圈的年輕牧羊人。強盜的使者自然是牧羊人，牧羊人生活在城市與山林之間，蠻荒和文明之間。

「年輕牧羊人立刻動身，答應在一小時內趕到弗羅齊諾內。

「卡爾利尼滿心喜悅地回來，要把這個好消息告訴他的情人。

「他在林中空地找到那夥強盜，他們正高高興興地吃著像徵稅一樣向農民勒索來的食物。在那些開心的、大快朵頤的人群間，他沒有找到庫庫梅托和麗塔。

「他詢問他們在哪兒，強盜們爆出一陣鬨笑。冷汗從他的額頭流下，他恐慌不安，頭髮倒豎。

「他又問了一次。一個正大吃特吃的強盜斟滿一杯奧爾維埃托[52]葡萄酒，遞給他說：『祝福正直的庫庫梅托和漂亮的麗塔健康！』

「這時，卡爾利尼似乎聽到女人的叫聲。他猜到一切。他抓起酒杯，砸向那個遞給他的人臉上，朝發出呼叫聲的方向衝去。

「跑了約百步，在一簇灌木叢的轉角，他看到麗塔昏死在庫庫梅托的懷裡。

「一看到卡爾利尼，庫庫梅托雙手各拿起一把手槍，站起身。

「兩個強盜迎面對峙了一會兒：一個嘴上掛著淫蕩的笑容，另一個臉上如死去般慘白。

「就在兩人之間即將爆發一場慘劇時，卡爾利尼的面容逐漸放鬆下來，他的手原已按在腰帶的一把手槍上，這時也垂落在身邊。

「麗塔躺在他們兩人之間。

「月光照亮了這個場景。

「『喂，』庫庫梅托對他說：『你已經完成交給你的差事嗎？』

「『是的，老大，』卡爾利尼回答：『明天九點鐘以前，麗塔的父親會帶著錢來到這裡。』

「『好極了。這段時間，我們要度過一個快活的夜晚。這個女孩很迷人，說實話，你很有眼光，卡爾利尼兄弟。我並不自私，我們回到大夥兒身邊去吧，抽籤看她現在屬於誰。』

「『意思是，您決定按慣例處理她囉？』卡爾利尼問。

「『為什麼要為她破例呢？』

「『我原以為在我哀求下……』

「『你比別人更有權利嗎？』

「『說得沒錯。』

「『放心好了，』庫庫梅托笑著說：『遲早會輪到你。』

「卡爾利尼幾乎要把牙關咬碎了。

「『喂』，庫庫梅托朝那夥大吃大喝的強盜邁了一步，『你要來嗎？』

「『我隨後就來……』

52 義大利城市，以產白葡萄酒聞名。

「庫庫梅托走開了，但仍盯著卡爾利尼，無疑地他擔心卡爾利尼從背後放槍。但卡爾利尼身上卻絲毫不見一絲敵意。他環抱雙臂，站在昏迷不醒的麗塔身邊。

「當下，庫庫梅托想到，年輕人會抱起她逃走。但現在他已無所謂，他已經得逞地占有了麗塔。至於那筆錢，三百皮阿斯特分給大夥兒，數目少得可憐，他毫不放在心上。

「因此他繼續朝林中空地走去，但是，讓他大為吃驚的是，卡爾利尼幾乎與他同時到達。

「『抽籤！抽籤！』強盜們看到首領都叫了起來。

「每個人的眼睛都因醉意和淫蕩而透出光芒，篝火將他們的身體照得殷紅，他們簡直就像魔鬼一般。

「他們的要求是合理的，首領因此點頭表示同意。所有人的名字都放在一頂帽子裡，卡爾利尼的名字與別人的混在一起。一名最年輕的強盜從臨時票箱取出一票。

「上面寫著迪亞沃拉喬的名字。他就是剛才向卡爾利尼提議祝福首領健康，而卡爾利尼以朝他臉上砸酒杯回敬的那個人。一道很寬的傷口，從他的太陽穴直裂開到嘴邊，鮮血不斷湧出來。「迪亞沃拉喬看到自己鴻運當頭，發出一陣大笑。

「『老大，』他說：『剛才卡爾利尼不願為您的健康乾杯，您向他提議為我的健康乾杯吧。他不給我面子，或許他會給您面子。』

「人人都以為卡爾利尼暴跳如雷，但讓他們吃驚的是，他一手拿起一支酒杯，另一隻手拿起一支長頸大肚瓶，斟滿了酒：『祝你健康，迪亞沃拉喬。』他用異常鎮靜的聲音說。他一飲而盡，甚至手連抖一下都沒有。接著他坐在火堆旁：「『我的那份晚餐呢？』他說：『奔波了半天，倒是餓了。』

「『卡爾利尼萬歲！』強盜們喊道。『好極了，這樣才像個好夥伴。』

「大家又圍在篝火旁，而迪亞沃拉喬走開了。卡爾利尼又吃又喝，彷彿什麼事也沒有發生。

「強盜們驚訝地看著他，不明白他為何這樣無動於衷。這時，身後響起沉重的腳步聲。他們轉過身，看見迪亞沃拉喬抱著那個女孩。她的頭往後仰著，長髮垂到地上。

「那兩個人走進篝火映照的光圈內，大家發現女孩和強盜的慘白臉色。

「那兩個人的出現如此古怪，如此肅穆，以致每個人都站了起來，除了卡爾利尼例外，他仍然坐著，繼續吃喝，彷彿什麼事都沒有發生。

「迪亞沃拉喬在鴉雀無聲中繼續往前走，將麗塔放在老大腳下。這時大家才明白女孩和強盜臉色慘白的原因：麗塔左胸下方插著一把刀，深及刀柄處。

「所有目光都投向卡爾利尼：他腰間的刀鞘是空的。

「『啊！啊！』首領說：『現在我明白卡爾利尼為什麼要留在後面了。』

『任何一個生性野蠻的人都會佩服強而有力的行動，儘管或許其他強盜都做不出卡爾利尼剛才所做的事，但大家都理解他這個舉動。

「『那麼，』輪到卡爾利尼站起來，他走近屍體，手按在一把槍的槍把上，說道：『還有人跟我爭奪這個女人嗎？』

「『沒有，』首領說：『她是屬於你的！』

「這時，卡爾利尼把她抱在懷裡，走出篝火照耀的光圈之外。

「庫庫梅托像往常一樣安排好哨兵，強盜們裹著大衣，圍著篝火睡下。

「半夜，哨兵發出警報，剎那間，首領和他的夥伴們都跳了起來。

「麗塔的父親親自來了，帶著他女兒的贖金。

「『拿去，』他將錢袋遞給庫庫梅托，說：『這是三百皮阿斯特，把我的女兒還給我。』

「但首領沒有接過錢袋，只是示意他跟著自己。老人聽從了，兩個人在樹林下走著，月光透過枝葉縫隙灑下來。最後，庫庫梅托停下，伸手指向待在一棵樹下的兩個人：『看，』他說：『你向卡爾利尼要你的女兒吧，他會把情況告訴你的。』說完，他返回到夥伴們那邊。

「老人一動不動，目光呆滯。他感到某種未知的、難以想像的災禍即將屆臨。

「終究，他朝那對狀似不尋常的男女走了幾步，無法預料究竟是怎麼一回事。

「聽到有人靠近的腳步聲，卡爾利尼抬起頭，兩個人影清晰地呈現在老人眼前。

「一個女人躺在地上，頭擱在一個坐著俯向她的男人膝蓋上，那個男人直起身體，露出了被他緊抱在胸前的女人的面孔。

「老人認出他的女兒，而卡爾利尼認出了老人。

「『我一直在等你。』強盜對麗塔的父親說。

「『混蛋！』老人說：『你幹了什麼？』

「他恐懼地望著麗塔，她臉色慘白，紋絲不動，渾身血跡斑斑，胸上插著一把刀。

「一縷月光照在她身上，幽微的光線微微照亮了她。

「『庫庫梅托強姦了你的女兒，』強盜說：『我一直愛著她，便把她殺了，因為在他之後，她會被所有強盜玩弄。』

「老人一聲不吭，臉色變得像幽靈一樣蒼白。

「『現在，』卡爾利尼說：「如果我錯了，你為她報仇吧。』

「他從女孩的胸口上拔出刀，站起身，走過去遞給老人，並用另一隻手解開上衣，對著老人露出赤裸的胸膛。

「『你做得對，』老人用低沉的聲音對他說：『擁抱我吧，我的兒子。』

「卡爾利尼嗚咽著投向他情人的父親懷裡。那是這個血性男兒第一次流淚。

「『現在，』老人對卡爾利尼說：『請幫我安葬我的女兒。』

「卡爾利尼找來兩把十字鎬，死者的父親和情人在一棵橡樹腳下挖掘起來，橡樹茂密的枝葉能大致覆掩住女孩的墳墓。

「墳墓挖好後，死者的父親先抱吻她，然後是情人。他們一個抓著她的腳，另一個托住她的肩，把她放到墓穴裡。然後他們跪在兩旁，念起安魂禱告。結束後，他們把土推落到屍體上，直到填滿墓穴。

「這時，老人伸出手來：「『謝謝你，我的兒子！』他對卡爾利尼說：『現在，你走吧。』

「『可是……』卡爾利尼說。

「『你走吧，我命令你這麼做。』

「卡爾利尼服從了，回到同伴那裡，裹上大衣，不久就與其他人一樣沉睡。

「他們昨晚已經決定，要換個地方紮營。天亮前一小時，庫庫梅托叫醒他的手下，下令出發。但卡爾利尼想知道麗塔的父親要如何才肯離開森林。

「他朝老人待著的那個地方走去。他發現老人吊死在為女兒墓地遮蔭的橡樹枝幹上。

「於是，他對著老人屍體和女孩的墳墓發誓，要為他們復仇。

「但他無法遵守這個誓言，因為兩天後，在與羅馬憲兵的遭遇戰中，卡爾利尼喪命了。然而，讓人驚訝的是，他是面對敵人的，卻背後中彈。

「當一個強盜向夥伴指出卡爾利尼倒下時，庫庫梅托正站在他後方十步遠的地方，大家不再感覺驚訝。

「從弗羅齊諾內森林動身那天早上，他暗中跟隨卡爾利尼，聽到他的誓言，他是個小心謹慎的人，搶先一步。

「關於這個可怕的強盜頭子，還流傳了十個有過之而無不及的故事。因此，從豐迪到佩魯賈[53]，只要聽到庫庫梅托的名字，每個人都會發抖。這些故事常成為路易季和泰蕾莎的話題。

「女孩聽了這些故事瑟縮顫抖，但瓦姆帕微微一笑，拍拍他那支萬無一失的好槍，要她放心。如果她還不放心，他便指著百步之外一隻棲息在枯枝上的烏鴉，瞄準，扣扳機，烏鴉應聲落在樹下。

「歲月流逝，兩個年輕人約定，等到瓦姆帕二十歲，泰蕾莎十九歲時，他們便結婚。他們倆都是孤兒，只需要徵得主人的同意，他們提出了，並且獲得准許。

「一天，他們正談著未來計劃時，聽到兩三聲槍響。突然，一個男人從他們平時放牧羊群的附近樹林竄出，朝他們疾奔過來。

「跑到聽得到聲音的距離，他朝他們喊道：『有人追我！你們能把我藏起來嗎？』

「兩個年輕人看出，這個奔逃的人可能是個強盜。但在農民和羅馬強盜之間，有一種天生的同情心，前者總是樂於幫助後者。

「瓦姆帕一言不發，奔向用來堵住岩洞入口的石頭，推開石頭，露出洞口，示意亡命之徒躲入那個鮮為人知的洞裡，再推上石頭，坐回泰蕾莎身旁。

「四個騎馬的憲兵隨即出現在林邊，三個憲兵貌似正追蹤亡命之徒，第四個憲兵拖住一個被俘虜的強盜的脖子。

「三個憲兵巡視四周，看到兩個年輕人，便策馬過來，向他們探問。

「他們倆說什麼也沒有看到。

「『真糟糕！』隊長說：『因為我們追蹤的是強盜頭子。』

「『是庫庫梅托？』路易季和泰蕾莎禁不住同時嚷道。

「『是的，』隊長回答：『他的頭懸賞一千羅馬埃居，如果你們幫忙抓住他，你們可獲得五百。』

「兩個年輕人交換眼神。隊長一時覺得大有希望。五百羅馬埃居等於三千法郎，對於即將結婚的兩個貧窮孤兒來說，三千法郎是一大筆錢。

「『是的，真糟糕。』瓦姆帕說：『但我們沒有看到他。』

「憲兵們都搜遍了，但是一無所獲。於是，他們相繼離開了。

「瓦姆帕走去推開石頭，庫庫梅托走了出來。他透過花崗岩的縫隙，看到兩個年輕人與憲兵交談的畫面。他猜測出談話的內容，並從路易季和泰蕾莎臉上，看到了不願出賣他的堅定決心，便從口袋裡掏出一個裝滿金幣的錢袋，送給他們。

「但瓦姆帕驕傲地昂著頭，至於泰蕾莎，她想到能用這袋金幣買到華麗的首飾和漂亮衣服，眼睛就熠熠發

---

53 義大利中部城市，位於羅馬北邊。

光。

「庫庫梅托是個老奸巨猾的魔鬼撒旦，他披著強盜的外衣，實際上是一條毒蛇。他捕捉住那道閃光，看出泰蕾莎是個虛榮的女孩。返回森林的途中，他幾次回頭，且以向兩位恩人致意作為掩飾。

「幾天過去了，再沒有人看到庫庫梅托，也沒有人談起他。

「狂歡節臨近了。聖費利切伯爵宣佈將舉行盛大的化妝舞會，羅馬最風雅的人士都受到邀請。

「泰蕾莎很想看看這次舞會。路易季請求他的監護人管家，准許讓他和她混在僕役之中。他如願以償。

「伯爵很愛他的女兒卡爾梅拉，舞會就是為了取悅她而舉行的。

「卡爾梅拉正好跟泰蕾莎同齡，身材也相仿，泰蕾莎還與卡爾梅拉一樣俏麗。

「舞會當晚，泰蕾莎穿上她最漂亮的衣服，戴上她最華麗的髮釵和閃閃發光的玻璃珠飾。她穿的是弗拉斯卡提[54]婦女的服裝。

「路易季穿的是羅馬農民在節日裡所穿的特殊衣著。

「一如所得到的允許，兩人混身在僕人和農民間。

「舞會盛況空前。不僅別墅燈火通明，花園林木間還掛上幾千盞彩色吊燈，不一會兒，府邸裡的人已滿溢到平台上，又從平台擴延到幽徑裡。每個岔路口，都有一個樂隊、幾張擺滿餐點和飲料的桌子。散步的人可隨時停駐，大家組成方塊舞舞組，隨意翩翩起舞。

「卡爾梅拉身穿索尼諾婦女的服裝。她戴著一頂綴滿珍珠的無邊軟帽，金質髮釵上鑲嵌鑽石，腰帶是土耳其絲織品，繡上大朵大朵的花，披風和襯裙是喀什米爾衣料，圍裙是以印度平紋細布裁製的，短上衣的鈕釦是一顆顆寶石。

「她的兩個女伴一個身穿內圖諾婦女的服裝，另一個身穿里奇亞婦女的服裝。

「出身羅馬最富有、最顯赫家族的四個年輕人，以無與倫比的義大利式瀟灑風度陪伴著她們。他們各自身穿阿爾巴諾、韋萊特里、契維塔卡斯泰拉納和索拉農民的服裝。可以想見，這些農民服裝就像農婦服裝一樣，閃耀著金銀珠寶的光芒。

「卡爾梅拉想組成相同服裝的方塊舞舞組，但還缺少一個女孩。

「卡爾梅拉環顧四周，沒有一個身穿相似服裝的女賓客。

「聖費利切伯爵向她指出混身在農婦間、正挽著路易季的泰蕾莎。

「『您允許嗎，父親？』卡爾梅拉說。

「『當然，』伯爵回答：『我們不是在度過狂歡節嘛！』

「卡爾梅拉對陪著她談話的一個年輕男子說了幾句話，並用手指向那個女孩。

「年輕人順著那隻指點的美麗小手看去，做了一個遵命動作後，便走去邀請泰蕾莎參加伯爵女兒率領的方塊舞舞組。

「泰蕾莎感覺臉頰發燙。她以目光詢問路易季，他無法拒絕。路易季慢慢鬆開挽著泰蕾莎的手臂，泰蕾莎被她瀟灑的舞伴帶走了，神采奕奕地站在由貴族婦女組成的方塊舞位置上。

「當然，從藝術家眼光看來，泰蕾莎那刻板拘謹的服裝，跟卡爾梅拉和女伴的服裝風格截然不同，但泰蕾

---

54 義大利中部城市，在羅馬附近。

莎是個輕佻的、喜愛騷首弄姿的女孩，平紋細布的刺繡，腰帶的棕櫚葉飾，喀什米爾的光澤都讓她眼花撩亂，而閃閃發光的藍寶石和鑽石更叫她發狂。

「至於路易季，他心中產生一種未曾有過的情感，彷彿無聲的痛苦在咬嚙他的心，然後，這種痛苦顫抖著，經過他的血管，占據他全身。他的目光追隨著泰蕾莎和她舞伴每個微小動作。當他們的手碰觸時，他彷彿頭暈目眩，動脈劇烈地跳動，就像鐘聲在他耳裡震響。當他們說話時，儘管泰蕾莎怯生生、眼睛低垂地傾聽舞伴說話，路易季仍能透過漂亮年輕人熱烈的眼神看出都是恭維話。他覺得大地在腳下旋轉，來自地獄的聲音提醒他行兇殺人。他擔心自己不由自主做出瘋狂的行動，他一隻手攀住倚靠著的綠籬，另一隻手顫抖地握住插在腰間、劍柄雕花的匕首，他下意識不時把匕首從刀鞘裡拔出。

「路易季嫉妒了！他感到，泰蕾莎已被她喜愛騷首弄姿的虛浮天性帶著走，可能會離他而去。

「年輕的農婦起初很膽怯，幾乎畏畏縮縮，不久就恢復常態。前面說過，泰蕾莎長得很秀麗。這還不夠，她很嫵媚，那種野性的嫵媚不同於一般人那種撒嬌和矯揉造作，而別有魅力。她幾乎出盡了風頭，她妒羨聖費利切伯爵的女兒，但我們不敢說卡爾梅拉不嫉妒她。

「她漂亮的舞伴一邊對她讚不絕口，一邊帶她回到原來的地方，路易季在那裡等著。

「在跳方塊舞時，女孩幾次瞥向他，看到他臉色蒼白，面部扭曲。甚至有一次他的刀刃幾乎將抽出刀鞘，像一道不祥的閃電，刺得她眼花。因此，她幾乎哆嗦著重新挽起情人的手臂。

「方塊舞大獲成功，顯然地，大家希望再跳一次。只有卡爾梅拉反對，但聖費利切伯爵柔聲細語地要求女兒，她終於同意了。

「一個男舞伴馬上過來邀請泰蕾莎，缺了她就跳不成方塊舞。但女孩已經不見蹤影。

「路易季感覺無法忍受第二次考驗，他半勸半拉地將泰蕾莎拖到花園另一端。泰蕾莎讓步了，她從年輕人惶恐不安的臉上，從他沉默卻又神經質的顫抖中，看出他身上起了一些古怪的變化。她內心也激動不已，雖然沒有犯錯，卻明白路易季有權責備她。為了什麼？她一無所知。但她仍然感覺自己應該受到責備。

「讓泰蕾莎十分吃驚的是，路易季不發一語。在舞會剩下的時間裡，他保持緘默。直到夜間寒氣趕走花園裡的賓客，別墅的門皆關上，改在室內舉行舞會時，他才帶走泰蕾莎。當她正要回家時，『泰蕾莎，』他說：『當你面對一樣年輕的聖費利切伯爵小姐跳舞時，你在想些什麼？』

「『我在想，』女孩素來坦率，回答道：「我寧願用一半生命去換一套她穿在身上的服裝。』

「『你的男舞伴對你說些什麼？』

「『他對我說，這取決於我，我只要開口就可以了。』

「『他說得對，』路易季回答：『就像你所說的，你渴望得到那套服裝嗎？』

「『是的。』

「『那麼，你會有的。』

「女孩很驚訝，抬起頭探問他。但他的臉非常陰沉可怕，她的話凍結在唇上。

「況且，路易季一邊說，一邊走開了。

「泰蕾莎在黑暗中全程目送他，直到再也看不見他，她才嘆著氣回家。

「當天夜裡，也許是哪個僕人疏忽大意，忘了熄燈，闖下大禍，聖費利切別墅失火了。著火處正好是美麗的卡爾梅拉房間的附屬建築。她被深夜的火光驚醒，跳下床，裹上睡袍，想奪門而出，但必經的走廊已經著火。她返回臥室，大聲呼救，突然，她的窗戶被打開，那扇窗距離地面二十尺。一個年輕農民衝進她的房間，抱起她，以過人的力氣和矯捷，將她抱到細密草坪上，她昏了過去。等她恢復意識，她的父親站在面前。所有僕人團團圍住她、照料她。別墅的側翼毀於一旦，但沒有關係，因為卡爾梅拉脫險了。

「大家到處找她的救命恩人，但他再也不曾露面。向其他人打聽，也沒有人見到他。至於卡爾梅拉，她當時驚慌失措，根本看不清楚他的模樣。

「而且，伯爵富可敵國，卡爾梅拉雖然遇險，但她神奇地死裡逃生，他覺得這毋寧又是一次的天恩，而不是真正的不幸。火災所引起的損失，對他而言是微不足道的。

「次日，兩個年輕人又按時在林邊相會。路易季先到，他興沖沖走向女孩，彷彿完全忘了昨夜的場面。泰蕾莎明顯若有所思，但看到路易季心情愉悅，她也裝得若無其事，笑臉迎人，只要不擾亂她的心緒，這原是她的本性。

「路易季挽起泰蕾莎的手臂，把她帶到岩洞口。他停下腳步。女孩明白有什麼不尋常的事，盯著他看。

「『泰蕾莎，』路易季說：『昨晚你對我說，你情願用世界上的一切來換伯爵女兒的一套服裝，是嗎？』

「『是的，』泰蕾莎吃驚地回答：『我也許瘋了，才有這樣的願望。』

「我呢，我回答你：『很好，你會有的。』

「『是的，』女孩又說，路易季越說，她越感驚詫，『你這樣回答，大概是要讓我高興。』

「『我答應你的，就一定辦到，泰蕾莎，』路易季驕傲地說，『到岩洞裡穿上吧。』

「說完，他推開石頭，讓泰蕾莎看到岩洞被兩支蠟燭照亮了，蠟燭分設在一面精緻鏡子的兩邊。在路易季製作的鄉村風格桌子上，擺著珍珠項鍊和鑽石別針；服裝的其餘部分放在旁邊的一把椅子上。

「泰蕾莎喜出望外地喊了一聲，她不問這套服裝從哪裡弄來的，也來不及感謝路易季，便衝進改裝成梳妝室的岩洞裡。

「路易季在她身後推上石頭，因為他剛剛發現，在一座擋住他望見帕萊斯特里納的小山丘上，有一個騎馬的旅人，彷彿不知該走哪條路似的停下來。他的身影在藍天映照下，輪廓清晰，那是南國特有的遠景線條。

「看到路易季後，那個旅人策馬奔馳而來。

「路易季沒猜錯，旅人正從帕萊斯特里納到蒂沃利，正猶豫不知走哪條路。

「年輕人為他指明方向，但由於往前走四分之一里，會分岔成三條小路，走到岔路口，遊客又會迷路，他便請求路易季充當他的嚮導。

「路易季脫下披風，放在地上，將短槍扛在肩上，他一身輕裝，邁著連馬兒也好不容易才勉強跟上的、山裡人的快步，走在旅人前面。

「十分鐘後，路易季和旅人便來到岔路口。

「到達後，路易季像皇帝那樣，威嚴地指出旅人應走的那條小路。

「『就是這條路，』他說：『閣下，現在您不會搞錯了。』

「『這是你的報酬。』旅人說，遞給年輕牧民幾枚零錢。

「『謝謝，』路易季縮回手說：『我是幫忙的，不是出力賺錢的。』

「『可是，』旅人說，他看來已習於城裡人的阿諛諂笑和山裡人的高傲之間的區別，『如果你拒絕報酬，至少接受一份禮物吧。』

「『啊！是的，這是另一回事。』

「『那麼，』旅人說：『拿著這兩個威尼斯金幣，送給你的未婚妻，並換成一對耳環吧。』

「『那您呢，收下這把匕首。』年輕牧民說：『您從阿爾巴諾到契維塔卡斯泰拉納，找不到一把手柄雕刻得這樣精美的匕首。』

「『我收下，』旅人說：『是我受之有愧了，因為這把匕首比兩個西昆值錢。』

「『對一個商人來說或許是的，但對我來說，由於是我自己雕刻的，這把匕首只值一個皮阿斯特。』

「『你叫什麼名字？』旅人問。

「『路易季．瓦姆帕，』牧羊人回答，那種神態就像是回答：馬其頓國王亞歷山大。『您呢？』

「『我呢，』旅人說：『我叫水手辛巴達。』」

弗朗茲．德．埃皮奈發出一聲驚叫。

「水手辛巴達啊！」他說。

「是的，」說故事的人接著說：「這是旅人報給瓦姆帕的名字。」

「您對這個名字有什麼意見？」阿爾貝打斷說：「這個名字好極了，不瞞您說，在我的青年時代，這個水手的冒險經歷非常吸引我。」

弗朗茲沒多說什麼。讀者非常理解，水手辛巴達這個名字在他腦海喚起了許多回憶，就像昨晚基度山伯爵的名字所勾起的種種往事一樣。

「說下去。」他對老闆說。

「瓦姆帕倨傲地把兩個西昆揣進口袋裡，緩緩地沿原路走回去。走到離岩洞兩三百步的地方，他似乎聽到一聲叫喊。

「他停下腳步，傾聽叫聲來自哪個方向。

「片刻，他聽到清晰地喊出他的名字。

「呼喚聲來自岩洞方向。他像隻岩羚羊一樣蹦跳起來，一邊跑一邊上好子彈，不到一分鐘便來到一個山崗，這個山崗和他剛才看見旅人的那個山崗遙遙相對。

「在那裡，『救命！』的喊聲更清晰地傳到他的耳裡。

「他俯視周圍，有個人虜走了泰蕾莎，就像半人半馬的涅索斯要劫走得伊阿尼拉[55]一樣。那個人朝樹林奔去，已跑了從岩洞到樹林間的四分之三距離。

「瓦姆帕計算距離，那個人超前他兩百步，在他趕到樹林前，沒有機會追上。

「年輕牧羊人停下腳步，彷彿腳下生了根似的。他將槍托抵住肩，慢慢朝那個虜走女人的傢伙的方向舉起槍管，瞄準了一秒鐘，然後開槍。

「那個搶女人的傢伙猛然停下，膝蓋一彎，拖著泰蕾莎一起倒下。但泰蕾莎馬上站起來，而那個逃跑的人仍然躺在地上，垂死掙扎。瓦姆帕馬上朝泰蕾莎奔去，因為離開那個垂死者十步遠，她的腳步也不穩了，她跪倒在地。年輕人心驚膽顫，生怕打倒敵人的那顆子彈也同時傷了他的未婚妻。

「幸虧沒事，泰蕾莎只是因為恐懼而癱軟。當路易季確認她安然無恙時，他才轉向傷者。「那個傢伙剛剛握緊拳頭斷了氣，嘴巴因痛苦扭曲了，頭髮倒豎，滿頭冷汗。他的眼睛仍然睜著，咄咄逼人。瓦姆帕走近屍

55 據希臘神話，大力士海克力斯決鬥得勝，娶了卡呂冬國王之女得伊阿尼拉。回家路上，他讓馬人涅索斯背著伊阿尼拉過河。涅索斯乘機污辱她，被海克力斯的毒箭射死。

體，認出是庫庫梅托。

「自從這個強盜被兩個年輕人救下那天起，他愛上了泰蕾莎，發誓要得到這個女孩。從那天起，他窺伺她的行蹤，利用她的情人丟下她為旅人指路的空檔，將她擄走。正當以為她已屬於他時，瓦姆帕的子彈在年輕牧羊人百發百中的瞄準下，穿過他的心臟。

「瓦姆帕凝視他一會兒，臉上沒有流露出任何激動之情；而相反的，泰蕾莎仍然發著抖，只敢小步走近死去的強盜，遲疑地越過情人的肩膀，向屍體瞥了一眼。

「過了一會兒，瓦姆帕轉向他的情人：『啊！』他說：『很好，你穿上衣服了，現在換我打扮了。』

「確實，泰蕾莎從頭到腳穿戴著聖費利切伯爵女兒的全副行頭。

「瓦姆帕抱起庫庫梅托的屍體，搬到岩洞裡，這次輪到泰蕾莎待在外頭。

「如果這時再路過一個旅人，他會看到一件怪事：一個牧羊女身穿喀什米爾長裙，戴著耳環、珍珠項鍊、鑽石別針，以及由藍寶石、碧玉和紅寶石製成的鈕釦。

「他會以為回到了弗洛里昂[56]的時代，返回巴黎時，他會斷言遇到阿爾卑斯山的牧羊女坐在薩比內山腳下。

「過了一刻鐘，瓦姆帕也走出岩洞。他的服裝以講究程度來說，並不比泰蕾莎的服裝遜色。

「他身穿鏤金鈕釦、石榴紅絲絨上衣，繡滿了花紋的綢緞背心，脖上圍著羅馬長圍巾，縫滿金、紅、綠絲線的子彈袋。淡藍色天鵝絨馬褲膝蓋下方用鑽石箍扣住，綴滿多種顏色、阿拉伯圖案的麂皮護腿套，一頂飄盪著五顏六色絲帶的帽子。腰帶上掛著兩支錶，一把精緻的匕首插在子彈袋上。

「泰蕾莎發出讚嘆。瓦姆帕這身打扮活像萊奧波爾德．羅貝爾[57]或者施奈茨[58]的畫中人物。

「他換上了庫庫梅托的全套服裝。

「年輕人看到這套服裝對未婚妻產生強烈效果，他嘴上一絲驕傲的微笑。

「『現在，』他對泰蕾莎說：『你準備跟我生死與共嗎？』

「『哦，是的！』女孩熱烈地大聲說。

「『準備跟我到任何地方嗎？』

「『願到天涯海角。』

「『那麼，挽著我，我們走吧，因為我們沒有時間可浪費了。』

「女孩挽起情人的手臂，甚至不問他要帶她到哪裡，因為她覺得這時的他，像天神一樣俊美、神氣且強而有力。

「他們往森林走去，幾分鐘後，越過了森林邊緣。無庸置疑，瓦姆帕熟悉山裡的每一條小徑，因此行走在林中時毫不遲疑，儘管沒有已開通的路，他僅僅根據對大樹和灌木叢的觀察，就能認出該走哪條路。他們就這樣走了大約一個半小時。

「然後，來到森林最茂密的地方。一條河床已乾涸的河道通向一個深邃的山谷。瓦姆帕踏上這條被兩岸夾住的古怪之路，松樹的濃蔭讓它變得幽暗，除了不陡的斜坡之外，宛如維吉爾所描寫阿威耳努斯[59]的那條

56 弗洛里昂（一七五五—一七九四），法國作家，尤以《寓言詩》聞名。
57 萊奧波爾德・羅貝爾（一七九四—一八三五），瑞士畫家、雕刻家，當時紅極一時。
58 施奈茨（一七八七—一八七〇），法國畫家。
59 義大利湖泊，原為火山口，傳說此湖是冥界入口，埃涅亞斯由此進入冥界。

小路。

「泰蕾莎看到這個地方荒無人煙，再度心驚膽顫，於是緊跟著她的嚮導，一言不發。她看他始終步履平穩，臉上煥發出心境平和的光彩，她也因此產生一股力量，掩蓋住心裡的不安。

「突然，離他們十步遠的地方，似乎有個人從樹後閃現出來，舉槍瞄準瓦姆帕：『再走一步，』他叫道：『就打死你！』

「『別嚇人了，』瓦姆帕輕蔑地舉起手說。而泰蕾莎再也掩飾不了恐懼，緊緊依偎著他，『難道狼與狼間相互殘殺嗎？』

「『你是誰？』哨兵問。

「『我是路易季．瓦姆帕，聖費利切農莊的牧羊人。』

「『你要幹什麼？』

「『我要跟你那些聚在比安卡岩林中空地的同伴們說話。

「『跟我來，』哨兵說：『既然你知道在哪裡，不如你走前頭吧。』

「瓦姆帕對強盜的這種小心提防不屑一顧，與泰蕾莎一起走在前面，邁著同樣堅定平靜的步伐，繼續往前。

「五分鐘後，強盜示意他們止步。

「兩個年輕人站住不動。

「強盜模仿烏鴉叫了三聲。

「一記烏鴉叫聲回應了這三聲。

「『好了，』強盜說：『你們可以往前走了。』

「路易季和泰蕾莎又往前走。

「他們越往前，瑟縮發抖的泰蕾莎就越緊貼著她的情人。透過樹叢的縫隙，可以看到露出的武器，槍管在閃爍發光。

「比安卡岩的林中空地在一座小山的峰頂，那座山峰從前無疑是火山，在羅慕洛和雷莫逃離阿爾布，並建立羅馬城之前[60]，這座火山便熄滅了。

「泰蕾莎和路易季來到山頂，目前突然出現二十幾個強盜。

「『這個年輕人要找你們，跟你們說話，』哨兵說。

「『他想談什麼？』首領不在，那個擔任代理隊長的強盜問。

「『我想說，我厭倦了牧羊人這一行，』瓦姆帕說。

「『啊！我明白了，』副隊長說：『你要求我們同意你加入吧？』

「『歡迎！』數個來自費魯齊諾、帕姆皮納拉和阿納尼的強盜齊聲喊道，他們認出了路易季．瓦姆帕。

「『是的，不過，我不是要求做你們的夥伴。』

「『那你是要求什麼呢？』強盜們驚訝地問。

「『我是來要求當你們的隊長。』年輕人說。

60 羅慕洛和雷莫是孿生兄弟，自幼被扔進台伯河，後由母狼哺育（其實由牧童扶養），長大後奪回外祖父的王位，並於西元前七五三年在台伯河建立了羅馬城。

「強盜們哈哈大笑。

「『你憑什麼得到這個榮譽呢？』副隊長問。

「『我殺死了你們的首領庫庫梅托，這就是從他身上剝下來的衣服，』路易季說：『我放火燒了聖費利切別墅，為的是送一套結婚長裙給我的未婚妻。』

「一小時後，路易季·瓦姆帕當選為隊長，代替了庫庫梅托。」

「那麼，親愛的阿爾貝，」弗朗茲轉向他的朋友說：「現在您對公民路易季·瓦姆帕有什麼想法呢？」

「我說這是一個神話，」阿爾貝回答：「他根本不存在。」

「神話是什麼？」帕斯特里尼問。

「要解釋就太長了，親愛的老闆，」弗朗茲回答：「您是說瓦姆帕師傅如今在羅馬附近以他那份工作營生嗎？」

「那樣膽大包天，在他之前，還沒有一個強盜能和他相比。」

「所以警方也束手無策？」

「有什麼辦法呢！他跟平原上的牧羊人、台伯河的漁夫和沿岸的走私客都相處融洽。警方在山裡搜索他，他卻在河上；警方在河上追逐他，他卻來到大海；警方以為他躲在季格利奧島、瓜諾烏蒂島或基度山島，他卻又突然出現在阿爾巴諾、蒂沃利或里恰。」

「他怎樣對待遊客呢？」

「啊！上帝啊！很簡單。根據離城的距離，他限定八小時、十二小時、一天付贖金。過了這個期限，他再放寬一小時。到了這一小時的第六十分鐘，如果他拿不到錢，他就一槍轟掉肉票的腦袋，或者將匕首插入肉票的心臟，然後完事。」

「那麼，阿爾貝，」弗朗茲問他的同伴：「您仍然預計通過外環路到競技場嗎？」

「沒錯，」阿爾貝說：「如果這條路風景更加優美。」

這時，九點鐘敲響了，房門打開，車伕出現。

「兩位閣下，」他說：「馬車在下面等候。」

「那麼，」弗朗茲說：「那就到競技場去吧！」

「兩位閣下，是通過人民城門呢，還是走捷徑？」

「走捷徑，見鬼！走捷徑！」弗朗茲大聲說。

「啊！親愛的！」阿爾貝說，又站起來點燃第三根雪茄，「說實話，我還以為您更勇敢一點呢。」

說到這裡，兩個年輕人下樓梯，登上馬車。

34 露面

弗朗茲想到了一個折衷辦法，讓阿爾貝不從任何古代遺跡前面經過，就到達競技場，因此，就不會因為已習於古蹟，而當那巍峨建築物出現在眼前時，減損了應有的恢宏氣勢。那辦法就是沿著西斯蒂尼亞街走，到聖母瑪利亞教堂[61]轉彎，通過烏爾巴納街和溫科利廣場的聖彼得教堂，直抵競技場街。

同時，這條路線還有另外一個好處，就是不讓弗朗茲分心，他可以沉浸在帕斯特里尼老闆敘述的那個故事情境裡，那個故事裡還夾雜了基度山那個神祕的晚宴東道主。因此，他倚在車廂角落，又陷入一個又一個的疑問中，他對自己提出疑問，卻沒有一個得到滿意的回答。

此外，還有一件事讓他想起他的朋友水手辛巴達，那就是強盜和水手之間的神祕關係。帕斯特里尼老闆說，瓦姆帕時常躲在漁民和走私客的小帆船上，這讓弗朗茲想起那兩個科西嘉強盜，他曾看到他們跟遊艇上的船員一起吃晚飯。那艘遊艇改變航道，在韋基奧港靠岸，唯一的目的是送他們上岸。基度山那位東道主自報的名字，從西班牙飯店老闆的口中說出，這就表明，水手辛巴達在皮昂比諾、契維塔韋基亞、歐斯提亞[62]和加埃特[63]扮演了一個樂善好施的角色，在科西嘉、托斯卡尼和西班牙也是一樣。弗朗茲還努力回想起，那個人提過突尼斯和巴勒莫，表示他的關係網絡相當廣大。

但無論這些想法對年輕人產生多大影響，當那宛如巨大陰森幽靈的競技場出現在眼前，它們都煙消雲散了。月光透過競技場的窗洞，映照出森白綿長的光線，像是從幽靈眼裡迸射出來。馬車停在離蘇丹台幾步遠的地方。車伕打開車門，兩個年輕人跳下馬車，迎面站著一個導遊，彷彿剛從地底鑽出來似的。

由於飯店的導遊跟著他倆，他們便有了兩個導遊。

在羅馬，免不了同時雇用多名導遊，除了一踏進飯店便找上你，直到離開羅馬城才放過你的一般導遊以外，還有依附於每個景點的專門導遊，而且幾乎每個景點的每環節都有導遊，便何況是競技場。競技場是雄偉壯麗，馬爾蒂亞利斯[64]曾這樣讚美：「但願孟斐斯[65]別再向我們誇耀金字塔的野蠻人奇蹟，但願別再讚頌巴比倫的巍峨建築。面對凱撒諸王工程浩大的圓形劇場，一切都應甘拜下風，大家都應齊聲讚美這座建築。」

弗朗茲和阿爾貝並不想擺脫導遊的控制。而且，只有導遊才有權利手持火把導覽古蹟，若擺脫導遊就麻煩大了。於是他們不做任何抵抗，甘願被導遊隨意處置。

弗朗茲參觀過十幾次了，熟門熟路。由於他的同伴初來乍到，第一次踏入維斯巴西安[66]建造的古蹟，應該說他好話的。儘管導遊們無知地喋喋不休，他還是印象強烈。確實，要不是親眼目睹，是無法想像這樣一個遺跡的宏偉，南國的月華彷彿歐洲西部的薄暮，在這神祕光輝下，遺跡彷彿放大了一倍。

因此，沉思默想的弗朗茲在內柱廊下才走了百步，便把阿爾貝丟給導遊們。阿爾貝不願放棄不受時間約束

---

61 這座大教堂屬梵蒂岡，建於三五二年。

62 離羅馬二十四公里，位於台伯河口不遠處的古代廢墟附近。

63 義大利西部漁港。

64 馬爾蒂亞利斯（約四〇—一〇四），拉丁文詩人，著有《諷刺詩》等。

65 埃及古城，建於尼羅河左岸，開羅以南三十公里處，該城為法老的居住地，以孟斐斯（埃及文為Men-noher，意為他的美【指法老佩皮一世】就在這裡）為城名。

66 維斯巴西安（七—七九），羅馬皇帝（六九—七九），由他下令開始建築競技場。

的權利，讓人詳細講解獅子窟、鬥士集中的房間、羅馬皇帝的看台。弗朗茲踏上一道半毀的階梯，讓他們繼續走另一條對稱的路，之後他乾脆坐在一根柱子的陰影裡，從那裡，可以盡覽這雄偉瑰麗的花崗石遺址。

弗朗茲在那裡待了約莫一刻鐘，正如上述，他隱沒在柱子的陰影裡，注意觀察阿爾貝。阿爾貝在兩個手持火把的導遊陪伴下，剛走出競技場另一端的某個出入口。他們宛如幾個幽靈正追隨一點鬼火，步下台階，走向供奉貞女灶神的專座。這時，他似乎聽到一塊石頭從他剛才選定的坐處正對面石階滾落下來，掉到競技場底下。石頭因年深月久而脫落，滾到深底，並不是罕見的事。但，他覺得這塊石頭是有人踩落的，儘管那人盡可能放輕腳步，但腳步聲還是傳到他耳裡。

果然，過了一會兒，隨著步上台階，逐漸走出陰影，一個人出現了。正對著弗朗茲的台階入口，被月光照亮了，但石階越往下就越沒入黑暗。

或許是像他一樣的遊客，喜歡孤獨沉思，而討厭導遊毫不足取的絮聒，因此那個人的出現沒有讓他吃驚。但是，從那個人登上最後幾級石階的遲疑模樣看來，從他走到平台後停下腳步，似乎在傾聽的姿態看來，十分明顯，他是特意來到這裡等人的。

出於直覺，弗朗茲盡可能隱沒在柱子後面。

離他們十尺遠的地方，有個拱頂裂開，一個像井口的圓洞能讓人看到滿天繁星。

這個圓洞也許已讓月光照進來數百年了，它的周圍長出荊棘，纖細的綠枝生氣勃勃地襯托在晦暗的蒼穹中，粗藤和常春藤的分枝從高台垂掛而下，宛如一根根飄拂的繩索，在拱頂下擺盪。

神祕者的到來吸引了弗朗茲的注意。他站在半明半暗處，讓人無法看清楚他的面容，但由於光線不是很暗，倒也能辨別他的服裝：他裹著一件寬大的褐色披風，下襬的一角撩起蓋在左肩上，擋住了臉的下部，而他的寬邊帽則擋住臉的上半部。唯有衣服邊緣被從洞口斜射進來的月光照亮，可以看見一條黑長褲優雅地罩住一雙漆皮靴。

顯而易見，這個人即使不是貴族，至少屬於上流社會。

他在那裡待了幾分鐘，開始明顯不耐煩，這時高台上傳來輕微的聲響。

與此同時，一個黑影擋住了亮光，有個人出現在洞口上面，銳利的目光射向黑暗，看見了穿披風的人。他馬上抓住一把掛藤和飄盪的長春藤，滑落下來，到離地面三、四尺時便輕巧跳下。這個人穿了一套特蘭斯泰韋雷農民的服裝。

「請原諒，閣下，」他用羅馬方言說：「讓您久等了。不過，我只來遲幾分鐘。拉特蘭廣場的聖約翰教堂剛敲響十點鐘。」

「是我早到，不是您晚到，」外國人用最純粹的托斯卡尼語回答：「不必客氣，再說，即使您讓我等了一會兒，猜想您也是身不由己。」

「您說得對，閣下，我是從聖使堡來的，我費了九牛二虎之力才跟貝波說上話。」

「貝波是誰？」

「貝波是監獄的辦事人員，我為他存了一小筆年金，才瞭解到教皇陛下堡裡的情況。」

「啊！我看出您是個細心的人，親愛的！」

「我有什麼辦法呢，閣下！天有不測風雲，或許有一天我也會像這個可憐的佩皮諾一樣中計落網，我也會需要一隻老鼠咬斷網結。」

「總之，您瞭解到什麼情況？」

「星期二下午兩點鐘要處決兩個人，就像羅馬盛大節日開始時的老規矩。一個犯人將處以鎚刑，那是一個混蛋，他殺死了扶養他長大的教士，不值得任何同情。另一個犯人將被斬首，那就是可憐的佩皮諾。」

「有什麼辦法呢，親愛的，您不僅讓教皇政府，還讓附近王國惶惶不安，當局絕對想殺一儆百。」

「但佩皮諾不是我的屬下，他是一個可憐的牧羊人，他犯的罪只不過是供應我們食品。」

「他因此完完全全成了你們的共犯。因此，請看看當局對他的尊重，他們並沒有嚴刑拷打，而是像對待您那樣，要是抓到您，當局只會讓您上斷頭台。再說，這會給為老百姓助興，那種場面滿足各種趣味喜好的人。」

「還不包括我為老百姓安排的意外場面哩。」那個穿特蘭斯泰韋雷農民服裝的人說。

「親愛的朋友，請允許我這麼說，」穿披風的人說：「我覺得您正準備做蠢事。」

「那個可憐蟲由於為我辦事而陷入困境，我要設法阻止對他的處決。以聖母之母發誓，如果我不為這個好漢出點力，我會視自己為膽小鬼。」

「您準備怎麼辦？」

「我要在斷頭台周圍佈置二十幾個人，一等到他被帶到，我發出信號，我們就手執匕首，衝向押送隊，把他劫走。」

「我覺得這非常冒險，我深信我的計劃比您的強。」

「您的計劃是什麼，閣下？」

「我贈送一萬皮阿斯特給一個熟人，他設法推遲佩皮諾的處決到明年。在這一年裡，我再贈送一千皮阿斯特給另一個熟人，他會幫助佩皮諾越獄。」

「您有把握成功嗎？」

「當然！」穿披風的人用法語說。

「請再說一遍好嗎？」那個穿特蘭斯泰韋雷農民服裝的人說。

「親愛的，我是說，我只需要用錢，就比您和您的手下用匕首、手槍、短槍和火槍蠻幹更有效。因此，讓我來吧。」

「好極了。如果您失敗了，我們會隨時做好準備。」

「如果您願意，您就隨時準備好吧，但請放心，我會讓他緩刑的。」

「請注意，後天就是星期二了。您只有明天一天的時間。」

「一天由二十四小時組成，每小時由六十分鐘組成，每分鐘由六十秒組成，在八萬六千四百秒鐘中，可以做許多事。」

「如果您成功了，閣下，我們要如何得知？」

「很簡單。我租了羅斯波利咖啡館的最後三個窗口，如果獲准延期行刑，兩邊窗戶會掛上黃色錦緞窗簾，中間窗戶會掛上帶著紅十字的白色錦緞窗簾。」

「太好了。你讓誰遞交緩刑令呢？」

「您派一個手下來，讓他喬裝成苦修士，我把緩刑令交給他。藉由那身打扮，他能到達斷頭台下，將教皇諭旨交給為首的苦修士，那個修士再把教皇諭旨交給劊子手。那段時間，您讓人轉告佩皮諾，免得他嚇死或發瘋，否則我們就白白花錢了。」

「聽我說，閣下，」那個穿農民服裝的人說：「我對您忠心耿耿，您深信不疑，是嗎？」

「至少我希望如此。」

「那麼，如果您救出佩皮諾，我對您就不只是忠誠了，而會唯命是從。」

「請注意你所說的話，親愛的！或許有一天我會提醒你履行諾言，因為我可能用得上你……」

「那麼，閣下，您會在需要的時候找到我，就像我在需要時找您一樣。哪怕您在天涯海角，您只要通知我：『照此辦理。』我就會照辦，我發誓……」

「噓！」陌生人說：「我聽到聲響。」

「那是舉著火把參觀競技場的遊客。」

「不要讓他們看到我們在一起。那些導遊都是密探，會認出您來。不管我多麼看重與您的友誼，親愛的朋友，如果他們知道我們密切聯繫，我擔心會讓我失去信譽。」

「好吧，如果您獲准緩刑呢？」

「中間的窗戶就掛上帶紅十字的白色錦緞窗簾。」

「如果您未能如願呢？」

「三個窗戶都掛上黃色窗簾。」

「到那時候？」

「到那時候，親愛的朋友，就任憑使用匕首，一言為定，而且我會到場親睹你們的行動。」

「再見，閣下，我信任您，請您也信任我。」

說完，穿特蘭斯泰韋雷農民服裝的人從台階下消失了，而陌生人以披風緊緊包住自己的臉，在離弗朗茲兩步遠的地方走過，從露天石階下到競技台。

旋即，弗朗茲聽到自己的名字在拱頂下響起，是阿爾貝在叫他。他等到那兩個人走遠後才應聲，不願意讓他們知道剛才有個目擊者，即使他沒有看到他們的臉，卻一字不漏地聽到了談話。

十分鐘後，弗朗茲坐車返回西班牙廣場的倫敦飯店，在聽阿爾貝旁徵博引的議論時，很失禮的心不在焉。阿爾貝根據普利尼烏斯[67]和卡爾普尼烏斯[68]的作品，談到防止猛獸撲向觀眾的鐵絲網。

弗朗茲任阿爾貝講下去，也不反駁，他急於獨處，聚精會神地思索剛才發生在他面前的一幕。那兩個人當中，毫無疑問，一個他很陌生，他第一次看到和聽到那個人說話，但另一個卻不然。雖然弗朗茲看不清楚他淹沒在黑暗或以披風擋住的臉，但他的嗓音在弗朗茲初聽之後就產生了強烈印象，以致之後再聽見，不可能認不出來。

尤其在那嘲諷的口吻中，有一種如金屬般銳利的東西，讓他在競技場的遺址中不寒而慄，正如在基度山的岩洞裡那樣。

因此，他確信這個人不是別人，正是「水手辛巴達」。

若是換了別的場合，由於這個人讓他非常好奇，他會站出來相認。但在那種場合，他聽到的談話過於隱祕，所以礙於情理而止步，他的露面會讓對方不悅。因此正如上述，他讓對方離開。但他下定決心，下次再相遇，不會再錯過。

---

67 普利尼烏斯（六一—約一一四），拉丁文作家，第一流的演說家，當過百人執政官和副執政官。
68 卡爾普尼烏斯，西元前後活躍於政壇的羅馬家族。

弗朗茲千頭萬緒，難以入睡。整晚他都在腦海裡反覆思量與岩洞主人和競技場陌生人相關的所有情景，這些細節都趨向於將這兩個人合而為一。弗朗茲越想越堅信這種看法。

天亮時他睡著了，因此他起得很晚。阿爾貝是真正的巴黎人，已經細心安排好晚上的行程。他派人到阿根廷劇院訂了包廂。

弗朗茲要寫幾封信寄回法國，因此白天他把馬車讓給阿爾貝。

五點鐘，阿爾貝回來了，他帶著引薦信轉了一圈，每個晚上都獲得邀請，而且遊覽了羅馬。阿爾貝要完成這一切，一天就足夠了。

而且他還有時間瞭解晚上演出的戲和演員。劇名是《帕麗齊娜》，演員是科澤利、莫里亞尼和斯佩小姐。

我們的兩個年輕人並非像讀者看到的那樣倒楣，他們去觀看了《拉梅爾莫的未婚妻》[69]作者最優秀的歌劇之一，而且由義大利最負盛名的三位演員演出。

阿爾貝始終不習慣阿爾卑斯山以南那個國家劇院，那個劇院既沒有樓廳，也沒有敞頂包廂，而他是不坐正廳前座的。對於一個在義大利劇院[70]有單人座位，在歌劇院占有大包廂的人來說，這是難以忍受的。

阿爾貝每次跟弗朗茲一起去歌劇院時，總是穿上時髦搶眼的服裝，這些衣服真是白穿了。因為必須承認，讓這位法國上流社會代表人物之一丟臉的是，阿爾貝在義大利浪遊了四個月，卻沒有過一次豔遇。

有時，阿爾貝也想對此說幾句玩笑話，但他內心卻莫名感受到了屈辱，他，阿爾貝·德·莫爾賽夫，在巴黎最受歡迎的青年之一，居然白花錢了。尤其根據親愛的法國同胞的謙遜習性，阿爾貝從巴黎動身時帶著信心：他在義大利將會豔福不淺，歸國後敘述一遍，將會讓根特大街的朋友們豔羨不已。於是，這種情況越加叫人難以忍受。

唉！他連一次豔遇也沒有。熱那亞、佛羅倫斯和拿波里迷人的伯爵夫人們，雖然並不忠於她們的丈夫，卻忠於她們的情人。阿爾貝已經得知這一讓人痛苦的事實：義大利女人比起法國女人，至少有個優點，就是忠於她們的不貞。

我不敢說，在義大利，像在其他地方一樣，不會有例外。

阿爾貝不僅是個風流倜儻的男子，而且很有頭腦，再加上他是子爵，沒錯，是新貴族，但今日人們已不再區分是一三九九年還是一八一五年的貴族，這都無關緊要。此外，他有五萬利佛爾的定期利息。須知，要跟上巴黎的時尚，這已經綽綽有餘了。因此，在他所經過的任何一個城市裡，還未正式受到青睞，這就有點難堪了。

所以他打算在羅馬挽回面子。狂歡節是值得重視的節日，在所有歡度節日的國家裡，狂歡節是自由自在的日子，最嚴肅的人此際也會任由自己做出瘋狂的舉動。但由於狂歡節隔天即將開始，阿爾貝趕在之前提出計劃是非常重要的。

出於這個考量，阿爾貝訂下劇院最引人注目的包廂之一，經過一番無可挑剔的打扮，再前往劇院。他坐在第一排，這相當於法國的樓座。不過，前三排都具貴族氣派，因此被稱為貴族席位。

此外，這個包廂可以容納十二個人而並不擁擠，兩個朋友的花費略低於昂比古劇院[71]四個人的包廂價。

---

69 義大利作曲家多尼澤蒂（一七九七—一八四八）的兩齣歌劇，後一齣獲得很大成功。

70 指巴黎的義大利劇院。

71 這個劇院在巴黎，建於一八二七年，毀於一九六六年。

阿爾貝還有另外一個期望，就是如果他能在一個漂亮羅馬女人的心中占有一席之地，那他自然而然能在她的馬車裡弄到一個座位，進而就可以從貴族馬車或豪華陽台上觀看狂歡節的盛況。

這番估量讓阿爾貝前所未有的愉快。他背對著演員，半個身子探出包廂之外，拿著一架六寸長的雙筒望遠鏡窺視所有漂亮女人。

這個自我炫耀的舉動，並沒有贏得任何一個漂亮女人的眼神，甚至連好奇的目光都沒有。

事實上，人人都在談論自己的瑣事、愛情、娛樂，在即將到來的聖週，以及次日開始的狂歡節，他們一刻也不曾注意演員和戲劇，除了在適當時候，人人轉過身，或者聽聽科澤利的朗誦，或者對莫里亞尼出色的滑音鼓掌，或者向斯佩小姐喝彩，然後，繼續進行私下交談。

第一幕將近結束時，一個還空無一人的包廂的門打開了，弗朗茲看到一個女人走進去，他曾有幸在巴黎與她相識，以為她此際正在巴黎呢。阿爾貝看到他的朋友在這個女子出現時的反應，便轉向弗朗茲，問道：

「您認識這個女人嗎？」

「是的。您覺得她怎麼樣？」

「很迷人，親愛的，而且是金髮女郎。哦！一頭秀髮，她是法國人？」

「是威尼斯人。」

「什麼名字？」

「G伯爵夫人。」

「哦！我知道她的名字，」阿爾貝大聲說：「據說她聰明又漂亮。是的，上次德·維勒福夫人舉辦舞會時，她也參加了。我本來可以與她相識的，但我錯過了那次機會，我是一個大笨蛋！」

「您願意我來彌補這個錯誤嗎？」弗朗茲問。

「怎麼，您和她如此熟悉，可以帶我到她的包廂嗎？」

「我有幸跟她說過三、四次話，一如所知，這樣的交往，引薦你也不致唐突失禮。」

這時，伯爵夫人看到了弗朗茲，對他做了一個優雅的手勢，他恭敬地點頭應答。

「啊！我覺得您跟她很有交情，是吧？」阿爾貝問。

「您錯了，這也是我們法國人不斷在外國鬧笑話的原因，我們總以巴黎人的觀點衡量一切。在西班牙，或者義大利，決不要把男女之間的友誼看成曖昧關係。我跟伯爵夫人互有好感，如此而已。」

「是心靈的感應？」阿爾貝笑著問。

「不，是精神的好感，如此而已。」弗朗茲嚴肅地回答。

「在什麼場合發生好感的？」

「在參觀競技場的時候，就像我們那次一樣。」

「在月光下？」

「是的。」

「只有你們兩人？」

「差不多。」

「你們談到……」

「死人。」

「啊！」阿爾貝大聲說：「這確實饒有趣味。我向您保證，如果我有幸成為一位漂亮伯爵夫人的同遊男伴，我只會跟她談活人。」

「那您也許錯了。」

「待會兒您可要說話算話，把我介紹給她，嗯？」

「落幕後就去。」

「這第一幕真是長得見鬼！」

「聽聽這最後的橋段，非常美，科澤利唱得真出色。」

「是的，但唱法怎麼這樣！」

「斯佩小姐唱得真是震動人心。」

「您知道，只要聽過宗塔格小姐[72]和馬利布朗小姐[73]演唱……」

「您覺得莫里亞尼的唱法不好嗎？」

「我不喜歡唱歌時改變自己的音色。」

「啊！親愛的，」弗朗茲轉過身說，而阿爾貝繼續用望遠鏡觀察女人，「說實話，您太挑剔了。」

布幕終於落下，德．莫爾賽夫子爵稱心如意，他拿起帽子，迅速整了整頭髮、領帶和袖口，向弗朗茲示意，自己恭候著他。

弗朗茲用眼睛徵詢伯爵夫人，她示意歡迎他。弗朗茲因此不再拖延，盡快滿足阿爾貝的催促。他繞過半圈劇場，後面跟著他的同伴。阿爾貝利用這段時間，撫平襯衫領子和上衣翻領。弗朗茲敲叩伯爵夫人所在四號包廂的門。

坐在包廂前面、她身旁的年輕男子馬上起身，按照義大利人的習慣，為來者讓出自己的座位，如果再來一個人，剛才來的那人同樣必須讓位。

弗朗茲介紹阿爾貝無論從社會地位或聰明才智來說，都是法國最出色的青年之一。如此介紹並沒有錯，因為在巴黎和阿爾貝生活的圈子裡，他是一個無可挑剔的男子。弗朗茲還說，阿爾貝很遺憾沒有趁伯爵夫人在巴黎停留時與她結識，於是委託他彌補這個遺憾，他請伯爵夫人原諒他擅自引薦。而他要接近她，原也需要一位引薦者。

伯爵夫人向阿爾貝優雅地鞠躬，並對弗朗茲伸出手，作為回答。阿爾貝受到她的邀請，坐在前排的空位上，而弗朗茲坐在伯爵夫人後面的第二排。

阿爾貝找到一個絕妙的話題：巴黎。他向伯爵夫人談起共同相識的人。弗朗茲明白，阿爾貝對此駕輕就熟。他讓朋友侃侃而談，自己則透過那架大望遠鏡，開始觀察劇場。

有個絕色美人單獨坐在一個包廂的前面，那包廂位於他們對面的第三層。她身穿希臘服裝，悠然自得，很明顯，那是她的民族服裝。

在她身後，有個男人坐在黑暗裡，但無法看清楚他的面孔。

弗朗茲打斷阿爾貝和伯爵夫人的談話，詢問伯爵夫人是否認識那個阿爾巴尼亞美女，她不僅值得男人，而且值得女人注目。

「不認識，」她說：「我只知道她本季抵達羅馬。因為劇院開場時，我就看見她坐在現在那個位置上，一

---

72 宗塔格（一八〇六—一八五四），德國女歌唱家，全歐聞名。
73 馬利布朗（一八〇八—一八三六），法國女歌唱家，與宗塔格齊名。

個月來，她沒有錯過一場演出，有時由現在跟她一起的那個男子陪伴著，有時候身後跟著一個黑人僕役。」

「您覺得她怎麼樣，伯爵夫人？」

「天姿國色。梅朵拉大概很像這個女人。」

弗朗茲和伯爵夫人相對一笑。她又跟阿爾貝交談起來，而弗朗茲用望遠鏡觀察那個阿爾巴尼亞女子。

布幕拉起，芭蕾舞登場。這是義大利最好的芭蕾舞團之一，由著名的亨利執導，做為編舞者，他在義大利享有盛譽。這種芭蕾舞，所有演出者，從主角到配角都積極參與劇情，一百五十個人舉手投足動作整齊劃一。這種芭蕾舞叫作「波利斯卡舞」。

弗朗茲聚精會神於那個希臘美女[74]，無論芭蕾舞多麼吸引人，他也無心欣賞。至於她，顯然看得興味盎然，那興味與她的男伴的無動於衷形成鮮明對照。在這個傑出的歌舞演出過程中，他一動也不動，儘管樂隊裡的喇叭和鐃鈸喧嚷，他卻彷彿仍沉浸在平靜的、夢境香甜的睡眠中。

芭蕾舞終於結束，布幕在如癡如醉的觀眾的瘋狂掌聲中落下。

由於義大利歌劇有在兩幕間插入芭蕾舞的習慣，所以落幕時間很短，當舞者以腳尖旋轉和跳躍的時候，歌唱演員抓緊時間休息和換裝。

第二幕的序曲開始了。小提琴剛拉出前幾個樂音時，弗朗茲看到那個睡著的男子慢慢起身，湊近希臘女子，她轉身對他說了幾句話，又將雙肘支在包廂前的欄杆。那個男子的面孔始終藏在黑暗裡，弗朗茲無法看清楚。

大幕升起，弗朗茲忍不住被演員吸引，他的目光離開了希臘美女的包廂，轉向舞台。

眾所周知，第二幕由夢中的二重唱開始：帕麗齊娜在夢中向阿佐洩露了她對烏戈的祕密愛情；被背叛的丈夫經歷了妒火中燒，忿恨不已，直至確信妻子不貞，他才叫醒她，宣稱要報復。

這一段二重唱是多產的唐尼采帝筆下最優美、最有聲有色、最懾人心魂的曲子之一。弗朗茲是第三次聽到這首曲子，雖然他不算狂熱的樂迷，他還是對這首曲子留下強烈印象。此際，正當他要跟全場一起鼓掌，他的雙手卻停住不動；喝采聲正要從嘴裡喊出，卻叫不出聲。

對面包廂那個男人站了起來，他的頭暴露在亮光下，弗朗茲又看到基度山那個神祕的主人，昨晚他在競技場遺址認出了他的身材和嗓音。毫無疑問，這個古怪的遊客就住在羅馬。

弗朗茲的面部表情，大概跟那個人在他腦海裡引起的混亂是一致的，因為伯爵夫人望著他，咯咯地笑起來，問他怎麼回事。

「伯爵夫人，」弗朗茲回答：「剛才我問您是否認識那個阿爾巴尼亞女人，現在我問您是否認識她的丈夫。」

「她和他我都不認識。」伯爵夫人回答。

「您從來沒有注意過他吧？」

「真是法國式的提問！您明明知道，對於義大利女人來說，世界上除了我們所愛的人，沒有別的男人！」

「一點也沒錯。」弗朗茲回答。

「無論如何，」她說著把阿爾貝的雙筒望遠鏡擱在自己的眼睛上，「他大概是剛從地底挖出來，是獲得掘

---

74 當時阿爾巴尼亞屬於希臘。

墓人允許從墳墓裡挖出來的死人，他的臉色蒼白得可怕。」

「他一向如此。」弗朗茲回答。

「您認識他？」伯爵夫人問：「該我問您，他是什麼人。」

「我曾經見過他，我覺得他應該認得我。」

「確實，」她說，她聳了聳美麗的肩膀，彷彿一陣顫慄掠過她的血管，「我明白，只要見過他一次，就永遠忘不了。」

弗朗茲的感受並不特殊，因為別人也有同樣感覺。

「那麼，」弗朗茲等伯爵夫人再度拿起望遠鏡觀察過後，這樣問她，「您對這個人有什麼想法？」

「我覺得他像有血有肉的魯思溫爵士。」

重新提起拜倫詩中的人物，確實使弗朗茲深受震動，若真有誰能讓他相信吸血鬼確實存在，那就是這個人。

「我一定要知道他是誰。」弗朗茲起身說。

「哦！不，」伯爵夫人大聲說：「不，不要離開我，我打算請您送我回家，您不能走。」

「怎麼！」弗朗茲附在她耳畔說：「您當真害怕了？」

「聽著，」她對他說：「拜倫向我發誓，他相信有吸血鬼，他說他見過吸血鬼，還對我描述他們的模樣，絕對是這樣的：黑頭髮，閃射出古怪火焰的大眼睛，面無血色。而且注意，他不是跟一個普通女人在一起，而是跟一個外國女人……一個希臘女人，一個分裂派女教徒……她無疑與他一樣是個巫師。我求求您，別走。明天，您隨意追尋他，但今天我不讓您走。」

弗朗茲堅持要走。

「聽著，」她站起來說：「我要離開了，我不能待到散場，我家裡有客人，您拒絕陪我一起離開不是太失禮了嗎？」

他不知如何回答，只好拿起帽子，打開包廂的門，讓伯爵夫人挽起他的手臂。

伯爵夫人真的非常激動，弗朗茲也禁不住流露出某種迷信的恐懼，這是可以想見的，因為在伯爵夫人身上，那來自一種直覺，而在他身上，是往事引起的。他感到她上車時瑟縮發抖。

他送她回家：她家裡沒有客人，也沒有人等她。他責備她胡說。

「真的，」她對他說：「我感到不舒服，我需要單獨待一會兒。看到那個人使我惶恐不安。」

弗朗茲想笑。

「您別笑，」她對他說：「虧您還想笑。您要答應我一件事。」

「什麼事？」

「您先答應我。」

「什麼事都好說，除了要我放棄探聽那是個什麼樣的人。我為何想搞清楚他是誰，從哪裡來，到哪裡去，我有不能告訴您的理由。」

「他從哪裡來，我不知道；但他到哪裡去，我可以告訴您。他肯定要去地獄。」

「還是說說您要我答應的事吧，伯爵夫人。」弗朗茲說。

「啊！就是直接回到飯店，今晚不要設法去看那個人。在您剛剛離開的人和即將相會的人之間，總會有某種牽連關係。請您不要做這個人和我之間的牽線人。明天，隨您的便追索他，但決不要再來看我，如果您不想嚇死我的話。到此為止，晚安，好好睡一覺。我呢，我知道是睡不著的。」

說完，伯爵夫人離開了弗朗茲，讓他因此猶豫不決，想確定她是否在捉弄他，還是當真感到她表現出來的那種恐懼。

回到飯店，弗朗茲看到阿爾貝穿著便服和長褲，舒舒服服地躺在一把扶手椅上抽雪茄。

「啊！是您！」他對弗朗茲說：「真好，我原以為明天才能等到您。」

「親愛的阿爾貝，」弗朗茲回答：「我很高興有機會徹徹底底地告訴您，您對義大利女人的想法大錯特錯。我原以為您近來在情場上的失算，會讓您放棄這種想法呢。」

「有什麼辦法呢！這些女人叫人無法捉摸！她們把手伸向你，讓你握緊；她們對你悄聲說話，讓你送她回家，一個巴黎女人，只要做了其中的四分之一，就聲名掃地了。」

「嘿！一點都沒錯，因為她們沒有什麼可隱瞞，她們生活在燦爛陽光下。如同但丁所說，在這個『是的』滿天飛的美麗國度裡，女人無拘無束。而且，您明明看到，伯爵夫人真的心驚膽顫。」

「害怕什麼？害怕那個坐在我們對面，跟漂亮希臘女人在一起的正派先生嗎？他們離開時，我想一窺究竟，我在走道與他們錯身。我不知道你們怎麼會想到陰曹地府！那是一個非常俊美的小伙子，穿著講究，看來像是在法國布蘭或霍曼服裝店裡訂做的衣服。臉色是有點蒼白，不過您要知道，蒼白是高貴的象徵啊。」

弗朗茲露出微笑，阿爾貝即千方百計想要顯白。

「因此，」弗朗茲對他說：「我深信，伯爵夫人對那個人的看法不合常情。他在您身邊時說過話嗎？您聽到他的隻字片語嗎？」

「他說過話，不過說的是羅馬方言。我從幾個走樣的希臘字中聽出了是方言。親愛的，不瞞您說，我中學時希臘文學得非常好。」

「這麼說來，他說的是羅馬方言？」

「很有可能。」

「毫無疑問，」弗朗茲喃喃地說：「是他。」

「您說什麼？」

「沒說什麼。您坐在這裡做什麼？」

「我要讓您驚喜。」

「什麼事？」

「我們不是弄不到四輪敞篷馬車嗎？」

「當然！我們已經盡了一切努力，仍然白費力氣。」

「我有一個絕妙的想法。」

弗朗茲望著阿爾貝，不大相信他的想像力。

「親愛的，」阿爾貝說：「您真看得起我，用那鄙夷不屑的眼光看我，這一眼真值得您向我賠禮道歉呢。」

「如果您的想法就像您所說的那樣巧妙，我已準備好向您賠禮道歉，親愛的朋友。」

「聽我說。」

「我聽著呢。」

「要弄到馬車真是無計可施吧，是嗎？」

「沒錯。」

「也沒有馬？」

「更找不到。」

「可以弄到一輛大車吧？」

「或許可以。」

「找到一對牛？」

「可以吧。」

「好，親愛的！然後就是我們的事了。我讓人裝飾大車，我們打扮成拿波里的收割者，重現萊奧波爾德·羅貝爾那幅傑作的場景。為了更顯相像，如果伯爵夫人願意穿上波烏佐萊或索倫泰的農婦服裝，就十全十美了，她相當漂亮，可以做那個有孩子的女人的原型。」

「當然！」弗朗茲大聲說：「這回您說對了，阿爾貝先生，這真是一個絕妙的點子。」

「而且是民族特產，照懶王[75]的辦法革新一下，親愛的，僅此而已。啊！羅馬人，你們以為我們會像拿波里的乞丐那樣，在你們的大街小巷徒步跋涉，只因為你們缺少四輪敞篷馬車和馬匹嗎？嘿，我們會自己製造出來。」

「您把這個想法告訴過別人嗎？」

「告訴過老闆。回來後，我叫他上來，向他陳述我的願望。他擔保，這事易如反掌。我想叫人把牛角塗成金色，但他對我說，那要三天功夫，我們只好免除這多餘的做法。」

「他在哪裡？」

「誰？」

「老闆呢？」

「找東西去了。明天再辦或許就來不及了。」

「他今晚會給我們回音嗎？」

「我正等著他。」

這時，門打開了，帕斯特里尼老闆探頭進來。

「可以進來嗎？」他問。

「當然可以！」弗朗茲大聲說。

「那麼，」阿爾貝問：「大車和牛都找到了嗎？」

「我找到的比這更多。」老闆沾沾自喜地回答。

「啊！親愛的老闆，小心點，」阿爾貝說：「滿招損哪。」

「兩位閣下相信我好了。」帕斯特里尼老闆用自豪的口吻說。

「事情究竟辦得如何？」弗朗茲問。

「您知道，」飯店老闆說：「基度山伯爵跟你們住在同一層樓嗎？」

「我相信是的，」阿爾貝說：「正是因為他，我們才像聖尼古拉·沙多奈街上的兩個大學生，住在這種地方。」

75 指法國歷史上墨洛溫王朝最後幾個不問政事的國王。

「他知道你們的尷尬處境，提供了馬車上的兩個位子，以及他在羅斯波利大樓租下的兩個窗邊位子。」

阿爾貝和弗朗茲面面相覷。

「可是，」阿爾貝問：「我們與他素不相識，應該接受他的好意嗎？」

「這個基度山伯爵是什麼人？」弗朗茲問老闆。

「一個非常顯赫的西西里或馬耳他貴族，我不能確定，但像博爾蓋澤[76]家族一樣高貴，像金礦一樣富有。」

「我覺得，」弗朗茲對阿爾貝說：「如果這個人真像老闆所說的那樣舉止得體，他應該用另一種方式轉達他的邀請，要嘛給我們寫信，要嘛……」

這時有人敲門。

「請進。」弗朗茲說。

一個身穿高雅制服的僕人，出現在門口。

「基度山伯爵向弗朗茲・德・埃皮奈先生和阿爾貝・德・莫爾賽夫子爵先生致意。」他說。

他把兩張名片遞給老闆，老闆再交給兩位年輕人。

「基度山伯爵先生，」僕人繼續說：「請兩位先生允許他明天早上以鄰居身分前來拜訪，他想請問兩位先生什麼時候方便接見。」

「說真的，」阿爾貝對弗朗茲說：「沒什麼可挑剔的，都照顧到了。」

「告訴伯爵，」弗朗茲回答：「該由我們拜訪他，那就不勝榮幸之至。」

僕人轉身告退。

「這就叫作比比看誰更謙恭有禮，」阿爾貝說：「啊，您說的沒錯，帕斯特里尼老闆，您的基度山伯爵是個很有教養的人。」

「所以您接受他的好意？」老闆說。

「沒錯，」阿爾貝回答：「不過，不瞞您說，我很留戀大車和收割者的計劃。如果沒有羅斯波利大樓的窗邊來彌補我們的損失，我想我還是會回到原來的想法。您說呢，弗朗茲？」

「我說，也是羅斯波利大樓的窗邊讓我做出決定的。」弗朗茲回答阿爾貝。

其實，在羅斯波利大樓窗邊占兩個位子的提議，讓弗朗茲想起他在競技場遺址中聽到的、那個陌生人和穿特蘭斯泰韋雷農民服裝的人之間的談話。在談話中，穿披風的人保證，要獲准緩刑。如果就像所有跡象所顯示的那樣，穿披風的正是在阿根廷劇場露面、讓他百思不得其解的那個人，他一定會認出他來，屆時他一定會努力滿足自己的好奇心。

弗朗茲夜裡苦苦思索那兩次露面的情況，並盼望第二天的到來。確實，第二天，一切都將真相大白。這次，除非基度山的東道主擁有古傑斯[77]的指環，能因此隱身不見，否則是逃脫不了的。因此，他八點鐘前便醒來。

至於阿爾貝，由於他沒有像弗朗茲那樣早起的理由，所以仍呼呼大睡。

弗朗茲把老闆叫上來，老闆帶著一向的巴結態度前來。

76 博爾蓋澤，義大利顯赫的家族，出過教皇和紅衣主教，自十六世紀定居羅馬。

77 古傑斯（約西元前六八七—六四八），利迪亞國王，據傳靠一只魔戒能隱身不見。

「帕斯特里尼老闆，」弗朗茲說：「今天不是要處決犯人嗎？」

「是的，閣下，但如果您問我這個，是為了弄到窗邊位置，您就太慢了。」

「不，」弗朗茲說：「如果我堅持觀看這個場面，我想，我會在平裘山找到地方。」

「哦！我猜想，閣下是不願與下階層混在一起，那有損身分。可以說，平裘山是他們的天然圓形劇場。」

「我不一定去，」弗朗茲說：「但我想瞭解一些細節。」

「什麼細節？」

「我想知道犯人的數目、名字和什麼刑罰。」

「真巧，閣下，剛好有人送來 tavolette。」

「tavolette 是什麼？」

「tavolette 就是木牌，在行刑的前一天掛在所有街角，木牌上貼了犯人的名字、判決原因和行刑方式。這個告示的目的在於請信徒祈求上帝，讓罪犯真誠地悔悟。」

「別人送來這些 tavolette，是讓您與信徒一起祈禱嗎？」弗朗茲狐疑地問。

「不，閣下。我與貼告示的人有默契，他送來的這個，就像海報一樣，如果我的客人想去看行刑，就可以知道情況了。」

「啊！真是細心周到！」弗朗茲大聲說。

「哦！」帕斯特里尼老闆微笑著說：「我可以誇口，本人竭盡所能地滿足賞臉且信得過我的高貴外國客人。」

「我看到了，老闆！我願意複述一遍，讓有人心相信這點。在此之前，我想看看這些 tavolette。」

「這很容易，」老闆打開房門說：「我已叫人在樓房平台掛上一塊。」

他出去取下 tavolette，遞給弗朗茲。

以下就是行刑告示的譯文：

公告：奉宗教法庭令，二月二十二日星期二，狂歡節的第一日，將於人民廣場處決死囚二名：一名安德雷亞·龍多洛，犯謀殺罪，該犯殺害拉特蘭廣場的聖約翰教堂議事司鐸、德高望重的唐凱撒·泰爾利尼；另一名佩皮諾，即羅卡·普里奧里，確證係大盜路易季·瓦姆帕及其黨羽的共犯。

第一名處以鎚刑。

第二名處以斬首。

凡我信徒，務請為此不幸的二犯祈求上帝，使其真誠悔悟。

這正是弗朗茲前天晚上在競技場遺址中聽到的情況，內容一模一樣，包括犯人姓名、行刑原因和處決方式。

這樣一來，身穿特蘭斯泰韋雷農民服裝的人多半就是強盜路易季·瓦姆帕，而穿披風的人則是水手辛巴達，他在羅馬、韋基奧港和突尼斯都堅持不懈地施行他的慈善事業。

時間過得很快，九點鐘了，弗朗茲去叫醒阿爾貝。讓他吃驚的是，他看到阿爾貝已穿好衣服走出房門。狂歡節充塞在阿爾貝的腦海裡，使他醒得比朋友預料的要早。

「喂，」弗朗茲對老闆說：「我們倆都準備好了，親愛的帕斯特里尼先生，您認為我們可以拜見基度山伯爵了嗎？」

「哦！當然可以！」老闆回答：「基度山伯爵習慣早起，我有把握，他已經起來兩個多小時了。」

「現在拜見他不會冒失吧？」

「決不會。」

「既然如此，阿爾貝，如果您已準備好……」

「完全準備好了。」阿爾貝說。

「我們去謝謝鄰居的盛情吧。」

「走吧！」

飯店老闆帶著他們穿過樓梯平台，拉了拉鈴，一個僕人來開門。

「I Signori Francesi.」[78]老闆說。

僕人鞠躬，示意可以進來。他們穿過兩個房間，家具陳設奢華，他們沒想到在帕斯特里尼老闆的飯店裡竟然看得到這樣的奢華。最後他們來到一個極其雅致的客廳。地板上鋪著一塊土耳其地毯，異常舒適的沙發擺上圓蓬蓬的墊子，椅背向後傾斜。牆上掛著大師們傑出的油畫，中間放上光彩奪目的武器裝飾。門上垂掛著厚厚的門簾。

「兩位閣下請坐，」僕人說：「我去稟報伯爵先生。」

他從一扇門出去了。

這扇門打開時，單弦小提琴[79]的聲音傳到了兩個朋友的耳朵裡，隨即消失了。門幾乎一打開就又關上，只傳進一陣悅耳的樂音到客廳。

弗朗茲和阿爾貝交換了眼神，又瀏覽起家具、油畫和武器。他們覺得再看一遍，比初看時更顯華麗。

「喂，」弗朗茲問他的朋友：「您對這些有什麼想法？」

「說實話，親愛的，我們的鄰居一定是個經紀人，做過空頭的西班牙公債生意，或者是個微服出遊的君主。」

「噓！」弗朗茲對他說：「我們馬上就可以知道了，因為他來了。」

果然，門轉動的聲音傳到兩個來訪者的耳朵裡，門簾隨即被撩開，所有奢華陳設的主人走了進來。

阿爾貝迎上前去，但弗朗茲待在原地不動。

進來的就是競技場穿披風的人、包廂裡的那個陌生人，也是基度山那位神祕的東道主。

78 義大利文：兩位法國人來了。
79 南斯拉夫達爾馬提亞人的樂器。

35 鎚刑

「先生們，」基度山伯爵進來時說：「請原諒我等到稟報後才來，我擔心一大早去拜訪你們會太莽撞。再說，你們通知我要來，我也就恭敬不如從命了。」

「弗朗茲和我，要向您表示萬分感謝，伯爵先生，」阿爾貝說：「您確實讓我們擺脫了困境，我們正在設想一部叫人驚異的車子，就接到您無償的邀請。」

「嗨！我的天！兩位，」伯爵回答，示意兩個年輕人坐在一把無扶手沙發上，「如果我讓你們這麼長時間感到束手無策，那是帕斯特里尼那個傻瓜的錯。他隻字不提你們的困境，我在這裡孤孤單單的好不寂寞，只想找個機會認識鄰居。一旦我知道可以幫助你們，你們看到了，我多麼迫不及待地抓住這個機會，向你們問候。」

兩個年輕人彎腰鞠躬。弗朗茲無話可說，他還沒有做出任何決定，由於伯爵並沒有表明他想相認，弗朗茲不知道是否應該開口暗示往事，或者留待以後再拿出新的證據。況且，他十之八九就是昨晚包廂裡的那個男子，但不能肯定，就是前天晚上在競技場的那個人。於是他任憑發展，而不向伯爵直接提及。另外，他對伯爵具有一種優勢，即掌握了伯爵的祕密；而相反地，伯爵對弗朗茲不可能有任何影響力，弗朗茲沒有什麼要隱瞞的。

但他決意讓談話停在某個點上，藉以澄清一些疑問。

「伯爵先生，」他說：「您提供了馬車上的座位和羅斯波利大樓窗邊的位子。現在，您能不能告訴我們，就像義大利人所說的那樣，怎樣才能在人民廣場弄到一個看台？」

「啊！是的，沒錯，」伯爵漫不經心地說，一面津津有味地望著莫爾賽夫：「人民廣場不是有什麼事，好像要行刑嗎？」

「是的。」弗朗茲回答，發現伯爵自動轉到他想引導的話題上。

「等等，等等，我昨天已經吩咐管家去辦這件事，或許我還能幫你們一個小忙。」

他伸手拉了繩鈴三下。

「您考慮過，」他對弗朗茲說：「如何簡化僕人來去的時間嗎？我呢，我做過研究，我拉一下鈴是叫貼身跟班，拉兩下是叫飯店老闆，拉三下是叫管家。這樣，我不浪費一分鐘和一句話。看，管家來了。」

只見一個四十五至五十歲的人進來，弗朗茲覺得他酷似帶自己進入岩洞的那個走私客，但是他似乎沒認出弗朗茲。弗朗茲看出來，他們已事先串通好了。

「貝爾圖喬先生，」伯爵說：「您是否已經按照我昨天的吩咐，在人民廣場弄到一個窗口？」

「是的，大人，」管家回答：「可是已經很晚了。」

「什麼！」伯爵皺起眉頭說：「我不是對您說過，我要弄到一個窗口嗎？」

「已經為大人弄到一個，那本是租給洛巴尼耶夫親王的，我不得不花了一百……」

「很好，很好，貝爾圖喬先生，不必對這兩位先生談這些家務瑣事了。您弄到窗口，這就夠了。把樓房地址告訴車伕，您待在樓梯上等著為我們引路。好了，走吧。」

管家鞠躬，退後一步準備離開。

「啊！」伯爵又說：「勞駕問一下帕斯特里尼收到 tavolette 沒有？能不能送一份行刑公告給我。」

「不必了，」弗朗茲說，從口袋裡掏出筆記簿，「我看過木牌上張貼的公告，抄了下來，這就是。」

「很好。那麼，貝爾圖喬先生，您可以走了，我不再需要您。早飯準備好以後，叫人來稟告我們。這兩位先生，」他轉向兩個朋友，繼續說：「能賞光與我共進早餐嗎？」

「說實話，伯爵先生，」阿爾貝說：「這就太打擾了。」

「不，正好相反，你們讓我非常愉快，你們當中的這一位或另一位，或許兩位，有一天會在巴黎回請我的。貝爾圖喬先生，您叫人擺上三套餐具。」

他從弗朗茲手裡接過筆記簿。

「我們來念一下，」他用讀報紙廣告的聲調說：「『今天，二月二十二日，將處決死囚二名：一名安德烈亞・龍多洛，犯謀殺罪，該犯殺害拉特蘭廣場的聖約翰教堂議事司鐸、德高望重的唐凱撒・泰爾利尼；另一名佩皮諾，即羅卡・普里奧里，確證係大盜路易季・瓦姆帕及其黨羽的共犯……』嗯！『第一名處以鎚刑，第二名處以斬首。』是的，果然，」伯爵又說：「事情本來應當這樣進行，但我認為，從昨天起，慶典的進行和命令突然發生了某些變化。」

「啊！」弗朗茲叫道。

「是的，昨天晚上我在羅斯皮格遼齊紅衣主教那裡，好像談到其中一個犯人被准予緩刑。」

「是安德烈亞・龍多洛嗎？」弗朗茲問。

「不是……」伯爵不經意地回答：「是另一個……（他瞥了一眼筆記簿，彷彿要想起犯人的名字），叫佩皮諾，即羅卡・普里奧里。這樣你們就看不到斬首了，但還看得到鎚刑。第一次、甚至第二次看的時候，這種刑罰非常吸引人。而另一種刑罰你們大概是知道的，過於簡單和平淡無奇，不會有什麼意外發生。斷頭機不會搞錯，不會顫抖，不會砍不到，不會像那個砍沙萊伯爵[80]頭顱的士兵那樣，重複砍三十次。再說，黎希留也許有意將受刑人交給那個士兵去處理。啊！」伯爵用鄙夷不屑的口吻補充說：「至於刑罰，就別提歐洲人了，他們絲毫不懂。以殘酷而論，他們確實處在童年時代，或者不如說處在暮年。」

「說實話，伯爵先生，」弗朗茲回答：「別人會以為您對世界各國的刑法做過一番比較研究。」

「至少我沒看過的刑法不多了。」伯爵冷冷地說。

「您觀看這些場面時得到樂趣嗎？」

「我最初感到厭惡，第二次無動於衷，第三次產生好奇心。」

「好奇心！這個詞太可怕了！」

「為什麼？人一生中只有一件最值得掛慮的事，就是死亡。嗨，研究靈魂離開肉體的不同方式，而且根據性格、氣質甚至各國風俗，瞭解人怎麼忍受從存在到虛無的崇高過程，不是饒有興味嗎？至於我，我向您保證，死亡看得越多，死的時候就越從容。因此，依我看，死或許是一種刑罰，而不是贖罪。」

「我不太明白您的意思，」弗朗茲說：「請解釋一下，因為我無法告訴您，您所說的話將我的好奇心刺激到什麼程度。」

「聽著，」伯爵說，他的臉透出憤恨，換了別人，則會漲得血紅，「如果有人用前所未聞的折磨和無窮無盡的痛苦，奪走你的父親、母親、情人，總之，奪走一個一旦從你的心中連根拔去，就會留下永恆空缺和血

80 沙萊伯爵（一五九九—一六二六），法國貴族，受情人指使，密謀反對黎希留首相，被斬首。

淋淋傷口的人，而社會給你的補償，只是用斷頭機的刀刃在兇手的枕骨底部和斜方肌之間砍過去，讓那個使你忍受多年精神痛苦的人只受幾秒鐘的肉體疼痛，你認為這種補償夠不夠？」

「是的，我明白這個道理。」弗朗茲回答：「人類的司法機構是不足以慰藉人的，它只能血債血還，如此而已。必須向它要求它能力所及的東西，而不能要求別的。」

「我再舉一個實際例子。」伯爵又說：「因為一個人的死，社會連同它賴以存在的根基都受到攻擊，這時社會就以死來報復死。但是，不是存在著千千萬萬種、彷彿五臟六腑被撕裂的痛苦，而社會卻不聞不問，連我們剛才提到的那種不足以復仇的方法也不提供給他嗎？不是有的罪行連土耳其人的尖樁刑、波斯人的凹槽刑、易洛魁人的挑筋都顯得太輕了嗎？冷眼旁觀的社會卻不加以懲罰嗎？請回答，不是有這樣的罪行嗎？」

「是的，」弗朗茲回答：「正是為了懲罰這些罪行，才容許決鬥存在。」

「啊！決鬥，」伯爵大聲說：「憑良心說，當目的是復仇時，用這種方法達到目的是可笑的！有人奪走了你的情人，有人誘惑了你的妻子，有人玷污了你的女兒；一個人本來有權期望上帝給他幸福，那是上帝創造人類時答應給予的，但有人卻讓你的一生受盡痛苦、貧困或恥辱。那個人使你頭腦狂亂、心裡絕望，你在他的胸膛刺上一劍，或者在他腦袋射進一顆子彈，這樣你就自以為復仇了嗎？得了吧，還不說往往反倒是他贏了，在世人眼裡得到洗刷，甚至說得到上帝的寬恕。不，不」伯爵繼續說：「一旦我要復仇，我不會用這種方式。」

「因此，您不贊成決鬥囉？而且，您也不會決鬥囉？」輪到阿爾貝問，他聽到有人發表這樣古怪的理論，十分驚愕。

「哦！正好相反！」伯爵說：「請理解我的看法：我會為了一件小事，為了一次侮辱，為了揭穿一個謊言，為了一記耳光而決鬥，因為我進行過各種身體訓練，靈活異常，而且對危險習以為常，我幾乎肯定可以殺死對手。哦！我會決鬥的！我會為了這一切而決鬥。對於徐徐而來的、深切的、無邊無際的、永久的痛苦，只要可能，我會對造成我這種痛苦的人以牙還牙，以眼還眼，正像東方人所說的那樣，他們在各方面都是我們的老師，那些得天獨厚的人善於把夢幻變為生活，把現實變為天堂。」

「但是，」弗朗茲對伯爵說：「這種理論讓您既是原告，又是法官和劊子手，由於您總是逃避法律制裁，您很難堅持到底。仇恨是盲目的，憤怒使人喪失理性，凡是自斟復仇苦酒的人，難免也自討苦吃。」

「是的，如果他又窮又笨的話。如果他是百萬富翁，又很機靈，那就不會。況且，對他來說，最糟的也不過是受到我們剛才說過的另一種刑罰，以博愛為本的法國大革命以這種刑罰代替了四馬分屍刑和車輪刑。那麼，如果他報了仇，這種刑罰又算得了什麼呢？說真的，我幾乎有點遺憾，那個可憐的佩皮諾多半不會像公告所說的那樣被斬首，不然你們倒有機會看到斬首要延續多長時間，是否真的值得談論。說實在的，二位，在狂歡節談這樣的事真是太古怪了。究竟怎麼會談起的？啊，我想起來了！您提出在我的窗邊占一個位子。那麼，好吧，會給你們一個位子的。但我們還是先入席吧，因為僕人來稟告，早飯備好了。」

果然，一個僕人打開客廳四扇門當中的一扇，說出舉行聖事的用語：「一切準備好了！」

兩個年輕人起身，走進餐室。

早餐很講究，侍候得又極其周到。用餐時，弗朗茲用眼睛搜尋阿爾貝的目光，想看出主人的話在他身上產生的影響。但是，要嘛是他向來隨隨便便，不大注意這番話，要嘛是基度山伯爵在決鬥問題上所做的讓步得到了他的諒解，要嘛因為上述發生的幾件事只有弗朗茲一人知道，伯爵的理論只對他產生效果，他發覺同伴毫不在意。相反的，阿爾貝由於四、五個月以來不得不吃義大利菜，也就是世界上最糟糕的菜肴之一，所以津津有味地吃著早飯。至於伯爵，他只淺嘗每樣菜，也許他只是陪客人入席，展現尋常禮節，等客人走後才會再吃珍饈美味。

弗朗茲不由得想起伯爵讓G伯爵夫人心生恐懼，想起G伯爵夫人的看法：伯爵，就是他指給她看的、坐在她對面包廂的那個人，是個吸血鬼。

吃完早餐，弗朗茲掏出懷錶。

「呃，」伯爵對他說：「您有事嗎？」

「請原諒，伯爵先生，」弗朗茲回答：「我們還有一大堆事要辦呢。」

「什麼事？」

「我們還沒有扮裝的衣服，扮裝衣服今天一定要弄到的。」

「你們不必操這個心。我想，我們在人民廣場有一個專門房間。你們選定什麼樣的服裝，我會讓人送去，你們可以當場扮裝。」

「在行刑之後？」弗朗茲大聲問。

「當然隨你們的意，以後、中間或以前都可以。」

「面對斷頭台？」

「斷頭台屬於節目的一部分。」

「啊，伯爵先生，我考慮過了，」弗朗茲說：「我確實很感謝您的好意，但我只接受在您的馬車裡占一個位子，在羅斯波利大樓的窗邊占一個位子，至於人民廣場那個窗口旁的位子，您另做分配吧。」

「我可預先告訴您，您放棄了一個非常吸引人的場面。」伯爵回答。

「您會說給我聽的，」弗朗茲說：「我確信，從您嘴裡敘述出來，會幾乎等同於我親眼目睹。何況我不止一次試圖觀看行刑，但從來下不了決心。您呢，阿爾貝？」

「我嘛，」子爵回答：「我看過處決卡斯坦。但我想，那天我有點喝醉了。那是在放學以後，我們不知在哪一間酒店過了一夜。」

「這不是理由，不能因為您在巴黎沒做過這件事，在國外就不做。旅遊就是為了增長見識，換個地方就是為了多看看。想想，將來有人問您：在羅馬是怎樣處決犯人的？而您回答：我不知道。那時，您會多麼難堪。再者，據說這個犯人是無恥之徒，這個傢伙用壁爐柴架敲死了把他當兒子養大的、善良的議事司鐸。見鬼！要殺教會人士，也得拿一件比柴架更合適的武器呀，尤其這個教會人士又宛如父親。如果您到西班牙旅行，您會去看鬥牛是嗎？那麼，請設想，我們去看的是一場搏鬥，請想想競技場中的古羅馬人，在這種狩獵中，殺死了三百頭獅子和一百多人呢。請想想熱烈鼓掌的八萬觀眾，請想想把待嫁女兒帶到那裡去的、明智的古羅馬婦女，請想想那些雙手白皙、迷人的、供奉女灶神的貞女，她們用大拇指做出嬌媚的小手勢，意思是說：好了，別懶洋洋的，結束那個奄奄一息的人吧。」

「您去嗎，阿爾貝？」弗朗茲問。

「說實話，親愛的，剛才我跟您的決定一樣，但伯爵的議論讓我改變主意。」

「既然您願意，我們就去吧，」弗朗茲說：「不過，到人民廣場的時候，我想經過行市街，可以嗎，伯爵先生？」

「徒步可以，坐車不行。」

「那麼我步行。」

「您非得經過行市街嗎？」

「是的，我要看一樣東西。」

「好吧，我們從行市街走，我們讓馬車經過巴布伊諾的轉角，在人民廣場等候我們。再者，我不會反對，經過行市街可以順道看看我的吩咐是否執行了。」

「大人，」僕人打開門說：「一個身穿苦修士服裝的人求見。」

「啊！是的，」伯爵說：「我知道是什麼事。二位，請移步客廳，你們會在中間桌上找到上好的哈瓦那雪茄，我馬上回來奉陪。」

兩個年輕人起身，走了出去，而伯爵再次道歉，從另一扇門出去。阿爾貝酷愛雪茄，自從來到義大利，抽不到巴黎咖啡廳的雪茄，這對他不是小小的犧牲。他走近桌子，看到真正的哈瓦那雪茄時，高興得叫了起來。

「喂，」弗朗茲問他，「您對基度山伯爵有什麼看法？」

「我的看法？」阿爾貝說，明顯訝異他的同伴會提出這樣的問題，「我想是一個很可愛的人，善盡主人之誼，見多識廣，學問淵博，深思熟慮，像布魯圖斯一樣是個清心寡欲的人，而且，」他補充說，一面醉心地吐出煙，長煙呈螺旋狀地裊裊上升，「他還有上好的雪茄。」

這是阿爾貝對伯爵的看法。弗朗茲知道，阿爾貝只有經過深思熟慮才肯對人和事發表看法，他也不想改變自己的看法。

「可是，」他說：「您注意到一件古怪的事嗎？」

「什麼事？」

「他看您時的那種專注態度。」

「看我？」

「是的，看您。」

阿爾貝沉吟一下。

「啊！」他嘆了一口氣說：「毫不奇怪。我離開巴黎將近一年，我的服裝大概變了。伯爵可能把我看成鄉下人，請糾正他的看法，親愛的，請您有機會就告訴他，他完全錯了。」

弗朗茲微微一笑，伯爵隨即進來了。

「我來了，二位，」他說：「有事請吩咐，我已經安排好了，馬車會駛到人民廣場，我們走另一條路去，就照你們的意思，經過行市街。拿上幾支雪茄吧，德．莫爾賽夫先生。」

「真的？我樂意之至，」阿爾貝說：「因為義大利雪茄比官辦企業的雪茄還要糟。將來您到巴黎的時候，我會好好回敬。」

「我樂於接受。我計劃不久後去一趟，既然蒙您允許，我會造訪。好了，二位，我們沒有時間可以浪費，已經十二點半，動身吧。」

三人一起下樓。車伕已知道主人最後的吩咐，沿著巴布伊諾街走，而幾位步行者穿過西班牙廣場和弗拉蒂納街，這條街在菲亞諾大樓和羅斯波利大樓間筆直通過。

弗朗茲仔細觀察羅斯波利大樓的窗戶，他沒有忘記穿披風的人和穿特蘭斯泰韋雷農民服裝的人在競技場約好的暗號。

「您租了哪幾個窗戶？」他用盡可能自然的口吻問伯爵。

「最旁邊那三個。」伯爵毫不造作、漫不經心地回答，因為他猜不透向他提出這個問題的目的。

弗朗茲的目光迅速投向那三個窗戶。兩邊的窗戶掛著黃色錦緞窗簾，而中間的窗戶掛著帶紅十字的白色錦緞窗簾。

穿披風的人對穿特蘭斯泰韋雷農民服裝的人履約了，毫無疑義，穿披風的人就是伯爵。

三個窗戶都還沒有人。

到處都在做準備工作。放好椅子，搭好站台，佈置好窗戶。要等鐘聲響起才能戴上面具出現，馬車才能通行。然而，可以感覺到面具就躲在每個窗戶後，馬車就藏在每扇大門裡。

弗朗茲、阿爾貝和伯爵繼續沿著行市街走。越接近人民廣場，人群越加稠密。在萬頭攢動中，可以看見聳立著兩樣東西：方尖碑，上面有一個十字架，表明這是廣場中心；方尖碑前面，在巴布伊諾、科西嘉、里佩塔三條街舉目可見的交岔口上，斷頭台上架著兩根木樑，鍘刀弧形的刀刃在中間閃閃發光。

在轉角可以看到伯爵的管家，他在等候主人。那個無疑用高價租下的窗口，伯爵決不肯向客人們透露付出多大代價，就設在位於巴布伊諾街和平裘山間那座大樓的三樓。正如上述，那是一間盥洗室，通向臥室，關上臥室的門，房客就可以無拘無束。椅子上已經放著極其高雅的、藍白兩色緞子的扮裝服飾。

「既然你們讓我選擇服裝，」伯爵對兩個朋友說：「我叫人準備了這一種。首先，今年穿這一種最好；其次，由於不再用麵粉，這種服裝對撒彩色紙屑最為合適。」

弗朗茲沒聽全伯爵的話，或許他沒有正確評價伯爵這番好意；他全部的注意力都被人民廣場上的景象，和此刻作為廣場主要裝飾品的可怕刑具吸引了。

弗朗茲第一次見到斷頭台。我們說斷頭台，是因為羅馬的斷頭機與我們的殺人刑具幾乎是從同一個模子鑄造出來的。鍘刀呈新月狀，用凸起部分砍下，從相對而言懸吊得不那麼高的地方落下，如此而已。

有兩個人坐在按倒犯人的蹺板上，一邊吃飯一邊等待，弗朗茲看見他們吃的是麵包和香腸。其中一個掀起木板，抽出一瓶葡萄酒，喝了一口，將瓶子遞給同伴。這兩個人是劊子手的助手。

看到這個場面，弗朗茲感覺髮根滲出冷汗。

兩個犯人昨天傍晚從新監獄押送到人民廣場的聖母瑪麗亞小教堂過夜，每一名犯人有兩個教士陪伴，待在燈火通明、鎖上鐵柵的小教堂內，門口不時有哨兵換班巡邏。

教堂門前兩側，分別站著一排憲兵，一直延伸到斷頭台，再繞台一周，中間留出約十尺寬的通道。斷頭台四周，有一片周長百步左右的空地。廣場的其餘地方擠滿了男男女女。許多婦女將孩子擱在肩上。這些孩子的身體凌駕於人群之上，視野優越。

平袞山就像是一個廣闊的圓形劇場，每個台階都擠滿了觀眾。巴布伊諾街和里佩塔街轉角兩座教堂的露台也塞滿了幸運的好奇者。列柱廊的台階上宛如起伏著五顏六色的波浪，永不停息的浪潮不斷向前推去，每個能夠容納一人的地方、每處凹凸錯落的牆上，都有一尊活雕像。

伯爵的話一點都沒錯，生活中最吸引人的，就是觀看死亡的場面。

但是，原應籠罩肅穆氛圍的莊嚴場景，反而從人群中傳出喧嘩，有笑聲、喊聲、歡樂聲。正如伯爵所說，顯然對老百姓來說，行刑不是別的，只是狂歡節的序幕罷了。

驟然間，喧鬧聲彷彿被魔法止住了，教堂大門剛剛打開。

先是出現一隊苦修士，每個人頭上都套著一件灰色長袍，只露出雙眼，手裡拿著一支點燃的蠟燭。領頭的苦修士走在前面。

苦修士後面，是一個高個男人。他上身赤裸，只穿了一條布襯褲，左邊佩著一把大刀，插在鞘裡，右肩扛著一把沉重的大鐵鎚。這個人就是劊子手。此外，他穿著便鞋，用繩子繫在腳踝上。

在劊子手後面，按照處決順序，走著佩皮諾，然後是安德烈亞。每個犯人都由兩個教士陪伴著。犯人都沒有蒙上眼睛。佩皮諾邁著堅定的步伐，不用說，他已得知即將發生的事。安德烈亞由一個教士攙扶才能勉強邁出一步。

那兩個犯人不時吻著聆聽告解的神父遞過來的、帶耶穌像的十字架。

一看到這個場面，弗朗茲雙腿幾乎支持不住。他望向阿爾貝，阿爾貝臉色蒼白得像他的白襯衫，他下意識扔掉雪茄，儘管只抽了一半。

唯有伯爵顯得無動於衷，甚至，慘白的雙頰彷彿透露出淡淡的紅暈。他的鼻子像聞到血腥味的猛獸一樣擴張起來，而他的嘴唇微微打開，露出像豺狼一樣小而尖利的白牙齒。即使如此，他臉上有一種笑吟吟的溫柔表情，弗朗茲從未見過他這種表情，尤其他的黑眼睛因寬容與柔和而讓人讚嘆。

兩個犯人繼續走向斷頭台，隨著前行，可以看清楚他們的面容。佩皮諾是一個二十四至二十六歲的漂亮小伙子，皮膚被太陽曬得黧黑，目光放肆，野性十足。他高昂著頭，好像在嗅聞微風，要辨別他的救命恩人自何方來。

安德烈亞矮胖，他的臉卑劣殘忍，看不出年紀，可能三十歲左右。在監獄裡，他留了鬍子。他的腦袋側向一邊，雙腿發軟，整個人好像只能機械性動作，他的意志已經控制不住。

「我記得，」弗朗茲對伯爵說：「您對我說過，只處決一個犯人。」

「我告訴您的是實情。」他冷冷地回答。

「但現在有兩個犯人。」

「是的，這兩個犯人當中，有一個已接近死亡，而另一個還要活許多年。」

「我覺得，特赦令該到了，沒有時間可浪費了。」

「看，不是來了嗎，看哪。」伯爵說。

果然，正當佩皮諾來到斷頭台下，一個苦修士姍姍來遲，穿過士兵的人牆，士兵沒有攔住他，他走向為首的苦修士，遞交一份一折為四的文件。

佩皮諾熾熱的目光沒有放過每一個細節，為首的苦修士打開那張紙，念了一遍，舉起手來。

「祝福天主，讚美教皇陛下！」他大聲地、字字清晰地說：「特赦一名犯人。」

「特赦！」老百姓異口同聲地喊道：「特赦！」

聽到喊特赦，安德烈亞彷彿跳了一下，抬起頭來。

「特赦哪一個？」他喊道。

佩皮諾一動不動，一言不發，急促喘氣。

「特赦佩皮諾，即羅卡．普里奧里，免除死刑。」為首的苦修士說。

他把那張紙交給憲兵隊長，隊長看過以後還給他。

「特赦佩皮諾！」安德烈亞喊道，完全擺脫了剛才的麻木狀態，「為什麼特赦他，而不特赦我？我們本該一起死。之前答應過我，他死在我前頭，你們沒有權利讓我單獨死掉，我不願意！」

他掙脫兩個教士的手臂，扭動著、喊叫著、怒吼著，做出瘋狂的努力，試圖扯斷縛住他雙手的繩索。

劊子手向兩個助手示意，他們跳到斷頭台下，抓住犯人。

「怎麼回事？」弗朗茲問伯爵。

由於整個過程說的都是羅馬方言，他沒有聽明白。

「怎麼回事？」伯爵說：「您沒有聽明白嗎？那個快要死的人聽到同赴刑場的人不是與他一起死去，快要發狂了，如果讓他胡來，他會用指甲和牙齒撕碎另一個犯人，不讓那個人享受他即將被剝奪的生命。哦，人哪！人哪！像鱷魚一樣！正如卡爾．摩爾所說，」伯爵大聲說，向人群伸出兩隻拳頭，「我對你們瞭如指掌，你們向來道貌岸然！」

安德烈亞和劊子手的兩個助手在塵土裡滾動，犯人一再喊著：「他應該死，我要他死！你們沒有權利只殺我一個！」

「看呀，」伯爵抓住兩個年輕人，又說：「看呀，憑良心說，真有意思，這個人本來已經認命了，走向斷頭台，即將像懦夫一樣死去，沒錯，他終於毫無反抗與怨言地赴死，你們知道是什麼給了他力量嗎？你們知道是什麼給了他安慰嗎？你們知道是什麼使他忍受刑罰嗎？那是因為還有另一個人分享他的痛苦，因為還有另一個人要與他一起死去，因為還有另一個人比他先死！把兩頭綿羊和兩頭牛牽到屠宰場，讓其中一頭明白，牠的同伴不會死，綿羊會快樂得咩咩叫，牛會高興得哞哞叫。但人呢，上帝按自己形象創造的人，上帝把熱愛他人作為首要的、唯一的、最高的準則加於其身的人，上帝給他聲音表達思想的人，當他知道同伴得救時，他的第一聲叫喊是怎樣的呢？是一聲辱罵。人哪，這大自然的精華，萬物的靈長，真夠體面的！」

伯爵哈哈大笑，那是可怕的笑聲，表示他應有過慘痛的經歷，才會笑成那樣。

然而搏鬥還在進行，真是怵目驚心。兩個助手把安德烈亞架到斷頭台上。所有人都反對他，兩萬個聲音齊聲呼喊：「處死他！處死他！」

弗朗茲往後退，但伯爵抓住他的手臂，強把他留在窗前。

「您怎麼了？」伯爵對他說：「憐憫嗎？說實話，憐憫得真是時候！如果您聽到有人喊瘋狗來了，您會拿起槍，衝到街上，毫不留情地就近打死那可憐的畜生。不管怎麼說，牠只是被另一隻狗咬了才會亂咬人，以牙還牙而已，而您卻去憐憫這樣一個人，別人都沒有咬過他，他卻殺死他的恩人，現在他不能殺人了，因為雙手被縛，他不顧一切想看到同赴刑場的難友死去！不能這樣，不能這樣，看哪，看哪。」

大可不必叫弗朗茲快看，弗朗茲似乎被可怕的場面迷住了。兩個助手把犯人架上了斷頭台，不管他怎麼掙扎、亂咬、亂叫，他們強迫他跪下。這時，劊子手站在一旁，舉起大鐵鎚不動。經過示意，兩個助手閃到一旁。犯人想爬起來，但來不及了，大鐵鎚落在他左邊太陽穴上，傳來一下沉悶濁重的聲音，受刑者像隻牛一樣倒下，面部朝下，然後反彈一下，仰面翻過來。劊子手扔下大鐵鎚，從腰帶上抽出刀，一刀割開犯人的喉嚨，接著馬上站在他的肚子上，用腳踩踏。每踩一下，鮮血就從犯人的脖子噴濺出來。

這次，弗朗茲再也受不了了，他往後退，昏跌在一把扶手椅中。

阿爾貝閉上眼睛，站在那裡，正緊緊攀住窗簾。

伯爵也站著，像魔鬼一樣得意洋洋。

36 羅馬狂歡節

等弗朗茲恢復神志，他看到阿爾貝在喝水，蒼白的臉色表明他很需要這杯水。他還看到伯爵已經換上扮裝的服飾。他下意識看看廣場，斷頭台、劊子手、處死的犯人，一切都消失不見了，只剩下熙熙攘攘、興高采烈的人群。西托里奧山上的鐘只在教皇逝世和狂歡節開始時敲響，這時卻在使勁敲著。

「咦，」他問伯爵：「出了什麼事？」

「沒事，」他說：「如你所見，只是狂歡節開始了，我們快換上衣服吧。」

「確實，」弗朗茲回答伯爵說：「那可怕的場面只剩下夢的殘痕。」

「這確實只是夢，您做了一場惡夢。」

「是的，我是做了一場夢，但犯人呢？」

「也是一場夢，不過他長眠了，而您醒過來了。誰知道你們兩人誰較幸運呢？」

「佩皮諾呢，」弗朗茲問：「他怎麼樣了？」

「佩皮諾是個理智的小伙子，他絲毫沒有虛榮心。有些人發現別人不注意他就大發雷霆，他不同，他很高興看到大家的注意力落在他的同伴身上。因此，他趁別人不注意，溜到人群中，消失不見了，甚至不感謝那兩個曾陪伴他的高尚教士。人確實是忘恩負義和自私自利的畜生……。您換上衣服吧，您看，德・莫爾賽夫先生做了榜樣。」

阿爾貝果然已下意識把塔夫綢長褲套在他的黑長褲和漆皮靴上。

「所以，阿爾貝，」弗朗茲問：「難道您真想胡鬧一番？啊，請坦率回答我。」

「不，」阿爾貝說：「但說實話，看過那場面，我現在感到非常自在，我明白伯爵先生所說的話了：一旦習慣這種場面，對其他場面就不會再感到激動了。」

「還沒說到只有在這種時候，才能研究出人的個性，」伯爵說：「斷頭台的第一級台階上，死神拉下了人一生所戴的面具，真面目顯露出來了。應該說，安德烈亞的真面目十分醜惡，這個可憎的傢伙！我們換衣服吧，二位，我們換衣服吧！」

弗朗茲再扭扭捏捏，不照兩個同伴的樣子去做的話，就不免可笑了。於是，他也穿上那套扮裝服飾，戴上面具，這面具不見得比他的臉更蒼白。

穿好衣服，大家下樓。馬車等在門口，車上裝滿了彩色紙屑和花束。他們排在馬車的隊伍裡。

很難想像剛才和眼前截然相反的對比。陰森沉寂的死亡景象消失了，人民廣場呈現出瘋狂熱鬧的狂歡景象。戴著面具的人群從四面八方蜂擁而來，有的從門後冒出，有的爬出窗戶。馬車擠滿了各個街口，載滿扮裝的人、著黑色風衣的人、喜劇中的侯爵、特蘭斯泰韋雷、滑稽人物、騎士和農民，他們大喊大叫，手舞足蹈，投擲裝滿麵粉的蛋殼、彩色紙屑和花束。唇槍舌劍，用可以拋擲的東西互相攻擊，不管是朋友還是不相干的人，是熟人還是陌生人，誰也無權生氣，只能報以哈哈大笑。

弗朗茲和阿爾貝就像為了消愁解憂，被帶到歡宴中的人一樣，隨著狂飲濫喝，酩酊大醉，他們感到在過去和現在之間有一道厚厚的帷幕隔開。他們仍能看到，或者不如說他們繼續感到腦中還殘留著剛才所見景象的殘影。但大家的迷醉狀態逐漸感染給他們，覺得搖搖晃晃的理智就要離開他們了。他們感到一種奇怪的需要，想加入這場喧鬧、騷動和暈眩。一把彩色紙屑從旁邊的馬車扔到莫爾賽夫身上，他和他的兩個同伴被撒

戴著面具的人群從四面八方湧到馬路上。

得滿身都是，他的脖子和臉龐被刺得發癢，面具也未能擋住他的臉，彷彿有人把上百根針扔到他身上。最後，終於促使他投入這場搏鬥。他們遇到的、所有戴面具的人已經投入了這場搏鬥。他也從馬車裡站起來，從口袋抓起裝滿彩色紙屑的蛋殼和圓球，他活力充沛又靈巧地，扔到旁邊的馬車裡。

從此，戰鬥開始了。半個小時以前所見的那一幕，完全從兩個年輕人的腦海裡消失。眼前迷離變幻、熱烈瘋狂的景象，使他們心醉神馳。至於基度山伯爵，正如上述，始終顯得無動於衷。

請設想一下這條寬闊華麗的行市街，兩旁從頭至尾聳立著五、六層的華宅，所有陽台都拉上帷幔，所有窗戶都掛簾結彩。陽台上和窗邊聚集了三十萬觀眾，羅馬人、義大利人、世界各地的外國人，他們都是貴族，高貴、富裕、聰慧的貴族。嬌媚的女人也被這景象吸引，趴在陽台上，探出窗口，將彩色紙屑如雨點一般撒向經過的馬車，人們向她們擲回花束。空中飄舞著的裝彩色紙屑的圓球和往上扔的鮮花。馬路上，人群興高采烈、川流不息、瘋瘋癲癲，身穿稀奇古怪的服裝：碩大無朋的捲心菜在漫步，水牛頭在人的身體上哞哞叫，狗彷彿用後腿走路。其間，一個面具掀開了，在這幅卡洛[81]想像中的《聖安東尼的誘惑》裡，有個阿絲塔爾泰[82]露出秀色可餐的面孔，人們想跟隨她，但被一群宛如夢境中的魔鬼隔開。上述景象，只是羅馬狂歡節的一景。

轉了兩圈，伯爵叫馬車停下，並向兩個同伴告退，留下馬車供他們使用。弗朗茲抬頭一看，他們正在羅斯波利大樓對面。中間那個窗口，也就是掛著帶紅十字的白色錦緞窗簾的窗口，站著一個穿戴藍色長披風的人，以弗朗茲的想像力，不難聯想出是阿根廷劇院那個希臘美女。

「二位，」伯爵跳下車說：「等你們厭倦當演員，想重新成為觀眾時，你們知道，我的窗邊有你們的位子。你們暫且使喚我的車伕、我的馬車和我的僕人吧。」

我們忘記一提，伯爵的馬車伕莊重地身穿黑熊皮大氅，跟《熊與帕夏》中的奧德里的服裝一模一樣，而站在四輪敞篷馬車後面的兩個僕人打扮成綠毛猴子，衣服非常合身，還戴著彈簧面具，對路人扮鬼臉。

弗朗茲謝過伯爵的好意，至於阿爾貝，他正在跟滿滿一馬車的羅馬農婦調情，那輛馬車與伯爵的一樣，由於車隊經常堵塞，停住了。他向農婦們投擲花束。可惜的是，車流又動起來了，他那輛車朝人民廣場駛去，而吸引他注意的馬車卻朝向威尼斯宮。

「啊！親愛的！」他對弗朗茲說：「你沒看到嗎？」

「什麼？」弗朗茲問。

「看，那輛開走的、滿載羅馬農婦的四輪敞篷馬車。」

「沒有看到。」

---

81 卡洛（一五九二—一六三五），法國畫家，雕刻家，受到浪漫派推崇。他在義大利學習繪畫，《聖安東尼的誘惑》作於一六三四年。

82 腓尼基的豐產女神是保護自然增殖力量的女神，也是保護婚姻和愛情的女神。

「我有把握，都是迷人的女人們。」

「您戴上面具多可惜啊，親愛的阿爾貝，」弗朗茲說：「這本來是您挽回情場失意的一個機會！」

「啊！」阿爾貝半說笑半肯定地說：「我希望狂歡節結束前，能獲得一些補償。」

儘管阿爾貝滿懷希望，但白天過去了，他再無其他豔遇，除了重遇羅馬農婦那輛四輪敞篷馬車。其中一次相遇時，要嘛出於偶然，要嘛故意為之，阿爾貝的面具掉了下來。這次，他拿起剩下的花束，扔向那輛馬車。

在身著俏麗服飾的迷人農婦中，阿爾貝猜測有一位被他的逗弄打動了，因為兩個朋友的馬車再次經過時，她也擲來了堇菜花束。

阿爾貝撲向花束。由於弗朗茲沒有任何理由相信這花束是擲給他的，他便讓阿爾貝奪走。阿爾貝得意地把花插在鈕孔裡，馬車繼續勝利前行。

「好啊，」弗朗茲對他說：「這是豔遇的開始。」

「隨您怎麼取笑，」他回答：「說實話，我相信是的，因此我不會丟掉這束花。」

「當然，我也相信！」弗朗茲笑著說：「這是約定的象徵。」

戲言很快變成真了，因為在車流的引導下，弗朗茲和阿爾貝重新跟農婦的馬車相遇，那個向阿爾貝投擲花束的女人看到他的鈕孔插著花，便拍起手來。

「好啊，親愛的，好啊！」弗朗茲對他說：「好事將近！您要我離開，您一個人更好周旋嗎？」

「不，」他說：「不急不急。我不能像傻瓜一樣，一有表示，一在大鐘下約會，就受騙上當，就像我們對歌劇院的舞會所做的議論那樣。如果那個漂亮的農婦想進一步發展，我們明天會再看到她，或者不如說她會再看到我們。那時她會有所表示，我再看該怎麼行事。」

「說實話，親愛的阿爾貝，」弗朗茲說：「您像涅斯托耳一樣明智，像尤利西斯一樣謹慎。如果您的客耳刻終於把您變成一頭野獸，那麼她一定要非常機靈或神通廣大。」

阿爾貝說得對。漂亮的陌生女人這天無疑決心不再進一步，因為，儘管兩個年輕人又轉了幾圈，他們到處張望，再也看不到那輛四輪敞篷馬車，它應是消失在相鄰的街道了。

於是他倆回到羅斯波利大樓，但伯爵也跟那個穿藍色長風衣的人離開了。那兩個掛上黃色錦緞窗簾的窗口，仍然被他邀請來的人占據著。

這時，宣佈狂歡節開始的那座鐘敲響了結束的鐘聲。科西嘉街上的車流立刻中斷了，所有馬車轉眼間都消失在橫向的街道裡。

弗朗茲和阿爾貝這時面對著馬拉特街。車伕一言不發，駛了進去，沿著波利大樓來到西班牙廣場，停在飯店前面。帕斯特里尼老闆在門口迎接他的客人。

弗朗茲首先關心地打聽伯爵的情況，他表示很抱歉，未能及時去接伯爵，但帕斯特里尼請弗朗茲放心，說基度山伯爵早為自己訂下第二輛馬車，四點鐘到羅斯波利大樓接他。另外，他吩咐把阿根廷劇院那間包廂的鑰匙交給兩個朋友。

弗朗茲問阿爾貝有什麼安排，阿爾貝正在考慮上劇院前要實踐的計劃，因此，他沒有回答，反而問帕斯特里尼老闆，能不能為他找一個裁縫。

「一個裁縫，」老闆問：「要做什麼？」

「明天前，為我們做兩套盡可能高雅的羅馬農民服裝。」阿爾貝說。

帕斯特里尼老闆搖搖頭。「明天前，為你們做兩套服裝！」他大聲說：「請兩位閣下原諒，這真是法國式的要求。兩套服裝！你們一星期內肯定找不到一個裁縫，願意在一件背心上釘六顆鈕釦，即使每顆鈕釦你們肯付一個埃居！」

「所以我只能放棄我要的衣服囉？」

「不，因為我們會弄到類似的現成服裝。交給我吧，你們明天醒來時，會看到包括帽子、上衣和短褲一整套服裝，包你們滿意。」

「親愛的，」弗朗茲對阿爾貝說：「可以相信我們的老闆，他已經證明過他很有辦法。我們放心去吃飯吧，飯後去看《義大利女人在阿爾及爾》。」

「好吧。」阿爾貝說：「不過，帕斯特里尼老闆，請記住，我和這位先生，」他指指弗朗茲說：「我們非常重視，明天一定要拿到我們所要的服裝。」

老闆再一次向客人保證，他們絲毫不用擔心，會如願以償的。於是，弗朗茲和阿爾貝上樓去換下他們的扮裝服飾。

阿爾貝脫下衣服時，小心翼翼地取下那朵堇菜花枝，明天這是他的識別標記。

兩個朋友開始用餐。阿爾貝不由得注意到帕斯特里尼老闆的廚師和基度山伯爵的廚師間明顯的手藝差異。事實迫使弗朗茲承認，儘管他對伯爵有所提防，但這個比較絲毫不利於帕斯特里尼老闆的廚師。上餐後點心時，僕人進來請問兩位年輕人何時用車。阿爾貝和弗朗茲對看，深怕太過莽撞。僕人明白他們的顧慮。

「基度山伯爵大人，」他說：「已明確吩咐過，馬車整天聽憑兩位大人的安排，兩位大人不必擔心失禮，儘管使用。」

兩個年輕人決定徹底接受伯爵的好意，吩咐套車，他們則去換上晚禮服，白天經過多次戰鬥，原有服裝多少有點縐了。

精心打扮以後，他們搭車前往阿根廷劇院，坐在伯爵的包廂裡。

第一幕開演後，G伯爵夫人走進她的包廂，她第一眼就望向昨天見到伯爵的那側，她看到弗朗茲和阿爾貝坐在伯爵的包廂裡，二十四小時前，她曾向弗朗茲發表對伯爵古怪的看法。

她的雙筒望遠鏡總是對準弗朗茲，以致他察覺要是拖延下去，不滿足她的好奇心，就有點殘忍了。義大利劇院給觀眾特權，就是把包廂當作會客室。兩個朋友便利用這個特權，離開包廂，過來向伯爵夫人致意。

他們一走進她的包廂，她就向弗朗茲示意坐在她身邊。阿爾貝則坐在後面。

「喂，」她說，弗朗茲剛來得及坐下：「看來您真是急於結識這位魯思溫爵士，你們成了忘年之交了？」

「還沒有到那種親密程度，伯爵夫人，但我不能否認，」弗朗茲回答：「我們整天都在領受他的好意。」

「整天？」

「真的，一點不誇大。今天上午，我們接受了他的早餐；狂歡期間，我們坐著他的馬車跑遍科西嘉街；今晚，我們坐在他的包廂看戲。」

「所以您認識他？」

「又認識，又不認識。」

「這話怎麼說？」

「說來話長。」

「能說給我聽嗎？」

「會嚇壞您的。」

「又找理由搪塞。」

「至少要等這個故事有個結局再說。」

「好吧，我就愛聽完整的故事。你們是怎麼認識的呢？誰將您介紹給他的呢？」

「沒有人。相反的，是他自己找上我們的。」

「什麼時候？」

「昨晚，離開您之後。」

「透過哪個中間人？」

「哦！我的天！透過我們飯店老闆那個非常乏味的中間人。」

「那他跟您一樣，住在西班牙廣場那個飯店裡囉？」

「不僅住在同一家飯店，而且住在同一層樓。」

「他叫什麼名字？您想必知道他的名字囉？」

「沒錯，他叫基度山伯爵。」

「這是什麼名字呀？這不是家族的名字。」

「不是的，這是他買下的一座島的名字。」

「他是伯爵？」

「托斯卡尼的伯爵。」

「我們以後再來談他的頭銜和其他情況吧。」伯爵夫人說，她出身威尼斯附近世家，「這個人究竟怎麼樣呢？」

「您問德．莫爾賽夫子爵吧。」

「您聽到了吧，先生，有人讓我問您。」伯爵夫人說。

「如果我們不覺得他可愛，夫人，我們就太挑剔了。」阿爾貝回答：「十年的老朋友也不見得比他為我們做的事更多，而且態度優雅，細緻周到，謙恭有禮，表明他真是交際場中的人物。」

「好呀，」伯爵夫人笑著說：「您看吧，這個吸血鬼一定是個新的暴發戶，他想讓別人原諒他的幾百萬家財，他引起萊拉的眼光，讓人不至把他跟德．羅特希爾德[83]先生混為一談。而她呢，您見過她嗎？」

「她是指誰？」弗朗茲微笑著問。

「昨天那個希臘美女。」

「沒有。我想，我們聽到了她演奏單弦小提琴的樂聲，但她完全沒有露面。」

「您說她不露面，親愛的弗朗茲，」阿爾貝說：「這確實是要製造神祕。那麼，那個站在掛著白色錦緞窗簾的窗口邊，身穿藍色長風衣的人，您認為是誰？」

「那個掛著白色錦緞窗簾的窗口在什麼地方？」伯爵夫人問。

「在羅斯波利大樓。」

83 法國銀行家家族，出身德國猶太人，原先住在法蘭克福，名字的原意為「紅盾」，自十八世紀下半葉延續至今。

「伯爵在羅斯波利大樓租了三個窗口嗎？」

「是的。您也經過行市街？」

「當然。」

「那麼，您注意到有兩個窗口掛著黃色錦緞窗簾，一個窗口掛著帶紅十字的白色錦緞窗簾嗎？那三個窗口是伯爵租下的。」

「啊！那個人是富豪囉？您知道在狂歡節期間，這樣三個窗口一個星期要多少錢嗎？而且又是羅斯波利大樓，科西嘉街最好的位置。」

「兩三百羅馬埃居。」

「要兩三千哪。」

「啊，見鬼。」

「他的島帶給他這麼好的收入嗎？」

「他的島？一個銅板的收入都沒有。」

「那他為什麼買下來呢？」

「心血來潮。」

「他是一個怪人囉？」

「事實是，」阿爾貝說：「我覺得他有怪癖。如果他住在巴黎，常常去看戲，親愛的，我會對您說，要嘛他愛惡作劇，要嘛他是一個被文學作品弄昏了頭的可憐蟲。說實話，今天上午他有兩三筆支出，能跟迪迪埃和安東尼[84]媲美。」

這時，來了一位客人，弗朗茲按習慣讓座給新來者，如此一來不僅換了地方，而且換了話題。

一小時後，兩個朋友回到飯店。帕斯特里尼老闆已經安排打點他們次日的扮裝服飾，他答應會讓他們對他的靈活斡旋感到滿意的。

果然，第二天九點鐘，他走進弗朗茲的房間時帶著一個裁縫，裁縫捧來八至十套羅馬農民服裝。兩個朋友從中挑選出兩套相同的服裝，跟他們的身材大致相合，還吩咐老闆叫人在帽子縫上二十幾公尺的緞帶，再弄到兩條橫格紋、色彩鮮豔的悅目腰帶，那是平民節日時習慣綁在腰上的。

阿爾貝急於知道這套新服裝是否適合他：一件上衣、一條藍色燈芯絨短褲、邊緣刺繡的襪子、帶絆釦的鞋子和緞面背心。穿上這套別致的服裝，阿爾貝只會更好看。等腰帶束住他英挺的腰，帽子斜戴，讓一條條絲帶垂落肩上，弗朗茲不得不承認，這種服裝非常適合某些體格特別健美的民族。土耳其人以前身穿色彩鮮豔的長袍，那是多麼別致，如今穿上有整排鈕釦的藍色禮服，並戴上讓他們酷似紅封口酒瓶的希臘無邊圓帽，豈不難看？

弗朗茲恭維了阿爾貝一番，阿爾貝站在鏡子前，以毫不掩飾的滿意神態微笑著。

基度山伯爵進來時，他們就是這副模樣。

「二位，」他對他們說：「玩樂時有同伴讓人愉快，但自由自在更富樂趣。我告訴你們，今天之後幾天，我讓你們使用昨天那輛馬車。飯店老闆應該告訴你們，我在他那裡寄存了三、四輛車，因此我不會因此沒有

84 迪迪埃是雨果的戲劇《瑪麗榮·德·洛爾姆》中的人物，安東尼是大仲馬同名劇中的人物。

馬車可坐。你們隨意使用，遊玩也罷，辦事也罷。如果有事商量，我們可以在羅斯波利大樓見面。」

兩個年輕人想推讓幾句，但他們確實沒有充足理由拒絕讓他們高興的提議。於是他們接受了。

基度山伯爵與他們待了一刻鐘左右，滔滔不絕地談論各種事。讀者可能已經注意到，他深諳各國文學。看他客廳的牆壁一眼，弗朗茲和阿爾貝就明白，他是繪畫愛好者；他無意間說出幾句話，他們就明白，他對科學並不外行，而且他尤其關心化學。

兩個朋友不敢回請伯爵吃早餐，以帕斯特里尼老闆那蹩腳的家常飯菜去交換精美菜肴，無啻是惡劣的玩笑。他們直率地把這一點告訴他，他接受他們的歉意，很欣賞他們的細緻。

阿爾貝被伯爵的風度迷住了，要不是伯爵懂得科學，他會視伯爵為真正的貴族。能隨意支配馬車，尤其讓他歡喜，他打那些嬌媚的農婦的主意。由於她們昨天出現時搭著一輛雅致的馬車，他很期望在這方面能與她們比肩。

下午一點半，兩個年輕人下樓。車伕和僕人們別出心裁，將僕人制服套在獸皮服裝上，這讓他們的外表比昨天更加滑稽可笑，因此得到弗朗茲和阿爾貝的贊許。

阿爾貝多情地將枯萎的堇菜花枝插在鈕孔上。

聽到第一下鐘聲，他們便出發了，經過維多利亞街，來到行市街。

在轉第二圈時，一束鮮豔的堇菜花從一輛載滿著奇裝異服的女人的四輪敞篷馬車擲過來，落在伯爵的馬車裡。阿爾貝明白，像他與他的朋友一樣，昨天那群農婦改換了裝扮，可能是湊巧，也可能是出於同樣情感，他別出心裁地穿上她們家鄉的服裝，而她們則穿上與他昨日款式相同的服裝。

阿爾貝把新鮮花枝插進鈕孔，但手裡仍拿著那枝枯萎的花。當他重新與那輛四輪敞篷馬車錯身時，他深情地將花枝放在唇上，這個行動不僅讓投擲花束的那個女郎非常高興，她那些瘋癲的女伴也歡呼雀躍。

這天跟昨日一樣熱鬧，細心的觀察家甚至可能會發現比昨日還喧鬧、快活。伯爵曾經站在窗口前，但當馬車再經過的時候，他已經消失不見了。

不用說，阿爾貝和那個投擲堇菜花束的女人，調情了一整天。

傍晚回來時，弗朗茲看到大使館的一封信，通知他有幸在隔天得到教皇陛下的接見。以前他每次遊歷羅馬，都要求並獲得同樣的恩典。既出於宗教虔誠，也出於感激，他不到這位足為所有美德表率的、聖彼得的繼承者腳下致意，是不願離開基督教世界的首都的。

因此，這一天，他沒有心思顧及狂歡節。儘管教皇以仁慈遮掩著自己的威嚴，但人們總是懷著萬分激動的尊敬，頂禮膜拜這位名喚格列哥里十六世[85]的、高貴聖潔的長者。

從梵蒂岡出來後，弗朗茲直接回到飯店，甚至避免經過行市街。他帶回滿腦子虔誠的想法，而接觸到狂歡節的縱情瘋狂，是會褻瀆這些想法的。

五點十分，阿爾貝回來了。他欣喜若狂，那女人又穿上農婦服裝，跟阿爾貝的四輪敞篷馬車相遇時，她揭開了面具。她十分迷人。

弗朗茲真誠恭喜阿爾貝，阿爾貝當之無愧般地接受。他說，從某些難以模仿的高雅舉止中，他看出那個不知名的美人約莫屬於名門貴族。他決定第二天寫信給她。

85 格列哥里十六世（一七六五—一八四六），第二百五十二位教皇（一八三一—一八四六）。

弗朗茲在傾聽這番知心話時，注意到阿爾貝似乎請託，但又遲疑著是否說出來。他事先聲明，為了促成阿爾貝的幸福，他準備能力所及的做出犧牲。阿爾貝經朋友再三催促，直到雖是朋友又要顧及禮節所需要的時間過去，最後，他向弗朗茲坦承，如果明天讓他獨自使用四輪敞篷馬車，那就是幫大忙了。

阿爾貝認為美麗的農婦大發慈悲，揭開面具，是因為他的朋友不在場。

大家明白，弗朗茲不會自私自利，阻撓朋友的豔遇。這次豔遇既能滿足阿爾貝的好奇心，又能關照他的自尊心。他相當瞭解他這位高尚的朋友口風不緊，深信阿爾貝會讓他知道豔遇的細節。由於兩三年來他跑遍義大利各地，卻從來沒有機會碰上這樣的情事，所以弗朗茲很樂意知道在這種情況下，事情是如何進行的。

於是他答應阿爾貝，第二天只在羅斯波利大樓的窗前看熱鬧。

第二天，他果然看到阿爾貝一次次經過。他捧著一大束花，不用說，他用花傳情達意。當弗朗茲又看到同樣一束花，因一圈白色山茶花而格外搶眼，捧在一個身穿粉紅緞面扮裝服飾的迷人女子手裡時，以花傳情得到了證實。

因此，當天傍晚，不再只是快樂，而是狂喜。阿爾貝沒想到，不知名的美人會以同樣方式答覆他。弗朗茲迎合阿爾貝的心意說，喧鬧已使他厭倦，他決定利用明日白天的時間，看看他的紀念冊，寫點東西。

阿爾貝沒有猜錯。第二天傍晚，弗朗茲看到他蹦蹦跳跳走進房間，拿著一張方形紙的一角，不由自主地揮舞著。

「怎麼，」他說：「我猜錯了嗎？」

「她回信了？」弗朗茲大聲問。

「看吧。」

他說這句話的語調難以描述。弗朗茲接過信看：

星期二晚上七點鐘，在蓬泰菲奇街下車，跟隨那個奪走您的長明燭的羅馬農婦走。當您來到聖賈科莫教堂的第一級台階時，務必在您扮裝服飾的肩上綁一條玫瑰紅絲帶，以便她能認出您。

從現在到那時，您再也看不到我。

要忠貞不渝而又小心謹慎。

「喂，」等弗朗茲看完信，他說：「您有什麼想法，親愛的朋友。」

「我想，」弗朗茲回答：「看來像一次讓人愉快的豔遇。」

「我也這樣想，」阿爾貝說：「恐怕我只能讓您單獨參加布拉恰諾公爵的舞會了。」

弗朗茲和阿爾貝當天早上都收到著名羅馬銀行家的邀請。

「小心，親愛的阿爾貝，」弗朗茲說：「所有貴族都會前往公爵府邸，如果不知名美女真是個貴族，她不會不出席的。」

「不管她出席與否，我堅持對她的看法，」阿爾貝說：「您看過信了吧？」

「是的。」

「您知道在義大利 mezzo cito 婦女所受到的教育是很貧乏的嗎？」

mezzo cito 就是所謂中產階級。

「知道。」弗朗茲又回答。

「那麼，再看看這封信，端詳筆跡，找出一個錯字或拼寫錯誤吧。」

確實，字跡秀麗，拼寫毫無錯誤。

「您是幸運兒。」弗朗茲對阿爾貝說，再次把信還給他。

「隨您怎麼取笑，」阿爾貝說：「我是墜入情網了。」

「哦！我的天！您嚇我一跳！」弗朗茲大聲說：「我看，我不僅要獨自參加布拉恰諾公爵的舞會，而且可能必須單獨返回佛羅倫斯了。」

「事實是，如果我的不知名姑娘既漂亮又可愛，我聲明在先，我至少要待在羅馬六個星期。我熱愛羅馬，況且一向對考古有濃厚興趣。」

「喔，再來一兩次這樣的豔遇，我深信遲早會看到您成為學院的院士。」

阿爾貝無疑想認真討論他占有院士席位的資格，但侍者來稟報兩位年輕人，晚餐已經準備好了。阿爾貝的愛情決不妨礙胃口。他和他的朋友趕緊入席，留待餐後再討論。

晚餐後，侍者稟報基度山伯爵來訪。兩天來，兩個年輕人沒有見到他。據帕斯特里尼老闆說，他有事趕到契維塔韋基亞，昨晚動身，剛回來一小時。

伯爵很有吸引力，或許是他謹慎小心，也或許是時機未到，他身上刻薄的神經還沒有被喚醒，但有兩三次，他尖刻的話裡這些神經已在振動了。總之，他幾乎像常人一樣。對弗朗茲來說，這個人真正是一個謎。伯爵不可能不懷疑年輕遊客認出他了，但是，再次相遇以來，他沒有說出任何一句像是表明他記起在別的地方見過弗朗茲的話。在弗朗茲這方面，無論他多麼想暗示他們第一次的相會，由於擔心讓這個對他和他的朋友關懷備至的人不快，他忍住了。他繼續如同伯爵一般謹言慎行。

他得知兩個朋友想在阿根廷劇院訂一個包廂，卻得到包廂全部出租的回覆。因此，他把自己包廂的鑰匙拿給他們，至少這是來訪的表面理由。

弗朗茲和阿爾貝再三推託，擔心剝奪了伯爵的機會。但伯爵回答他們，今晚他要上帕利劇院，如果他們不利用他在阿根廷劇院訂下的包廂，那個包廂就浪費了。這番話讓兩個朋友決定接受。

弗朗茲逐漸習慣伯爵蒼白的臉色，第一次見到伯爵時，這點曾經給他非常強烈的印象。他不能不承認伯爵那嚴峻的臉孔，蒼白只是唯一缺點，或許也是主要優點。宛如拜倫詩中的主角，弗朗茲雖然親眼見到他了，但每次想起他，腦中就不由自主浮現曼弗雷德肩膀上或萊拉[86]帽子下陰沉的臉。他額頭上的皺紋顯示始終存在著的愁苦思緒。他有一雙熾烈的眼睛，能直抵別人心靈深處；他的嘴唇帶著倨傲和嘲弄的意味，說出的話有一種特點，凡是聽過的人，都牢牢銘刻在記憶裡。

伯爵已不年輕，他至少有四十歲，但顯而易見，他的身材勝過與他往來的兩個青年。事實上，由於他酷似英國詩人筆下的主角，伯爵彷彿擁有一種魅力。

阿爾貝總是說運氣好，他和弗朗茲能遇上這樣一個人。弗朗茲沒那麼興奮，但他感受到這個超群脫俗的人對周圍所產生的影響。

他想到伯爵已兩三次表示計劃去巴黎，他不懷疑，以伯爵的怪誕性格、富於特徵的臉孔和萬貫家財，會在巴黎引起轟動。但伯爵到巴黎的時候，他不想待在那裡。

---

86 曼弗雷德是拜倫同名詩劇（一八一七）的主人公；萊拉是同名長詩（一八一四）中的主人公。

這一晚像在義大利劇院裡的普通夜晚一樣，聽眾並不聽演員唱歌，而是拜訪和談天。G伯爵夫人想把話題轉到伯爵身上，可是弗朗茲說，他有一些更新鮮的事要告訴她，儘管阿爾貝裝出謙遜的模樣，他還是將那件大事說給伯爵夫人聽，三天來，這件大事是兩個朋友所掛記的。

由於這種風流韻事在義大利並不罕見，伯爵夫人毫不懷疑，她祝賀阿爾貝這次豔遇開端不錯，有希望結局圓滿。

他們道別時相約在布拉恰諾公爵的舞會上再會，全羅馬的名流都受到了邀請。

投擲花束的女郎遵守諾言，第二天和第三天都不在阿爾貝眼前露面。

星期二終於到了，這是狂歡節最熱鬧的一天，也是最後一天。星期二，各劇院上午十點鐘開門，因為過了晚上八點鐘，就進入封齋期。星期二，凡是因為缺少時間、金錢或熱情，還沒有參與狂歡的人，也加入縱情享樂的行伍，在眾人的喧囂騷動中投注自己那一份。

從兩點鐘到五點鐘，弗朗茲和阿爾貝跟著馬車隊伍前進，與迎面駛來的馬車隊伍和行人互撒彩色紙屑。路人穿行在馬腿和車輪之間，一片亂糟糟中居然沒有發生任何事故、爭吵和鬥毆。從這方面來說，義大利是出色的民族。對他們而言，節日真正是歡樂的日子。本書作者在義大利住了五、六年，卻不記得曾見過盛大節日被意外事件所擾亂，而那在我們的節日裡是必然發生的。

阿爾貝穿著扮裝服飾，得意洋洋。他在肩上綁了一個粉紅色緞帶，緞帶兩端垂落到膝蓋。為了不讓人在他與阿爾貝間有所混淆，弗朗茲仍然穿著羅馬農民服裝。

白天逐漸過去，喧囂聲也越來越厲害。在每條馬路上，每輛馬車裡，每扇窗邊，沒有一張嘴是緊閉的，沒有一隻手臂是閒著不動的。這真是一場人為的狂風驟雨，由如雷的喊聲，以及圓形彩色紙屑、蛋殼、花束、橘子和鮮花的驟雨組成。

三點鐘，在人民廣場和威尼斯宮同時燃放炮竹的聲響，好不容易穿過驚人的喧囂聲，宣佈賽馬即將展開。賽馬像長明燭一樣，是狂歡節最後幾天的特殊插曲。聽到焰火的聲響，馬車立刻離開隊伍，一一躲進最近的巷道裡。

這樣的隊形變化，出奇的靈巧迅捷，完全不需警方費心指定位置和規劃路線。

路人緊貼在大樓牆邊。接著，馬蹄和劍鞘的巨大聲響響起。

憲兵馬隊併排十五人，占滿了整個街道，疾馳著越過行市街，為賽馬者清空道路。當馬隊到達威尼斯宮的時候，另一組炮竹響起，宣佈街道自由暢通。

旋即，在響徹雲霄的叫喊聲中，只見七、八匹馬在三十萬叫喊者，以及刺在馬背上使馬兒蹦跳起來的鐵栗子的刺激下，像幽靈一樣疾馳而過。接著，聖使堡的大炮響了三下，宣佈三號馬獲勝。

緊接在這個信號之後，馬車又開始出動，紛紛湧向科西嘉街。它們從所有街道滿溢而出，彷彿被暫時阻擋住的急流瞬間決堤，滔滔巨流比先前更迅猛地在兩岸之間繼續奔騰。

然而，另一種嘈雜聲和騷動混雜在人群裡，賣長明燭的小販出場了。

moccoli 或 moccoletti 指的是粗細不等的蠟燭，從復活節的大蠟燭到線蠟燭，凡是參加羅馬狂歡節壓軸場面的演員，都必須在長明燭上使出截然相反的兩個絕招：

一、保持自己的長明燭不滅。

二、熄滅別人的長明燭。

長明燭猶如生命，人類只找到一種繁衍生息的方法，而這種方法是上帝賜予的。

但人類發現了上千種剝奪生命的方法，至於怎樣死，多少得到魔鬼的幫助。只有用火才能點燃長明燭。

但誰能說出熄滅長明燭的上千種方法？巨大的風箱、奇形怪狀的熄燭罩、非比尋常的扇子。

於是人人爭先恐後購買長明燭，弗朗茲和阿爾貝也一樣。

黑夜迅速來臨。已經聽到喊聲：「長明燭！」上千個小販刺耳的聲音重複著，人群間開始閃爍著兩三點火光，彷彿信號一樣。

十分鐘以後，五萬支燭光搖曳著，從威尼斯宮抵達人民廣場，又從人民廣場回到威尼斯宮。甚至可以說這是鬼火節。沒目睹過這般景象，是無法想像的。請想像所有星星從天空落下，在人間狂舞。這一切伴隨著呼喊，在世界其他地方都聽不到這種聲音。

尤其此時，不再有社會階級之分。出賣苦力的與皇親國戚相聯結，貴族與鄉下人相聯結，鄉下人又與市民相聯結，每個人都在吹蠟燭、滅蠟燭、再點蠟燭。如果這時老邁的埃俄洛斯[87]出現，他會被宣佈為長明燭之王，北風則被宣佈為王冠的推定繼承人。

這場舉燭的瘋狂追逐持續大約兩小時，把行市街照得如同白晝，甚至可以看清楚四、五層樓上觀眾的面容。

每隔五分鐘，阿爾貝就掏出懷錶，指標終於落在七點鐘上。

兩個朋友剛好來到蓬泰菲奇街的附近。阿爾貝從四輪敞篷馬車跳下，手裡拿著長明燭。有兩三個戴面具的人走近他，想吹滅或奪走他的蠟燭。但阿爾貝是靈活的拳擊手，將他們一個個擊往十步遠的地方，繼續奔向聖賈科莫教堂。

教堂台階上擠滿了好奇的人和戴面具的人，他們爭搶別人手裡的蠟燭。弗朗茲觀察阿爾貝，看到他踏上第一級台階。幾乎同時，一個戴著面具的人，身穿那個投擲花束的農婦的服裝，伸長手臂，這回阿爾貝沒有任何抵抗，讓她奪走了長明燭。

弗朗茲離得太遠，聽不見他們的談話。但不用說，話中毫無敵意，因為他看到阿爾貝和農婦挽著手走遠了。

他在人群中目送他們好一會兒，但在馬切洛街，他們消失在眼前了。

突然，象徵狂歡節結束的鐘聲敲響了，與此同時，所有長明燭彷彿遭遇魔法，全都熄滅了。彷彿有一陣狂風把所有燭光都吹滅了。弗朗茲置身在伸手不見五指的黑暗中。所有叫喊聲瞬間停歇，宛如捲走亮光的狂風同時也帶走了聲音。

只聽到載送戴面具者回家的四輪華麗馬車的轔轔聲；只看到窗戶後稀落閃爍的亮光。

狂歡節結束了。

---

87 風神，他手執王杖，坐在高山上，而在山的深洞裡鎮著各種風。

37 聖塞巴斯蒂安地下墓穴

也許弗朗茲一生中從未像此刻這樣，感受到從快樂到憂愁的印象如此鮮明，轉換如此快速。彷彿夜遊神吹出具有法力的一口氣，羅馬已變成一座巨大的墳墓。黑暗的濃度也增加了，這天適逢下弦月，月亮大約要到晚上十一點鐘才升起。年輕人穿過的街道伸手不見五指。幸好這段路很短，十分鐘後，他的馬車，或者確切地說伯爵的馬車停在倫敦飯店門前。

晚餐已準備好了，由於阿爾貝說過他可能不會馬上回來，弗朗茲便不等他，一個人坐在餐桌前。帕斯特里尼老闆習慣看到他們一起吃飯，問起阿爾貝不在的原因。弗朗茲僅僅回答，阿爾貝前天接到邀請，赴宴去了。長明燭遽然熄滅，取而代之的黑暗、喧囂聲後的寂靜，都在弗朗茲的腦海裡留下了某種憂慮，難免有些不安。儘管老闆殷勤周到，兩三次進來請問他需要什麼，他還是默默地悶頭用餐。

弗朗茲決定盡量等待阿爾貝。因此他吩咐馬車十一點鐘再來，並讓帕斯特里尼老闆一看到阿爾貝回抵飯店，無論情況如何，立刻通知他。十一點鐘，阿爾貝還沒有回來。弗朗茲穿好衣服準備出門，他告訴老闆，要在布拉恰諾公爵府上過夜。

布拉恰諾公爵的公館是羅馬最迷人的宅邸之一，他的妻子是科洛納家族[88]的後代，招待客人盡善盡美，因此，公爵舉行的晚宴舞會聞名歐洲。弗朗茲和阿爾貝到羅馬時都帶著給他的引薦信。所以，他開門見山就問弗朗茲，旅伴上哪兒去了。弗朗茲回答，他離開朋友時正當長明燭即將熄滅，後來看見朋友到了馬塞洛街，緊接著就不見了蹤影。

「他沒有回來嗎？」公爵問。
「我等到現在。」弗朗茲回答。
「您知道他到哪裡去了嗎？」
「不很清楚，但我想怕是幽會去了。」
「見鬼！」公爵說：「這樣的日子，或者說得明確些，這樣的夜晚，遲遲不歸是不妙的。對嗎，伯爵夫人？」
最後一句話是對G伯爵夫人說的，她剛抵達，正挽著公爵弟弟托爾洛尼亞先生的手臂走來。
「恰恰相反，我覺得這是一個迷人的夜晚。」伯爵夫人回答：「這裡的貴賓只抱怨一件事，就是夜晚過得太快。」
「因此，」公爵微笑著說：「我不是指這裡的人，他們不會遇到什麼危險，除了看到您如此漂亮，男人會愛上您，女人會嫉妒得發狂。我是指行走在羅馬大街小巷裡的人。」
「唉，天哪！」伯爵夫人問：「這個時候有誰會行走在羅馬大街小巷呢，除非是去參加舞會吧？」
「是我們的朋友阿爾貝・德・莫爾賽夫，伯爵夫人。我離開他時大約晚上七點鐘，他去追逐一個陌生女人，」弗朗茲說：「後來我就沒有再見到他。」
「什麼！您不知道他在哪裡嗎？」

88 從十三至十七世紀深具影響力的羅馬舊貴族之家，出過教皇、紅衣主教、戰將、女詩人。

「完全不知道。」

「他有帶武器嗎？」

「他穿著小丑服裝。」

「您不該讓他去的，」公爵對弗朗茲說：「您比他更瞭解羅馬的情況。」

「哦！是的，可這就像是想拉住今天賽馬得獎的三號馬。」弗朗茲回答：「再說，您看他會出事嗎？」

「誰知道呢！今晚夜色很黑，馬賽洛街離台伯河很近。」

弗朗茲看到公爵和伯爵夫人的想法跟自己的焦慮不安不謀而合，感到一陣顫慄通過自己的血管。

「因此我吩咐飯店老闆，我今夜很榮幸要在公爵先生府上度過，」弗朗茲說：「他一回飯店，就來通知我。」

「看，」公爵說：「沒錯，我想是我的一個僕人正在找您。」

公爵沒有搞錯。僕人看到弗朗茲，便走近他。

「大人，」僕人說：「倫敦飯店老闆派人來傳話，有一個人帶著德．莫爾賽夫子爵的一封信，要見您。」

「帶著子爵的一封信！」弗朗茲大聲說。

「是的。」

「那人是誰？」

「我不知道。」

「為什麼他不到這裡來，親手把信交給我？」

「送信的人沒有解釋。」

「送信人在哪裡？」

「他看到我走進舞會大廳向您稟報，隨即走開了。」

「哦！我的天！」伯爵夫人對弗朗茲說：「快去。可憐的年輕人，或許他出了什麼事。」

「我這就趕去看看。」弗朗茲說。

「您會回來告訴我們消息嗎？」伯爵夫人問。

「如果事情不嚴重，我會回來的；否則，我無法保證該怎麼辦。」

「無論如何要小心謹慎。」伯爵夫人說。「放心吧。」

弗朗茲拿起帽子，匆匆忙忙走了。他已經打發馬車離開，吩咐兩點來接他。幸好布拉恰諾公館一面臨行市街，另一面臨使徒廣場，離倫敦飯店只有十分鐘路程。接近飯店時，弗朗茲看到一個人當街駐立，他毫不懷疑，那是阿爾貝的送信人。那個人裹著一件大衣。他向那人走去。但讓弗朗茲吃驚的是，那個人先開口。

「大人找我幹嘛？」那個人退後一步，彷彿嚴陣以待。

「不是您給我捎來德．莫爾賽夫子爵的信嗎？」弗朗茲問。

「大人就住在帕斯特里尼的飯店裡？」

「是的。」

「大人是子爵的旅伴嗎？」

「是的。」

「大人貴姓？」

「弗朗茲．德．埃皮奈男爵。」

「那這封信是給大人的。」

「要回信嗎？」弗朗茲從他手裡接過信問。

「要，至少您的朋友希望如此。」

「那上樓到我房裡吧，我寫回信給您。」

「我還是在這裡等待。」送信人笑著說。

「為什麼？」

「大人看完信就明白了。」

「那我還是到這裡找您？」

「當然。」

弗朗茲回到飯店，他在樓梯上遇見帕斯特里尼老闆。

「怎麼樣？」老闆問他。

「什麼怎麼樣？」弗朗茲回答。

「您見到您的朋友派來的那個人了嗎？」他問弗朗茲。

「是的，我見到他了，」弗朗茲回答：「他交給我這封信。請叫人點亮我房裡的蠟燭。」

飯店老闆吩咐一個侍者點上一支蠟燭，帶弗朗茲回房。年輕人看到帕斯特里尼老闆神色驚惶，就更想看阿爾貝的信，蠟燭一點亮，他就靠過去，打開信紙。信是阿爾貝手寫的，而且簽了名字。弗朗茲看了兩遍，他完全沒有料想到信的內容。

信的全文如下：

親愛的朋友，一收到此信，勞駕在書桌的抽屜裡找到我的皮夾，拿出匯票；如果數目不夠，請加上您的匯票。趕到托爾洛尼亞那裡，馬上取出四千皮阿斯特交給來者。我急需這筆錢，萬勿延遲。」

不再贅言，我信賴您，正如您將來可以信賴我那樣。

您的朋友　阿爾貝・德・莫爾賽夫

再：I believe now to Italian banditti[89]。

在這幾行字下面有以陌生筆跡寫出的一段義大利語：

Se alle sei della mattina le quattro mila piastre non sono nelle mie mani, alle sette il Conte Alberto avia cessato di vivere.[90]

——Luigi Vampa

弗朗茲看到第二個簽名，便恍然大悟，明白送信人為什麼不肯上樓到他房裡。對送信人來說，街道比弗朗茲的房間更安全可靠。阿爾貝落在那個大名鼎鼎的強盜首領手裡了，他還一直不肯相信那個強盜首領的存在呢。

89 英文：我現在相信義大利有強盜了。

90 意為：如果早上六點鐘之前四千皮阿斯特沒交到我手裡，阿爾貝・德・莫爾賽夫子爵便活不成。——路易季・瓦姆帕。

沒有時間可浪費。他急忙走向書桌，打開抽屜，找到皮夾，在裡面翻出匯票，總共有六千皮阿斯特，但阿爾貝已經花掉其中的三千。至於弗朗茲，他沒有任何匯票，由於他住在佛羅倫斯，僅在羅馬度過七、八天，他帶了一百多路易，如今最多剩下五十路易。

還需要七、八百皮阿斯特，弗朗茲和阿爾貝才能湊齊這筆款項。在這種情況下，弗朗茲真可以指望托爾洛尼亞先生的幫忙。

於是他準備火速回到布拉恰諾公館，這時，他的腦海裡突然閃過一個清晰的念頭。他想到基度山伯爵。弗朗茲正要叫人把帕斯特里尼老闆請來，這時，他看到老闆出現在門口。

「親愛的帕斯特里尼先生，」他急忙說：「您想伯爵在房裡嗎？」

「在，閣下，他剛剛回來。」

「他上床了嗎？」

「我想不至於。」

「那麼，請去按他的門鈴，代為詢問能否接待我。」

帕斯特里尼老闆趕緊遵從吩咐，五分鐘後，他回來了。

「伯爵恭候閣下。」他說。

弗朗茲穿過樓梯平台，一個僕人把他帶到伯爵那裡。伯爵待在一個弗朗茲沒見過的小書房中，房間四周圍了一圈沙發。伯爵迎上前來。

「嗨，這時候什麼風把您吹來。」他說：「是要與我共進晚餐吧？這真是意想不到，您太賞臉了。」

「不，我是為了跟您談一件要事。」

「一件要事！」伯爵說，用他一向的深邃目光望著弗朗茲：「什麼事？」

「就我們兩個人嗎？」

伯爵走到門口，再走回來。

「沒有別人。」他說。

弗朗茲將阿爾貝的信遞給他。

「您看吧。」他對伯爵說。

伯爵看了一遍。

「啊！啊！」他說。

「您看了附筆嗎？」

「看了，」他說：「我看得清清楚楚：Se alle sei della mattina le quattro mila piastre non sono nelle mie mani, alle sette il Conte Alberto avia cessato di vivere. ——Luigi Vampa」

「這件事您怎麼看？」弗朗茲問。

「您有他們所要求的款項嗎？」

「有，但缺八百皮阿斯特。」

伯爵走向書桌，打開抽屜，裡面裝滿金幣。

「我希望，」他對弗朗茲說：「除了我，您不曾向別人開過口。給我這個面子吧？」

「您看，我直接來找您了。」弗朗茲說。

「謝謝，請拿吧。」

他示意弗朗茲從抽屜裡取錢。

「有必要把這筆錢送到路易季・瓦姆帕那裡嗎？」年輕人也盯著伯爵問。

「當然！」伯爵說：「您自己判斷吧，附筆寫得很清楚。」

「我覺得，如果您費心思索，說不定會找到把這場交易簡單化的辦法。」弗朗茲說。

「什麼辦法？」伯爵驚訝地問。

「比如，如果我們一起去找路易季・瓦姆帕，我深信他不會拒絕您還阿爾貝自由的。」

「不會拒絕我？我對這個強盜有什麼影響力呢？」

「您不是剛剛幫了他一個終身難忘的大忙嗎？」

「什麼忙？」

「您不是救了佩皮諾的命嗎？」

「啊！啊！誰告訴您的？」

「這就別管了，我知道底細。」

伯爵沉默了一會兒，皺緊眉頭。

「如果我去找瓦姆帕，您肯陪我去嗎？」

「只要您不討厭我陪您去。」

「那麼，好吧。夜色很美，在羅馬郊外漫步只會是一大快事。」

「要拿武器嗎？」

「拿武器幹什麼呢？」

「錢呢？」

「用不著。送信人在哪裡？」

「在街上。」

「他在等回信嗎？」

「是的。」

「我們需弄清楚往哪裡走，我去叫他來。」

「不行的，他不肯上來。」

「也許不肯到您房裡，但若到我房裡，他不會為難的。」

伯爵走到小書房臨街的窗前，怪腔怪調地吹了一聲口哨，那個穿大衣的人從牆邊閃出來，走到街道當中。

「Salite![91]」伯爵用吩咐僕人的口氣說。

送信人絲毫沒有猶豫與耽擱，甚至趕緊服從指令，越過四級石階，走進飯店。五秒鐘後，他來到小書房門口。

「啊！是你，佩皮諾！」伯爵說。

但佩皮諾一聲不吭，跪倒在地，抓住伯爵的手，吻了好幾下。

「啊！啊！」伯爵說：「你還沒有忘記我救了你的命！真是怪事，已過了一週了。」

91 義大利文：上來！

「不，大人，我永遠不會忘記的。」佩皮諾用感激涕零的聲調說。

「永遠，這真夠長的！但你畢竟是這樣認為的。快起來回話吧。」

佩皮諾不安地瞥了弗朗茲一眼。

「哦！在這位大人面前你說話不必顧忌，」伯爵說：「他是我朋友。」

「請允許我給您這個稱謂，」伯爵轉向弗朗茲，用法語說：「為了得到這個人的信任，需要這樣做。」

「當著我的面，您說話不必顧忌，」弗朗茲說：「我是伯爵的朋友。」

「好極了，」佩皮諾又轉向伯爵說：「大人問吧，我會如實回答。」

「阿爾貝子爵怎麼會落到路易季手裡？」

「大人，法國人的四輪敞篷馬車好幾次與泰蕾莎那輛車相遇。」

「就是首領的情人嗎？」

「是的。法國人頻送秋波，泰蕾莎也鬧著玩的回應；法國人擲給她花束，她也回敬花束。這麼做都是得到頭兒同意的，他就在同一輛馬車裡。」

「什麼！」弗朗茲大聲說：「路易季．瓦姆帕坐在羅馬農婦的四輪敞篷馬車裡嗎？」

「他化裝成駕駛馬車的車伕。」佩皮諾回答。

「後來呢？」伯爵問。

「後來，法國人脫下他的面具，泰蕾莎得到頭兒同意後，也脫下面具。法國人要求幽會，泰蕾莎答應了。不過，不是泰蕾莎，而是貝波等在聖賈科莫教堂的石階上。」

「什麼！」弗朗茲又打斷說：「那個奪走他的長明燭的農婦？」

「是一個十五歲的小伙子，」佩皮諾回答：「不過，您的朋友上了當並不丟臉，貝波騙過不少人呢。」

「貝波領他出城嗎？」伯爵問。

「沒錯。一輛四輪敞篷馬車在馬塞洛街口等著。貝波上了車，請法國人跟著他，法國人不需人提醒，殷勤地把右座讓給貝波，自己坐在貝波旁邊。貝波對他說，要帶他到離羅馬四公里遠的一座別墅。法國人向貝波保證，他準備跟貝波到天涯海角。車伕馬上沿著里佩塔街走，來到聖保羅門。在離城郊兩百步的地方，由於法國人實在過於大膽放肆，貝波便用手槍頂住他的咽喉。車伕馬上讓馬兒停下來，在座位上轉身，也摸出一把槍。在這同時，我們四個人，原先躲在阿爾莫河邊，都衝向車門。法國人想自衛，聽說他甚至把貝波掐得有點喘不過氣，但他對付不了五個人，只得屈服。我們的人把他趕下車，沿著小河邊走，帶到泰蕾莎和路易季那裡，他們在聖塞巴斯蒂安地下墓穴等著他。」

「那麼，」伯爵轉向弗朗茲說：「我覺得這個故事倒也引人入勝。您是內行人，您意下如何？」

「老實說，我覺得這個故事很有意思，」弗朗茲回答：「如果不是可憐的阿爾貝，而是別人出了這種事的話。」

「事實是，」伯爵說：「如果您找不到我，您的朋友就要大大破費了。不過您放心，他只是虛驚一場。」

「我們去找他嗎？」弗朗茲問。

「當然！尤其因為他待在一個風景秀麗的地方。您見過聖塞巴斯蒂安地下墓穴嗎？」

「沒有，我從來沒有下去過，我打算找一天去看看。」

「那麼，這是一個現成的機會，很難再遇到更好的機會了。您的馬車在下面嗎？」

「不在。」

「沒有關係，我有一輛總是套好的馬車，以供日夜使用。」

「套好的馬車？」

「是的，我很喜歡心血來潮。不瞞您說，有時是起床後，有時吃完午餐，或半夜裡，我突然想到某個地方，就動身了。」

伯爵拉了一下鈴，他的貼身男僕出現了。

「叫人把車庫裡的馬車駛出來，」他說：「取出袋裡的手槍，不需叫醒車伕，由阿里駕車。」

過了一會兒，傳來馬車停在飯店門口的聲音。

伯爵掏出錶。

「十二點半，」他說：「我們即使五點鐘從這裡出發，也能及時趕到。但可能晚點到會讓您的夥伴度過焦慮不安的一夜。因此最好還是盡快把他從那些不信教的人手裡救出來。您仍然決心陪我去嗎？」

「決心更大了。」

「那麼走吧。」

弗朗茲和伯爵走了出去，佩皮諾尾隨在後。

他們在飯店門口看到馬車，阿里坐在駕駛座位上。弗朗茲認出是基度山岩洞裡那個啞巴奴隸。

弗朗茲和伯爵登上馬車，那是一輛雙座四輪轎式馬車。佩皮諾坐在阿里旁邊，馬車疾馳前行。阿里事先接到命令，因為他走的是行市街，穿過瓦奇諾廣場，沿著聖格雷戈里奧大街向前，來到聖塞巴斯蒂安門。在那裡，守城門的想找麻煩，但基度山伯爵出示了羅馬總督簽署的、全天候進出羅馬的許可證。於是城門大開，守城門的得到一個路易的小費，馬車通過城門。

馬車所走的就是阿庇亞古道[92]，路旁佈滿墳墓。在初升的月光下，弗朗茲似乎不時看到有哨兵從廢墟中閃現。但佩皮諾和哨兵交換暗號後，哨兵隨即縮回黑暗中，消失不見了。快到卡拉卡拉大浴場[93]的時候，馬車停下，佩皮諾上前打開車門，伯爵和弗朗茲下車。

「再走十分鐘，」伯爵對他的同伴說：「我們就到了。」

接著他把佩皮諾拉到一旁，低聲吩咐佩皮諾，佩皮諾從車廂取出一支火把，就上路了。

過了五分鐘，期間弗朗茲看到這個牧羊人鑽進一條小徑，行走在羅馬高低不平的平原地上，消失在宛如巨獅豎起的鬣毛一般、高大的紅色草叢間。

「現在，」伯爵說：「我們跟著他走。」

弗朗茲和伯爵也踏入那條小徑，走了約一百步，通過一道斜坡，小徑把他們帶到一個小山谷的盡頭。

不久，可以看到兩個人在黑暗中交談。

「我們要繼續往前嗎？」弗朗茲問伯爵：「還是需要等一下？」

「往前吧，佩皮諾大概已經告訴哨兵，我們來了。」

果然，那兩個人中有一個是佩皮諾，另一個是放哨的強盜。

弗朗茲和伯爵走近了，強盜向他們致意。「大人，」佩皮諾對伯爵說：「請跟我來，地下墓穴的入口離這

---

92 羅巴古道，從羅馬至布林迪齊，約建於西元前三一二年，路旁有不少古墳。

93 卡拉卡拉（一八八—二一七），古羅馬皇帝（二一一—二一七），原名馬爾庫斯．奧雷利烏斯．安東尼烏斯．巴西亞努斯。卡拉卡拉是因他愛穿這種高盧人披風而得的綽號。

裡不遠。」

「很好，」伯爵說：「你走前面吧。」

果然，在一大簇灌木叢後面的幾塊岩石間，出現了一個洞口，只容一人進出。

佩皮諾先走進洞口，才走幾步，地下通道便豁然開朗。於是他停下來，點燃火把，轉身看他們有沒有跟上。伯爵先鑽進那像氣窗一樣的入口，弗朗茲尾隨在後。

地面略成斜坡地往前延伸，並逐漸擴展開來，但弗朗茲和伯爵還是不得不彎著腰前進，他們勉強並排走。這樣又走了一百五十步，被一聲喝問止住：「口令？」

這時，他們在黑暗中看到火把的亮光照在短槍槍口閃爍著。

「朋友！」佩皮諾說。

他獨自往前，低聲對第二個哨兵說了幾句話，這個哨兵像第一個哨兵那樣，一邊行禮一邊向夜間來客示意，他們可以繼續往前。

哨兵後面是一道台階，有二十幾級。弗朗茲和伯爵走下台階，來到墓穴的交叉口。五條路像星光一樣輻射出去，牆壁一層層挖進去，大小形狀像棺材一樣，表明他們已經來到地下墓穴。

有一處凹陷得非常深，看不到邊際，只出現一些亮光。

伯爵把手搭在弗朗茲的肩上，對他說：「您想看看強盜歇息的大本營嗎？」

「那還用說。」弗朗茲回答。

「那麼跟我來。佩皮諾，將火把滅掉。」

佩皮諾照辦，弗朗茲和伯爵置身在伸手不見五指的黑暗中，不過，在離他們大約五十步的地方，一些紅光

強盜首領瓦姆帕以手肘支在柱子上，全神貫注地看書。

沿著牆壁繼續跳動著，佩皮諾滅掉火把以後，那些紅光變得更加清晰。

他們默默地往前走，伯爵為弗朗茲帶路，彷彿他具有在黑暗中辨識事物的能力。隨著弗朗茲走近那些指引方向的火光，他也更容易看清楚眼前的路了。

三個拱頂出現在通道前面，居中的那個拱頂連著一扇門。那三個拱頂一邊通向伯爵和弗朗茲走來的那條路，另一邊通向一個正方形的大房間。房間四周佈滿上述那樣的壁龕。房間中央豎著四塊石頭，正如石頭上面的十字架所表明的那樣，這些石頭以前是作為祭壇。

只有一盞燈放在柱子上，搖曳著的燈光照亮這個古怪的場景，呈現在暗影下的兩位訪客的眼裡。

有個人坐著，手肘支在柱子上，背對拱門在看書，訪客通過拱門，望著他。這就是強盜首領路易季・瓦姆帕。

在他周圍，可以看到二十幾個強盜，有的裹著大衣躺下，有的靠在地下墓穴四周的石凳入睡，每人的短槍都放在伸手可及的地方。

在房間深處，有一個哨兵身影隱約，默默地在一個出入口前來回踱步，幽靈一般，由於那裡更加黑暗，只能約略看出是個洞口。

等到伯爵以為弗朗茲已欣賞夠這幅美妙的圖畫，他將手指放在嘴唇上，示意不要出聲，登上從通道到地下墓穴的三級石階，從中間拱門走進房間，朝向瓦姆帕。瓦姆帕正專心看書，沒有聽到他的腳步聲。

「口令？」哨兵警醒些，看到燈光下有一個暗影在頭兒身後逐漸增大，便喝道。

聽到喊聲，瓦姆帕趕緊起身，同時從腰間拔出手槍。

剎那間，所有強盜都跳起來，二十支短槍的槍口對準了伯爵。

「好啊，」伯爵用鎮定自若的聲音平靜地說，臉上的肌肉毫不顫動，「好啊，親愛的瓦姆帕，接待一個朋友要大動干戈啊！」

「放下武器！」頭兒喊道，做了一個命令的手勢，另一隻手尊敬地脫下帽子。

然後轉向那個主宰這整個場面的怪人：「對不起，伯爵先生，」他說：「我完全沒料到您會大駕光臨，所以沒有認出您來。」

「看來您很健忘，瓦姆帕，」伯爵說：「您不僅忘了人的臉孔，而且忘了跟別人說好的條件。」

「我忘了什麼條件，伯爵先生？」強盜問，他的模樣像是犯了錯，一定會彌補似的。

「不是說好，」伯爵說：「不僅我本人，而且我的朋友，對您都是神聖不可侵犯的嗎？」

「我哪裡違背約定了，閣下？」

「您今晚虜走阿爾貝．德．莫爾賽夫子爵，並帶到這裡。喂，」伯爵用讓弗朗茲顫抖的聲音繼續說：「那個年輕人是我的朋友，那個年輕人跟我住在同一個飯店，那個年輕人一星期以來坐著我的四輪敞篷馬車在科西嘉街遊玩。我重複一遍，您卻虜走他，並帶到這裡。而且，」伯爵又說，一邊從口袋掏出一封信，「好像他是肉票人質，您要勒索贖金。」

「為什麼你們不把這些情況告訴我？」頭兒轉向他的手下說，在他的逼視下，手下紛紛後退，「伯爵先生掌握我們的生殺大權，為什麼你們讓我食言？以基督的血發誓，如果我發現你們當中有人知道這個年輕人是閣下的朋友，我親手轟掉他的腦袋。」

「所以，」伯爵轉身對弗朗茲說：「我對您說過，這當中有誤會。」

「您不是一個人嗎？」瓦姆帕不安地問。

「我跟這封信的收信人一起來的，我想向他證明，路易季．瓦姆帕是一個講信用的人。來，閣下，」他對弗朗茲說：「這就是路易季．瓦姆帕，他會親自對您說，他對犯錯深表歉意。」

弗朗茲走過來，頭兒迎朝弗朗茲走了幾步。

「歡迎光臨，閣下，」瓦姆帕說：「伯爵剛才那番話和我的回答，您都聽到了，我要補充一點，我不願意為了我給您的朋友訂下的四千皮阿斯特贖金而發生這樣的事。」

「可是，」弗朗茲不安地環顧四周說：「綁走的人在哪裡？我沒看到他。」

「我希望他沒事！」伯爵皺起眉頭說。

「抓來的人在那裡，」瓦姆帕指著前方哨兵走動、凹陷進去的地方說：「我去親自告訴他，他自由了。」

首領走向他指出的監禁阿爾貝的地方，弗朗茲和伯爵跟在後面。

「肉票在幹什麼？」瓦姆帕問哨兵。

「說實話，隊長，」哨兵回答：「我不知道，一個多鐘頭了，我沒有聽見他的動靜。」

「來吧，閣下！」瓦姆帕說。

伯爵和弗朗茲登上七、八級石階，強盜首領始終走在前面，他抽掉門閂，推開一扇門。

接著，在一盞跟照亮地下墓穴的燈相同的燈光下，只見阿爾貝裹著一件強盜借給他的大衣，躺在角落裡，酣然入睡。

「啊！」伯爵帶著他特有的微笑說：「對於一個早晨七點鐘要被槍決的人來說，這倒是不錯。」瓦姆帕不無讚賞地望著熟睡的阿爾貝。顯然他對於這樣勇敢的表現，不是無動於衷的。

「您說得對，伯爵先生，」他說：「這個人一定是您的朋友。」

然後他走近阿爾貝，拍拍阿爾貝的肩膀：「閣下！」他說：「請醒醒！」

阿爾貝伸展手臂，揉揉眼睛，睜開雙眼。

「啊！」他說：「是您，隊長！您應該讓我睡覺，我做了一個好夢，夢到在托爾洛尼亞府裡跟G伯爵夫人跳加洛普舞！」

他掏出錶——他留下錶，因為想知道時間。

「凌晨一點半！」他說：「真是見鬼，為什麼您在這種時候叫醒我？」

「為了告訴您，閣下，您自由了。」

「親愛的，」阿爾貝說，他的思路依舊活躍，「以後請記住拿破崙大帝這句格言：『有壞消息才叫醒我。』如果您讓我繼續睡，我就能跳完加洛普舞，我這輩子都會感謝您。所以有人付清我的贖金？」

「不，閣下。」

「那麼，我怎麼會獲得自由？」

「有一個我絕對不會拒絕他的人來把您要回去。」

「來到這裡？」

「來到這裡。」

「啊！沒錯，這個人真是太好了！」

阿爾貝環顧四周，看到弗朗茲。

「怎麼，」他說：「親愛的弗朗茲，您對我的情義竟然到這地步？」

「不，不是我，」弗朗茲回答：「是我們的鄰居基度山伯爵先生。」

「啊，沒錯，伯爵先生，」阿爾貝高興地說，整理一下領帶和衣袖，「您真是一個難得的大好人，我希望您知道我永遠感激不盡，首先是馬車的事，接著是這件事！」他向伯爵伸出手，此時伯爵打了個寒噤，但還是向他伸出手。

那名強盜目瞪口呆地看著這個場面。他顯然習慣看到肉票在他面前瑟縮顫抖，但眼前這個人喜歡嘲諷的脾氣卻一點也沒變。至於弗朗茲，他高興的是，即使面對強盜，阿爾貝也保有了民族的自尊。

「親愛的阿爾貝，」他說：「如果您加快動作，我們還來得及到托爾洛尼亞公館度過這一晚。夢裡中斷了的加洛普舞，可以在那裡跳下去，這樣，您就不會再怨恨路易季先生了。在這件事裡，他的作為是很瀟灑的。」

「啊，沒錯，」他說：「您說得對，我們兩點鐘就能到那裡。路易季先生，」阿爾貝繼續說：「還要辦什麼手續才能向閣下告辭嗎？」

「不需要，先生，」強盜回答：「您像空氣一樣自由。」

「這樣的話，祝您生活幸福愉快。走吧，諸位，走吧！」

阿爾貝在前，弗朗茲和伯爵在後，走下石階，穿過方形大廳。所有強盜都肅立著，手裡拿著帽子。

「佩皮諾，」首領說：「給我火把。」

「您要做什麼？」伯爵問。

「我送你們出去，」首領說：「我要對閣下略表敬意。」

他從牧羊人手裡接過火把，走在客人前面，不是像僕人那樣卑屈行事，而是像國王為大使們當前導。走到門口，他鞠了一躬。「現在，伯爵先生，」他說：「我再次向您表示歉意，我希望您別再對此事耿耿於懷。」

「不會的，親愛的瓦姆帕，」伯爵說：「再說，您非常機靈地彌補了錯誤，別人幾乎要感激您犯了錯。」

「二位，」首領轉向年輕人說：「或許我的提議不是很有吸引力，如果你們想再次拜訪我，無論我在哪兒，你們都會受到歡迎。」

弗朗茲和阿爾貝鞠了一躬。伯爵先出去，然後是阿爾貝，弗朗茲殿後，他逗留了一下。

「閣下有什麼事要問我嗎？」瓦姆帕微笑著問。

「是的，不瞞您說，」弗朗茲回答：「我有些好奇，想知道我們進來的時候，您正專注看什麼書。」

「凱撒的《高盧戰記》。」強盜說：「這是我偏愛的一本書。」

「怎麼，您不走嗎？」阿爾貝問。

「走，」弗朗茲回答：「我來了！」

他也從洞口鑽了出來。他們在平原上走了幾步。

「啊！對不起！」阿爾貝轉身說：「借個火好嗎，首領？」

他在瓦姆帕的火把上點燃雪茄。

「現在，伯爵先生，」他說：「盡可能動作快！我非常想在布拉恰諾公爵的府上度過這一夜。」

他們在下車的地方找到了馬車。伯爵用阿拉伯語對阿里說了一句話，馬兒風馳電掣般飛奔起來。

當兩個朋友回到舞廳時，阿爾貝的錶正好兩點鐘。

他們的返回引起轟動。由於他們一起進來，大家對阿爾貝的擔憂不安頓時化作煙雲。

「夫人，」德．莫爾賽夫子爵朝伯爵夫人走去，說道：「昨天，您好意答應我跳一次加洛普舞，我來得有點遲了，現在想要您兌現這個誘人的諾言。我的朋友在這裡，您知道他誠實可信，他會向您證實，這不是我的錯。」

這時，正好奏起華爾滋舞曲，阿爾貝挽住伯爵夫人的腰，與她一起消失在那群旋轉著的舞者中。

這時，弗朗茲思索，剛才基度山伯爵勉強向阿爾貝伸出手的時候，為什麼會奇異的全身顫慄。

38 約會

第二天起床後，阿爾貝第一句話就是向弗朗茲提議，去拜訪伯爵。昨夜他已經感謝過伯爵，但是他明白，伯爵所幫的忙，值得面謝兩次。

一種夾雜著恐懼的吸引力，把弗朗茲拖向基度山伯爵那邊，他不想讓阿爾貝獨自前往，便陪同前去。他們倆被引進客廳，五分鐘後，伯爵出現了。

「伯爵先生，」阿爾貝迎上前說：「請允許我在今天早上向您重複昨天沒有表達好的話，那就是：我永誌不忘您在什麼情況下幫助我，我永遠記得您救了我的命，或差不多救了我的命。」

「親愛的鄰居，」伯爵笑盈盈地回答：「您誇大了我對您的情義。我為您節省了旅遊預算中的兩萬多法郎支出，如此而已。您明明知道這不值得一提。至於您，」他補充說：「請接受我的祝賀。您無所拘束、安適自在的氣質，實在可敬。」

「有什麼辦法呢，伯爵，」阿爾貝說：「我以為，我跟誰起了爭執，不得不進行一場決鬥。我想讓那些強盜明白一件事，就是世界各國的人都要決鬥，但只有法國人笑著決鬥。然而，我虧欠您太多，我是來請問，無論我個人、我的朋友，還是我認識的人，能不能為您做點事。我的父親德．莫爾賽夫伯爵原籍西班牙，在法國和西班牙都有很高的地位，我是來告訴您，我和所有愛我的人，時時刻刻聽候您的吩咐。」

「那麼，」伯爵說：「不瞞您說，德．莫爾賽夫先生，我一直等待著您的好意，而且衷心接受。我早已選中您，要您幫個大忙。」

「什麼忙？」

「我從來沒去過巴黎，我不瞭解巴黎……」

「沒錯！」阿爾貝大聲說：「您沒見過巴黎，竟能生活到現在？真是難以想像！」

「但事實如此。我跟您一樣覺得對這個知識世界的首都繼續一無所知是不行的。進一步說，如果早點認識某個人，他能引薦我進入那個毫無關聯的社交圈，或許我已經完成這趟不可少的旅行了。」

「哦！像您這樣的人決無問題！」阿爾貝大聲說。

「你真是太好了。但由於我自知別無所長，除了能跟阿瓜多[94]先生或羅特希爾德先生那樣的百萬富翁爭個高低。而且我不會到巴黎從事交易所的投資買賣，這種情況使我遲遲未能成行。您的好意讓我下了決心。好吧，您要保證，親愛的德．莫爾賽夫先生（伯爵說這句話時帶著古怪的微笑），當我到法國的時候，您要保證為我打開那個圈子的大門，我到那裡，就像一個休倫人[95]或一個交趾支那人那樣陌生。」

「哦！這件事，伯爵先生，我會辦得很好，而且非常樂意！」阿爾貝回答：「尤其剛好（親愛的弗朗茲，請不要過分嘲笑我！）今天早上我收到一封信，催促我回巴黎。事關我的婚姻大事，女方家庭非常好，在巴黎上流社會人脈通達。」

「婚姻大事嗎？」弗朗茲笑著說。

「哦！我的天，是的！因此，您回到巴黎的時候，會看到我十分莊重，或許是一家之主了。這很符合我天

---

94 阿瓜多（一七八四—一八四二），西班牙銀行家，西班牙戰爭期間支援法國人，一八一五年在巴黎開設銀行。

95 北美印第安人的一族。

生的莊重性格不是嗎？無論如何，伯爵，我重複一遍，我和我的親人們願為您肝腦塗地。」

「我接受，」伯爵說：「因為我要對您發誓，我正等待這樣的機會來實現我醞釀已久的計劃。」

弗朗茲毫不懷疑，這些計劃就是伯爵在基度山岩洞裡透露過口風的那些打算。伯爵說話時，他望著伯爵，想從伯爵臉上看出促使他到巴黎的究竟是什麼計劃。但他很難捉摸這個人的心思，尤其當伯爵用微笑掩飾的時候。

「啊，伯爵，」阿爾貝說，他很高興能引薦基度山伯爵這樣一個人物，「會不會像一般人，在旅行中想像上千個的計劃，卻如同建築在沙灘上的樓閣，一陣風吹來就散了？」

「不，我以名譽擔保。」伯爵說：「我想去巴黎，我必須到那裡去。」

「什麼時候？」

「您什麼時候回巴黎呢？」

「我嘛，」阿爾貝說：「哦！我的天！半個月或至多三星期內，我就趕回去了。」

「那麼，」伯爵說：「我給您三個月的時間。您看，我給您的時間夠寬裕的了。」

「三個月後，」阿爾貝興奮地大聲說：「您會來敲我的門囉？」

「您想訂個約定，哪天那時都講好嗎？」伯爵說：「我預先告訴您，我非常守時。」

「說好哪天哪時，」阿爾貝說：「正合我意。」

「那麼好吧。」他把手伸向掛在鏡旁的日曆，「今天是二月二十一日，」他掏出錶說：「現在是上午十點半。您能在五月二十一日上午十點半等我嗎？」

「好極了！」阿爾貝說：「我會準備好早餐。」

「您住在？」

「赫爾德街二十七號。」

「您在家是獨自的房間吧，我不會給您添麻煩嗎？」

「我住在父親的府邸裡，不過是在院子深處，完全獨立的一座樓房。」

「好。」

伯爵拿出記事簿寫上：「赫爾德街二十七號，五月二十一日上午十點半。」

「現在，」伯爵說，將記事簿放回口袋裡，「放心吧，您掛鐘的指針不會比我更準確。」

「我動身前能再見到您嗎？」阿爾貝問。

「要看情況，您什麼時候動身？」

「明天晚上五點。」

「這樣的話，我先向您道別了。我有事要到拿波里，直到星期六晚上或星期天早上才能回來。而您呢，」

伯爵問弗朗茲：「男爵先生，您也走嗎？」

「是的。」

「回法國？」

「不，到威尼斯。我還要在義大利待一兩年。」

「所以我們不能在巴黎見面囉？」

「我恐怕沒有這個榮幸。」

「好吧，二位，一路順風。」伯爵對兩個朋友說，一邊向每個人伸出一隻手。

弗朗茲是第一次接觸到這個人的手，他打了個寒顫，因為像死人的手一樣冰涼。

「最後一次，」阿爾貝說：「一言為定，以名譽保證，是嗎？赫爾德街二十七號，五月二十一日上午十點半？」

「五月二十一日上午十點半，赫爾德街二十七號。」伯爵複述。

然後，兩個年輕人向伯爵鞠了一躬，走了出去。

「您究竟怎麼了？」回房後，阿爾貝問弗朗茲：「您的模樣看來心事重重。」

「是的，」弗朗茲說：「不瞞您說，伯爵是個古怪的人，我惴惴不安地注視著他跟您訂下巴黎約會。」

「惴惴不安地注視這個約會！啊！您瘋了嗎，親愛的弗朗茲？」阿爾貝大聲說。

「有什麼辦法呢，」弗朗茲說：「瘋不瘋都是這樣。」

「聽著，」阿爾貝又說：「我很高興有機會對您說，我看到您對伯爵一直相當冷淡，相反的是，我覺得他總是對我們非常好。您因為什麼特別的事而對他懷有戒心嗎？」

「或許有。」

「在這裡遇見他之前，您已經在別的地方見過他嗎？」

「沒錯。」

「在哪裡？」

「您答應對我告訴您的事守口如瓶嗎？」

「我答應。」

「以名譽保證？」

「以名譽保證。」

「很好，那麼聽我說。」

於是弗朗茲向阿爾貝敘述在基度山島的遊歷，如何在那裡見到一船走私客，那群人中有兩個科西嘉強盜。他強調伯爵在自己《一千零一夜》的岩洞裡，如童話般盛情地款待他。他敘述那頓晚餐，大麻，雕塑，現實與夢幻，以及當他醒來時，能作為這所有事物的憑證與回憶的，只剩下天際那艘駛向韋基奧港的遊艇。然後他說到在羅馬競技場的那個夜晚，他聽到伯爵和瓦姆帕之間，關於佩皮諾的談話，在那次談話中，伯爵答應讓強盜得到赦免，他非常出色地信守約定，讀者對此不言自明。

最後，他說到前一夜的遭遇，他尚缺六、七百皮阿斯特才能湊滿贖金時面臨的困境；說到他想起要找伯爵，結果是如此美妙，讓人滿意。

阿爾貝全神貫注聽弗朗茲講述。

「那麼，」他在弗朗茲說完後說：「在整個過程中，有什麼值得責備的呢？伯爵喜歡旅遊，他有一艘帆船，因為他很有錢。您到樸資茅斯[96]或南安普敦[97]去看看，您會看到港口停滿遊艇，都屬於富有的英國人，他們也有一樣的愛好。為了在遊歷中有地方歇息，為了不吃這種叫我們反胃的可怕食物——我吃了四個月，您吃了四年，為了不睡在這種叫人難以安眠的、蹩腳透頂的床上，他在基度山佈置了一個落腳處。在那個落腳處佈置好之後，他生怕托斯卡尼政府把他趕走，因此損失一筆開支，於是他買下了那個島，並用那個

96 英國南部港口，面臨英吉利海峽。
97 英國南部港口，在樸資茅斯西北部。

島為自己命名。親愛的，在您的記憶裡搜尋一下，並告訴我，在您認識的人當中，有多少人用他們不曾擁有的產業命名。」

「但是，」弗朗茲對阿爾貝說：「他的船員裡混雜著科西嘉強盜呢！」

「唔，這有什麼大驚小怪的？您不是比別人更清楚，科西嘉強盜不是盜賊，而純粹是逃亡者，家族間的復仇使他們遠離城市甚至離鄉背井。和他們相遇不會連累到我們自己。至於我，我聲明，如果我要去科西嘉，在見總督和省長之前，我會先去見高龍巴[98]那幫強盜——如果能找到他們的話，我覺得他們很可愛。」

「但瓦姆帕和他那夥強盜，」弗朗茲又說：「他們專門綁票，我希望您不否認這點。對於伯爵能左右這樣的歹徒，您又怎麼說呢？」

「親愛的，我要說，多虧這種影響力，我才死裡逃生，我沒有資格去苛求這種影響力。因此，我不像您這樣視它為死罪，我希望您能讓我原諒他，別說他救了我的命，也許這樣說有點誇大其辭，但至少他讓我不致破費四千皮阿斯特，這相當於法國的二萬四千利佛爾，而在法國，我大概不值這麼高的贖金。這就證明，」阿爾貝笑著補上一句：「本鄉人中無先知[99]。」

「那麼，正經的說，伯爵是哪國人？他的母語是什麼？他靠什麼生活？他龐大財產從哪裡來的？他的前半生神祕莫測，不為人知，到底是怎麼回事？是如何使現階段生活染上這種陰鬱又悲天憫人的色彩？若是身處您的位置，我倒是想摸清楚情況。」

「親愛的弗朗茲，」阿爾貝說：「收到我的信時，您察覺我們需要依仗伯爵的影響力，您去對他說：『我的朋友阿爾貝．德．莫爾賽夫遭到危險，請幫我一下，讓他脫險！』對嗎？」

「是的。」

「於是，他問您：『阿爾貝・德・莫爾賽夫先生是什麼人？他的名字從何而來？他的財產從何而來？他靠什麼生活？他是哪國人？他生在哪裡？』他問您這些話嗎？」

「沒有，我承認。」

「他來了，如此而已。他把我從瓦姆帕手中救出來。在強盜窩裡，儘管我表面從容不迫，就像您所說的那樣，但其實，我承認，我是丟臉了。那麼，親愛的，做為交換，他要我為他做點事，那是人們每天為路過巴黎的俄國親王或義大利親王所做的事，也就是把他介紹到上流社會，而您卻要我拒絕為他做這件事？好啊，您真是瘋了。」

應該說，一反常態，這回全部道理都站在阿爾貝這邊。

「好了，」弗朗茲嘆了口氣說：「隨您的便吧，親愛的子爵。您的話似是而非，可是，基度山伯爵是個怪人，仍然是千真萬確的。」

「基度山伯爵慈悲為懷。他沒有告訴您，他到巴黎是什麼目的。他此行是為了爭取蒙蒂榮[100]獎。如果他只需我這一票就能獲獎，或者這個如此醜惡的蒙蒂榮先生具有影響力，能讓人得到這個獎，那麼，我會投他一票，而且保證他有這種影響力。這件事，親愛的弗朗茲，我們就別談了，我們去用餐吧，最後再去參觀聖彼得教堂。」

---

98 梅里美同名中篇小說的女主人公，強悍潑辣，逼使哥哥為父復仇。

99 法國諺語，意為有才能的人在本鄉本土不易受尊重。阿爾貝在說俏皮話。認為他的身價在義大利更高。

100 蒙蒂榮（一七三三—一八二〇），法國慈善家，他用大部分家產辦救濟院和做慈善事業。一七八二年創立道德獎，每年由法國科學院頒發。

事情正如阿爾貝所說的那樣進行。第二天，下午五點鐘，兩個年輕人道別了，阿爾貝．德．莫爾賽夫返回巴黎，弗朗茲．德．埃皮奈到威尼斯半個月。

上車前，阿爾貝因擔心他的客人失約，便要飯店侍者轉交給基度山伯爵一張名片，在「阿爾貝．德．莫爾賽夫子爵」幾個字下面，用筆寫上：

赫爾德街二十七號

五月二十一日上午十點半

39 賓客

正如阿爾貝．德．莫爾賽夫在羅馬跟基度山伯爵約好的那樣，五月二十一日上午，在赫爾德街那幢房子裡，一切都已準備好，以便履行年輕人的諾言。

阿爾貝．德．莫爾賽夫住在大院邊角的一幢樓房，面對一幢附屬建築。他那幢樓只有兩扇窗戶臨街，另外幾扇中，有三扇面向院子，其餘兩扇方向相反，面向花園。在院子和花園之間，聳立著莫爾賽夫伯爵夫婦寬闊的住宅，屬於當時流行的建築風格，有著帝國建築的低劣趣味。

在這幢住宅的正面，高聳著一道臨街的牆，牆頭間歇放著花盆，牆的正中設了一個大鐵柵，柵欄漆成金色，作為馬車進出的大門；一扇小門幾乎緊靠門房，供僕人或主人步行進出時使用。

從選擇那幢樓給阿爾貝居住，可以看出母親的細心周到和先見之明。她不願跟兒子離得太遠，但又明白像子爵這樣的年輕人需要完全自由。另一方面，必須說，從中也可以看出這個年輕人聰明而利己的心思，他熱愛自由散漫的生活，富家子弟都過著這種生活，就像籠中鳥所嚮往的生活。

阿爾貝．德．莫爾賽夫從臨街的兩扇窗，可以觀看屋外景象。觀察外界對年輕人而言是不可少的，年輕人總是想看到世界從他們的視野中經過，哪怕看到的只是街道而已。如果觀察之後，發覺值得深入探查，阿爾貝．德．莫爾賽夫便從附屬小門出去，也就是上述門房旁邊那扇小門。

那扇小門值得描述一番。它似乎不引人注目，佈滿塵土，甚至可以說，自從房子建好之後，就被大家遺忘，永遠不見天日一般。但是鎖和鉸鏈都仔細上過油，表示常常有神祕用途。這個陰險的小門與另外兩扇門相互競爭，它逃過了警戒和管轄，彷彿在嘲弄門房。就像《一千零一夜》那著名的岩洞大門，只要阿里巴巴喊一聲「芝麻開門」，或者用最柔和的聲音說出有魔法的字眼，用最纖細的手指觸動幾下，就會開啟。

這扇小門與一條寬闊寂靜的走廊相通，走廊就是前廳，盡頭右邊通往面向院子的、阿爾貝的餐室；左邊通向臨靠花園的、他的小客廳。樹叢和藤蔓植物在窗前成扇形展開，從院子和花園擋住了望向底層兩個房間內部的視線，然而如果有冒失者存心窺看，還是有可能看見的。

二樓有兩個房間與底層一模一樣，只是還有第三個房間，就設在前廳之上。這三個房間分別是客廳、臥室和小客廳。樓下的客廳只不過是給吸菸者使用的阿爾及利亞式的房間。二樓的小客廳與臥室相通，並有一道暗門與樓梯相連。可見主人採取了謹慎小心的措施。

二樓上面有一間大畫室，把牆壁和隔板都拆除，因此擴大了空間，那是一個魔窟，是藝術家和花花公子互相爭奪的地盤。阿爾貝先後萌生的短暫愛好：號角、低音號、笛子、一整套樂器都堆在裡面。因為阿爾貝並非出於愛好，而只是對音樂的一時興致。還有畫架、調色盤、畫粉，因為對音樂的一時愛好，又讓這位對繪畫自命不凡。最後是花式劍、拳擊手套、重劍和各種各樣的木棍。因為，按當今年輕人的時髦，阿爾貝·德·莫爾賽夫在學習以下三種技藝時，毅力遠遠超過了學習音樂和繪畫，這三種技藝補全了一個花花公子的教育，那就是擊劍、拳擊和棍術。他在這個練武的房間裡相繼接待了格里齊埃、科克斯和沙爾·勒布歇。

在這個特殊用途的房間裡，其餘家具包括弗朗索瓦一世[101]時代的古老衣櫃，裡面擺滿了中國瓷器、日本花瓶；盧卡·德拉·羅比亞[102]的陶器，貝爾納·德·帕利西[103]的盆子；還有幾把古代扶手椅，亨利四世[104]、蘇利[105]，路易十八或黎希留或許在上面坐過，因為其中有兩把鏤刻裝飾著盾形紋章、三朵法國百合花，上面有一頂王冠，在藍天的背景下閃爍發光，顯然是從羅浮宮家具儲藏室或至少從哪個王公貴族古堡的儲藏室拿出來的。在那些底色暗沉、外形莊重的扶手椅上，凌亂地扔著色彩鮮豔的華麗衣物，它們是在波斯的陽光下染成的，或者由加爾各答和昌德拉納加拉[106]的婦女手編織的。那些衣物會在什麼場合出現，很難說清楚，它們賞心悅目，但連主人也不知道何時會派上用場。然而它們擺在那裡，絲綢和金色光芒卻映照了整個房間。

一架羅萊和布朗歇用巴西香木製成的鋼琴，放在最顯眼的地方，大小像小人國客廳裡的鋼琴，但狹小卻共鳴響亮的琴腔裡，卻包含著整個管弦樂隊的樂音，吟唱出貝多芬、韋伯、莫札特、海頓、格雷特里[107]和波爾波拉[108]的傑作。

牆壁上、門上、天花板上，到處是劍、匕首、馬來短劍、大鐵鎚、板斧、鑲嵌金銀絲線的全副金光盔甲。還有植物標本、礦物標本、體內塞滿鬃毛的飛鳥標本，那些鳥張開火紅的翅膀和永遠合不攏的嘴巴，保持著一動也不動的飛翔狀態。毫無疑問，這是阿爾貝偏愛的房間。

但是，在約會那天，年輕人梳洗打扮後，把他的總部設在底層的小客廳。寬大柔軟的轉角沙發，等距離地圍著一張桌子。桌上擺滿各式各樣著名的菸草，從彼得堡的黃色菸草到西奈[109]的黑色菸草，還有馬里

101 弗朗索瓦一世（一四九四—一五四七），法國國王（一五一五—一五四七）。
102 盧卡．德拉．羅比亞（一四〇〇—一四八二），義大利雕刻家，創立了這個家族的畫室。
103 貝爾納．德．帕利西（一五一〇—一五八九或一五九〇），法國著名陶瓷工。
104 亨利四世（一五五三—一六一〇），法國國王（一五八九—一六一〇）。
105 蘇利（一五六〇—一六四一），法國政治家，輔佐亨利四世和路易十三。
106 西孟加拉城市，現屬印度，在加爾各答北面，意為月亮城。
107 格雷特里（一七四一—一八一三），法國—比利時作曲家，作品有《獅心理查》等。
108 波爾波拉（一六八六—一七六八），義大利作曲家。

蘭[110]、波多黎各、拉塔基亞[111]的菸草，全放在荷蘭人鍾愛的、帶有碎花裂紋的陶罐裡，耀眼奪目。在陶罐旁邊，有一些香木盒，按大小和品質，依序排放著普羅雪茄、優質大雪茄、哈瓦那雪茄、馬尼拉雪茄。最後，在一個開啟的櫥櫃裡，一整套德國菸斗、琥珀菸嘴、鑲嵌著珊瑚的土耳其長管菸斗，以及鑲金的、以摩洛哥皮捲成蛇身的長管土耳其水菸筒，任憑吸菸者的喜好與選用。阿爾貝親自張羅佈置，或者不如說擺成有制序的凌亂。用完現代風味的早餐、喝過咖啡之後，客人們喜歡透過從嘴裡吐出的、以螺旋形狀升上天花板的悠長煙霧，欣賞這種凌亂景象。

十點鐘不到一刻，一個貼身男僕進來了。這是一個十五歲的男僕，只會講英語，名叫約翰，他是阿爾貝唯一的僕役。當然，在平常日子裡，公館的廚師也聽他使喚；在重要場合，伯爵那穿上制服的跟班也供他差遣。貼身男僕的法文名字叫熱爾曼，他得到年輕主人完全的信任。他手裡拿著一份報紙，放在桌上，還拿著一疊信，交給阿爾貝。

阿爾貝漫不經心地看了一眼各種的信件，選出兩封字跡清秀，信封香噴噴的信，拆開來，相當仔細地閱讀。

「這些信是怎麼送來的？」他問。

「一封是郵差送的，另一封由唐格拉爾夫人的男僕送來。」

「轉告唐格拉爾夫人，我接受她在包廂裡為我保留的座位。等等，還有，白天你到羅莎家去一趟，告訴她，既然她邀請我，我離開歌劇院後，會與她共進晚餐。你為她送去六瓶塞浦路斯、赫雷斯、瑪拉加等不同品種的葡萄酒，再送一桶奧斯唐德[112]牡蠣去。要到博雷爾的店裡買牡蠣，特別告訴他是我要的。」

「先生幾點鐘用餐？」

「現在幾點鐘？」

「差一刻十點。」

「那麼，十點半時端上來。德布雷也許要到部裡去……再說……（阿爾貝看看記事簿），這是我跟伯爵約定的時間，五月二十一日上午十點半，儘管我對他的諾言半信半疑，我還是希望他準時到來。對了，你知道伯爵夫人起床了嗎？」

「如果子爵先生想知道，我去問一問？」

「好的，你向她要一箱利口酒，我那一箱已經不滿了，你告訴她，三點鐘左右我有幸到她房裡，請她允許我為她介紹一個人。」

僕人出去了，阿爾貝往沙發上一靠，撕開兩三份報紙的信封，瀏覽劇院廣告，看到上演的是歌劇而非芭蕾舞，忍不住做了一個鬼臉。他在化妝品廣告欄裡徒勞地尋找一種別人對他提起過的牙膏，一份份丟開巴黎最受歡迎的三份報紙，打了一個長呵欠，喃喃地說：「說實話，這些報紙越來越乏味了。」

這時，一輛輕型馬車停在門口，過了一會兒，貼身男僕進來稟報，呂西安·德布雷先生到了。一個高大金髮的青年，臉色蒼白，眼珠淡灰，目光自信，嘴唇薄而冷峻，穿著一襲鏤刻金鈕釦的藍色上衣，繫著白綬帶，玳瑁單片眼鏡用一條絲帶繫住，他得不時抽緊眉毛和臉部肌肉，才能把單片眼鏡固定在右眼眶上。他進

109 埃及東北部的半島，約六萬平方公里。
110 美國東部的一個州，南面盛產菸草。
111 敘利亞港口，臨地中海，盛產菸草。
112 比利時港口。

來時沒有笑容，一聲不吭，一副正經模樣。

「您好，呂西安！」阿爾貝說：「啊，親愛的，您如此準時讓我吃驚！我說什麼來著？準時！我本來以為您會最後一個到，卻在差五分十點時抵達，約定時間是十點半，真是奇蹟！難道是內閣倒台了嗎？」

「不，親愛的，」年輕人把自己埋進沙發裡說：「放心吧，我們一直搖搖欲墜，但不會倒下，我開始相信，我們確實沉穩如山，更別說半島事件[113]讓我們更加鞏固堅定。」

「啊！是的，沒錯，你們把西班牙的唐卡洛斯趕走了嗎？」

「不，親愛的，決不要混淆。我們把他從法國邊境的另一側接回來，在布爾日[114]將他奉為上賓。」

「在布爾日？」

「是的，他無需抱怨，見鬼！布爾日是查理七世[115]國王的首都。怎麼，您不知道嗎？從昨天起，全巴黎的人都知道了。前天，交易所已走漏風聲，緣於唐格拉爾先生（我不知道他是透過什麼途徑同時獲悉這消息）。因為唐格拉爾先生賺了一百萬。」

「您呢，看來獲得了一條新綬帶，因為您的小鏈條上多了藍綬帶。」

「嗯，他們頒給我查理三世勳章。」德布雷滿不在乎地說。

「好了，別裝成無所謂的樣子，承認獲得勳章讓您喜滋滋吧。」

「確實如此，就像衣服上的裝飾一樣，在排釦黑色衣服上多一枚勳章能增添光彩，顯得瀟灑。」

「而且，」莫爾賽夫微笑著說：「具有威爾斯親王和德．雷施塔德公爵[116]的氣派。」

「所以您這麼早就見到我了，親愛的。」

「因為獲得查理三世勳章，所以想向我報告這個好消息嗎？」

「不，因為我連夜發信，寫了二十五份外交電報，回到家已經天亮，我想睡覺，但頭痛得厲害，便又起床騎了一小時的馬。在布洛涅園林，我又餓又煩悶，這兩個敵人很少一起發動攻擊，然而這次卻聯合起來反抗我，就像卡洛斯跟共和派聯盟似的。我因此想起，今天上午您在家裡設宴請客，我就來了。我餓了，讓我吃點東西；我悶悶不樂，讓我開心一下吧。」

「這是我身為地主的責任，親愛的朋友。」阿爾貝說，一面拉鈴叫來貼身男僕，呂西安則用鑲嵌綠松石的金柄手杖頂端去翻動攤開的報紙。「熱爾曼，來杯雪莉酒和一碟餅乾。親愛的呂西安，您先抽雪茄，這當然是走私貨，我邀請您品嘗，並請您那位大臣賣一點同樣的雪茄給我們，而不是那種硬塞給老百姓的胡桃葉。」

「啊，我可不幹這種事。一旦政府供給你們這些雪茄，你們就不想要了，覺得可憎可恨。況且，這不關內政部的事，是財政部的事，您去跟于曼先生說吧，他是間接稅那一科的，在A走廊二十六號房間。」

「說實話，」阿爾貝說：「您交遊廣闊，讓我吃驚，不過，還是先抽一支雪茄吧。」

「啊！親愛的子爵，」呂西安就著鍍金銀色燭台上燃燒中的燭火，點燃一支馬尼拉雪茄，仰身靠在沙發上說：「啊！親愛的子爵，您無所事事多麼快活，說真的，您身在福中不知福。」

「那麼您要幹什麼呢，親愛的衛國忠臣。」莫爾賽夫用淡淡的譏諷口吻說：「如果說您以前什麼事也沒幹

---

113 一八三四年，西班牙親王唐卡洛斯（一七八八—一八五五），同侄女伊莎貝爾爭奪王位，發動內戰，後被逐出西班牙。

114 法國中部城市。

115 查理七世（一四〇三—一四六一），法國國王（一四二二—一四六一），由於內戰，一四一八年來到布爾日。

116 雷施塔德公爵：雷施塔德是波希米亞一個村子的名字，後被封為拿破崙兒子的公國。

的話？怎麼！大臣的私人祕書，既插手歐洲的大陰謀又干預巴黎的小陰謀。要保護各國國王，更要保護各國王后。要糾集各黨派，還要操縱選舉。您的筆和電報在辦公室所做的事，超過拿破崙用劍和戰功在戰場上完成的事。您除了薪俸之外，還有二萬五千利佛爾的年收入。擁有一匹馬，沙托．勒諾出價四百路易，您都不肯賣掉。有個私人裁縫，讓您永遠不會缺少長褲穿。歌劇院、賽馬俱樂部、馬戲團，您在這些場所找不到消遣嗎？那麼，好吧，我來讓您開心一下。」

「怎麼開心呢？」

「介紹給您一個新朋友。」

「男的還是女的？」

「男的。」

「哦！我已經認識得夠多了！」

「但像我對您提起的這種男人，您一個也不認識。」

「他從哪裡來的？天涯海角嗎？」

「或許更遠。」

「見鬼！我希望我們的早餐不是他帶來的吧？」

「不是的，請放心，我們的早餐由本國廚房料理。您餓了嗎？」

「是的。不管說出來多麼失禮，我還是老實承認。昨天我在德．維勒福先生府上吃午餐。您注意到了嗎，親愛的朋友，在司法界人士家裡都吃得很差，簡直可以說，他們會為食物感到內疚。」

「啊！當然，跟大臣府上的佳肴美味相比，別人的食物是要略遜一籌的。」

「是的，至少我們不邀請有身分的人吃飯，而且我們不需邀請善於思索的、尤其懂得怎樣投票的鄉巴佬赴宴。請您相信，我們像預防鼠疫一樣，避免在家裡吃飯。」

「那麼，親愛的，再喝一杯雪莉酒，再來一塊餅乾。」

「好的，您的西班牙葡萄酒非常好。您看，我們完全有理由平定這個國家。」

「是的，但唐卡洛斯呢？」

「唐卡洛斯能喝波爾多葡萄酒，再過十年，我們讓他的兒子與小女王結婚。」

「如果您還在部裡，您可以獲得金羊毛勳章。」

「阿爾貝，我想，今天上午您採取的方法，是用菸餵飽我。」

「嘿，您必須承認，這是最開胃的。但我正好聽到博尚在前廳的聲音，你們又可以互相爭論了，這樣就能消磨時間了。」

「爭論什麼？」

「報紙啊。」

「哦！親愛的朋友，」呂西安帶著不屑的口吻說：「我會看報才怪！」

「這樣，你們的爭論因此更加激烈。」

「博尚先生到。」貼身男僕稟報說。

「進來，進來，你這刀筆吏！」阿爾貝起身，迎接年輕人說：「瞧，德布雷不看您的文章，卻憎惡您。至少他是這麼說的。」

「他說得對，」博尚說：「他像我一樣，我不知道他做什麼就批評他。您好，榮譽勳位的第三級獲得者。」

「啊，您已經知道了。」私人祕書回答，與新聞記者相互握手，交換微笑。

「當然。」博尚回答。

「外界怎麼評論？」

「哪個外界？西元一八三八年，我們有很多外界。」

「政治評論界，您是其中的佼佼者。」

「他們說這是很公平的事，種瓜得瓜，種豆得豆。」

「好啊，不壞嘛。」呂西安說：「為什麼您不站在我們一邊，親愛的博尚？像您這麼有才華，三、四年就可以飛黃騰達。」

「若要聽從您的勸告，我只有一個條件，那就是：內閣要確保維持半年。現在我只說一句話，親愛的阿爾貝，因為我也必須讓可憐的呂西安喘口氣。我們吃早餐還是吃午餐？我還要到議院。正如您所看到的，我們的職業並不悠閒自在。」

「待會兒就吃早餐。我們只等兩個人，他們一到，我們就入席。」

「您等什麼人？」博尚問。

「一個貴族和一個外交官。」阿爾貝回答。

「那麼，要稍等貴族兩小時，耐心等待外交官三小時。我回頭來吃飯後點心。幫我留點草莓、咖啡和雪茄。我會先在議院吃一塊牛排。」

「什麼事也別做，博尚，因為不管這個貴族是蒙莫朗西[117]，或那個外交官是梅特涅[118]，我們十點半準時吃早餐。您暫且像德布雷一樣，嘗嘗我的雪莉酒和餅乾吧。」

「好吧，我留下。今天上午我必須有個消遣。」

「好，瞧您像德布雷一樣，我覺得，內閣愁眉不展時，反對派應該快樂才是。」

「啊，親愛的朋友，那是因為您不知道有什麼事正威脅著我。今天上午我要到眾議院去聽唐格拉爾先生的演說，晚上要在她妻子那裡聽一個法國貴族院議員的悲劇。讓君主立憲政府下地獄吧！既然據說我們有權選擇，我們怎麼會選擇了這個政府呢？」

「我明白，您需要儲備笑話。」

「別說唐格拉爾先生演講的壞話，」德布雷說：「他投票贊成您，他屬於反對派。」

「沒錯，壞就壞在這裡。因此我等你們派他到盧森堡宮演講，這樣我就可以隨心所欲地嘲笑他。」

「親愛的，」阿爾貝對博尚說：「很明顯，西班牙事件已經處理好，今天上午您的尖酸刻薄讓人反感。請記住，巴黎傳言紛紛，我和歐仁妮・唐格拉爾小姐要結婚。因此，讓您如此詆毀一個人的口才，我於心不安。他有朝一日會對我說：『子爵先生，您知道我給女兒二百萬的嫁妝吧。』」

「算了吧！」博尚說：「這門婚事決不會辦成。國王本來可以封他為男爵，之後讓他當上貴族院議員，但無法封他為貴族。而德・莫爾賽夫伯爵是個太貴族化的軍人，不會因為這區區二百萬，同意這門不當戶不對的婚事。德・莫爾賽夫子爵只能娶一個侯爵小姐。」

「二百萬，這可是一筆不小的數目啊！」莫爾賽夫說。

---

117 蒙莫朗西為法國的古老貴族之家，從十二世紀至十七世紀出了不少著名人物。

118 梅特涅（一七七三—一八五九），奧地利政治家，歷任外交大臣，首相。

「這筆錢能在林蔭大道開一家戲院，或築一條從植物園到拉佩的鐵路。」

「隨他說，莫爾賽夫，」德布雷懶洋洋地說：「您結您的婚，您娶了一個錢袋，是嗎？那有什麼關係！寧願錢袋上少一個紋章，而數字後多一個零。您的紋章上有七隻雌鶇，您給妻子三隻，還留下四隻。比德．吉茲[119]先生還多一隻，他差點成為法國國王，他的表兄弟是德國皇帝。」

「真的，您說得對，呂西安。」阿爾貝不經意地回答。

「況且凡是百萬富翁都是私生子貴族，就是說，他們也可以成為貴族。」

「噓！別說了，德布雷。」博尚笑著說：「因為沙托．勒諾來了，為了治好您這好發議論的癖好，他會用他祖先勒諾．德．蒙托邦的劍刺穿您的胸膛。」

「那他就有失身分了。」呂西安回答：「因為我是卑賤的，非常卑賤。」

「好！」博尚大聲說：「內閣官員唱起貝朗瑞[120]的歌謠了，我們說到哪裡了，天哪！」

「德．沙托．勒諾先生到！馬克西米利安．摩雷爾先生到！」貼身男僕稟報又來了兩位客人。

「人到齊了。」博尚說：「我們馬上吃早餐。如果我沒有搞錯，您只等兩個人，阿爾貝？」

「摩雷爾！」阿爾貝驚訝地自言自語：「摩雷爾！怎麼回事？」

他還沒有說完，德．沙托．勒諾先生，一個三十歲的俊美年輕人，渾身散發出貴族氣息，兼具吉什[121]的臉和莫特馬爾的頭腦的人，已經抓住阿爾貝的手說：「親愛的，請允許我為您介紹北非騎兵上尉馬克西米利安．摩雷爾，他是我的朋友，而且是我的救命恩人。另外，他一表人材。向我的英雄致意吧，子爵。」

他退到一旁，亮出一個高貴魁梧的年輕人，天庭飽滿，目光銳利，髭鬚烏黑。讀者會記得在馬賽見過他，那時場景富戲劇性，以致決不會忘記他。一襲華麗的軍服，半法式半東方式，非常合身，襯托出他寬闊的胸膛，上面佩戴著榮譽勳位的十字勳章，同時彰顯出結實的身材。年輕軍官文質彬彬地鞠了一躬。摩雷爾的一舉一動都十分優雅，因為他是強者。

「先生，」阿爾貝熱情而瀟灑地說：「德．沙托．勒諾男爵先生早就知道，認識您會讓我多麼愉快，您是他的朋友，先生就是我們的朋友。」

「很好，」沙托．勒諾說：「我親愛的子爵，但願必要時，他會像為我效力一樣地為您效力。」

「他為您做了什麼？」阿爾貝問。

「哦！」摩雷爾說：「不值一提，沙托．勒諾先生言過其實了。」

「什麼！」沙托．勒諾說：「不值一提！性命不值一提！說實話，親愛的摩雷爾先生，您這樣說也太豁達了。對每天都冒著生命危險的您而言，這麼說是合情合理的，但我偶然才遇到一次危險。」

「我明白了，男爵，摩雷爾上尉先生救了您的命。」

「哦，是的，確實如此。」沙托．勒諾回答。

「在什麼場合？」博尚問。

「博尚，我的朋友，您知道我餓得要命。」德布雷說：「別再說故事了。」

「可是，」博尚說：「我並不阻攔大家入席，沙托．勒諾可以在飯桌上說。」

---

119 吉茲，十六世紀的法國貴族之家，三代人在政壇上都有重要影響，這裡可能指最後一位。

120 貝朗瑞（一七八〇—一八五七），法國歌謠詩人。

121 吉什，法國古老貴族之家，又名格拉蒙公爵。

「諸位，」莫爾賽夫說：「現在才十點一刻，請注意，我們正等最後一位客人。」

「啊！沒錯，一位外交官。」德布雷說。

「外交官，或者別種身分，我一無所知。我知道的是，我要是委託他辦事，他會執行得讓我非常滿意，如果我是國王，會馬上賜與他所有榮譽勳位，甚至若我能同時支配頒發金羊毛勳章和英國嘉德勳章[122]的話。」

「既然還不能入席，」德布雷說：「請再給我一杯雪莉酒。男爵，請為我們說下去。」

「你們知道，我曾一時心血來潮要到非洲去。」

「這是您的祖先為您規劃好的路線，親愛的沙托・勒諾。」莫爾賽夫恭維地說。

「是的，但我懷疑您像他們一樣，是要把基督從墳墓中解救出來。」

「您說得對，博尚，」年輕貴族說：「那只不過是業餘愛好，使槍弄劍罷了。你們知道，自從我選來調停的兩個證人迫使我打斷了最好朋友的手臂之後，我就厭惡決鬥了。當然，我指的是那個可憐的弗朗茲・德・埃皮奈，你們都認識他。」

「啊，是的。」德布雷說：「那時你們決鬥過……什麼事引起的？」

「我還記得才怪！」沙托・勒諾說：「但是，我還清楚地記得，我恥於讓我的射擊能力埋沒了，我想對阿拉伯人試試別人剛送我的新手槍。因此我乘船到奧蘭[123]，又從奧蘭到君士坦丁[124]，我剛好看到撤圍。我像別人那樣撤退。在整整四十八小時內，白天我忍受雨淋，夜晚我遭逢雪落。最後，在第三天早上，我的坐騎凍死了。可憐的牲口，習慣了馬廄的屋頂和火爐，那匹馬只離開家鄉不遠，就遇到阿拉伯地區零下十度的酷寒。」

「因此您想買我那匹英國馬，」德布雷說：「您認為牠比您的阿拉伯馬耐寒。」

「您搞錯了，因為我已發誓不再返回非洲。」

「您嚇壞了吧？」博尚問。

「說實話，是的，我承認。」沙托．勒諾回答：「真的受夠了。我的馬死了，我徒步撤退。六個阿拉伯人疾馳而來，要取我的腦袋，我用步槍打倒兩個阿拉伯人，又用手槍打倒兩個，彈無虛發。但還剩下兩個，而我子彈用盡。這時一個阿拉伯人抓住我的頭髮——因此，我現在剪短了頭髮，天有不測風雲嘛。另一個用土耳其彎刀擱在我的脖子上，我已經感到冰冷的鋒刃。這時候，你們看見的這位先生撲向他們，一槍打死那個揪住我頭髮的人，一刀劈開那個準備割斷我喉嚨的人的腦袋。他那天的使命是要救人一命，湊巧救的是我，等我有錢，我要請克拉格曼或馬羅歇蒂塑造一尊命運之神的雕像。」

「是的。」摩雷爾微笑著說：「那是九月五日。就在這個日子，我父親曾奇蹟般獲救，因此，每年我都竭盡所能，以行動紀念這一天。」

「以英勇的行動，是嗎？」沙托．勒諾打斷說：「總之，我被選中了，但不僅止於此。他從刀下救出我之後，又把我從寒冷中救出來，他不是像聖馬丁那樣只分給別人一半披風，而是把整件披風給了我。接著又把我從饑餓中救出來，和我分享食物，你們猜是什麼？」

「一個費利克斯店裡的餡餅？」博尚問。

122 由愛德華三世於一三四六年至一三四八年之間立的榮譽勳位。
123 阿爾及利亞港口，第二大城市。
124 阿爾及利亞北部城市，一八三六至一八三七年間，該城曾與法軍對抗。

「不，他的馬，我們每人狼吞虎咽地吃了一塊，真夠難受的。」

「因為馬肉嗎？」莫爾賽夫笑著問。

「不，因為他的犧牲精神，」沙托．勒諾回答：「您問問德布雷，他是否願意為素昧平生的人犧牲他的英國馬？」

「為一個素昧平生的人是不願意的，」德布雷說：「為一個朋友或許願意。」

「我預料到您會成為我的朋友，男爵先生，」摩雷爾說：「而且，我已經有幸對您說過，無論是不是英雄行為，無論是不是犧牲，這天，我要向遭逢厄運的人呈獻一份禮物，以報答幸運之神給與我們家的恩惠。」

「摩雷爾先生提到的那個故事，」沙托．勒諾繼續說：「等你們跟他的交情更深了，他會細述的，至於今天，我們還是填飽肚子，而不是充實頭腦吧。您幾點鐘吃早餐，阿爾貝？」

「十點半。」

「準時嗎？」德布雷掏出錶來問。

「哦，您們要寬限我五分鐘，」莫爾賽夫說：「因為我也在等一個救命恩人。」

「誰的？」

「當然是我的。」莫爾賽夫回答：「你們認為我不能像別人一樣得救，而且只有阿拉伯人會砍頭嗎？我們的早餐是一頓充滿博愛精神的早餐，至少我期望，在我們的桌上，有兩位人類的造福者。」

「那怎麼辦呢？」德布雷說：「我們只有一個蒙蒂榮獎。」

「那麼，就頒發給一個毫無作為的人。」博尚說：「科學院通常是這樣擺脫困境的。」

「他從哪裡來？」德布雷問：「請原諒我執著，我知道您已經回答過這個問題，不過很含混，所以請允許我再問一遍。」

「說實話，」阿爾貝說：「我一無所知。我是三個月前發出邀請，當時他在羅馬。但之後，誰知道他的行蹤呢。」

「您認為他會準時嗎？」德布雷問。

「我認為他無所不能。」莫爾賽夫回答。

「請注意，即使寬限五分鐘，我們也還只剩十分鐘。」

「那麼，我利用這段時間為你們介紹一下我的貴賓。」

「對不起，」博尚說：「在您即將敘述的故事裡，有沒有寫專欄文章的素材？」

「當然有。」莫爾賽夫說：「而且是最引人入勝的。」

「那麼說吧，因為看樣子我去不成議院了，我得彌補損失。」

「上次狂歡節我在羅馬。」

「我們知道。」博尚說。

「沒錯，但你們不知道的是，我被強盜挾持了。」

「現在沒有強盜。」德布雷說。

「有的，甚至是可怕的，但也可以說是讓人讚嘆的強盜，因為我覺得他們卓越得讓人害怕。」

「啊，親愛的阿爾貝，」德布雷說：「您就老實承認，您的廚子遲到了，牡蠣還未從馬雷納[125]或奧斯唐德運到，您是想學曼德儂夫人[126]，用一篇故事來代替菜肴吧。說吧，親愛的，我們很有教養，能夠原諒您，無論您的故事多麼荒誕無稽，我們都會聽完的。」

「而我呢，無論這個故事多麼神奇，我要從頭至尾如實說給你們聽。強盜把我綁走，帶到一個叫作聖賽巴斯蒂安地下墓穴的森涼地方。」

「我知道那個地方，」沙托．勒諾說：「我差點兒在那裡得了熱病。」

「我呢，我比您更慘。」莫爾賽夫說：「我確實得了熱病。強盜對我說，我成了肉票，除非有贖金，小意思，四千羅馬埃居，二萬六千圖爾城鑄的利佛爾。不幸的是，我只有一千五百羅馬埃居，我的旅程快結束了，匯票幾乎用完了。我寫信給弗朗茲。當然，弗朗茲瞭解這個過程，你們可以問他，我是否有半句謊言。我寫信給弗朗茲，如果早晨六點鐘他不帶著四千埃居前來，六點十分，我就會去見那些幸福的聖徒和光榮的殉道者了。路易季．瓦姆帕先生，這是強盜首領的名字，請你們相信，是說話算話的。」

「弗朗茲帶四千埃居去了嗎？」沙托．勒諾問：「見鬼！名叫弗朗茲．德．埃皮奈或阿爾貝．德．莫爾賽夫的人，是不會被四千埃居難倒的。」

「不，他來了，但是由我所說的，希望介紹給你們的那位客人陪伴著。」

「啊！這位先生難道是殺死卡科斯[127]的海克力斯，或解救安德羅墨達[128]的佩耳塞斯嗎？」

「不，這個人的身高跟我差不多。」

「他全副武裝嗎？」

「他連一根打毛線的棒針都沒有。」

「他來談判您的贖金嗎？」

「他在強盜首領的耳邊說了兩句話，我就自由了。」

「強盜首領甚至對綁架一事向他道歉。」博尚說。

「正是。」莫爾賽夫說。

「啊！這個人難道是阿里奧斯托[129]？」

「不，他就叫基度山伯爵。」

「根本沒有什麼基度山伯爵。」德布雷說。

「我相信沒有。」沙托．勒諾接著說，口吻斬釘截鐵，宛如對歐洲貴族譜系瞭如指掌似的：「誰知道基度山伯爵呢？」

「或許他來自聖地。」博尚說：「他的一個祖先擁有髑髏地，就像莫特馬爾家族擁有死海一樣。」

「對不起。」馬克西米利安說：「我想我能為你們釋疑。基度山是一個小島，我常聽我父親雇用的水手說起，那是地中海中的一粒沙，宇宙中的一個原子。」

「沒錯，先生，」阿爾貝說：「這粒沙，這個原子就屬於我向你們提起的這個領主和國王。他從托斯卡尼某處買來這伯爵的爵位敕書。」

「這位伯爵很有錢囉？」

「我相信確實如此。」

125 法國西部靠比斯開灣的小鎮。
126 曼德儂夫人（一六三五—一七一九），法國詩人斯卡隆之妻，詩人死後負責培養路易十四的私生子，並與國王祕密結婚。
127 火神之子，口中噴火殺害行人，因偷海克力斯的牛，被發現後，海克力斯將他殺死。
128 厄提俄皮亞的公主，其母誇她比任何一個海洋女神都要美，被激怒的海神派來怪物騷擾安寧，只有把她獻給怪物吃掉，國家才能太平，殺死怪物美杜莎的英雄佩耳塞斯路過，救出了她。
129 阿里奧斯托（一四七七—一五三三），義大利詩人，作品有《瘋狂的羅蘭》等。傳說他當過義大利強盜聚集地區的總督。

「我想，這應該看得出來吧？」

「這您搞錯了，德布雷。」

「我不明白您的意思。」

「您看過《一千零一夜》嗎？」

「當然，真是個好問題。」

「那麼，您知道這本書裡的人是富是窮？他們的麥粒是紅寶石還是鑽石？他們看來像悲慘的漁夫，是嗎？您這樣看待他們，突然，他們為您打開了一個神祕洞窟，眼前的寶庫能買下整個印度。」

「然後呢？」

「然後，我的基度山伯爵就是這樣一個漁夫。他甚至藉以命名，他自稱水手辛巴達，擁有一個裝滿金子的岩洞。」

「您見過那個岩洞嗎，莫爾賽夫？」博尚問。

「沒有。但弗朗茲見過。噓，在他面前一個字也不許提。弗朗茲被矇住雙眼，進到裡面。他由啞奴和女人服侍著，和她們相比，克麗奧帕特拉不過是一個漂亮輕佻的女人。至於女人，他不能完全確定，因為她們是在他吃過大麻之後才進來的，所以也許他把幾尊雕像視作女人了。」

幾個年輕人望著莫爾賽夫，那神情似乎在說：「親愛的，您瘋了嗎，還是您在愚弄我們？」

「確實。」摩雷爾若有所思地說：「我聽一個名叫珀納龍的老水手說過類似德．莫爾賽夫先生所說的事。」

「啊！」阿爾貝說：「幸虧摩雷爾先生相助。這位辛巴達水手把一球線團扔在我的迷宮裡，這讓你們不快，是嗎？」

「對不起，親愛的朋友，」德布雷說：「您說的事太離奇了……」

「啊，當然，因為你們的大使和領事不曾談起過類似的事，他們沒有時間，他們必須忙著打擾四處旅行的同胞才行。」

「啊，您生氣了，數落起我們可憐的使節。唉，我的天！您要他們怎樣保護您呢？議院天天削減他們的薪水，以致他們領不到什麼了。您要當大使嗎，阿爾貝？我讓人任命您到君士坦丁堡。」

「不！一旦我表示站在穆罕默德．阿里[130]這邊，蘇丹就會送來繩索，叫我的祕書們勒死我。」

「您倒看得很清楚。」德布雷說。

「是的，但這些並不妨礙我的基度山伯爵的存在。」

「當然，什麼人都存在，真是奇蹟。」

「毫無疑問，人人存在，但地位不一樣。不是所有人都擁有黑奴、尊貴的收藏、精美的武器、價值六千法郎的馬與希臘情婦！」

「您見過那個希臘情婦嗎？」

「是的，我見過並聽過她說話，在劇院裡。有一天在伯爵房裡吃早餐時，聽過她拉琴的聲音。」

「您的那個奇人也吃東西嗎？」

「說實話，他吃得非常少，談不上是吃東西。」

---

130 穆罕默德．阿里（一七六九—一八四九），埃及副王，所建王朝延續至一九五二年，在位時頗多建樹。

「您看，這是一個吸血鬼。」

「儘管笑好了。G伯爵夫人也是這樣說，你們知道，她認識魯思溫爵士。」

「啊！太妙了！」博尚說：「對於一個不是新聞記者的人來說，他就是《立憲報》披露的那條著名海蛇。一個吸血鬼，妙極了！」

「淺褐色的眼睛，瞳孔能隨意縮放。」德布雷說：「臉部棱角突出，天庭飽滿，臉色蒼白，鬍鬚烏黑，牙齒雪白而尖利，彬彬有禮。」

「正是這樣，呂西安。」莫爾賽夫說：「相貌特點絲毫不差地勾畫了出來。是的，彬彬有禮而且非常敏銳。這個人常常讓我不寒而慄，有一天，我們一起去看行刑，我以為自己就要昏倒了，但看到和聽到他冷酷無情地談論世界上的各種刑罰，比看到劊子手行刑和聽到犯人呼喊更毛骨悚然。」

「他沒有帶您到競技場遺址去吸您的血嗎，莫爾賽夫？」博尚問。

「或者拯救您之後，讓您在一張紅色的羊皮紙上簽字，出賣您的靈魂，就像以掃出賣他的長子繼承權一樣？」

「嘲笑吧！儘管嘲笑吧，諸位。」莫爾賽夫微慍地說：「你們這些漂亮的巴黎人，習慣了根特大街，愛在布洛涅園林散步。我看到你們，又想起那個人，就覺得我們與他不是同一種人。」

「我非常榮幸！」博尚說。

「因此，」沙托．勒諾補充說：「您的基度山伯爵除了跟義大利強盜有私下交易外，平時是個很高雅的人。」

「唉，根本沒有什麼義大利強盜！」德布雷說。

「也沒有什麼吸血鬼！」博尚說。

「也沒有基度山伯爵！」德布雷又說：「瞧，親愛的阿爾貝，十點半敲響了。」

「您要承認您做了個惡夢，我們吃早餐吧。」博尚說。

但掛鐘的聲響還未結束，這時門打開了，熱爾曼稟報：「基度山伯爵大人到！」

在場的所有人都不自覺一震，這表示莫爾賽夫的敘述隱約帶給他們不安，連阿爾貝也不禁激動起來。大家沒有聽到街上有馬車聲或是接待室的腳步聲。門是悄無聲息地自動打開的。

伯爵出現在門口，打扮得極其樸素，連最苛刻的花花公子也無法挑剔他的裝束。品味雅致，無論內外服飾和帽子，一切都出自品味高雅的商人之手。

他看來只有三十五歲，讓大家吃驚的是，他跟德布雷描繪的肖像極其相似。

伯爵含笑走進客廳，而且徑直朝阿爾貝走來，阿爾貝迎上前，殷勤地向他伸出手。

「準時，」基度山伯爵說：「是國王的禮節。我想，我們的一個君王曾經這樣說過。但無論遊客的意願多高，他們總是無法準時。親愛的子爵，我希望您看在我的初衷的分上，原諒我遲了兩三秒鐘。五百法里的路程免不了有些波折，尤其在法國，看來禁止鞭打馬車伕。」

「伯爵先生，」阿爾貝回答：「利用您履約之機，我聚集了幾個朋友，並正告知他們您的來訪。我有幸把他們介紹給您。這是德．沙托．勒諾伯爵先生，他的貴族身分上溯到十二重臣時代[132]，他的祖先在圓桌會

131 見《聖經》創世紀第二十五章。

132 查理曼大帝（七四二—八一四）手下有十二重臣。

議[133]上占有一席之地。這是呂西安·德布雷先生，內政大臣的私人祕書。這是博尚先生，可怕的新聞記者，法國政府的災星，儘管他在國內大名鼎鼎，或許您在義大利不曾聽說過他，因為他那份報紙進不了義大利。最後是馬克西米利安·摩雷爾先生，北非騎兵部隊上尉。」

聽到這個名字，至今瀟灑地頷首行禮，但始終帶著英國式冷淡和無動於衷的伯爵，不由得往前跨一步，一道淡淡的紅暈如閃電一般掠過他蒼白的雙頰。

「先生身穿法國新征服者的軍裝，」他說：「這是一套漂亮的軍裝。」

很難說是出於什麼樣的感情，讓伯爵的聲音帶著一種深沉的顫抖，而且彷彿使他那沉靜明澈的眼睛不由自主地閃閃發光，而他無意掩飾這種感情。

「您從來沒有見過我們的非洲部隊嗎，先生？」阿爾貝問。

「從來沒有見過。」伯爵回答，又變得瀟灑自在了。

「先生，在這套軍裝下，跳動著法軍最勇敢、最高貴的一顆心。」

「哦！伯爵先生。」摩雷爾打斷說。

「請讓我說完，上尉。我們剛剛，」阿爾貝繼續說：「知道這位先生的英雄事蹟，儘管今天我第一次見到他，我還是要求他允許我把他作為我的朋友介紹給您。」

在說這番話時，大家可以注意到基度山伯爵身上有一種古怪的專注目光，轉瞬即逝的紅暈，以及輕輕顫動的眼皮，透露出他的激動。

「啊！先生有一顆高貴的心？」伯爵說：「好極了！」

這種感嘆更像回答伯爵自己的想法，而不像回答阿爾貝剛才所說的話。這讓大家，尤其是摩雷爾吃驚，摩雷爾愕然地望著基度山伯爵。但同時，伯爵的聲調是如此柔和，甚至可以說如此甜蜜，因此，無論感嘆多麼古怪，是無法讓人生氣的。

「為什麼他要懷疑呢？」博尚問沙托．勒諾。

「說實話，」沙托．勒諾回答，憑著他在上流社會的閱歷和貴族的犀利目光，他已看到基度山伯爵身上一切能看透的東西，「說實話，阿爾貝絲毫沒有欺騙我們，伯爵是一個怪人。您怎麼看，摩雷爾？」

「真的。」摩雷爾說：「他的目光坦率，語調真摯，儘管他對我說出那樣古怪的想法，我還是喜歡他。」

「諸位，」阿爾貝說：「熱爾曼稟告我，早餐備好了。親愛的伯爵，請允許我為您帶路。」

大家默默地走到餐室，各就其位。

「諸位，」伯爵坐下說：「請允許我自白一下，對我可能的不當舉動表示歉意。我是外國人，而且第一次來到巴黎。法國人的生活對我而言完全陌生，我至今過的是東方生活，跟巴黎的良好傳統格格不入。因此，如果你們覺得我身上的土耳其氣、拿波里氣或者阿拉伯氣太重的話，請求你們諒解。說完了，諸位，用早餐吧。」

「他說得多麼得體。」博尚小聲說：「他一定是位大老爺。」

「是位大老爺。」德布雷接著說。

「在世界各國都是位大老爺，德布雷先生。」沙托．勒諾說。

---

133 在布列塔尼系的傳奇故事中，國王阿爾圖斯每年都要召集他最好的騎士，圍坐在圓桌四周，以免他們爭地位高低。

40 早餐

讀者記得，伯爵飲食很有節制。阿爾貝注意到這點，生怕巴黎生活一開始就在這最物質的、同時也最不可少的層面讓這位遊客不快。

「親愛的伯爵，」他說：「您看到我惴惴不安，擔心赫爾德街的料理像西班牙廣場上那家飯店一樣，不合您的胃口。我原該先請問您的口味，依您的心意準備幾樣菜。」

「如果您更熟悉我，先生，」伯爵微笑著回答：「您就不會對像我這樣的遊客照顧到幾乎叫人汗顏的地步。我相繼吃過拿波里的通心粉、米蘭的玉米粥、瓦倫西亞[134]的雜燴、君士坦丁堡的抓飯、印度的咖哩飯，中國的燕窩。像我這樣一個四海為家的人，不講究烹調。我什麼都吃，隨遇而安，不過我吃得很少。您責怪我節食，其實我今天胃口很好，因為從昨天早上起我沒有吃過任何東西。」

「什麼，從昨天早上起！」客人們驚呼：「您已二十四小時沒吃過東西？」

「沒有吃過。」基度山伯爵回答：「我不得不繞道到尼姆附近打聽一點消息，所以擔誤了一會兒，我不願中途停車。」

「您在馬車裡吃過東西嗎？」莫爾賽夫問。

「沒有，我睡著了，我煩悶而不想消遣，或是雖然餓了但不想吃東西，常常會這樣。」

「您能控制睡眠嗎，先生？」摩雷爾問。

「差不多。」

「您有入睡的祕方嗎？」

「萬無一失的祕方。」

「我們的非洲部隊常常沒有東西吃，水也很少，這倒是好辦法。」摩雷爾說。

「是的。」基度山伯爵說：「不幸的是，這個祕方對我這樣生活毫無規律的人很好，對於一支需要時卻醒不過來的軍隊就非常危險了。」

「能知道這個祕方嗎？」德布雷問。

「天哪，可以。」基度山伯爵說：「我不保守祕密。它是上好鴉片和優質大麻的混合劑。鴉片是我親自到廣東買來的，為了確保品質純正，大麻是東方——即底格里斯河與幼發拉底河之間的產品。兩者以相等劑量混合起來製成藥丸，需要時可以口服。十分鐘後，便發揮作用了。問問弗朗茲．德．埃皮奈男爵先生吧，我想他已經試過了。」

「是的。」莫爾賽夫回答：「他對我提起過，他甚至留下了非常愉快的回憶。」

「可是，」博尚說，作為新聞記者，他是非常多疑的：「您總是隨身帶這藥嗎？」

「總是帶著。」基度山伯爵回答。

「若向您提出要看看這寶貴的藥丸，會太冒昧嗎？」博尚繼續說，希望當場將外國人一軍。

「不會冒昧，先生。」伯爵回答。

134 西班牙東都港口，臨地中海。

他從口袋裡掏出一個精美的糖果盒，那是一整塊碧玉鑿成的，由一隻金螺母封住。擰開螺母，就滾出一小顆豌豆大小的淺綠色藥丸。這顆藥丸有一種沁人心脾的刺激氣味。碧玉裡有四、五顆相同大小的藥丸，碧玉能容納十二顆。

糖果小盒繞桌轉了一圈，在客人手中傳遞，但客人們主要是為了審視這塊精美的碧玉，而不是為了察看或嗅聞藥丸。

「是您的廚師為您準備這美味的東西嗎？」博尚問。

「不是，先生。」基度山伯爵說：「我不會把自己真正享受的物品，交由不稱職的人製作。我是個相當不錯的化學家，我親自調製藥丸。」

「這是一塊美麗的碧玉，且是我看過最大的，儘管我的母親有一些相當精緻的家傳首飾。」沙托．勒諾說。

「我有三塊這樣的碧玉。」基度山伯爵又說：「我送給土耳其皇帝一塊，他鑲在佩刀上；另一塊送給我們的聖父教皇，他鑲在三重冕上，跟另一塊幾乎一模一樣的碧玉遙遙相對，只是另一塊沒有那麼好看，那是拿破崙皇帝送給他的前任庇護七世[135]的；我為自己保留第三塊，我叫人鑿空，這讓碧玉的價值減半，但更加實用，很合我的心意。」

人人都驚訝地望著基度山伯爵。他說得非常輕巧，很明顯，要嘛他說的是實話，要嘛他瘋了，但留在他手裡的碧玉讓人自然而然傾向第一個假設。

「做為這貴重禮物的回饋，兩位君主送給您什麼呢？」德布雷問。

「土耳其皇帝准許了一個女人的自由。」伯爵回答：「我們的聖父教皇同意赦免一個男人的生命。因此，在我的一生中，曾經擁有過至高無上的權力，彷彿上帝讓我出生在通往王位的階梯上。」

「您解救的是佩皮諾，是嗎？」莫爾賽夫大聲說：「您把赦免權用在他身上嗎？」

「或許是。」基度山伯爵微笑著說。

「伯爵先生，您無法想像我聽到您這番話，有多麼高興！」莫爾賽夫說：「我事先對我的朋友們說，您是一個神奇的人，是《一千零一夜》中的魔法師，是中世紀的巫師。但巴黎人善於發表奇談怪論，而只要不屬於他們日常生活的一部分，就會把無可辯駁的真理視作無稽之談。例如，賽馬俱樂部的成員在大街上被攔截了，在聖德尼街或聖日耳曼城區有四個人遭到暗殺，在神廟大街的一間咖啡店或在朱利安礦泉療養所抓住了十個、十五個、二十個小偷，這類新聞，德布雷天天看到，而博尚天天刊登，他們卻否認馬雷瑪[136]羅馬郊外或蓬遷沼澤[137]有強盜。伯爵先生，請您告訴他們，我曾被這些強盜綁架，要是沒有您仗義說情，我此刻大概已躺在聖塞巴斯蒂安地下墓穴等待復活，而不能在赫爾德街的寒舍設宴招待您們了。」

「啊！」基度山伯爵說：「您答應過我不再提起這件小事。」

「伯爵先生，我沒有答應過！」莫爾賽夫大聲說：「是另一個人，您也像搭救我一樣搭救過他，您把他跟我混淆了。相反的，請您談談吧，如果您願意談談這件事，或許您不僅能讓我重溫我所知道的那些事，並且告訴我許多我不知道的情況。」

「但我覺得，」伯爵微笑著說：「您在這件事中扮演了相當重要的角色，跟我一樣瞭解事情的經過。」

---

135 庇護七世（一七四二—一八二三），第二百四十九任教皇（一八〇〇—一八二三）。
136 在托斯卡尼，意為「海邊」，多沼澤，現改造為農業區。
137 義大利平原，在羅馬東南部，約七百五十平方公里。

「如果我把自己所知道的情況說出來，」莫爾賽夫說：「您願意答應我說出我還不知道的事嗎？」

「這再公平不過。」基度山伯爵回答。

「那麼，」莫爾賽夫說：「即使有損我的自尊心，我也要說。在那三天中，我自以為受到了一個面具女郎的青睞，我把這個女郎看作圖莉[138]或波佩[139]一類女人的後裔，其實她扮裝成一個農村姑娘——請注意我是說農村姑娘而不是農婦。我只知道自己像個傻瓜，一個大傻瓜，我把一個十五、六歲的年輕強盜誤認成那個農村姑娘，他還沒長鬍子，身材纖細，正當我想放肆一下，在他聖潔的肩膀上送上一吻時，他以手槍抵住了我的喉嚨，在七、八個同伴的協力下，把我帶到，或者不如說拖到聖塞巴斯蒂安的地下墓穴深處。我在那裡看到一個有文化教養的強盜首領，他在看凱撒的《高盧戰記》。他中斷閱讀，對我說，如果第二天早上六點鐘，我拿不出四千埃居放入他的錢櫃，時間一到，我就活不成了。由我簽名，加上路易季．瓦姆帕附言的那封信還在，在弗朗茲的手裡。如果你們懷疑，我就寫信給弗朗茲，他會證實。這就是我所知道的情況。我不知道的是，伯爵先生，您怎麼能讓這些膽大包天的羅馬強盜這樣尊敬您。不瞞您說，弗朗茲和我，都佩服得五體投地。」

「這再簡單不過。先生，」伯爵回答：「我認識大名鼎鼎的瓦姆帕已超過十年。他還是個年輕牧羊人時，有一天我給了他一塊不知什麼地方的金幣，因為他為我帶路，而為了不欠我的人情，他給了我一把親自雕刻刀柄的匕首，您在我的武器收藏品中大概看到過。後來，可能是他忘了那次的禮物交換，那本來可以確保我們之間的友誼，也可能是他沒有認出我，他企圖綁架我。可是相反的，反倒是我抓住了他和他手下的一幫嘍囉。我可以把他送交給羅馬的司法機關，羅馬的司法機關辦事迅速，對他更會從速判決，但我沒有這樣做，我把他和他的手下都放了。」

「條件是他們不再犯罪，」新聞記者笑著說：「我很高興看到他們嚴格遵守諾言。」

「不，先生，」基度山伯爵回答：「條件很簡單，他們永遠尊重我和我的人。你們這些社會黨人、進步人士、人道主義者，或許對我要告訴你們的話會感到奇怪，但我從來不考慮別人，我從來不想保護那個不保護我的社會。進一步說，這個社會關注我，通常都是為了損害我。我不再尊敬別人和社會，對它們保持中立，結果仍然是反過來，社會和他人有負於我。」

「好極了！」沙托．勒諾大聲說：「我第一次聽到這樣正大光明、不加修飾地宣揚利己主義，真是有勇氣，這很好，好極了，伯爵先生！」

「至少很坦率。」摩雷爾說：「但我有把握，伯爵先生即使違背了剛才向我們提出的絕對性原則，也不會後悔。」

「我怎麼違背了這些原則，先生？」基度山伯爵問，他不時忍不住專注地望著馬克西米利安，大膽的年輕人已經有兩三次在伯爵明亮清澈的目光注視下垂下眼睛。

「但我覺得，」摩雷爾回答：「您救了素不相識的德．莫爾賽夫先生，就是為他人和社會效勞。」

「他為社會塗脂抹粉。」博尚莊重地說，將香檳一飲而盡。

「伯爵先生！」莫爾賽夫大聲說：「您是我認識的人中最厲害的邏輯學家之一，您卻被人駁倒了。您看，剛才大家清楚表明，您非但不是一個利己主義者，反而是一個慈善家。啊！伯爵先生，您自稱是東方人，地

138 古羅馬的一個公主。
139 古羅馬女子（死於西元六五），以美麗風流著稱，曾經是尼祿等的妻子或情婦。

中海東岸地區的人、馬耳他人、印度人、中國人、野蠻人，您的族名是基度山，您的教名是水手辛巴達，從您踏入巴黎的那一天起，您就本能地具有我們這些染上怪癖的巴黎人最大的優點或最大的缺點，也就是說，您硬加上自己沒有的惡習，卻掩蓋身擁的美德。」

「親愛的子爵，」基度山伯爵說：「我看不出在我所說的話和所做的事中，有什麼值得您和各位對我如此過獎的。對我來說，您不是外人，因為我認識您，我曾讓給您兩個房間，我請您吃過早餐，我借給您一輛馬車，我們一起在行市街觀看戴面具的人穿行而過，我們在人民廣場的窗口觀看行刑，那次行刑給了您強烈印象，您差點暈倒。然而，我要問各位，我能讓我的客人落在您記憶猶新的可怕強盜的手裡嗎？況且，您知道，救您的時候，我有點私心，就是要請您幫忙，在我訪問法國時引薦我進入巴黎社交圈。以前您可能把我這個決心，視作一個模糊的，一閃即逝的計劃；但今天，您看到了，這是千真萬確的，您一定要照辦，否則會因為食言而受罰。」

「我會信守諾言。」莫爾賽夫說：「但我非常擔心，親愛的伯爵，您習慣了如畫的美景，別有情趣的事件和變幻無常的天際，您會非常失望的，在我們國家。您的冒險生涯讓您習以為常的那類插曲，再也遇不到了。我們的奇姆博拉索[140]就是蒙馬特山丘[141]，我們的喜馬拉雅山就是瓦萊連山[142]，我們的大沙漠是格勒奈爾[143]平原，而且現在那裡正在挖一口井，以便讓沙漠商隊能找到水喝。我們有小偷，甚至很多，儘管不像人們所說的那麼多，但這些小偷往往懼怕最小的祕探，而不是最顯赫的老爺。最後，法國是一個平凡乏味的國家，巴黎是一個非常文明化的城市，以致在我國的八十五個省內——我說八十五個省，當然是因為我把法國的科西嘉島排除在外，在我國的八十五個省內，您找不到一座山沒有電報站，找不到一個黝黑岩洞是警察分局長不叫人點上一盞煤氣燈的。親愛的伯爵，只有一件事我可以為您效勞，即聽從您的吩咐，盡量為您引薦，或者由我的朋友們介紹您，這是不用說的。而且，您也無需別人介紹，以您的名字、您的財產和您的才智（基度山伯爵帶著有點嘲諷意味的微笑彎了彎腰），可以登門自薦，並且大受歡迎。因此，實際上我只能在一件事上有助於您。如果對巴黎生活有些瞭解，對舒適條件有些經驗，對商場有些熟悉，這些能促使我為您出點主意的話，我任憑吩咐，為您找到一幢舒適的住宅。我不敢向您提出分享我的住處，就像我分享您在羅馬的住處一樣，我不宣揚利己主義，其實最為利己。因為在我家裡，除了我，連別人的影子也不會有，除非是女人的倩影。」

「啊！」伯爵說：「這是金屋藏嬌吧。先生，您在羅馬確實對我提起過計劃辦婚事，我該向您祝賀喜事臨門嗎？」

「這件事始終停留在計劃階段，伯爵先生。」

「說到計劃，」德布雷說：「就是說有可能性。」

「不！」莫爾賽夫說：「我的父親很想結這門親事，我希望不久能向您介紹歐仁妮．唐格拉爾小姐，她即使不是我的妻子，至少是我的未婚妻。」

「歐仁妮．唐格拉爾！」基度山伯爵重複說：「等等，她的父親不就是唐格拉爾男爵先生嗎？」

「是的，」莫爾賽夫回答：「不過是新封的男爵。」

---

140 安第斯山的火山，位於赤道，高六二六七公尺。
141 在巴黎第十八區，高一三〇公尺。
142 在巴黎西部，高一六一公尺。
143 即現今巴黎第十五區。

「哦！有什麼關係！」基度山伯爵回答：「如果他為國家出力，才獲得這項榮譽的話。」

「立下了汗馬功勞。」博尚說：「儘管他的心靈屬於自由黨，但他在一八二九年為國王查理十世湊足了一筆六百萬的借款，查理十世因此封他為男爵並頒給他榮譽勳位。所以他並不是像人們所認為的那樣，將綬帶掛在背心口袋上，而是醒目地掛在衣服鈕孔上。」

「啊！」莫爾賽夫笑著說：「博尚，博尚，您把這個素材留給《海盜》和《諷刺》吧，但在我面前要寬容我未來的岳父。」

然後他轉向基度山伯爵：「剛才您說出他的名字時，似乎認識男爵？」

「我不認識他，」基度山伯爵漫不經心地回答：「但我可能不久就要認識他，因為我透過倫敦的理查－布龍特銀行，維也納的阿爾斯泰因－埃斯克萊斯銀行，以及羅馬的湯姆遜－弗倫銀行，在他的銀行開了一個匯票。」

在說出最後一家銀行時，基度山伯爵以眼角瞥了馬克西米利安．摩雷爾一眼。

如果說這個外國人期待他的話對馬克西米利安．摩雷爾產生影響，那他沒有猜錯。馬克西米利安聞聲顫抖，彷彿受到一陣電擊。

「湯姆遜－弗倫，」他說：「您認識這家銀行嗎，先生？」

「這是我在基督教世界的首都往來的銀行，」伯爵平靜地回答：「我可以為您在他們的銀行裡做點事。」

「哦！伯爵先生，您或許可以幫我們一個忙，這家銀行曾經幫助過我們公司，卻不知道為什麼總是否認。我們查找至今，仍然一無所獲，」

「我聽從您的吩咐，先生。」基度山伯爵鞠躬回答。

「可是，」莫爾賽夫說：「我們說到唐格拉爾先生，更岔開話題了。問題是要為基度山伯爵找到合適的住所。啊，諸位，我們集思廣益，拿出主意，要將這位大巴黎的新客人安置在什麼地方呢？」

「聖日耳曼區。」沙托．勒諾說：「這位先生能在那裡找到一幢漂亮的小公館，前後有院子和花園。」

「啊！沙托．勒諾，」德布雷說：「您只知道您那沉悶乏味的聖日耳曼區。別聽他的，伯爵先生，您住在昂坦堤道吧，這是巴黎真正的中心。」

「歌劇院大街，」博尚說：「一幢有陽台的房子，在二樓。伯爵先生可以叫人把銀白色的呢料靠墊送到那裡，抽土耳其長管菸斗，或一邊吞他的藥丸，一邊看全首都的人在他的眼前經過。」

「您沒有想法嗎，摩雷爾，」沙托．勒諾說：「您不提出建議嗎？」

「有的。」年輕人微笑著說：「我倒有一個建議，但我在等伯爵從剛才提出的誘人建議中挑選出一個。現在，既然他沒有吭聲，我想可以提供他一座精美小公寓裡的一個套房，是龐畢度[144]式的，在梅萊街，那幢公寓我妹妹已住了一年。」

「您有個妹妹？」基度山伯爵問。

「是的，先生，一個非常好的妹妹。」

「結婚了？」

「快九年了。」

144 龐畢度（一七二一—一七六四），路易十五的情婦，愛裝飾住宅，佈置成洛可可風格，稱為龐畢度式。

「她很幸福嗎？」伯爵又問。

「享盡人間幸福，」馬克西米利安回答：「她嫁給意中人，他在我們家處於逆境時仍然忠心耿耿，他名叫愛馬紐埃爾·埃爾博。」

基度山伯爵難以察覺地微笑了。

「我休假半年時就住在那裡。」馬克西米利安又說：「如果伯爵先生需要瞭解情況，我和妹夫愛馬紐埃爾可以效勞。」

「等一下，」阿爾貝搶在基度山伯爵回答前大聲說：「要仔細考慮您的舉動，您要把一個旅行家、水手辛巴達幽禁在家庭生活中？您要做一個來巴黎觀光的人的家長了！」

「不！」摩雷爾微笑著回答：「我的妹妹二十五歲，我的妹夫三十歲，他們年輕、快樂且幸福，而且伯爵先生會像在自己家裡，他只要高興，可以下樓去看望他們。」

「謝謝，先生，謝謝，」基度山伯爵說：「如果您願意，請介紹我見見您的妹妹和妹夫。而我沒有接受諸位的提議，其實是因為我已經有了寓所。」

「什麼！」莫爾賽夫大聲說：「您已經有下榻之處？對您來說那真是不舒服的。」

「我在羅馬不舒服嗎？」基度山伯爵問。

「在羅馬當然舒服。」莫爾賽夫說：「您花了五萬皮阿斯特叫人裝修一個套房，但我猜想，您不會預計每天都付出這樣一筆開銷吧。」

「倒不是為了錢。」基度山伯爵回答：「我決定在巴黎購置一幢房子，屬於我所有。我已事先派來貼身男僕，要他買下一幢房子，並且佈置完成。」

「您是說，您有一個熟悉巴黎的貼身男僕？」博尚大聲說。

「他跟我一樣，是第一次來法國。他是個黑人，不會說話。」基度山伯爵說。

「是阿里？」阿爾貝在一片驚訝中問。

「是的，先生，就是阿里，我的努比亞人，我的啞巴。我想，您在羅馬已經見過。」

「當然見過，」莫爾賽夫回答：「我記憶猶新。但您怎麼叫一個努比亞人到巴黎購置房屋，叫一個啞巴佈置房子呢？那可憐蟲會把事情搞砸的。」

「您錯了，先生，正好相反，我深信他會按我的喜好辦事。因為您知道，我的喜好跟常人不一樣。他一週前抵達巴黎，他有著一種本能，就像一條獨自追逐目標的獵犬跑遍全城。他瞭解我的喜好、興趣和需要，他會按我的心願處理一切。他知道今天我在十點鐘到達，從九點鐘起他就在楓丹白露柵欄前等候我。他交給我這張紙，這是我的新住址，請看看吧！」

基度山伯爵遞給阿爾貝一張紙。

「香榭麗舍大街三十號。」莫爾賽夫念道。

「啊！真是別出心裁！」博尚禁不住說。

「而且出手闊綽。」沙托．勒諾補充說。

「什麼！您還沒有見過您的房子？」德布雷問。

「沒有。」基度山伯爵回答：「我已經說過，我不願遲到。我在馬車裡換好衣服，在子爵家門口下車。」

年輕人面面相覷，他們不知道基度山伯爵是否在裝腔作勢。但是，儘管他性格古怪，從這個人嘴裡說出來的話卻都打上了質樸的印記，以致於別人無法設想他在說謊。再說，他為什麼要說謊呢？

「那麼，」博尚說：「我們只能為伯爵先生盡點棉薄之力了。我呢，作為新聞記者，我為他打開巴黎所有劇院的大門。」

「謝謝，先生。」基度山伯爵微笑著說：「我的管家已經為我在每家劇院租一個包廂。」

「您的管家也是努比亞人和啞巴嗎？」德布雷問。

「不，先生，他確實是您的同胞，如果科西嘉人真是你們同胞的話。德．莫爾賽夫先生，您認識他。」

「這麼巧，難道真是貝爾圖喬先生嗎？他很有能耐，租到了窗口。」

「沒錯，那天我有幸請您吃早餐，您在我房裡見過他。他是一個誠實的人，當過兵，做過走私客，幾乎什麼事都幹過。我甚至不否認他跟警方有過小麻煩，比如持刀行兇。」

「您選擇這樣一個正直的世界公民當您的管家嗎，伯爵先生？」德布雷問：「他一年偷走您多少錢？」

「以我的名譽擔保，」伯爵回答：「我確信不會比別人多。但他合我的意，從不知道有什麼事是辦不成的，於是我留下他。」

「所以，」沙托．勒諾說：「您有一幢樣樣齊全的房子，您在香榭麗舍大街有幢公館，有僕人和管家，您只缺一位情婦。」

阿爾貝微笑了，他想到在瓦爾劇院和阿根廷劇院伯爵的包廂裡見到的希臘美女。

「我有比情婦更好的東西，」基度山伯爵說：「我有一個女奴。你們在歌劇院、滑稽歌舞劇院和雜耍劇院包養情婦；我呢，我在君士坦丁堡買來女奴。我花的錢更多，不過相較之下，我可以高枕無憂。」

「您忘了，」德布雷笑著說：「正如查理國王所說，我們法國人天性無拘無束，您的女奴一踏上法國土地，不就獲得自由了嗎？」

「誰會告訴她？」基度山伯爵問。

「天哪！她第一個遇見的人。」

「她只會說現代希臘語。」

「那麼就是另一回事了。」

「我們至少能見到她吧？」博尚問：「您有一個啞巴，也有閹奴吧？」

「真的沒有，」基度山伯爵回答：「我沒有實踐東方風俗到這一地步。我身邊的人可以自由離開我，離開我就等於再也無求於我和任何人了。或許正因為如此，他們不離開我。」

大家已在用飯後點心和抽雪茄了。

「親愛的，」德布雷起身說：「已經兩點半了，您的貴客很可愛，但天下沒有不散的宴席，我必須回部裡去。我要對大臣提起伯爵，我們很快會知道他是怎樣的人。」

「小心點，」莫爾賽夫說：「最聰明的人也只得做罷。」

「啊！我們的警方有三百萬經費，確實，這筆錢幾乎總是提前花光，但沒關係，總還剩五、六萬法郎可以辦這件事吧。」

「等您弄清楚他是什麼人，能告訴我嗎？」

「我答應您。再見，阿爾貝。諸位，我聽候你們的吩咐。」

出去時，德布雷在會見室高聲說：「把車開過來！」

「好。」博尚對阿爾貝說：「我不到議院去了，但我提供給讀者的，勝過唐格拉爾先生的演講。」

「求求您，博尚，」莫爾賽夫說：「我求您一個字也不要發表，不要奪走我介紹他和為他說明的功勞。他不是一個很有意思的人嗎？」

「不僅如此，」沙托・勒諾回答：「他是我歷來見過的最不尋常的人之一。走嗎，摩雷爾？」

「等我給伯爵先生一張名片，他答應到梅萊街十四號來看望我們的。」

「請放心，我不會失約。」伯爵彎腰說。

於是馬克西米利安・摩雷爾和沙托・勒諾男爵一起出去，只留下基度山伯爵跟莫爾賽夫。

41 引薦

當阿爾貝跟基度山伯爵單獨在一起時，他說：「伯爵先生，請允許我帶您去看看單身漢的典型住所。您住慣了義大利的華宅，倒可以研究一下，一個住得不算太差的巴黎年輕人，該有多大空間的住宅。我們依序參觀，順便一路打開窗戶讓您透透氣。」

基度山伯爵已經見過餐室和底層客廳。阿爾貝帶他到畫室，讀者記得，這是他偏愛的房間。

基度山伯爵十分讚賞阿爾貝堆放在這個房間裡的各種東西：古老的櫥櫃、日本瓷器、東方衣料、威尼斯的玻璃器皿、世界各國的武器，他對一切都很熟悉，一眼就認出是出自哪一世紀、哪一國家以及來歷。莫爾賽夫原以為自己要解釋一番，恰恰相反，他在伯爵的指導下上了一堂考古學、礦物學和博物史的課。他們下到二樓。阿爾貝帶客人到客廳。這個客廳掛滿了近代畫家的作品，有杜普雷[145]的風景畫，蘆葦修長，樹木挺立，母牛哞叫，天空明麗；有德拉克洛瓦[146]的阿拉伯騎士，白色的長呢斗篷，閃亮的腰帶，鑲嵌金銀絲線的武器，馬兒發狂的相互齧咬，而騎士用鐵鎚格鬥；有布朗瑞[147]的水彩畫，展現了整座巴黎聖母院，筆法遒勁有力，足可使畫家與詩人匹敵；有迪亞茲[148]的油畫，他所畫的花卉比真的更美麗，所畫的太陽比真的

145 杜普雷（一八一一—一八八九），法國畫家，擅畫風景，具有悲壯色彩。
146 德拉克洛瓦（一七九八—一八六三），法國畫家，作品有《梅杜莎之筏》、《自由領導著人民前進》、《相鬥的馬》等。
147 布朗瑞（一八〇六—一八六七），法國畫家，擅畫歷史和文學題材，為巴爾扎克、雨果等作過肖像。
148 迪亞茲（一八〇八—一八七八），法國畫家，擅畫風景。

更燦爛；有德康[149]的畫，像薩爾瓦托．羅哲[150]的畫一樣色彩鮮豔，但更富詩意；有吉羅和穆勒[151]的水彩畫，畫的是頭顱像天使的孩子、面容像處女的女人；有從多薩的東方旅行寫生簿上撕下來的速寫，是在駱駝的鞍上或清真寺圓頂下幾秒鐘內一氣呵成的；最後還有現代藝術的珍品，是能與歷代湮沒無聞、不復存在的藝術進行交換和補償的傑作。

這次，阿爾貝期待至少能給外國遊客看些新東西。但讓他大吃一驚的是，伯爵無需看簽名，有的也只寫上姓名起首字母的縮寫，他卻能馬上說出每幅作品的作者姓名。不難看出，他不僅熟悉每一個名字，而且他研究並欣賞過這些才華洋溢的畫家。

他們從客廳來到臥室。這裡堪稱典雅和嚴肅趣味的典範。只有一幅肖像，署名是萊奧波德．羅貝爾[152]，在無光澤的金色框架裡顯得光彩奪目。

這幅肖像首先吸引了基度山伯爵的注意，因為他在房裡迅速邁前三步，突然站在肖像前。

這是一幅二十五、六歲年輕女人的肖像，皮膚褐色，目光熱烈，掩映在倦怠的眼皮下。她穿著加泰隆尼亞漁家女的別致服裝，紅黑相間的短上衣，金色髮釵插在頭上。她遙望大海，娉婷的身姿襯托在海浪與蒼穹雙重的湛藍之上。

房間十分幽暗，否則，阿爾貝會看到伯爵從頰邊擴展開的煞白，發現伯爵肩膀和胸部神經質的顫抖。沉默片刻，基度山伯爵始終目不轉睛地盯著這幅畫。

「您有一個漂亮的情婦，子爵。」伯爵用鎮定如常的聲音說：「而且這套服裝，這套跳舞服裝真是跟她相稱極了。」

「啊！先生，」阿爾貝說：「如果您看過這幅肖像旁邊的畫，我就不會原諒您這個誤會。您不認識我的母

149 德康（一八〇三—一八六〇），法國畫家，擅畫異國場景。
150 羅哲（一六一五—一六七三），義大利畫家，多畫歷史、宗教題材。
151 穆勒（一七四九—一八二五），德國畫家、詩人。
152 萊奧波德·羅貝爾（一七九四—一八三五），法國畫家。

基度山伯爵在穿著加泰隆尼亞漁家女服裝的肖像畫前站住。

親，先生。您在畫框裡看到的就是她。六到八年前，她請人為她畫了這幅肖像。這套服裝似乎是想像出來的，肖像畫得維妙維肖，我以為真看到我母親一八三〇年的模樣。伯爵夫人是在伯爵不在身邊時請人畫這幅肖像的。她以為他回家時會又驚又喜，但奇怪的是，這幅肖像讓我父親大為不悅。正如您看到的，這幅畫是萊奧波德·羅貝爾最美的作品之一，但它的價值仍然不能讓我父親克服心頭的反感。親愛的伯爵，私下說句老實話，德·莫爾賽夫先生是盧森堡宮最兢兢業業的貴族院議員之一，也是以軍事理論聞名的將軍，但卻是一個最平庸的藝術愛好者。我的母親則不然，她畫得非常好，極其欣賞這樣一部作品，不想捨棄，便送給我，放在我這裡，不致讓德·莫爾賽夫先生那麼不高興。我再來讓您看看格羅[153]為他畫的一幅肖像。請原諒我這樣談論我的父母和家庭，但是，由於我有幸要引薦您給伯爵，我對您說這些話，是為了讓您在他面前別失言誇讚這幅肖像。此外，這幅肖像有一種不祥的力量，因為我母親到這裡時很少不看這幅肖像，她看到這幅肖像時很少不哭泣的。而這幅畫帶給這座公館的陰霾，是伯爵和伯爵夫人之間唯一不合的因素。他們儘管結婚二十餘年，仍然恩愛宛如新婚。」

基度山伯爵迅速瞥了一眼阿爾貝，彷彿要在他的話裡尋找隱蔽的意圖。但顯然，年輕人這些話完全發自內心，直截了當。

「現在，」阿爾貝說：「您見過我的所有寶貝了，伯爵先生，不管它們多麼蹩腳，請允許我獻給您。請您就像在自己家裡一樣，為了讓您更加愉快，請讓我陪您到德．莫爾賽夫先生房裡。我曾經從羅馬寫信告訴他，您幫了我大忙，並說您答應了來訪。我可以說，伯爵和伯爵夫人已迫不及待要當面酬謝您。我知道，您對於一切都有點厭倦，伯爵先生，而且家庭生活對水手辛巴達沒有多大吸引力，您見得多了。但請接受我的提議，將禮節、拜訪和引薦當作巴黎生活的啟蒙。」

基度山伯爵以鞠躬回應，他毫無熱情，卻也不顯勉強地接受提議，彷彿這是一種社交禮節，凡是有身分的人都應視為職責。阿爾貝叫來貼身男僕，吩咐他去通知德．莫爾賽夫夫婦，基度山伯爵即將到訪。

阿爾貝與伯爵跟隨在後。來到伯爵的會見室，可以看見通往客廳的門框上方，有一個盾形紋章，圖案很是華麗，與室內的裝飾十分諧調，表明公館主人對紋章的重視程度。基度山伯爵在紋章前停住腳步，仔細端詳。

「藍色背景上有七隻群聚的金色雌鶇，這大概是您家族的盾形紋章吧，先生？」他問。「我對紋章有些瞭解，能略加辨認，除此之外，我在紋章學方面的知識非常淺薄。我是僥倖受封的伯爵，依靠聖埃蒂安納一個騎士團封地的幫助，托斯卡尼當局設立了這個伯爵封號。若不是他們總對我說，您常常旅行，這是絕對需要的，我真無需當上大老爺。老實說，即使只是為了避免海關人員檢查，馬車門上也得有點標記才行。請原諒我提出這樣的問題。」

「這問題一點兒都不冒失，先生。」莫爾賽夫自信而真摯地說：「而且您猜得很準，這是我家族的紋章，我父親的家徽。就像您看到的那樣，它靠緊另一個盾形紋章，這個繪成銀塔形狀的紋章是我母親的家徽。我的母親是西班牙人，但莫爾賽夫家是法國人，據我所知，甚至是法國南方最古老的家族之一。」

「是的。」基度山伯爵說：「雌鶇即表明了這個意思。幾乎所有意圖或前去征服聖地的武裝朝聖者，都將十字架紋章視作他們所肩負使命的標誌，或者將候鳥紋章當作他們即將進行的、希望乘著信仰翅膀完成的長途旅行的象徵。您父輩的一位祖先應該參加過十字軍東征，若是聖路易發動的那一次，我們就要上溯到十三世紀，這就非常有意義了。」

「有可能。」莫爾賽夫說：「在我父親的書房裡，有一本族譜記載得清楚明白，我曾在族譜上做過評注，那些評注可能會對奧齊埃[154]和若庫爾[155]大有啟發。現在我不再想這件事了，但伯爵先生，我要告訴您，而且這屬於我的導覽職責，就是在我們這個平民政府之下，人們開始注重族譜了。」

「那麼，您們的政府應該選擇更好的古老事物，而不是我在您們的紀念性建築上注意到的那兩塊佈告牌，

153 格羅（一七七一—一八三五），法國畫家，大衛的得意門生之一。
154 奧齊埃（一五八二—一六六〇），法國家譜學者，著有一百五十卷的《法國主要家族族譜》。
155 若庫爾（一七〇四—一七七九），法國學者，狄德羅的合作者。

它們不具紋章學意義。至於您，子爵，」基度山伯爵回到莫爾賽夫身上說：「您比您們的政府更幸運，因為您家族的紋章確實很美，讓人浮想聯翩。是的，沒錯，您既是普羅旺斯人，又是西班牙人，如果您給我看的肖像畫與本人很像，就足以解釋讓我讚賞的、高貴加泰隆尼亞女人臉上的美麗棕色的由來了。」

必須是伊底帕斯或斯芬克司[156]，才能猜出伯爵貌似彬彬有禮的話中所深藏的諷刺意味。因此莫爾賽夫以微笑表示感謝，他先進門，為伯爵帶路，他推開紋章下面那扇門，正如上述，這扇門通向客廳。

在客廳最顯眼的地方，可以看到一幅肖像。畫中人約三十五到三十八歲，身著將軍服，雙肩垂著螺旋形流蘇的肩章──那是高級軍官標誌，脖子上掛著榮譽勳位綬帶，這表明他是司令官。胸膛右邊掛著救世主騎士團高級軍官勳章，左邊掛著查理三世大十字勳章，這表示畫中人應該參加過希臘戰爭和西班牙戰爭，或者從勳章飾帶看出，曾在這兩個國家完成過某項外交使命。

基度山伯爵仔細端詳這幅肖像，專注程度不下於剛才那幅。這時，一道側門打開了，德．莫爾賽夫伯爵先生迎面而來。

來者約莫四十到四十五歲，但看來至少五十歲。他墨黑的髭鬚和眉毛，跟幾乎全白的軍人式短髮形成古怪的對照。他身穿便服，鈕孔繫著綬帶，不同顏色的滾邊說明他得過各種層級的勳章。這個人邁著神氣的步伐匆匆走進來。基度山看著他走過來，卻一動不動。甚至可以說，他的腳牢牢釘在地板上，而他的眼睛緊緊盯著德．莫爾賽夫伯爵的臉。

「父親，」年輕人說：「我榮幸地為您介紹基度山伯爵先生，您知道，我在艱困處境中幸運遇到了這位豪氣的朋友。」

「先生來我們家做客，歡迎歡迎。」德．莫爾賽夫伯爵說，微笑著向基度山伯爵致意，「您保全了我們家唯一的繼承人，這個大忙讓我們永誌難忘。」

德．莫爾賽夫伯爵一邊說，一邊對基度山指著一把扶手椅，同時面對窗口坐下。

至於基度山，他坐在德．莫爾賽夫伯爵指給他的扶手椅裡，竭力躲在寬大絲絨窗簾的陰影裡，因而得以從伯爵滿佈勞累和憂慮的臉容上，觀察出那刻劃在每一條日積月累的皺紋裡的內在憂患。

「伯爵夫人，」莫爾賽夫說：「當子爵通知有幸接待您時，她仍在梳妝。她隨即下樓，十分鐘後就會來到客廳。」

「我不勝榮幸，」基度山說：「能在到達巴黎的第一天，跟一位功勞與名望相稱，受到命運之神合理對待的人相會。但在米蒂賈平原[157]和阿特拉斯[158]山區裡，命運之神還沒有給與您一根元帥杖嗎？」

「哦！」莫爾賽夫回答，有點臉紅：「我已經退伍了，先生。我在王政復辟時期進了貴族院，我參加第一次戰役，並在布林蒙元帥[159]麾下服役。因此我原有希望得到更高的指揮權，如果波旁王室長房留在王位上的話，誰能預料會發生什麼事呢！但七月革命戰果輝煌，因此可以容許他忘恩負義。但對於那些並非從帝國時期就開始服役的人，它就是這樣對待的，於是我辭職了。一個在戰場上獲得肩章的人，在沙龍光滑的地板上是幾乎無法行動的。我解甲棄劍，投入政界，致力於工業，研究實用工藝。在我從軍的二十年裡，我早就有志於此，但一直沒有時間。」

---

156 據希臘神話，伊底帕斯猜中了獅身女首怪斯芬克斯關於人的謎語。
157 在阿爾及利亞北部。
158 北非山脈，橫跨摩洛哥和阿爾及利亞。
159 布林蒙元帥（一七七三—一八四六），法國元帥，忠於貴族和波旁王朝，不願與路易．菲利普合作。

「正是這種情況使您們的民族凌駕於其他國家之上，先生。」基度山回答：「您出身名門貴冑，擁有萬貫家財，卻願意從卑微的士兵一級級往上升，這是十分罕見的。而後，您成了將軍、法國貴族院議員、榮譽勳位的第三級獲得者，卻願意重新開始，從頭學習，不抱別的希望，不求別的報償，只盼有朝一日造福同胞。啊！先生，這真是難得，更要進一步說，這真是崇高。」

阿爾貝驚訝地看望和傾聽基度山說話，他還不習慣基度山變得如此熱情奔放。

「唉！」外國人繼續說，這段話無疑是為了讓莫爾賽夫額頭上剛剛聚攏的、難以察覺的烏雲消失，「我們在義大利卻不是這麼做的，我們依循家族和門第的根柢成長，我們保留同樣的枝葉，同樣的形貌，並且往往終其一生庸庸碌碌。」

「但是，先生，」德．莫爾賽夫伯爵回答：「對於您這樣德高望重的人，義大利不是您眷戀的祖國，或許法蘭西不會對任何人都忘恩負義，它對待自己的兒女不好，但通常是熱誠歡迎外國人的。」

「咦！父親，」阿爾貝微笑著說：「很明顯，您不瞭解基度山伯爵先生。他追求的快樂超然於世間。他不渴望榮譽，只要護照上有個還可以的頭銜。」

「對我來說，我不曾聽過這樣準確無誤的話。」外國人回答。

「先生選擇了自己的未來。」德．莫爾賽夫伯爵嘆口氣說：「您選擇了鋪滿鮮花的道路。」

「正是如此，先生。」基度山帶著畫家無法再現、心理學家也難以分析的笑容回答。

「如果我不擔心讓伯爵先生累著的話，」將軍說，他顯然十分欣賞基度山的行為舉止，「我想帶他上議院。今天有個會議，凡是不瞭解當今參議員的人，都會感興趣的。」

「如果您下次願意邀請我，我將不勝感謝，先生。但今天，我已高興地預先得知，有望見到伯爵夫人，我正恭候著呢。」

「啊，我母親來了！」子爵大聲說。

基度山急忙轉過身，看見德．莫爾賽夫夫人出現在客廳門口，與她丈夫進來的那道門正好遙遙相對。當基度山轉過身的時候，她一動不動，臉色蒼白，手臂莫名所以地垂落下來，扶倚在金漆的門框上。她停頓了數秒鐘，她聽到這位來自阿爾卑斯山南邊的外國客人說出的最後一句話。

客人起身，向伯爵夫人深深鞠躬。她一言不發，儀態萬分地欠身回禮。

「唉，老天，夫人！」伯爵問：「您怎麼了？是不是客廳太熱，讓您不舒服？」

「您不舒服嗎，母親？」子爵大聲問，衝向梅爾塞苔絲。

她以微笑向他們兩位表示感謝。「不，」她說：「若沒有這位先生的幫忙，現在的我們會沉浸在眼淚和悲傷之中。初次相見，我心情激動。先生，」伯爵夫人繼續說，帶著王后般的端莊儀態走上前來，「您救了我兒子的性命，為了這個恩典，我祝福您。而今，我感謝您給了我道謝的機會，這讓我十分高興，就像我祝福您那樣，我發自內心感激您。」

基度山伯爵再次鞠躬，但比第一次姿態更低，臉色比梅爾塞苔絲更加蒼白。

「夫人，」他說：「伯爵先生與您為了這樣一件區區小事，對我過譽了。拯救一個人，讓做父親的免於痛苦，使做母親的不致哀傷，這決不是一件義舉，而是人道的行為。」

聽到這樣溫和含蓄、彬彬有禮的話，德．莫爾賽夫夫人以深沉的語調回答：「先生，我的兒子幸虧有您這樣一個朋友，我感謝上帝的安排。」

梅爾塞苔絲無限感激，她美麗的眼睛仰望天空，伯爵彷彿看到其中顫動著兩滴眼淚。

德·莫爾賽夫先生走近她。「夫人，」他說：「我已經向伯爵先生道過歉，原諒我不得不離開，我請您再次向他致歉。會議兩點鐘開始，現在已三點鐘了，我必須前去發言。」

「去吧，先生，我會盡力讓我們的客人忘卻您的缺席。」伯爵夫人以同樣富有感情的聲音說：「伯爵先生，」她轉向基度山繼續說：「願意賞光，跟我們一起度過白晝時光嗎？」

「謝謝，夫人，請相信，我萬分感謝您的好意，但我今天早上從旅行馬車下來，就直接到您家門口。我還不知道如何在巴黎安頓下來，僅知道住處。我知道對此不需太擔心，但也不能輕忽。」

「但願我們下次能有這種榮幸，至少期待您能這樣答應我們？」伯爵夫人問。

基度山一聲不吭地欠身，但這個動作可以看作同意。

「那我就不挽留您了，先生，」伯爵夫人說：「因為我不願意我的感激之情變成冒失魯莽或讓人討厭。」

「親愛的伯爵，」阿爾貝說：「如果您願意，我想在巴黎答謝您在羅馬的周到款待，我把我的雙座轎式四輪馬車供您使用，直到您的馬車裝備齊全。」

「萬分感謝您的好意，子爵，」基度山說：「但我猜想，貝爾圖喬先生會有效利用我給他的四個半小時，我會在您家門口看到一輛備好的馬車。」

阿爾貝已習慣伯爵的行事作風，他知道伯爵像尼祿一樣，專做那些一般人辦不到的事，他對此毫不訝異，只想親眼看看伯爵的命令如何執行的，因此他送伯爵到公館門口。

基度山沒有說錯，他一出現在德·莫爾賽夫伯爵的會見室，一個跟班，就是在羅馬時為兩個年輕人送來伯爵名片，通知伯爵到訪的那個僕人，從列柱下跑出去叫車。當那個超群不凡的遊客走向石階時，馬車已在等候他。

那是一輛凱勒工廠生產的雙座轎式四輪馬車，再加上輓具、馬匹。巴黎所有花花公子都知道，昨天德拉克連一萬八千法郎也不願出讓。

「先生，」伯爵對阿爾貝說：「我不請您送我回家了，因為我只會讓您看見一幢匆忙佈置的房子。您知道，我總是急就章，我必須保護我的聲譽。給我一天時間，並答應接受邀請。我會因此更有把握，不致於招待不周。」

「如果您要我等待一天，伯爵先生，我就放心了，您給我看的不再是一幢房子，而是一座宮殿。您一定能支使某個精靈為您效力。」

「是的，您就讓人這樣相信好了。」基度山說，踏上華麗馬車上鋪著絲絨的踏階，「那會讓我得到夫人們的好感。」

他步入車廂，車門在他身後關上，馬車向前奔去，但不至於疾馳，伯爵依然看得見德．莫爾賽夫夫人佇足在客廳窗簾後，難以察覺地晃動著。

等阿爾貝回到母親房裡時，他看到伯爵夫人在小客廳裡，埋進一把寬大的絲絨扶手椅中。整個房間籠罩在黑暗裡，只看得見瓷器花瓶的瓶身以及金漆框架的邊緣微微的發光。

伯爵夫人的臉彷彿隱沒在一片雲霧中，她以薄紗蒙住頭髮。阿爾貝看不清楚她的臉，但覺得她的聲音變了調。在花盆架發出的玫瑰和天芥菜花香間，他也聞出嗅鹽強烈刺鼻的氣味。在壁爐上的一隻鏤刻杯子裡，果然放著伯爵夫人的嗅鹽瓶，瓶子已從壓花皮革套子中取出。這引起年輕人的注意，讓他不安。

「您不舒服嗎，母親？」他進來時大聲說：「我離開時您感到不舒服嗎？」

「我嗎？不，阿爾貝，你明白，這些玫瑰，這些晚香玉，這些橙花，在初夏時發出馥郁的香味，讓人無法適應。」

「哦，母親，」莫爾賽夫伸手拉鈴說：「您確實不大舒服，剛才您進客廳的時候，臉色已經很蒼白。」

「剛才我臉色蒼白嗎，阿爾貝？」

「這種蒼白對您是常有的事，母親，但仍然使父親和我忐忑不安。」

「你父親對你說過嗎？」梅爾塞苔絲趕緊問。

「沒有，夫人，但您記得吧，他問過您這點。」

「我不記得了。」伯爵夫人說。

有個僕人進來，他聽到阿爾貝的拉鈴聲。

「把這些花搬到會見室和盥洗室去。」子爵說：「伯爵夫人聞了不舒服。」

僕人照辦。

沉默了很長時間，直到搬完花盆。

「基度山這個名字是怎麼回事？」等到僕人捧著最後一盆花出去，伯爵夫人問：「是一個姓呢，一個封地的名字呢，還是一個普通頭銜？」

「我相信是個頭銜，母親，如此而已。伯爵買下了托斯卡尼群島中的一個島，據他今天上午親口說的，把它當作一個封地。您知道，在佛羅倫斯的聖埃蒂安納、巴馬的聖喬治．君士坦丁，甚至馬耳他的領地都這麼做過。此外，他絲毫不想當貴族，自稱是僥倖獲得爵位。儘管羅馬的輿論都認為，伯爵是位高貴的領主。」

「他的舉止不凡，」伯爵夫人說：「至少根據他在這裡短暫停留時的表現，我這樣判斷。」

「哦！他的舉止完美無缺，母親，甚至遠遠勝過歐洲最值得自豪的三大貴族，即英國貴族、西班牙貴族和德國貴族當中，我所知的最有貴族氣息的人。」

伯爵夫人沉吟一下，然後又說：「親愛的阿爾貝，我提出一個做母親的想知道的問題，請你明白這點。你在基度山先生的家裡見過他，你觀察敏銳，有社會經驗，比同齡人敏感，你認為伯爵表裡一致嗎？」

「您是問他外表？」

「你剛才說過，他是個高貴的領主。」

「我對您說過，母親，大家是這樣看待他的。」

「那你是怎麼想的呢，阿爾貝？」

「不瞞您說，我對他沒有確切的看法，我認為他是馬耳他人。」

「我不是問你他的籍貫，而是他是怎麼樣的一個人。」

「啊，那就是另一回事了。我見過他許多古怪的事，如果您要我說出想法，我會回答您，我寧願視他為拜倫筆下的人物，不幸在他身上烙下了不可磨滅的印記，像是曼弗雷德、萊拉、沃納一般。最後，就像古老家族的後裔，這些後裔無法繼承父輩的遺產，憑著冒險的天才，讓自己在社會法律之上，獲得了一筆財富。」

「你是說？」

「我是說，基度山是地中海的一個島，荒無人煙，沒有駐軍，是各國走私客和海盜的巢穴。誰知道從事這種勾當的人會不會付給這位領主安身費呢？」

「很有可能。」伯爵夫人若有所思地說。

「沒有關係，」年輕人又說：「不管他是不是走私客，您得承認，母親，因為您看到了，基度山伯爵先生是個傑出的人物，會在巴黎沙龍大獲成功。就在今天上午，在我那裡，他初次涉足社交界，連沙托・勒諾都訝異不已。」

「伯爵大概多大年紀？」梅爾塞苔絲問，明顯地非常重視這個問題。

「三十五、六歲，母親。」

「這麼年輕！不可能。」梅爾塞苔絲說，她既回答阿爾貝的話，又回答自己的想法。

「但確實如此。他對我說三、四次，而且顯然未經事先思慮，比如那時我五歲，那時我十歲，那時我十二歲之類的話。我呢，我出於好奇心，很注意這些細節，我核對幾個日期，沒發現破綻。這個年齡模糊的怪人，我確定是三十五歲。況且，您想一想，母親，他的目光多麼熱烈，頭髮多麼烏黑，即使額頭蒼白卻毫無皺紋。他不僅身強體健，而且朝氣蓬勃。」

伯爵夫人低下頭，彷彿承受不起宛如潮水湧來的、痛苦的思緒。

「這個人對你友善嗎，阿爾貝？」她帶著神經質的顫慄問。

「我相信很友善，夫人。」

「你呢？你也喜歡他嗎？」

「我喜歡他，夫人。不管弗朗茲．德．埃皮奈怎麼說，他說這是一個從陰間回來的人。」

伯爵夫人嚇了一跳。「阿爾貝，」她用變調的聲音說：「我總是叫你留心初識的人。現在你長大成人，能給我建議了，但我再說一遍：要小心謹慎，阿爾貝。」

「親愛的媽媽，為了讓您的忠告更有用，還必須讓我知道需要防範什麼。伯爵從不賭博，他只喝加一滴西班牙葡萄酒而變得金黃的水。伯爵明顯富有，他不會向我借錢，免得受到嘲笑。您要我防備伯爵什麼呢？」

「你說得對。」伯爵夫人說：「恐懼讓人失去理智，尤其對方是救過你性命的人。對了，你父親招待他還周到嗎，阿爾貝？重要的是，我們對待伯爵，不能只是禮數周到。德．莫爾賽夫先生有時很忙，瑣事讓他滿腹心事，有時他會無意間……」

「父親彬彬有禮，夫人，」阿爾貝打斷說：「還不止於此呢，對於伯爵巧妙機智地說出的幾句悅耳動聽的恭維話，他顯得樂不可支，伯爵彷彿認識他已有三十年之久。這些恭維話的小箭矢都搔到父親的癢處。」阿爾貝笑著補充說：「以致他們道別時成了摯友，德．莫爾賽夫先生甚至想帶他到議院，讓他聆聽自己的演講。」

伯爵夫人沒有吭聲，她陷入沉思，以致眼睛逐漸閉上。年輕人站在她面前，懷著赤子之情地望著她，當那些做母親的仍然年輕漂亮時，孩子所懷的感情更溫柔、更親切。看到她閉上眼，他傾聽她在美妙靜謐的狀態中呼吸著，以為她在打瞌睡，便躡腳走開，小心翼翼地推開房門，把母親留在房裡。

「這個怪人，」他搖頭喃喃自語：「我已經對他說過，他會在巴黎上流社會引起騷動，我用萬無一失的溫度計測量他的效果。我的母親已注意到他，他一定會受到矚目。」

他下樓到馬廄，心裡暗暗不滿：基度山伯爵不知不覺弄到了一輛馬車，在內行人眼裡，他的棗紅馬將屈居第二。

「確實，」他說：「人與人是不平等的，我一定要請父親在上議院發揮這個觀點。」

42 貝爾圖喬先生

這時，伯爵回到他的住所。這段路程他花了六分鐘，這六分鐘已足以吸引二十個年輕人，他們知道這套馬車的價值，他們是買不起的，於是策馬追上，想看看這位願意花一萬法郎買一匹馬的闊綽紳士。

阿里挑選的這幢作為基度山在城裡府邸的樓房，位於香榭麗舍大街的右側，前後有院子和花園，一叢茂密的樹木聳立在院子中央，遮掩一部分樓房正面。樹叢周圍，宛若兩條手臂，有兩條小徑左右延伸，以便從進入鐵柵，馬車可一路駛到兩級石階前。每級石階都擺上一盆鮮花。這幢樓房獨自屹立在一大片空地上，除了大門，還有一個入口，面向蓬蒂厄街。

車伕還沒有呼叫門房，鐵柵已緩緩打開，門房先看到伯爵的馬車來了。在巴黎，如同在羅馬與其他各地，僕人伺候他都快如閃電。車伕駕車駛入，繞了半個圓圈，也不減慢車速，車輪還在小徑的沙土上發出轔轔聲，鐵柵已經關上了。

馬車停在石階左側，兩個人出現在車門口，一個是阿里，他帶著難以形容的、坦率的喜悅對主人微笑，基度山報以簡單的一瞥。

另一個謙卑地鞠躬，向伯爵伸出手臂，協助他下馬車。

「謝謝，貝爾圖喬先生，」伯爵說，敏捷地跳下三級踏板，「公證人呢？」

「他在小客廳，大人。」貝爾圖喬回答。

「我吩咐您一旦知道門牌號就印好的名片呢？」

「伯爵先生，已經印好了。我找到王宮市場最好的刻字店，讓刻字匠在我面前刻字。印好的第一張名片按照您的吩咐，馬上送給昂坦堤道街七號、議員唐格拉爾男爵先生，其餘的名片放在大人臥室的壁爐上。」

「好。現在幾點鐘？」

「四點鐘。」

基度山把手套、帽子和手杖交給那個衝出德．莫爾賽夫伯爵的會見室去叫馬車的法國僕人，然後走進小客廳，貝爾圖喬為他帶路。

「這間會見室的大理石太寒酸了。」基度山說：「我希望統統拆掉。」

貝爾圖喬鞠了一躬。

正如管家所說，公證人在小客廳等候。

他原是巴黎某個公證人的第二書記，升至郊區公證人難以跨越的職位，一副正直的模樣。

「先生就是負責出售那幢我想購置的鄉下別墅的公證人嗎？」基度山問。

「是的，伯爵先生。」公證人回答。

「契約準備好了嗎？」

「是的，伯爵先生。」

「您帶來了嗎？」

「這就是。」

「好極了。我購買的這幢房子在哪裡？」基度山不經意地問，半對著貝爾圖喬，半對著公證人說話。

管家做了手勢，意思是說：我不知道。

公證人驚訝地望著基度山。

「怎麼，」他說：「伯爵先生不知道他購買的房子在什麼地方？」

「確實不知道。」伯爵說。

「伯爵先生沒有去看過？」

「見鬼，我怎麼會看過呢？今天早上我從卡地斯[160]趕來，我從來沒有到過巴黎，甚至，我是第一次踏上法國土地。」

「那就另當別論。」公證人回答：「伯爵先生購買的房子位於奧特伊[161]。」

聽到這句話，貝爾圖喬臉色明顯變白。

「奧特伊又在什麼地方？」基度山問。

「離這裡不遠，伯爵先生。」公證人說：「帕西[162]南面一點，在布洛涅園林當中，環境優美。」

「這麼近呀！」基度山說：「那不是鄉下囉？真是的，您怎麼選中巴黎城門口的房子呢，貝爾圖喬先生？」

「我！」管家趕緊回答：「不，伯爵先生並沒有吩咐我選購這幢房子，但願伯爵先生仔細回想，在腦海裡搜尋、回憶一下。」

「啊，沒錯！」基度山說：「我想起來了！我在報紙上看到這則廣告，我被騙人的標題吸引了：『鄉村別墅』。」

「現在還來得及，」貝爾圖喬急忙說：「如果大人責成我到別處找找，我會找到更好的別墅，要嘛在昂冉，要嘛在豐特奈．奧．羅茲，要嘛在貝勒維。」

「不，」基度山不在乎地說：「既然我有了這幢別墅，就留著吧。」

「先生說得對。」公證人趕緊說，他生怕失去傭金：「這處房產很優美，有流水、茂密的樹木、舒適的住宅，雖然荒廢已久。此外，即使家具陳舊，還是很有價值的，尤其現今大家都在搜尋骨董。抱歉，但我相信伯爵先生有時下這種愛好。」

「這麼說來，」基度山說：「很合適囉？」

「啊，先生，不僅合適，而且美輪美奐！」

「喲！別錯過這樣的機會，」基度山說：「請問合約呢，公證人先生？」

他瞥了一眼契約上寫明房屋位置和業主姓名的地方，迅速地簽了字。

「貝爾圖喬，」他說：「付給這位先生五萬五千法郎。」

管家踩著不太有信心的步伐出去，回來時帶著一疊鈔票，公證人數了起來，他習慣清點後才收錢。

「現在，」伯爵問：「手續都辦完了嗎？」

「辦完了，伯爵先生。」

「您有鑰匙嗎？」

「鑰匙在看管房子的門房手裡，我已吩咐他讓先生入住。」

「很好。」

160 西班牙南部港口，面臨大西洋。
161 巴黎西郊的村子。
162 巴黎郊區村鎮，在奧特伊北邊。

基度山向公證人點點頭，意思是說：「我不再需要您了，走吧。」

「但是，」正直的郊區公證人大膽地說：「我覺得伯爵先生搞錯了，這總共只要五萬法郎。」

「您的傭金呢？」

「一般從這筆錢裡支付，伯爵先生。」

「但您不是從奧特伊到這裡嗎？」

「是的。」

「那麼，必須付給您車馬費。」伯爵說。

他用手勢辭退公證人。

公證人後退著離開，鞠躬時身體都快彎到地上了。從他註冊開業以來，第一次遇到這樣的顧客。

「送客。」伯爵對貝爾圖喬說。

管家跟在公證人後面出去。

只剩下伯爵一個人的時候，他從口袋裡掏出一個上鎖的文件夾，他用掛在脖子上的鑰匙打開它，這把小鑰匙他從不離身。

他找了一會兒，在記著幾行字的一頁停下來，將這幾行字與放在桌上的契約對照著看，竭力回想：「奧特伊，噴泉街二十八號，正是這裡。」他說：「現在我應當借用宗教的威力還是行刑，讓他吐露口供呢？反正，一小時後我就什麼都知道了。貝爾圖喬！」他喊道，一邊用一支有折疊柄的小鎚敲著鈴，發出尖銳而悠長的聲音，很像銅鑼聲，「貝爾圖喬！」

管家出現在門口。

「貝爾圖喬先生，」伯爵說：「您以前不是說過，您曾遊歷法國？」

「法國某些地方，大人。」

「您一定熟悉巴黎郊區吧？」

「不，大人，不。」管家回答，帶著某種神經質的顫動，基度山對激動表情是個行家，他有理由把這種顫動視作忐忑不安。

「您不曾遊歷過巴黎郊區，聽來真讓人喪氣，」伯爵說：「因為我今晚就想去看看我的新產業，您跟我一起去，一定會提供給我有用的情報。」

「去奧特伊？」貝爾圖喬大聲問，他古銅色的臉變得近乎死白。「我，去奧特伊！」

「喂，您去奧特伊有什麼大驚小怪的？既然我要住在奧特伊，您也必須去那裡，因為您是我的管家。」

在主人威嚴的目光下，貝爾圖喬垂下頭，他一動不動，一聲不響。

「啊！您怎麼啦？難道要讓我再拉一次鈴，叫人備馬車嗎？」基度山說，那種口吻就像路易十四說出那句有名的話：「我幾乎要等待了！」

貝爾圖喬從小客廳衝到會見室，用喑啞的聲音喊：「為大人備馬車！」

基度山寫了兩三封信，正當他封好最後一封信時，管家又出現了。

「大人的馬車已等在門口。」他說。

「那麼，拿著您的手套和帽子。」基度山說。

「我跟伯爵一起去嗎？」貝爾圖喬大聲問。

「當然，您必須打點一下，因為我打算住在那幢房子裡。」

僕人還沒有違抗伯爵命令的先例，因此，管家不再表示異議。他尾隨著主人。伯爵登上馬車，示意管家跟上。管家畢恭畢敬地坐在前面長椅上。

43 奧特伊別墅

基度山注意到，貝爾圖喬走下石階時，按科西嘉人的方式劃了十字，也就是用大拇指在空中劃十字。當他在馬車坐定後，口中念念有詞，低聲祈禱。換了別的好奇的人，是會同情高尚管家的忍耐態度的，他居然同意伯爵出城一遊。但伯爵實在太好奇了，不願免掉貝爾圖喬這次奔波。

不到二十分鐘，他們就來到奧特伊。管家越來越激動。進村時，縮在馬車角落的貝爾圖喬焦灼不安地觀察經過的每一幢房子。

「您叫車伕停在噴泉街二十八號。」伯爵無情地盯著管家，並吩咐道。

汗水從貝爾圖喬的臉上淌下，他服從命令，將身子探出車外，對車伕喊道：「噴泉街二十八號。」

這二十八號位於村子盡頭。他們趕路時，夜幕已經降臨，說得更準確些，一片片帶電的黑雲讓提前到來的夜色富有一種戲劇性和莊嚴氣氛。

馬車停住，跟班衝向車門並開啟。

「喂，」伯爵說：「您不下車嗎，貝爾圖喬先生？您要一直待在馬車裡嗎？今晚您有什麼心事？」

貝爾圖喬急忙鑽出車門，以肩膀對著伯爵，伯爵扶著他的肩，一級級走下踏板。

「敲門吧，」伯爵說：「說我來了。」

貝爾圖喬敲門，門打開了，看門人出現。

「什麼事？」他問。

「你的新主人來了，夥計。」跟班說。

他把公證人寫的信遞給門房。

「所以，房子賣掉了？」門房問：「是這位先生來住嗎？」

「是的，我的朋友，」伯爵說：「我會盡力讓你不再留戀舊主人。」

「哦！先生，」門房說：「我不留戀他，因為我們很少見到他。他五年多沒來了，說實話，賣掉一幢對他而言一無是處的房子是對的。」

「你的舊主人叫什麼名字？」基度山問。

「德．聖梅朗侯爵先生。我有把握，他賣掉這幢房子不是為了撈回本錢。」

「德．聖梅朗侯爵！」基度山重複說：「我覺得這個名字不陌生，德．聖梅朗侯爵……」

他似乎在思索什麼。

「是個年老的貴族，」門房繼續說：「波旁王室的忠僕。他有一個獨生女，嫁給了德．維勒福先生，他先在尼姆，然後在凡爾賽當檢察官。」

基度山瞥了貝爾圖喬一眼，管家的臉色比牆壁還蒼白，他正靠在牆上，為了不致倒下。

「侯爵的女兒不是死了嗎？」基度山問：「我好像聽過傳聞。」

「是的，先生，那是二十一年前的事，從那時起，我們見到可憐的侯爵不到三次。」

「謝謝，」基度山說，他從管家的極度沮喪判斷不能再拉緊那根繩子，否則會有繃斷的危險，「謝謝！為我點盞燈，夥計。」

「要陪著您嗎，先生？」

「不用，貝爾圖喬會為我照明。」

說完，基度山給了門房兩塊金幣，隨之而來的是一連串祝福聲和感嘆聲。

「啊！先生！」門房在壁爐上的層板摸索了一陣，說道：「我這裡沒有蠟燭。」

「去取一盞馬車上的提燈，貝爾圖喬，讓我看看房間。」伯爵說。

管家二話不說地照辦，但從他提燈的手不停顫抖，不難看出他花了多大力氣。

底層相當寬敞，他們察看一遍。二樓由一個客廳、一套浴室和兩間臥室組成。其中一間臥室，可以通往一道螺旋狀樓梯，出口便是花園。

「看，這是通向外面的樓梯。」伯爵說：「這很方便。為我照明，貝爾圖喬先生。您走在前面，我們沿著樓梯出去。」

「先生，」貝爾圖喬說：「樓梯通到花園。」

「請問，您怎麼知道？」

「應該通到那裡。」

「那我們證實一下。」

貝爾圖喬嘆一口氣，走在前面。樓梯確實通到花園。

管家在門口停下腳步。

「走啊，貝爾圖喬先生！」伯爵說。

但與他說話的那個人昏昏沉沉、癡癡傻傻，沮喪至極。他慌亂的目光環顧四周，彷彿在尋找可怕往事的痕跡，他似乎正用顫抖的雙手竭力推開恐怖的回憶。

「怎麼了？」伯爵堅持催促。

「不！不！」貝爾圖喬大聲說，手扶在牆上，「不，先生，我不能再往前走，走不了了！」

「怎麼回事？」基度山以不可抗拒的口吻問。

「先生，您看，」管家大聲說：「這決不是巧合。您要在巴黎買一幢房子，恰好買在奧特伊，又恰好買在噴泉街二十八號！啊！為什麼我沒有先將事情全部告訴您呢，大人，那樣您就不會要我來了。我本來希望伯爵先生買的房子是另一幢。似乎除了發生過謀殺案的這幢房子以外，奧特伊就沒有別的房子了！」

「哦！」基度山驟然停下說：「您剛才說的是什麼混話！您這個傢伙！沒有理智的科西嘉人！總是有祕密或迷信！喂，提好燈，我們巡視花園，希望跟我在一起，您不致害怕。」

貝爾圖喬撿起提燈，聽從吩咐。

門打開了，可以看到暗淡的天空，月亮徒勞地與雲海搏鬥，月亮剛照亮漆黑的雲浪，隨即又被淹沒，迅速消失在無盡的黑暗裡。

管家想往左側走。

「不，先生，」基度山說：「何必走小徑呢？這是一片悅目的草坪，我們往前走吧。」

貝爾圖喬擦拭從額頭淌下的冷汗，還是服從了。不過，他繼續偏左邊走。

相反的，基度山偏右邊走。來到一叢樹木旁，他停下腳步。

管家撐不住了。「離遠點，先生！」他大聲說：「離遠點，我求求您，您正好站在那個地方！」

「站在什麼地方？」

「站在他倒下的地方。」

「親愛的貝爾圖喬先生，」基度山笑著說：「振作起來，我為您打氣，我們不是在薩爾泰納[163]或科爾特[164]。這不是叢林，而是英國式花園，我承認它維護得不好，但不該因此詆毀它。」

「先生，別在那裡停留！別在那裡停留！我求求您！」

「我想您瘋了，貝爾圖喬先生，」伯爵冷冷地說：「如果真是這樣，告訴我一聲，我要叫人把您關進瘋人院，免得出事。」

「唉，大人，」貝爾圖喬說，搖晃著頭，合十雙手，如果不是此刻伯爵全神貫注想著更重要的事，沒注意到貝爾圖喬心驚膽顫的模樣，伯爵會發笑的，「唉，大人，禍事臨頭了。」

「貝爾圖喬先生，」伯爵說：「我很坦然地告訴您，您比手劃腳，扭動雙臂，眼睛骨碌碌轉動，就像被魔鬼附身的人。但是，我注意到，執拗於崗位的那個魔鬼，就是一個祕密。我知道您是科西嘉人，心機深沉，總是盤算家族復仇那一套老辦法。在義大利，我可以不管您，因為在義大利這類事情很尋常；但在法國，人們對暗殺深惡痛絕，憲兵會過問，法官會判刑，斷頭台會為死者伸冤。」

貝爾圖喬合起雙手，在做這些動作時，他並沒有鬆開提燈，燈光照亮他大驚失色的臉孔。

基度山在審視他，目光正如他在羅馬觀看安德烈亞行刑時那樣。接著，他用讓可憐的管家全身顫抖的聲調說：「布佐尼神父欺騙我，那是在一八二九年，他到法國旅行，讓您帶著一封介紹信來見我，在信中他推薦您有優良品行。我要寫信給神父，要他為他保護人的行為負責。我一定會知道這起暗殺案的來龍去脈。不

163 科西嘉島專區政府所在地，中世紀古城。
164 科西嘉島專區政府所在地，位於島中心。

過，我事先告訴您，貝爾圖喬先生，我生活在哪裡，就遵守那裡的法律，我不願意為了您，讓法國的司法機關找我麻煩。」

「哦！不要那樣做，大人，我忠心耿耿地侍奉您，不是嗎？」貝爾圖喬絕望地大聲說：「我一向正派，甚至盡可能做好事。」

「我不否認，」伯爵說：「但您為什麼這麼激動？這是不祥的預兆，一個心地善良的人，面孔不會這樣蒼白，雙手不會這樣顫抖……」

「可是，伯爵先生，」貝爾圖喬吞吞吐吐地說：「您不是親口對我說過，在尼姆監獄聽過我告解的布佐尼神父，打發我到您這裡來的時候，已事先告訴您，我有一件非常內疚的事嗎？」

「是的，但他當時說，您會是一個出色的管家，我以為您僅僅幹過偷盜而已。」

「哦！伯爵先生！」貝爾圖喬不以為然地說。

「或者，由於您是科西嘉人，您抵擋不了科西嘉人要擺脫一個人時所說的反話——要他去陰曹地府的願望。」

「是的，大人，是的，我的好老爺，正是這樣！」貝爾圖喬大聲說，撲到伯爵腳下，「是的，這是復仇，我發誓，純粹為了復仇。」

「我明白，但我不理解的是，為什麼正好是這幢房子讓您如此激動。」

「大人，」貝爾圖喬說：「因為復仇是在這幢房子裡完成的，那不是很自然嗎？」

「什麼！在我的房子裡！」

「哦！大人，那時房子還沒有屬於您。」貝爾圖喬直率地說。

「那麼當時屬於誰呢？屬於德．聖梅朗侯爵先生，我想門房是這樣告訴我們的。見鬼，您有什麼仇要向德．聖梅朗侯爵先生報復呢？」

「哦！當時不屬於他，大人，是屬於另一個人。」

「這真是古怪的巧合，」基度山說，做出若有所思的樣子，「您偶然來到這裡，事先毫無準備，發生在這幢房子裡的事讓您如此悔恨。」

「大人，」管家說：「這是命運的安排，我確信如此。先是您正好在奧特伊買下一幢房子，這幢房子就是我殺過人的那一幢；您正好從他下去的那道樓梯來到花園；您正好停在他遭受致命一擊的地方；在這棵梧桐樹底下，距離兩步遠的地方，是一個墳墓，他將孩子埋在裡面。這一切不是偶然的，不是的，因為在這種情況下，巧合太像天意了。」

「那麼好吧，科西嘉人，我們就假設這是天意。只要別人願意，我總是可以假設的。況且，對於有心理障礙的人，我們總是要讓步的。好的，回想一下，把這件事說給我聽。」

「我只說過一次，就是說給布佐尼神父聽。這樣的事，」貝爾圖喬補充說，一邊搖頭：「只有在告解時才會說出來。」

「那麼，親愛的貝爾圖喬，」伯爵說：「我認為您還是去見告解的神父，看您習慣跟查爾特勒修會修士或聖貝爾納教派修士往來，說出您的祕密。我呢，我擔心客人受到這種鬼魂的驚嚇，我完全不喜歡我的僕人夜裡不敢在花園裡走路。還有，不瞞您說，我不喜歡警察分局長來訪。因為，您要知道，貝爾圖喬師傅，在義大利，你要司法機關保持沉默，就需花錢，但在法國，恰恰相反，只有當司法機關干預了，你才能花錢。喲！我還以為您是科西嘉人，走私客老手，處事靈活的管家。但我現在看到，你還有別的路數。您不再是我的僕人了，貝爾圖喬先生。」

「啊！大人！大人！」管家聽到這個威脅，嚇得叫道：「啊！如果我能否繼續侍奉您，取決於這點，我就和盤托出；如果我離開您，就只能走向斷頭台了。」

「那就另當別論。」基度山說：「不過，如果您想說謊，就考慮一下，最好什麼也別說。」

「不，先生，我以靈魂的得救向您發誓，我和盤托出！因為布佐尼神父也只知道我的部分祕密。但首先我求求您，離開那棵梧桐樹。看，月亮快要照亮那片雲彩，他就站在您這個地方，披著像是遮住您身體的一件披風，您的披風多像德．維勒福先生的披風啊……」

「怎麼！」基度山說：「這是德．維勒福先生……」

「大人認識他？」

「當過尼姆的檢察官？」

「是的。」

「娶了德．聖梅朗侯爵的女兒？」

「是的。」

「而且在司法界擁有最正直、最嚴厲、最一絲不苟的檢察官聲譽。」

「那麼，先生，」貝爾圖喬大聲說：「這個聲譽毫無瑕疵的人……」

「是的。」

「是個無恥之徒。」

「啊！」基度山說：「不可能。」

「但我對您說的是實情。」

「啊！當真！」基度山說：「您有證據嗎？」

「至少我有。」

「但您粗心大意地搞丟了？」

「是的，不過仔細找找，還是能找到的。」

「當真！」伯爵說：「把這件事告訴我，貝爾圖喬先生，因為我開始對這件事感興趣了。」

於是伯爵哼起《露西亞》的小曲，走去坐在一張長凳上，而貝爾圖喬跟隨在後，一邊回想往事。

貝爾圖喬在他面前站定。

44 家族復仇

「伯爵先生希望我從什麼地方說起？」貝爾圖喬問。

「隨便您，」基度山回答：「反正我一無所知。」

「我原以為布佐尼神父已經告訴大人了……」

「是的，當然只有幾個細節，但已過去七、八年，我忘光了。」

「那我可以不用擔心讓大人厭煩了……」

「說吧，貝爾圖喬先生，您的敘述可以代替晚報。」

「事情上溯到一八一五年。」

「啊！啊！」基度山說：「一八一五年可不是昨天。」

「不是，先生，但細節依然歷歷在目，恍如昨日。我有一個哥哥，他為皇帝效命。他在一個完全由科西嘉人組成的團隊中當中尉。這個哥哥是我唯一的朋友，我五歲，他十八歲時，我們沒了雙親，他扶養我，就像我是他的兒子一樣。一八一四年，波旁王室復辟時，他結婚了。皇帝從厄爾巴島返回後，我哥哥又馬上入伍，他在滑鐵盧受了輕傷，隨軍撤退到羅亞爾河[165]後方。」

「您正說著百日時期的歷史呢，貝爾圖喬先生。」伯爵說：「如果我沒記錯，這段歷史已經記載得明明白白了。」

「請原諒，大人，但開頭這些細節不可少，您答應過我要耐心聽下去的。」

「說吧，說吧，我說話算話。」

「有一天，我們接到一封信——必須告訴您，我們住的小村羅格利亞諾，位於科西嘉海岬的頂端。那封信是我哥哥寫的，他告訴我們，軍隊遣散了，他回家時將途經沙托魯、克萊爾蒙．費朗、勒普伊和尼姆，如果我手邊有錢，請我託人帶到尼姆一個我們認識的旅店老闆那裡交給他，我跟那個旅店老闆有些往來。」

「是跟走私有關的人吧？」基度山說。

「唉，伯爵先生，總得生活呀。」

「當然，繼續說吧。」

「我很愛我的哥哥，我曾對您說過，大人，因此，我決定不託人，而是親自帶給他。我有一千法郎，我留下五百法郎給阿森塔，那是我的嫂子，帶著剩下的五百法郎動身到尼姆。事情好辦，我有一艘小帆船，有一筆貨要海運，一切都有助於實踐我的計劃。但裝好貨後，風向卻變了，以致我們過了四、五天還進不了隆河[166]。最後，我們終於彎進河口，溯流而上，到達阿爾勒。我在貝勒加德和博凱爾間上岸，踏上往尼姆的路。」

「我們談到正題了，是嗎？」

「是的，先生，請原諒，但大人看得出來，我所提的事不可少。那時，剛好發生有名的南方謀殺事件。有兩三個強盜，名叫特雷斯塔永、特呂弗米和格拉方，在大街小巷殺害涉嫌擁護拿破崙的人。伯爵先生一定聽

---

165 法國最長的河流，達一〇一二公里，發源於中央高原，流入大西洋，橫貫法國中部。

166 發源於阿爾卑斯山，流經萊蒙湖，注入地中海，長八一二公里。

過這些暗殺事件。」

「隱約聽說過，那時我離法國很遠。繼續說下去。」

「走進尼姆，真是行走在血泊裡，每走一步，都遇到屍體，暗殺者成群結隊，燒殺擄掠。

「看到這場屠殺，我毛骨悚然，並非為自己擔心，我是個尋常的科西嘉漁夫，沒有什麼事好怕的，且正好相反，那時正是我們這些走私客的大好時光，但對我哥哥，我那在皇帝麾下服役、從羅亞爾河軍隊歸來、身穿軍裝且佩戴肩章的哥哥，可真是叫人惴惴不安。

「我趕到那個旅店的老闆那裡。我的預感沒錯：我哥哥前一天抵達尼姆，就在他即將投宿的旅店門口，被殺害了。

「我想方設法打聽兇手，但沒有人敢說出他們的名字，大家都非常恐懼。於是我想到法國司法機關，人們經常提起他們，說他們無所畏懼。我去見了檢察官。」

「這個檢察官叫維勒福嗎？」基度山漫不經心地問。

「是的，大人。他來自馬賽，他在那裡是代理檢察官。他的盡忠職守讓他獲得升遷。據說，他是最早向政府報告拿破崙從厄爾巴島登陸的其中一位。」

「因此，」基度山說：「您去見他。」

「『先生，』我對他說：『我哥哥昨天在尼姆的街上被殺害，我不知道兇手是誰，但追究這件事是您的職責。您是這裡為無法自衛的人伸冤的司法機關首腦。』

「『您的哥哥是什麼人？』檢察官問。

「『科西嘉營的中尉。』

「『所以是篡權者手下的軍人？』
「『一個法國軍隊的軍人。』
「『那麼，』他回答：『他用劍殺人，也死於劍下。』
「『您錯了，先生，他死於匕首之下。』
「『您要我怎麼辦呢？』法官回答。
「『我已對您說過，我要您為他伸冤。』
「『向誰伸冤？』
「『向兇手伸冤。』
「『我知道誰是兇手嗎？』
「『派人去偵查啊。』
「『偵查什麼呢？您的哥哥可能跟人爭執，進行決鬥。那些軍人喜歡動武，在帝國時代往往旗開得勝，但今天換他們倒楣了，我們南方人既不喜歡軍人，也不喜歡動武。』
「『先生，』我又說：『我不是為自己向您求情。我要嘛痛哭哀傷，要嘛報仇雪恨，如此而已。但我可憐的哥哥有個妻子。如果我也出事，那個可憐女人就會餓死，因為她就靠我哥哥那份差事生活。為她爭取一小筆政府的撫恤金吧。』
「『每次革命都帶來災難。』德．維勒福先生回答：『您的哥哥是這次災難的受害者，這是厄運，政府對您的家庭毫無責任。篡權者的信徒對保王黨人進行過報復，今天輪到保王黨人掌權了，如果我們對以前那些報復進行審判，您哥哥或許會被處以死刑。現在發生的事是自然而然的，是報復的規律法則。』

「『什麼！先生！』我大聲說：『您是一個檢察官，您居然說這樣的話！』

「『我以名譽擔保，科西嘉人都是瘋子！』德．維勒福先生回答：『他們還以為他們的同鄉仍是皇帝。您搞錯時代了，親愛的，應該在兩個月前告訴我，而今為時已晚。您走吧，如果您不走，我就要叫人送您出去。』

「我打量著他，想看看是否還有希望。但這個人鐵石心腸。我走近他，小聲說：『既然您瞭解科西嘉人，您應當知道他們言出必行。您認為殺害我那個擁護拿破崙的哥哥的人做得很好，因為您是保王黨人；而我呢，我也是拿破崙黨人，我向您聲明一件事：就是我會殺死您。從現在起，我向您宣示實施家族復仇，因此，您好自為之，小心提防。因為下次再相見，就是您的死期到了。』

「說完，在他仍驚魂未定時，我打開門，一走了之。」

「啊！」基度山說：「您貌似老實，卻做出這種事，貝爾圖喬先生，而且是對一位檢察官。呸！他知道家族復仇這個詞意味著什麼吧？」

「他一清二楚，從這時起，他不再單獨出門，而且深居簡出，派人到處搜尋我。幸虧我藏匿得很好，他找不到我。於是他心驚膽顫，不敢再長住尼姆，他要求調任。由於他確實是個有影響力的人，他調到凡爾賽。但您知道，對於一個發誓報復的科西嘉人來說，是沒有地域限制的。不管他的馬跑得多麼快，也無法超越我半天路程，儘管我是徒步跟蹤他的。

「重要的不是殺死他，我有上百次殺死他的機會；而是要殺死他後不被人發現，尤其不被抓住。今後的日子我不再屬於自己，我要保護和養活我的嫂子。我窺伺德．維勒福先生三個月，在這三個月中，他每走一步，每辦一事，每散步一回，我的目光總是緊緊跟隨。最後，我發現他神祕地來到奧特伊，我照例尾隨著他，我看見他走進我們所在的這幢房子，不過他不是像別人那樣從臨街那道大門進來，不管他是騎馬還是坐車，他都把馬和車留在旅店裡，從您看到的那扇小門進來。」

基度山點點頭，表示他在黑暗中看到貝爾圖喬所指的那個入口。

「我不再需要待在凡爾賽，我落腳在奧特伊打聽消息。顯然如果我想逮住他，我應該在這裡設下陷阱。

「正如門房告訴大人的那樣，這幢房子屬於維勒福的岳父德．聖梅朗先生。德．聖梅朗先生住在馬賽，因此，這幢鄉下別墅他棄之不用，據說，他剛租給一個年輕寡婦，大家只知道她叫男爵夫人。

「果然，有天晚上，越過圍牆，我看到一個年輕貌美的女人獨自在花園裡漫步。鄰居的窗戶不對著這個花園，她不時朝小門那邊張望，我明白，這晚她在等待德．維勒福先生。她離我很近時，儘管夜色蒼茫，我還是看清楚她的面容，那是一個十八、九歲的俏麗女孩，高眺、金髮。由於她身穿尋常浴衣，沒有束住腰身，我注意到她懷孕了，而且即將臨盆。

「過了一會兒，小門打開了，有個男人走進來。年輕女郎快步朝他走去，他們互相投入懷裡，熱烈接吻，一起回到屋裡。

「這個人就是德．維勒福先生。我判斷，當他在深夜離開時，會獨自穿過花園。」

「您知道那個女人的名字嗎？」伯爵問。

「不知道，大人，」貝爾圖喬回答：「您馬上會曉得，我來不及知道她的名字。」

「說下去吧。」

「那一晚，」貝爾圖喬說：「我原本能殺死檢察官，但我還不夠瞭解花園的構造。我生怕不能立刻致他於死命，如果有人聽到他呼喊而跑來，我將無法逃脫。我決定等到他們下次約會時行動，為了不放過絲毫動靜，我弄到一個小房間，面向與花園圍牆平行的街道。

「三天後，傍晚七點鐘左右，我看到一個騎馬的僕人離開房子，沿著通往塞弗禾[167]的大道奔馳。我揣測他去凡爾賽。我沒有猜錯，三小時後，僕人風塵僕僕地返回，完成送信任務。

「十分鐘後，另一個人步行而來，他裹著一件披風，打開花園小門，然後在身後關上。

「我趕快下樓。儘管我看不到維勒福的臉，但我心臟劇烈跳動，認定就是他。我穿過街道，爬上牆角的一塊界石，我當初就是從這裡觀察花園的。

「這次我不僅止於觀望了，我從口袋掏出刀，試了一試，刀尖很鋒利。我跳入牆內。

「我首先跑到門邊，他把鑰匙留在裡面的門上，小心起見，我把門鎖轉了兩圈，因此不致妨礙我逃跑。

「我開始研究這個地方。花園呈長方形，一塊英式草坪從中央延展，草坪四角是一叢叢樹木，枝葉繁茂，秋天的花卉雜然其間。

「從屋子到小門，或者從小門到屋子，無論出來或進去，德．維勒福先生都不得不從這些樹叢旁邊經過。

「那時是九月底，風聲呼嘯，暗淡的月光不時被大片烏雲遮住，照亮了通往屋子的沙徑，卻穿不透那些枝繁葉茂的幽暗樹叢，一個人躲在樹叢裡，是無需擔心會被人發現的。

「我藏在維勒福會從旁經過的樹叢裡，才躲進去，彷彿就聽見吹彎我頭頂上的樹枝的狂風，發出陣陣呻吟聲。您知道，不如說您不知道，伯爵先生，窺伺殺人時機的人，總以為聽到空中發出沉悶的喊聲。兩小時過去了，期間，我幾次像是聽到相同的呻吟聲。子夜的鐘聲敲響了。

「最後一記鐘聲還餘音裊裊，陰森逼人，這時我看到一道光從我們剛才走下的那道暗梯的窗戶透出。

「門打開了，穿披風的人再次出現。這是陰森可怖的時刻，但我準備已久，所以毫不怯懦，我抽出小刀，打開它，嚴陣以待。

「穿披風的人向我筆直走來，但隨著他走在毫無遮蔽的地方，我注意到他右手似乎拿著一件武器，我害怕了，不是害怕搏鬥，而是害怕不成功。當他離我只有幾步的時候，我發現我誤認為是武器的東西，原來只是一把鏟子。

「我還無法琢磨出德．維勒福先生為什麼拿著一把鏟子，這時，他在樹叢邊停下，環顧四周，開始在地上挖起洞來。就在這時，我才發現他的披風下有件東西，他把它放在草坪上，以便讓自己行動起來更方便些。

「不瞞您說，我的仇恨因此滲入了一點好奇心，我想看看維勒福究竟要做什麼。我一動不動，屏息凝神，等待著。

「隨後我腦中閃過一個想法，當看到檢察官從披風下取出一個長兩尺、寬六到八寸的小木箱時，這個想法得到了證實。

「我看他把小木箱放進洞穴，再蓋上泥土。然後，他用腳將新土踩實，抹去他連夜工作的痕跡。這時我朝他衝過去，把刀插進他的胸膛，一面對他說：『我是焦萬尼．貝爾圖喬！以你的死抵我哥哥的命，以你的財寶贍養他的遺孀。』你看，我的復仇比我期望的更完美。

「我不知道他是否聽到我的話，我想沒有，因為他倒下時沒有喊出聲。我感到他的血熱呼呼地噴湧到我的手上和臉上，但我如醉如狂，鮮血讓我感覺清涼而不是灼痛。一轉眼的工夫，我用鐵鏟挖出那個小箱子。為

167 位於巴黎西部的一個村鎮，盛產瓷器。

了不讓人看到我劫走那個小箱子，我又填滿洞穴，把鐵鏟扔到牆外。我衝出去，關上門，鑰匙轉了兩圈後帶走。」

「好！」基度山說：「這是一樁謀財害命案。」

「不，大人，」貝爾圖喬回答：「這是以牙還牙的家族復仇。」

「至少錢財可觀吧？」

「小箱子裡不是錢。」

「啊，是的，我想起來了，」基度山說：「您不是提到一個孩子嗎？」

「正是，大人。我一直跑到河邊，坐在斜坡上，急於知道小箱子裡的東西，我用刀撬開鎖。

「在細麻布的襁褓裡，包著一個剛出生的嬰兒。他的臉血紅，雙手發紫，表示他是被脖子上的臍帶勒死的。由於他還沒有變冷，我遲疑是否該把他扔到腳下流淌的河水裡。果然，過了一會兒，我似乎感覺他的心臟部位有輕微跳動。我把臍帶從他的脖子上解下來，由於我在巴斯蒂亞的醫院當過護士，我做了一個醫生在這種情況下所能做的事，也就是大膽地往他的肺部吹氣，經過一刻鐘少見的努力，我看見他恢復呼吸，我聽到他從胸部發出哭聲。

「我也叫了一聲，但那是快樂的叫聲。『上帝沒有詛咒我。』我心裡想，『因為他允許我救活一條命，以交換我奪走別人一條命！』」

「您怎麼處置那個嬰兒呢？」基度山問：「對於一個需要逃命的人來說，那是相當礙事的累贅。」

「因此，我沒有想過留下他。我知道巴黎有一家收容所，收容這些可憐的孩子。經過關卡時，我聲稱是在路上撿到這個嬰兒的，並打聽收容所的所在。小箱子可以為證，細麻布襁褓表示嬰兒出自有錢人家，我滿身是血也可說是嬰兒而不是別人的。沒有提出質疑，他們指點收容所就在地獄街的盡頭。我心機很重，將襁褓一撕為二，印在上面的兩個字母，有一個仍然留在包裹孩子的襁褓上，然後我把這個累贅放在圓櫃裡[168]，拉了拉鈴，便飛也似地逃走了。半個月後，我回到羅格利亞諾，我對阿森塔說：「『你可以告慰在天之靈了，嫂子。伊斯拉埃爾受害，但我為他報了仇。』

「她要我解釋這番話，我把全部經過告訴她。

「『焦萬尼，』阿森塔對我說：『您應該把嬰兒帶回來，我們可以代替他失去的雙親，為他起名貝內德托。顧及這項義舉，上帝會祝福我們的。』

「我二話不說，交給她我保留的那一半襁褓，等我們更有錢時，再去要回那個孩子。」

「襁褓上印著什麼字母？」基度山問。

「一個H，和一個上面有男爵冠帶花紋的N。」

「天哪！我想您用了紋章學的辭彙，貝爾圖喬先生，您在哪裡學過紋章學呢？」

「在侍候您的時候，伯爵先生，在您身邊什麼都學得到。」

「說下去，有兩件事我很想知道。」

「哪兩件，大人？」

「這個男孩的下落。您不是說過，是個男孩嗎，貝爾圖喬先生？」

168 收容所和醫院門前所設的圓櫃。

「不曾說過，大人，我不記得曾經說過。」

「啊，我似乎聽過，可能搞錯了。」

「不，您沒有搞錯，因為確實是個小男孩。大人不是說想知道兩件事，第二件是什麼事呢？」

「第二件是您被指控的罪行。您那時要求見聆聽告解的神父，布佐尼神父應您的要求到尼姆的監獄裡來看您。」

「此事說來話長，大人。」

「有什麼關係呢。現在才十點鐘，您知道我現在不睡覺，我想您也不大想睡。」

貝爾圖喬欠了欠身，繼續說下去。

「一半是為了趕走縈繞於心的往事，一半是為了供給可憐寡婦所需，我又積極地做起走私買賣。由於動亂之後總是法紀鬆弛，這門生意顯得特別容易。尤其南方的海岸線，由於騷動不斷，有時在亞維農，有時在尼姆，有時在於于熱斯，所以警戒鬆懈。我們利用當局給予的休戰期間，與整個沿海地帶建立聯繫。自從我哥哥在尼姆街上遇害以來，我不想進入那個城市。跟我們打交道的那個旅店老闆看到我們不想再到他那裡，便來找我們。他在貝勒加德到博凱爾間的路上開了一家分店，店名為『噶赫水道橋』。就這樣，我們在死水村[169]、馬爾蒂格[170]、公羊村一帶有十幾個倉庫堆放貨物，必要時，我們可以在這些村子找到躲避海關人員和憲兵的地方。只要機智，再加上精力充沛，這門買賣的所得是很可觀的。至於我，我生活在山中，如今有雙重理由害怕憲兵和海關人員，因為帶到法官面前就要接受審問，審問總是會追溯往事，而過去時候的我，可能碰到比走私雪茄或缺少通行准許的一桶桶酒更嚴重的事。因此，我寧死也不願被捕。我做成了一些驚人的交易，那不止一次證明，計劃要當機立斷，執行要果敢有力，而殫思竭慮、愛惜生命，幾乎是實踐計劃唯一的障礙。確實，一旦對性命在所不惜，別人就不是你的對手，或者不如說，別人無法與你匹敵。誰下了這個決心，會頓時覺得力量倍增十倍，眼界也開闊了起來。」

「說起哲學來了，貝爾圖喬先生。」伯爵打斷說：「您這輩子什麼都做過一點嗎？」

「哦，對不起，大人！」

「不！只是晚上十點半講哲學，未免太晚了。但我沒有別的意思，因為我覺得您的哲學是正確的，不是所有哲學都能說是正確的。」

「我東奔西跑，越走越遠，事業越做越大。阿森塔管家，我們漸漸攢了一小筆家產。一天，我正要動身時：『去吧，』她說：『回來時，我要讓您大吃一驚。』

「即使追問，她怎麼也不肯告訴我，於是我動身了。

「那一次耗時六個星期。我們在呂卡裝上油，在里沃那裝上英國棉花。卸貨時沒有出事，我們賺了一票，歸來時歡天喜地。

「回到家裡，我在阿森塔臥室最顯眼之處看見的第一樣東西，是一個七、八個月的嬰孩，放在一個跟房間陳設相較顯得奢華的搖籃裡。我發出快樂的叫喊。自從殺死檢察官之後，我感到不快的原因都是緣於丟棄這個孩子。不用說，對於暗殺一事，我毫不後悔。

「可憐的阿森塔猜到一切，她利用我出門的時間，帶著那一半襁褓。為了不致忘記，記下把孩子放到收容

169 尼姆附近的村子，有條六公里的運河與海相通。
170 隆河口的村子，是個漁港。

所的日期和確切時間，便動身到巴黎，親自要回那個孩子。那裡的人沒有異議，把孩子交還給她。

「啊！伯爵先生，我承認，看到這個可憐孩子睡在搖籃裡，我的內心澎湃，眼淚奪眶而出。

「『說真的，阿森塔，』我大聲說：『你是一個高尚的女人，上天會祝福你。』」

「這就跟您的哲學不相符合了，這確實只是出於信仰。」

「唉，大人，」貝爾圖喬又說：「您說得對。上帝正是用這個孩子來懲罰我。前所未有的邪惡天性這麼早就顯露出來，但不能說他沒有受到良好教育，因為我的嫂子待他如同王子。這個男孩子臉龐可愛，眼珠淺藍，就像中國瓷器那種色澤，與他乳白色的膚色非常協調。不過，他有一頭太過刺眼的金黃髮色，襯出他臉孔的古怪特點，讓他的眼光更加活躍，微笑更顯狡獪。不幸的是，有個諺語說，紅棕色頭髮的人要嘛樣樣好，要嘛樣樣都壞，對貝內德托來說，這個諺語沒有說錯。他從幼年起就刁鑽促狹。他母親的溫柔助長了他的天性，這也是真的。我可憐的嫂子為了他，跑到四、五法里遠的城中市場，購買當令水果和最精巧的糖果。但這個孩子不愛巴馬的橘子和熱那亞的罐頭，偏偏喜歡越過籬笆，到鄰居家偷栗子或閣樓裡的蘋果乾，而他本可以盡情吃我們果園中的栗子和蘋果。

「有一天，那時貝內德托五、六歲，我們的鄰居瓦齊利奧按照當地習慣，錢包和首飾沒有收起——伯爵先生應該也清楚知道，科西嘉島沒有小偷，瓦齊利奧卻向我們抱怨，他的錢包少了一個路易。大家都認為他點錯了，但他卻咬定沒錯。那天貝內德托一早便離家，我們焦慮不安，傍晚，我們看到他回來時牽著一隻猴子。據他說，他看到這隻猴子被綁在一棵樹下。

「早從一個月前，那個可惡的孩子便胡思亂想，妄想得到一隻猴子。一個賣藝人路過羅格利亞諾，他帶著幾隻動物，那些動物的表演逗得孩子十分開心，無疑因此讓他心生那個可悲的念頭。

「『我們的樹林裡是沒有猴子的，』我對他說：『尤其沒有被綁住的猴子。老實告訴我，你是怎麼弄到這隻猴子的。』

「貝內德托堅持他的謊言，還加油添醋，那只能證明他富有想像力，卻不能增添話裡的真實性。我火大了，他笑起來；我威脅他，他後退兩步。

「『你不能打我，』他說：『你沒有權利，你不是我父親。』

「我們始終不知道是誰向他透露這個天大的祕密，但我們一直小心翼翼地隱瞞著他的。不管怎樣，在這個回答裡，孩子的稟性顯露無遺，讓我驚恐不已，以致我高舉的手臂又垂落下來，沒有碰那個做壞事的傢伙。孩子勝利了，這次勝利讓他變得膽大包天，從此，阿森塔越愛他，他越不配得到這份愛。她所有的錢都花在他的任性愛好上，她不知如何規勸，還被他胡亂揮霍，她沒有勇氣阻止。我在羅格利亞諾時，事情還有個限度；一旦我離開，貝內德托就變成一家之主，真是糟透了。他還只有十一歲時，就喜歡跟十八至二十歲的年輕人混在一起，那些人是巴斯蒂亞和科爾特最無法無天的傢伙，他們有過幾次情節惡劣的惡作劇，司法機關已對我們提出警告。

「我惶恐不安，一旦被傳訊，就可能帶來嚴重後果。那時我正好要遠離科西嘉島，進行一次重要的長途運送，我苦思許久，預感為了避免可能的不幸，我決定把貝內德托帶走。我希望走私客忙碌艱苦的生活、船上嚴格的紀律能改變那即將沉淪的性格，如果說他還沒有可怕地墮落的話。

「於是我把貝內德托拉到一旁，向他提出跟隨我出遠門，外加一切能引誘一個十二歲孩子的承諾。

「他讓我說完，然後爆出一陣大笑：「『您瘋了嗎，叔叔？』他說（他情緒好的時候這樣叫我），『你要我改變現狀，過您那種生活啊！要我放棄逍遙自在、吊兒郎當，做您硬塞給我的可怕工作啊！夜裡受凍，白天日曬，不斷躲躲藏藏，一暴露就挨子彈。不就為了賺點錢嘛，錢，我要多少有多少！我問阿森塔大媽要錢，她就給我。您看，要是我接受您的建議，我就是一個傻瓜。』

「他說得這樣厚顏無恥、頭頭是道，讓我目瞪口呆。接著貝內德托又去跟同伴們玩耍，我老遠看到他向他們比劃著，把我說成一個笨蛋。」

「可愛的孩子！」基度山喃喃地說。

「哦！如果他屬於我，」貝爾圖喬回答：「如果他是我的兒子，或者至少是我的侄子，我就會引導他走上正途，因為責任感可以驅動力量。但一想到我要體罰的這個孩子，父親是被我殺死的，我便無力矯正他。我與嫂子商量的時候，給了她一些建議，她不斷維護那個小壞蛋，她承認，好幾次少了為數不少的款項，我因此指點她一個地方，可以藏好我們的家當。至於我，我已經下定決心。貝內德托擅長讀、寫、算，他只要偶爾投身學習，一天之內就能學會別人一星期才學到的東西。我說了，我已下定決心，我應該讓他到遠洋帆船上當祕書，不讓他事先知道，在一個早晨抓住他，送到船上。如此一來，把他託付給船長，他的前途就靠自己爭取了。擬訂這個計劃之後，我動身到法國內地。

「這次我們的活動都在獅子海灣進行，買賣越來越困難，因為那是一八二九年。國內已完全恢復平靜，海岸的警戒工作變得比以前更認真、更嚴格。由於博凱爾市集剛剛開放，警戒工作又進一步加強了。

「長途運送剛開始進展順利。我們的小帆船有兩層艙房，我們把走私貨藏在艙底。我們把船停泊在佈滿隆河兩岸、從博凱爾到阿爾勒的船隻之間。到達目的地之後，我們連夜卸下違禁商品，再透過跟我們有聯繫的人或者讓我們存放貨物的旅店老闆，把這些違禁品運到城裡。要嘛是成功讓我們疏忽大意，要嘛是我們被出賣了，一天傍晚，下午五點鐘左右，我們正準備吃點心，見習小水手氣喘吁吁地跑來說，他看到一隊海關人員朝我們這邊過來了。讓我們提心吊膽的倒不是他們來到附近，尤其在這段期間，隆河兩岸不時有整隊人馬在巡邏。但據孩子說，這隊海關人員小心翼翼，不讓人看見。剎那間，我們跳起來，但為時已晚，我們的小帆船明顯是搜查的目標，被團團圍住。在海關人員中，我注意到幾個憲兵。平時我看到別的武裝部隊倒也氣壯如牛，當時看到這些憲兵，我卻膽小如鼠，我跳進艙裡，從一扇舷窗滑入河裡，開始潛泳，游了很遠才冒上來呼吸。我不讓人看見，來到甫挖成的一條水渠，這條水渠連通隆河與博凱爾到死水村的運河。到達那裡之後，我得救了，因為我能沿著這條水渠前進而不被人發現。我安然地來到運河。我並非出於漫無目的地選擇這條路，我跟大人提起過尼姆的一個旅店老闆，他在貝勒加德到博凱爾的路上開了一家小旅店。」

「是的，」基度山說：「我完全記得。如果我沒搞錯，這個正直的人是您的同夥吧。」

「是的，」貝爾圖喬回答：「但他把旅店讓給一個原來在馬賽做裁縫的人已七、八年，那個裁縫破產，想換職業發財致富。不用說，我們跟第一位業主有過小小的協議，跟第二位元業主也維持不變。因此，我打算向這個人求得安身之所。」

「這個人叫什麼名字？」伯爵問，他看來又開始對貝爾圖喬的敘述感興趣。

「他叫加斯帕爾．卡德魯斯，他跟卡爾孔特村的一個女人結婚，我們只知道她用村落命名。那是一個可憐的女人，染上了沼澤的熱病，體弱多病，奄奄一息。至於那個男的，是一個四十至四十五歲的壯漢，不只一次，他在困難情況下證明了他的機智勇敢。」

「您說，」基度山問：「事情大約發生在？」

「一八二九年，伯爵先生。」

「哪一個月？」

「六月。」

「月初還是月底？」

「三日傍晚。」

「啊！」基度山說：「一八二九年六月三日。好，說下去。」

「因此，我打算就在卡德魯斯那裡安身。但按習慣，甚至在一般情況下，我們不從臨馬路的大門進出，我決定不違背這個習慣，便跨過花園籬笆，爬行穿過發育不良的橄欖樹和野生無花果樹樹叢。我擔心卡德魯斯旅店的遊客來到樓梯下的小房間，我不止一次在那裡過夜，宛如躺在最舒適的床上。那個樓梯下的小房間跟旅店底層的廳堂只隔著一道層板，上面鑿了幾個借光照明的洞，我們可以透過這些洞算準時機，讓老闆發現我們就在隔壁。如果只有卡德魯斯一個人在，我打算通知他我來了，在他那裡吃完因海關人員出現而被打斷的飯菜，趁雷雨來臨前返回隆河邊，看看帆船和船上的人怎麼樣了。於是我溜進樓梯下的小房間，幸好我做對了，因為與此同時，卡德魯斯帶著一個陌生人回來。

「我默不作聲，等待著，並非想偷聽主人的祕密，而是因為我只能這麼做。況且，這種情況已經發生多次。

「陪同卡德魯斯進來的那個人顯然不是法國南方人，他是一個市集的商人，這些商人來到博凱爾市集販售首飾，在市集持續開市的一個月裡，歐洲各地的商人和顧客雲集此地，有時做到十萬或十五萬法郎的生意。

「卡德魯斯首先匆忙進來。看到廳堂像往常一樣空空蕩蕩，只有狗看守著，他便叫喚妻子。

「『喂！卡爾孔特女人』他說：『那個高尚的教士沒有騙我們，鑽石是真貨。』

「傳來快樂的感嘆聲，隨即樓梯響起腳步聲，由於拖著體弱病衰的身體，腳步格外沉重。

「『你說什麼？』女人問，她的臉比死人還蒼白。

「『我說鑽石是真貨，你看這位先生，他是巴黎最殷實的珠寶商之一，準備付給我們五萬法郎。不過，為了確認鑽石是屬於我們的，他要求你說明，就像我為他說明的那樣，鑽石如何奇蹟般地落到我們手裡。先生，請暫且坐下，天氣悶熱，我去拿點清涼的飲料。』

「珠寶商仔細打量旅店內部，明顯寒酸模樣，而這對夫婦要賣給他一顆宛如從王公的珠寶盒取出的鑽石。

「『說吧，太太，』他說，無疑想趁她丈夫不在場，免得他的示意影響了他的妻子，看看兩人的敘述是否一致。

「『啊！我的天！』女人滔滔不絕地說起來：『這是上天的恩賜，超乎我們預期。親愛的先生，我的丈夫在一八一四年或一八一五年認識一個名叫愛德蒙．唐泰斯的水手。後來卡德魯斯完全忘了那個可憐的小伙子，但小伙子沒有忘記卡德魯斯，死時將您剛才看到的那顆鑽石留給他。』

「『但小伙子又怎麼擁有這顆鑽石呢？』珠寶商問。『在小伙子入獄前，他就有這顆鑽石嗎？』

「『不，先生，』女人回答：『據說他在監獄裡認識一個非常有錢的英國人，這個牢友病倒了，唐泰斯像對待哥哥一樣照料他，英國人出獄時把這顆鑽石給了可憐的唐泰斯，唐泰斯沒有他那樣的福氣，後來死在牢裡。唐泰斯死時又把鑽石留給我們，委託今天上午來訪的那個高尚的神父交給我們。』

「『說得完全一樣，』珠寶商低聲說：『這個故事初看不真實，歸根究柢倒可能是真的。只是我們還沒有談妥價錢。』

「『什麼？沒有談妥！』卡德魯斯說：『我原以為您同意我出的價錢呢。』

「『照原先說的，』珠寶商回答：『我出價四萬法郎。』

「『四萬法郎！』卡爾孔特女人嚷道：『我們肯定不會出這個價錢。神父告訴我們，鑽石值五萬法郎，托座還不算在內。』

「『那個神父叫什麼名字？』他打破砂鍋問到底。

「『布佐尼神父，』女人回答。

「『是外國人？』

「『我想是曼圖亞[171]附近的義大利人。』

「『給我看看那顆鑽石。』珠寶商又說：『我再看一遍，初看鑽石往往會估錯。』

「卡德魯斯從口袋裡掏出那個黑色軋紋小匣，打開來遞給珠寶商。看到這顆像小胡桃大小的鑽石，卡爾孔特女人的眼睛發出貪婪的光芒。那顆鑽石我至今還如在目前。」

「您當時怎麼想的，這位竊聽先生？」基度山問：「您相信這篇動聽的謊言嗎？」

「是的，大人。我不認為卡德魯斯是惡人，我認為他不會犯罪或偷竊。」

「這表示您心地善良，而不是閱歷豐富，貝爾圖喬先生。您認識他們提到的那個愛德蒙·唐泰斯嗎？」

「不認識，大人，我從未聽過他的名字，直到我在尼姆的監獄見到布佐尼神父時，聽他提過一次，直到如今。」

「好，說下去。」

「珠寶商從卡德魯斯手裡接過戒指，又從自己口袋裡掏出一隻小鋼鉗子和一隻小銅天平，然後扳開夾住鑽石的金鉤，從托座取出鑽石，小心地放在天平裡秤著。

「『我出價四萬五千法郎，』他說：『再多一個蘇也不行。而且，鑽石只值這個價錢，我身上帶著的錢正好足夠支付。』

「『那沒關係。』卡德魯斯說：『我可以跟您到博凱爾拿剩下的五千法郎。』

「『不，』珠寶商說，把戒指和鑽石還給卡德魯斯：『不，鑽石值不了更多錢，而且我很遺憾出這個價錢，因為鑽石有一點瑕疵，剛剛我沒有看到。但沒關係，我絕不食言，我已出價四萬五千法郎，不再改口。』

「『至少請把鑽石鑲回戒指裡吧。』卡爾孔特女人尖刻地說。

「『說得沒錯。』珠寶商說。

「於是他將鑽石放回底盤。

「『好，好，好，』卡德魯斯將匣子放進口袋，『那就賣給別人吧。』

「『好的。』珠寶商又說：『但別人不像我這麼好商量，別人不會滿足於您告訴我的情況。像您這樣的人擁有一顆五萬法郎的鑽石不合情理，他會去報告法官，屆時就要找到布佐尼神父，而把價值兩千路易的鑽石送人的神父是罕見的，司法機關會干預這件事，把您送進監獄。如果您真是無罪的，會關上三、四個月才獲得釋放，而戒指會在書記室搞丟了，或者還給你們一顆假鑽石，只值三個法郎，而不是一顆五萬法郎、或者五萬五千法郎的鑽石。您必須承認，老實說，買下這顆鑽石是有風險的。』

「卡德魯斯和他的妻子以目光互相探問。

「『不，』卡德魯斯說：『我們不是有錢人，損失不起五千法郎。』

171 義大利北部城市。

「『隨您的便，親愛的朋友，』珠寶商說：『正如您所見，我可是帶來了黃燦燦的金幣呢。』

「接著他從口袋裡抓出一把金幣，讓它們在旅店老闆和他妻子的眼前閃爍，他還掏出一疊鈔票。

「無疑地，卡德魯斯的腦海裡展開一場嚴酷的鬥爭，顯然，在他手裡翻來覆去把玩著的軋紋小匣，看來比不上晃得他眼花的這筆錢。他轉向他的妻子。

「『你說呢？』他低聲問。

「『給他吧，給他吧，』她說：『如果他返回博凱爾時得不到這顆鑽石，他會告發我們的。正像他說的那樣，誰知道我們是否能找到布佐尼神父呢。』

「『好吧，』卡德魯斯說：『就四萬五千法郎把鑽石拿走吧。但我的妻子要一條金項鍊，而我要一對銀釦。』

「珠寶商從口袋裡掏出一個扁平的長盒子，裡面有幾件他們提出想要的首飾的樣品。

「『看，』他說：『我做生意很爽快的。挑選吧。』

「女人選了一條大約值五路易的金項鍊，那個丈夫選了一對大約值十五法郎的釦子。

「『我希望你們不會抱怨了。』珠寶商說。

「『神父說過，鑽石值五萬法郎，』卡德魯斯不滿地說。

「『好了，好了，拿出來吧！這個人真可怕！』珠寶商說，從他手裡把鑽石硬挖過來，『我出四萬五千法郎，每年有二千五百利佛爾的利息，是一筆財產，我也想得到這樣一筆財產，而你還不滿意。』

「『四萬五千法郎。』卡德魯斯用沙啞的聲音問：『喂，在哪裡呀？』

「『在這裡。』珠寶商說。

「他數出一萬五千法郎的金幣和三萬法郎的鈔票，放在桌上。

「『等一下，我點燈。』卡德魯斯說：『太暗了，會搞錯的。』

「在他們商談時，夜幕確實降臨了，隨著黑夜的到來，半小時以來眼看就要降臨的雷雨也倏然而至。遠方傳來沉悶的雷聲，但珠寶商、卡德魯斯和卡爾孔特女人看來都被貪財的魔鬼附身了，並沒有注意到。我呢，看到那堆金幣和那疊鈔票，彷彿受到古怪的迷惑。我覺得自己在做夢，如同夢中那樣，我感到被釘在原地。

「卡德魯斯數了又數金幣和鈔票，然後交給他妻子，她也數了又數。

「這時，珠寶商在燈光下查看鑽石，鑽石發出光芒，使他忘卻了閃電。閃電是雷雨的前驅，將窗口照得閃閃發亮的。

「『喂，點清楚了嗎？』珠寶商問。

「『點清楚了。』卡德魯斯說：『給我皮夾，找一個錢袋來，卡爾孔特女人。』

「卡爾孔特女人走到一個櫃子前，拿出一個舊皮夾，從裡面抽出幾封油膩膩的信，再放進鈔票，還拿著一個錢袋，裡面有兩三枚值六路易的埃居，這可能就是這對可憐夫婦全部的財產了。

「『好了，』卡德魯斯說：『雖然您奪走了我們一萬多法郎，但或許您願意與我們共進晚餐？這是真心誠意的。』

「『謝謝，』珠寶商說：『恐怕太晚了，我必須返回博凱爾，我的妻子會焦急不安的。』他掏出懷錶，『見鬼！』他大聲說：『快九點鐘了，看來我午夜前回不了博凱爾。再見，孩子們，如果偶爾再有布佐尼之類的神父來找你們，請想到我。』

「『再過一星期，您就離開博凱爾了。』卡德魯斯說：『因為市集下星期結束。』

「『沒關係，您寫信給巴黎王宮市場皮埃爾長廊四十五號若阿內斯先生收，如果需要的話，我會專程趕來。』

「傳來一下雷聲，伴隨著一道耀眼的閃電，幾乎使燈光黯然失色。

「『哦！』卡德魯斯說：『這種天氣您還要上路？』

「『哦！我不怕打雷。』珠寶商說。

「『盜賊呢？』卡爾孔特女人問：『市集期間，大路一直不安全。』

「『至於盜賊，』若阿內斯說：『這是為他們準備的。』

「他從口袋裡掏出一對上滿子彈的小手槍。

「『這是兩隻又會叫又會咬的狗[172]，』他說：『用來對付想奪走您的鑽石的前兩個盜匪，卡德魯斯老爹。』

「卡德魯斯和他的妻子交換了一個陰沉的眼色。看來他們同時萌生可怕的念頭。

「『那麼，一路平安。』卡德魯斯說。

「『謝謝。』珠寶商說。

「他拿起放在舊櫥櫃上的拐杖，走了出去。他打開門時，一股狂風颳進來，差點將燈吹滅。

「『哦！』他說：『天氣真是棒透了，而且要在這種天氣下走兩法里的路！』

「『留下吧。』卡德魯斯說：『您可以睡在這裡。』

「『是呀，留下吧。』卡爾孔特女人用顫抖的聲音說，『我們會好好照顧您。』

「『不，我必須回到博凱爾睡覺。再見。』

「卡德魯斯慢慢走到門口。

「『分不清楚天和地了，』珠寶商說，他已經出門了，『該往右還是往左走呢？』

「『往右走，』卡德魯斯說：『不會搞錯的，大路兩邊都有樹。』

「『好，我往右走。』說話聲幾乎被颳向遠處。

「『關上門吧。』卡爾孔特女人說：『打雷時我不喜歡開門。』

「『而且家裡有筆錢，是嗎？』卡德魯斯說，在鎖孔裡轉了兩圈。

「他轉身走向櫃子，又取出錢袋和皮夾，夫婦倆開始第三次重新點他們的金幣和鈔票。我從來沒有見過那兩張臉那種表情，微弱的燈光照出他們的貪婪。女的尤其醜惡，平時抽動她的、熱病引起的顫抖加劇了。她蒼白的臉變成土色，她深陷的眼睛炯炯有光。

「『你為什麼向他提出睡在這裡？』她用沉悶的聲音問。

「『為了，』卡德魯斯哆嗦著回答：『為了讓他不用那麼辛苦回到博凱爾。』

「『啊！』女人帶著難以描述的表情說：『我以為是為了別的原因。』

「『女人！女人！』卡德魯斯大聲說：『為什麼你有這種想法，這種念頭為什麼不自己留在心裡呢？』

「『不管怎樣，』卡爾孔特女人沉默了一會兒，然後說：『你不是一個男子漢。』

「『怎麼回事？』卡德魯斯問。

「『如果你是男子漢，他就出不了這個門。』

「『女人！』

---

172 狗的法文 chien 也有「槍的擊鐵」之意，這裡一語雙關。

「『或者他到不了博凱爾。』

「『女人！』

「『大路要轉一個彎，他只能順著大路走，而沿著運河還有一條捷徑。』

「『女人，你冒犯上帝了。喂，你聽……』

「果然，傳來一下可怕的雷聲，同時，一道淡藍色的閃電照亮了整個廳堂，雷霆慢慢地減弱，彷彿遺憾地離開這幢應詛咒的屋子。

「『耶穌！』卡爾孔特女人劃十字說。

「與此同時，在通常緊接於雷鳴之後的恐怖寂靜中，有人敲門了。

「卡德魯斯和他的妻子瑟縮發抖，惶悚不安地相對而視。

「『是誰？』卡德魯斯大聲問，站起來把散在桌上的金幣和鈔票攏成一堆，用雙手蓋住。

「『是我！』一個聲音說。

「『您是誰？』

「『當然是珠寶商若阿內斯。』

「『你剛才怎麼說的？』卡爾孔特女人帶著可怕的微笑說：『我冒犯了上帝！看，上帝又把他送回來給我們了。』

「卡德魯斯臉色蒼白，喘氣跌坐在椅子上。相反的，卡爾孔特女人站起來，邁著堅定的步伐，走去把門打開。

「『請進，親愛的若阿內斯先生。』她說。

卡爾孔特女人把門打開，說：「請進，親愛的若阿內斯先生。」

「『真的，』珠寶商濕淋淋地說：『看來魔鬼不願意我今晚返回博凱爾。傻事越早收場越好，親愛的卡德魯斯先生，您剛才要我留宿，我接受了，我回來睡在您家裡。』

「卡德魯斯支支吾吾地說了幾句話，擦去從額頭流下的冷汗。卡爾孔特女人在珠寶商身後關上門，鑰匙轉了兩圈。」

45 血雨

「珠寶商進門時，探詢般環顧四周，但是，他心裡沒有懷疑，也沒有什麼讓他起疑，如果他狐疑了，什麼也不能證實。

「卡德魯斯始終用雙手按住他的鈔票和金幣。卡爾孔特女人盡量可愛地對客人微笑。

「『啊！啊！』珠寶商說：『看來您擔心沒有點清，在我走後，你又再點一遍您的財寶。』

「『不，』卡德魯斯說：『這筆錢來得這樣出乎意料，我們無法置信，若眼前沒有實物證明，還以為在做夢。』

「珠寶商面露笑容。

「『你們店裡有旅客嗎？』他問。

「『沒有，』卡德魯斯回答：『我們不提供住宿，這裡離城裡太近，沒有人會投宿。』

「『那麼，我要大大麻煩你們了？』

「『您麻煩我們？親愛的先生！』卡爾孔特女人嫵媚地說：『一點都不會，我向您發誓。』

「『那把我安排在哪裡呢？』

「『在樓上房間。』

「『那是你們的臥室嗎？』

「『哦！沒關係，隔壁房間還有一張床。』

「卡德魯斯驚訝地望著他的妻子。卡爾孔特女人生起壁爐的火讓客人烤乾衣服。珠寶商哼著小調，一面背對著燒柴烤火。

「這時，她在桌子一端鋪上餐巾，將吃剩的晚餐端上來，再加上兩三顆新鮮雞蛋。

「卡德魯斯已重新把鈔票放進皮夾，將金幣放進錢袋，並統統放入櫃子裡。他來回左右踱步，臉色陰沉，若有所思，不時朝珠寶商抬起頭。珠寶商站在壁爐前，身上熱氣騰騰，等身體一側的衣服烤乾了，再轉到另一邊。

「『好了，』卡爾孔特女人將一瓶葡萄酒放在桌上，『晚餐已準備好，隨便您什麼時候吃。』

「『你們呢？』若阿內斯問。

「『我嗎，我不吃晚飯，』卡德魯斯回答。

「『我們很晚吃晚飯。』卡爾孔特女人趕快說。

「『所以我獨自進晚餐囉？』珠寶商說。

「『我們來侍候您。』卡爾孔特女人回答，那種殷勤即使對待付錢的客人也不是常有的。

「卡德魯斯不時朝她投去迅如閃電的一瞥。

「雷雨還繼續著。

「『您聽到了嗎？您聽到了嗎？』卡爾孔特女人說：『說真的，您回來是對的。』

「『這無妨。』珠寶商說：『如果吃晚飯時狂風暴雨平息了，我要重新上路。』

「『這是西北風。』卡德魯斯搖搖頭說：『一直要吹到明天。』

「他發出一聲嘆息。

「『說真的，』珠寶商入席時說：『出門在外的人真是倒楣。』

「『是的。』卡爾孔特女人說：『他們這一夜可難熬了。』

「珠寶商開始吃晚飯，卡爾孔特女人繼續像貼心的女主人那樣，照顧著他。她平日動輒發怒，脾氣暴躁，現在變成體貼他人和彬彬有禮的典範了。要是珠寶商從前認識她，這樣的劇變會讓他訝異，會啟人疑竇。至於卡德魯斯，他一言不發，繼續踱步，甚至猶豫再三是否要正眼看他的客人。

「當晚餐結束時，卡德魯斯親自去開門。

「『我想雷雨平息了。』他說。

「這時，彷彿要駁斥他似的，一聲悶雷震撼了屋子，一陣狂風夾著雨點颳了進來，把燈吹滅。

「卡德魯斯又關上門，他的妻子在即將熄滅的炭火中點燃一支蠟燭。

「『看，』她對珠寶商說：『您大概累了。我已鋪好白床單，上樓睡個好覺吧。』

「若阿內斯還待了一會兒，想確定狂風暴雨絲毫沒有平息的跡象。等他肯定雷聲和雨點越來越厲害，他便向主人們道晚安，踏上樓梯。

「他從我的頭頂走過，我聽到每級樓梯在他腳下嘎吱作響。

「卡爾孔特女人貪婪的目光跟隨著他，相反的，卡德魯斯背對著，甚至不朝他那邊看。

「這些細節，從那時起不斷縈繞在我腦海裡，但發生在眼前時，我卻不感到驚奇。歸根究柢，發生的事再自然不過，除了鑽石的故事，我覺得有點不真實外，一切都不言而喻。由於精疲力竭，我決定利用風雨讓稽查人員暫時休息的機會，睡幾個小時，然後在深夜離開。

「我聽到樓上房間珠寶商整理一番後，準備度過良夜。不久，他的床吱呀作響，他睡下了。

「我的眼皮不由自主地垂下，由於我不需警戒，便不想對抗睡眠，我朝廚房內部看了最後一眼。卡德魯斯坐在長桌旁的一條木長椅上，在鄉下旅店，這種長椅代替椅子。他背對著我，以致我看不到他的面容。而且，即使他面對著我，由於他雙手抱住頭，我也無法看清楚他的表情。

「卡爾孔特女人望了他一會兒，聳聳肩，走過來坐在他對面。

「這時，餘火燒向她忘了拿開的半截乾柴，一道稍亮的光照亮幽暗的室內。卡爾孔特女人盯著她的丈夫，由於他仍停在相同的姿勢，我看到她朝他伸出貪婪的手，碰碰他的額頭。

「卡德魯斯打了個哆嗦。我感覺女人蠕動著嘴唇，但是，要嘛她說得太輕，要嘛我的感官由於太睏已經麻木，她的聲音傳不到我的耳裡。我如同霧裡看花，帶著入睡時的那種疑惑，以為開始做夢了。末了，我的眼睛闔上，不省人事了。

「我酣然大睡，忽然，我被手槍聲驚醒，緊接著是淒厲的叫聲。樓上房間的地板響起搖搖晃晃的腳步聲，一大塊無生命的東西摔在樓梯上，正好落在我的頭頂上方。

「我還沒有完全清醒過來。我聽到呻吟聲，接著是像搏鬥時會有的窒悶呼喊。

「最後一聲叫喊拖得更長，變為呻吟，讓我完全從麻木狀態中清醒過來。

「我用手臂撐起身體，睜開眼睛，在黑暗中什麼也看不清楚，我用手抹一下額頭，我感到上面有一陣暖熱的急雨穿過樓梯板一滴滴落下來。

「在這可怕的嘈雜聲之後，接著是萬籟俱寂。我聽到一個人在我頭頂走路的腳步聲，他的腳步讓樓梯咯吱作響。這個人下到底層廳堂，走近壁爐，點燃一支蠟燭。

「這個人就是卡德魯斯，他臉色慘白，襯衫血跡斑斑。

「蠟燭點燃了，他又迅速上樓，我重新聽到他急促不安的腳步聲。

「過了一會兒他又下樓。他手裡拿著首飾匣，他急著證實鑽石還在裡面，並在幾個口袋裡摸索半天，看放在哪一個口袋好。然後，他應是認為東西放在口袋裡不安全，便把匣子包在一條紅手帕裡，再將手帕繞在脖子上。

「接著他奔向櫃子，抽出他的鈔票和金幣，一部分塞進長褲的小口袋，另一部分塞進上衣口袋。他拿了兩三件襯衫，向門口衝去，消失在黑暗中。於是，一切真相大白。我自責發生了剛才這件事，彷彿我是真正的兇手。我似乎聽到呻吟聲，不幸的珠寶商可能沒有死，若去救他，我也許還能稍加彌補不是我犯下但我置之不理的罪惡。我睡的那個房間與廳堂間只隔著一道不結實的層板，我用肩膀撞開，進入屋子。我奔向蠟燭，衝到樓梯，一個人的身體橫著堵住樓梯，是卡爾孔特女人的屍體。

「我聽到的槍聲是射向她的，她的咽喉被子彈洞穿，除了兩個傷口血如泉湧之外，她的嘴也吐著血。她已死去，我跨過她的軀體上樓。

「臥室凌亂不堪。兩三件家具被掀翻了。不幸的珠寶商緊抓的床單散了一地，他躺在地上，頭倚著牆，浸在血泊中，血是從胸部三道寬大的傷口湧出來的。

「第四個傷口中插著一把長長的廚房用刀，只看得到刀柄。

「我踩在第二把手槍上，那把手槍沒有發射過，彈藥可能受潮了。

「我走近珠寶商，他果然沒有死。聽到我發出的響聲，尤其是地板的震動聲，他睜開驚恐的眼睛，終於盯著我，啟動嘴唇，彷彿想說話，然後嚥了氣。

「這可怕的景象幾乎讓我喪失理智，一旦我無法救人，我就只有一個需求，那就是逃走。我衝到樓梯，雙手插入頭髮，發出恐怖的喊聲。

「樓下廳堂，有五、六個海關人員和兩、三個憲兵，一整支武裝的人馬。

「他們抓住我，而我甚至不想抵抗，我已經心神渙散。我想說話，但只是發出幾聲含混的叫喊。

「我看到海關人員和憲兵指著我，我低下頭看自己，渾身是血。我剛才感覺穿過樓梯板落到我身上的那陣熱雨，就是卡爾孔特女人的血。

「我用手指我躲藏的地方。

「『他想說什麼？』有個憲兵問。

「一個海關人員走過去看看。

「『他想說，他從那裡過來的。』他回答。

「他指著我鑽出來的那個洞。

「於是我明白了，他們以為我是兇手。我恢復了聲音，恢復了力氣，我掙脫抓住我的那兩個人的手，喊道：「『不是我！不是我！』

「兩個憲兵用短槍瞄準我。

「『你再動，』他們說：『就斃了你。』

「『可是，』我大聲說：『我要再說一遍，不是我！』

「您去對尼姆的法官說這個小故事吧。』他們回答：『先跟我們走，如果要我們給你建議的話，那就是不要抵抗。』

「我完全不想抵抗，我被驚訝和恐懼嚇壞了。他們給我戴上手銬，綁在一匹馬的尾巴上拉著走，把我帶到尼姆。

「我早就被一個海關人員盯上了，他直到屋子附近才看不見我的蹤影，他猜到我在旅店過夜，於是他去報告了同伴，他們趕到時正好聽到槍聲，並在犯罪現場抓住我。我隨即明白，要讓人相信我是無辜的，是十分困難的。

「因此，我只想做一件事：我對預審法官的第一個要求，就是請求他派人尋找一個叫布佐尼的神父，這個神父白天曾在噶赫水道橋停留。如果卡德魯斯是在編故事，這個神父並不存在，顯然我就完了，除非也抓住卡德魯斯，而他全部招認。

「兩個月過去了，在這期間，我應該說法官還不錯，他們已到處搜尋，要找到我想見的那個神父。我已經失去一切希望。還沒有抓到卡德魯斯，而我就要在第一次開庭時受審，九月八日，也就是事發後的三個月零五天。我已經不抱任何希望見到的布佐尼神父出現在監獄，說他得知有個犯人想見他。他說，他在馬賽聽說之後，趕忙來達成我的心願。

「您知道我多麼激動地與他會面，我把親眼目睹的事告訴他，不安地提到鑽石的故事，結果出乎我意料之外，這個故事完全屬實；也同樣出乎我意料之外，他完全相信我說的事。於是，我被他的慈愛為懷所感動。他對我國風俗有深入瞭解。我想，也許唯有從他如此仁慈的嘴唇，才能說出對我所犯下唯一罪行的寬恕，於是我便藉由告解，把奧特伊那段經歷原原本本告訴他。我出於衝動所做的事，卻得到與預謀行事同樣的效果。沒有什麼迫使我吐露第一次犯下的謀殺，如實道出，無非是向他表明，我沒有再殺過人。他離開時要我懷著希望，答應竭盡所能讓法官相信我的無辜。

「後來證明他真心關心我，因為獄中條件逐漸改善，並得知我的審判，要等到會審過之後才召開刑事法庭審判會。

「這段期間，天網恢恢，卡德魯斯在國外被抓住了，引渡回法國。他完全招認，將預謀、尤其受人挑唆都推到妻子頭上。他被判終身苦役，而我被釋放了。」

「於是，」基度山說：「您帶著布佐尼神父的信來見我？」

「是的，大人，神父明顯地關心我。

「『您做走私生意會毀了您，』他對我說：『如果您出獄了，就金盆洗手。』

「『可是，神父，』我問他：『您叫我怎麼生活，又怎麼養活我的嫂子呢？』

「『有個找我告解的人，』他回答我：『非常敬重我，他委託我為他找一個心腹。您願意跟隨他嗎？我將您推薦給他。』

「『神父！』我大聲說：『您心地真好！』

「『但您要對我發誓，決不要讓我後悔。』

「我伸手發誓。

「『不需要。』他說：『我瞭解並且喜歡科西嘉人，這是我的推薦信。』

「於是他寫了幾行字，我把這封信交給了您，大人根據這封信好心留下我侍奉您。現在我自豪地問大人，您對我有過什麼抱怨嗎？」

「沒有，」伯爵回答：「我樂意承認，您是一個好僕人，貝爾圖喬，儘管您不夠信任我。」

「我竟會這樣，伯爵先生！」

「是的，您是這樣。您有一個嫂子和一個繼子，但您從未對我提起過他們？」

「唉，大人，這正是我接下來要告訴您的、我生平最悲哀的一段經歷。我動身前往科西嘉島。您明白，我急於見到和安慰我可憐的嫂子，但當我回到羅格利亞諾時，家裡正在舉喪，場面哀悽，鄰居們至今記憶猶新。我可憐的嫂子依循我的忠告，抵制貝內德托的要求，他無時無刻都想得到家裡所有的錢。一天上午，他威脅她，且整日不見人影。她暗自垂淚，因為這個親愛的阿森塔像母親一樣愛那個壞蛋。黑夜來臨，她為他等門。十一點鐘，他帶著兩個朋友回來，就是那些狐朋狗友，她向他伸出雙臂，但他們抓住她，其中一人，我懷疑就是那個窮兇極惡的孩子，他喊道：『我們來拷問她，一定要逼她供出錢藏在什麼地方。』

「剛巧我們的鄰居瓦齊利奧在巴斯蒂亞，只有他的妻子在家。除了她，沒有人看到和聽到我嫂子家裡發生的事。兩個傢伙拖住可憐的阿森塔，她無法相信他們會幹出這種勾當，還對那些要成為她的劊子手的傢伙微笑。第三個人則去堵住門窗，然後回來，三個人一起摀住我嫂子的嘴巴。她因為這些更進一步的準備工作而喊叫起來。那些人把阿森塔的雙腳湊近炭火，他們打算靠燒烤讓她供出我們的小金庫所在。掙扎時，火燒著了她的衣服，他們於是鬆開受拷問的女人，免得也被波及。她全身著火，奔向門邊，但門被鎖上了。

「她衝向窗口，但窗戶被堵死了。這時女鄰居聽到可怕的喊聲，是阿森塔在呼救。不久，她的聲音窒住了，喊聲變成呻吟。第二天，經過一夜的驚嚇和焦慮不安，當瓦齊利奧的妻子大膽走出家門，叫來法官打開我們的家門時，大家看到阿森塔已半身燒焦，但還有呼吸，櫥櫃被強行打開，錢財搶劫一空。至於貝內德托，他離開了羅格利亞諾，不再回來。從那一天起，我沒有再見到他，甚至不曾聽人提起過他。

「正是得知這悲傷的消息之後，」貝爾圖喬又說：「我才去找大人的。我不需對您提起貝內德托，因為他已遠走高飛，也不需提起我的嫂子，因為她死了。」

「您怎麼看這件事？」基度山問。

「這是對我犯下那件罪行的懲罰。」貝爾圖喬回答：「啊，維勒福一家是應詛咒的家族。」

「我相信是如此。」伯爵用淒戚的口吻低聲說。

「現在，」貝爾圖喬說：「大人明白了吧，這幢我後來沒再見過的房子，這座我突然又來到的花園，這個我殺過人的地方，讓我惶恐不安。您想知道原因何在的話，坦白說，我不敢肯定在我面前，這裡，在我腳下，德．維勒福先生是否躺在他為自己的孩子挖好的墳墓裡。」

「確實，什麼事都可能發生，」基度山說，從坐著的長椅站起來；「甚至，」他低聲補充說：「檢察官也可能沒死。布佐尼神父把您派到我這裡是對的。您把這個故事說給我聽是對的，因為我對您不會有不好的想法。至於這個名實不符的貝內德托[173]，您不曾試圖搜尋他的蹤跡嗎？您沒有力圖得知他的下落嗎？」

「從來沒有，如果我知道他在哪裡，我不但不會去找他，還會逃得遠遠的，就像避開魔鬼一樣。不，幸虧我沒有聽到任何人提起他，我希望他死了。」

「別這樣希望，貝爾圖喬，」伯爵說：「惡人不會這樣死去，因為上帝似乎會保護他們，作為復仇的工具。」

「是的，」貝爾圖喬說：「我對上天的唯一祈求，是不再看到他。現在，」管家低下頭繼續說：「您全都知道了，伯爵先生，您是我在人間的法官，正如上帝是天堂的法官那樣，難道您不安慰我幾句嗎？」

「您說得對，我對您說的話，布佐尼神父也會這樣對您說：您刺殺的那個人，那個維勒福，就他對您所做

173 貝內德托意為祝福。

的事，或許還為了別的事，應受到懲罰。貝內德托，如果他還活著，正如我說的那樣，將成為上天復仇的工具，之後也會受到懲罰。至於您，實際上您只有一點需要自責，您要想想，讓這個孩子死而復生後，為什麼不把他交給他的母親。罪孽就在這裡，貝爾圖喬。」

「是的，先生，罪孽，真正的罪孽在這裡，因為我表現得像個懦夫。一旦我讓孩子活過來，正如您所說的，我只有一件事要做，就是送回給他的母親。但這樣做，我就必須查找，恐怕會引起注意，甚至葬送自己。我不想死，我眷戀生命是為了我的嫂嫂，為了我們這些人在復仇之後能安然脫身的天生虛榮心。最後，我眷戀生命也許是因為貪生怕死。我啊，不像哥哥那樣，是個勇敢的人！」

貝爾圖喬用雙手掩住臉，基度山用難以描述的目光長久凝視著他。

片刻的沉默，此時此地變得分外莊嚴。

「這次關於您經歷的談話是最後一次，為了正式結束，貝爾圖喬先生，」伯爵帶著他不常有的憂鬱口吻說：「請記住我的話，我時常聽到布佐尼神父說：對付一切罪惡，只有兩帖藥，時間和沉默。現在，貝爾圖喬先生，讓我在花園裡散一會兒步。您是這個舞台上的演員，對您來說是撕心裂肺般的激動，對我則是近乎溫暖的感受，這讓這份產業具有雙重價值。您看，貝爾圖喬先生，樹木討人喜歡，只是因為它們有蔭涼；而蔭涼討人喜歡，是因為它充滿夢幻和想像。看，我買下一座花園，原以為買的是四堵牆壁圍起來的尋常空間，如此而已；突然，這個空間變成一個鬼影幢幢的花園，這些幽靈並沒有註明在契約上。然而，我喜歡幽靈，我不曾聽過，幽靈六千年所做的壞事，抵得過活人一天內所做的壞事。進屋吧，貝爾圖喬先生，睡個好覺，如果您臨終時聽告解的神父不像布佐尼神父那樣寬容，而且我還在世上，那就把我叫來。當您的靈魂準備上路，踏上所謂永生這一艱難的旅程時，我將會說一些話，溫柔地撫慰您的靈魂。」

貝爾圖喬對著伯爵恭敬地一鞠躬，嘆了一口氣，離開了。只剩下基度山，他向前走了幾步。

「這裡，靠近梧桐樹，」他低聲說：「是埋下孩子的墓穴。那邊，是進入花園的小門；這個角落，暗梯通到臥室。我不需將這些記在筆記本上，因為它們就在我的眼前，我的周圍，我的腳下，是個立體的、活生生的圖形。」

伯爵在花園繞完最後一圈，然後走回馬車旁。貝爾圖喬看到他若有所思，一言不發地坐在車伕旁邊的座位上。

馬車踏上回巴黎的路。

當天晚上，基度山伯爵回到香榭麗舍大街的府邸後，對整幢住宅察看了一遍，就像多年來熟悉這幢住宅的人那樣行走自如。儘管他走在前面，但不曾開錯門，也不曾踏上一道樓梯或走廊是不能直接通往他想去的地方。阿里陪著他進行這次夜間巡視。伯爵吩咐了貝爾圖喬幾句話，以便裝修或重新佈置住宅。他掏出懷錶，對仔細傾聽的努比亞人說：「現在是十一點半，海蒂不會遲到。已經通知法國女傭了嗎？」

阿里伸手指向供希臘美女使用的那間套房，套房是完全獨立的，一道帷幔遮住房門，即使巡視了整幢房子，也不會察覺裡面還會有一個客廳和兩間臥室。這麼說吧，只見阿里伸手指向那間套房，用左手手指表示數字三，然後又攤平手掌，靠在頭上，閉上眼睛，表示睡覺。

「啊！」基度山說，他已習慣這種語言，「有三個女傭在臥室等候，是嗎？」

是的。阿里點頭。

「夫人今晚肯定累了，」基度山又說：「她應已想睡了，不要麻煩她開口吩咐什麼，法國女傭只要向她們的新女主人問候，便可退出。您看緊點，別讓希臘侍女跟法國女傭來往。」

阿里鞠躬。

不久，傳來吆喝門房的聲音。鐵柵門打開了，一輛馬車駛進甬道，停在石階前。伯爵下樓。車門已經打開，他將手伸向一個年輕女人，她裹著一件繡金線的綠緞披風，連頭蒙住。

年輕女人握住伸向她的手，又敬又愛地吻了一下，他們交換了幾句話，年輕女人柔聲細語，伯爵溫和莊重，他們的語言悅耳動聽，彷彿是從老荷馬筆下的神話人物的嘴裡說出來的一樣。

於是，阿里在前面帶路，他手擎一支紅燭，年輕女人就是希臘美女，基度山在義大利的女伴。她被帶到自己的那間套房，然後伯爵回到他為自己保留的小樓。

十二點半，屋子裡所有燈光都熄滅了，也許大家都已睡下了。

46 無限支取

第二天，將近下午兩點鐘，一輛四輪敞篷馬車，套著兩匹膘肥體壯的英國馬，停在基度山的家門口。一個人從車門探出頭來，派他的年輕車伕去詢問門房基度山伯爵是否在家。這個人身穿藍色上裝，鈕釦由藍色絲線編成，白色背心，掛著一條粗重金鍊，胡桃色的長褲，烏黑的頭髮低垂到眉毛，但遮不住臉上的皺紋，顯得不太和諧，讓人懷疑是假髮。他五十到五十五歲了，卻努力裝出只有四十歲。

這個人一邊等候回報，一邊觀察房子的外觀，那種鉅細無遺的專注態度近乎放肆失禮，但他只能看清楚房子和花園的模樣，還有幾個來來往往的僕人的制服。這個人目光靈活，與其說機智，不如說是狡黠。他的嘴唇很薄，不是突出在外，而是反扣在嘴裡的。另外，顴骨寬大突出，這是奸詐的明顯標誌，額頭扁平，枕骨隆起，明顯超出一對卑瑣難看的招風耳。對善於看相的人來說，這副尊容近乎討厭，他在常人眼裡之所以值得稱道，是由於他俊秀的馬、別在襯衫上偌大的鑽石和繫在鈕孔間的紅絲帶。

年輕車伕敲敲門房的玻璃窗，問道：「基度山伯爵住在這裡嗎？」

「大人住在這裡，」門房回答：「但是……」他以目光詢問阿里。

阿里做了一個否定的手勢。

「但是？」年輕車伕問。

「但是大人不見客。」門房回答。

「這樣的話，這是我的主人唐格拉爾男爵先生的名片。您可以轉交給基度山伯爵，並告訴他，我的主人上議院去，特意繞道來拜訪他。」

「我不能直接跟大人說話，」門房說：「這事由大人的貼身男僕負責。」

年輕車伕回到馬車那邊。

「怎麼樣？」唐格拉爾問。

小伙子悻悻然地碰了一鼻子灰，把門房的回答告訴主人。

「哦！」唐格拉爾說：「那麼這位先生是一位親王了，僕人稱他為大人，而且只有他的貼身男僕才有權跟他說話。沒關係，既然他有一筆款項放在我那裡，他要用錢的時候，我一定會見到他。」

唐格拉爾又靠回馬車裡，對車伕發號施令，聲音大到對面街道都聽得到：「上眾議院！」

基度山已及時得到報告，透過小樓的百葉窗，他用一架高級觀劇望遠鏡看到了男爵，觀察他的仔細程度，不下於唐格拉爾先生研究房子、花園和僕人制服。

「確實，」他做了一個鄙夷不屑的手勢，一面將望遠鏡裝回象牙套子裡，「這個傢伙確實很醜，即使初次見面，怎會認不出這是扁頭蛇、突額禿鷲和利嘴鷹呢！」

「阿里！」他叫道，然後敲了一下銅鈴。阿里出現了。「去叫貝爾圖喬來。」伯爵說。

這時，貝爾圖喬進來了。「大人叫我嗎？」管家問。

「是的，先生，」伯爵說：「您看見剛才停在門口的那兩匹馬了嗎？」

「當然看見了，大人，真是駿馬。」

「怎麼搞的，」基度山皺眉蹙額地說：「我要您覓到巴黎最好的兩匹馬，眼前在有另外兩匹馬跟我的馬一樣漂亮，卻不在我的馬廄裡？」

看到主人皺眉，聽到他嚴厲的聲音，阿里低下頭。

「這不是你的錯，好阿里，」伯爵用阿拉伯語說，那種溫柔很難讓人相信會出現在他的嘴裡和臉上，「你對英國馬並不在行。」

阿里面容上又出現寧靜的表情。

「伯爵先生，」貝爾圖喬說：「您曾提到的馬是不出售的。」

基度山聳聳肩：「管家先生，要知道，只要肯出價錢，什麼都能買到。」

「唐格拉爾先生花了一萬六千法郎，伯爵先生。」

「那麼，就該給他三萬二千法郎。他是銀行家，而銀行家決不會錯過讓資金翻倍的機會。」

「伯爵先生此話當真？」貝爾圖喬問。

基度山驚訝地望著管家。因為沒有人敢反問他。

「今晚，」他說：「我要出門拜訪，我希望那兩匹馬安上新鞍轡，套在我的馬車上。」

貝爾圖喬鞠躬退下，到門口時，他停下說：「大人打算幾點鐘出門拜訪？」

「五點鐘。」基度山說。

「提醒大人，現在兩點鐘了。」管家大膽地說。

「我知道。」基度山只回答了一句。

然後轉向阿里：「把所有馬匹都牽出來讓夫人看看。」他說：「由她挑選中意的馬，如果她願意與我共進午餐，請她派人來跟我說一聲，那樣的話，就在她那裡吃飯。走吧，下樓時把我的貼身男僕叫來。」

阿里剛剛出去，貼身男僕就進來了。巴蒂斯坦鞠了一躬。

「現在要知道的是，我是否中您的意。」

「哦！伯爵先生！」巴蒂斯坦急忙說。

「聽我說完，」伯爵說：「您一年賺一千五百法郎，相當於一個善良正直、每天冒著生命危險的軍官的薪俸；您的飯菜，許多辦公室主任，以及比您加倍忙碌的不幸行政人員，也同樣渴望；您身為僕人，卻也有僕人打點您的服裝和用品。除了一千五百法郎的薪水，您在為我置辦衣物時，每年從中差不多又撈了一千五百法郎。」

「哦！大人！」

「我並非抱怨，巴蒂斯坦先生，這是可以理解的，但我希望到此為止。您在別處絕對無法僥倖找到一個這樣的位置。我從不打罵僕人，我從不發脾氣，我總是原諒犯錯，但從不原諒疏忽或遺忘。我的命令通常很簡短，但準確明白。我寧願複述兩次，甚至三次，而不願看到被曲解。我有的是錢，能知道我想知道的一切，而且我事先告訴您，我非常好奇。如果我知道您對我評頭論足，議論我的行動，窺伺我的行為，您將會馬上離開這裡。我對我的僕人只警告一次，您已聽到警告了，走吧！」

巴蒂斯坦鞠了一躬，走了三、四步想退下。

「對了，」伯爵又說：「我忘了告訴您，每年，我都為每個僕人存一筆錢。我打發走的人當然失去這筆錢，留下的人在我死後有權享用。您在我這裡已經一年，您已有一筆財產，繼續增加這筆財產吧。」

這番話是當著阿里的面說的，阿里無動於衷，因為他聽不懂法語，但對巴蒂斯坦卻產生了效果，凡是研究過法國僕人心理的人都會瞭解。

「我會盡力在各方面合乎大人的心意。」他說：「另外，我會以阿里先生為榜樣。」

「別那樣做。」伯爵帶著大理石雕像般的冷漠說：「阿里有許多缺點跟他的優點混雜在一起，因此不要以他為榜樣，他是一個例外。他沒有工錢，他不是一個僕人，而是我的奴隸，我的狗。如果他失職，我不會趕走他，我會殺死他。」

巴蒂斯坦睜大雙眼。

「您懷疑？」基度山問。

他對阿里重複剛才用法語對巴蒂斯坦說的那些話。

阿里聽著，露出笑容，走近他的主人，單膝下跪，尊敬地吻主人的手。

伯爵的訓話導致這種結果，巴蒂斯坦先生的驚訝達到頂點。

伯爵示意巴蒂斯坦退下，並示意阿里跟隨他。他們兩人來到書房，在裡面談了很久。

五點鐘，伯爵敲了三下鈴。一下叫阿里，兩下叫巴蒂斯坦，三下叫貝爾圖喬。

管家進來了。

「我的馬呢？」基度山問。

「已經套在馬車上了，大人。」貝爾圖喬回答：「我要陪伴伯爵先生嗎？」

「不，車伕、巴蒂斯坦和阿里，這就夠了。」

伯爵下樓，看到他上午讚賞的、套在唐格拉爾馬車上的兩匹馬已套在他的馬車上。

經過馬匹時，他看了一眼。

「果然是駿馬。」他說：「您買到手了，事情辦得不錯，不過，有點為時已晚。」

「大人，」貝爾圖喬說：「我好不容易才弄到手，價格昂貴。」

「駿馬不會因此而遜色吧？」伯爵聳聳肩問。

「只要大人滿意，」貝爾圖喬說：「一切都不在話下。大人要上哪裡？」

「昂坦堤道街，唐格拉爾男爵先生家。」這番談話是在石階上面進行的。貝爾圖喬邁了一步，準備走下第一級台階。

「等等，先生，」基度山拉住他說：「我需要在海邊購置一塊地，比如在諾曼第，或在勒阿弗爾和布隆訥之間。您看，我給您的範圍很寬。那塊地要有一個小港灣，我的小型護衛艦能駛進和停泊在那裡，它吃水只有十五尺。護衛艦必須隨時準備出海，一旦我發出信號，無論是白天或黑夜，何時何刻。您根據我提出的條件，到所有公證人那裡打聽這樣一份產業。您得到資訊後，去察看一下，如果您滿意，就以您的名義買下來。護衛艦大概正開往費康吧，是嗎？」

「我們離開馬賽那晚，我看它已出海了。」

「遊艇呢？」

「遊艇在馬爾蒂格村待命。」

「好！您要不時跟那兩個指揮帆船的船老大聯繫，要他們別酣然大睡。」

「那艘汽船呢？」

「在夏隆那一艘嗎？」

「是的。」

「跟兩艘帆船一樣待命。」

「好！」

「買下那塊地以後，我要從北方到南方的大路上，每隔十法里設一個驛站。」

「大人可以完全信任我。」

伯爵做了一個滿意的手勢，走下石階，跳進馬車。在兩匹駿馬的小跑步下，馬車直到銀行家的公館門前才停下。

唐格拉爾正在主持一個鐵路的委員會會議，這時僕人通報基度山伯爵來訪。剛好，會議也快要結束了。

聽到伯爵的名字，他站起身來。

「諸位，」他對同事們說，其中有幾位是上議院或下議院有名望的議員，「請原諒我如此離席，但請設想，羅馬的湯姆遜—弗倫銀行為我介紹了一位叫基度山伯爵的人，並在我的銀行裡為他開了一個無限貸款的戶頭。這是我的外國客戶跟我開的一個最滑稽的玩笑。說實話，你們明白，我心生好奇，且至今仍然驚訝不已。今天上午我到過這個伯爵那裡。若真是一個伯爵，你們知道，就不會這麼有錢。伯爵先生不見客，你們說這是什麼意思？基度山老爺難道擺出殿下或者絕色美女的派頭嗎？不過，那幢坐落在香榭麗舍大街的、屬於他的房子，我打聽過了，倒很漂亮。可是，無限貸款，」唐格拉爾奸笑地說：「倒使接受開戶的銀行家十分為難了。因此，我急於要見我們的客戶一面。我覺得被愚弄了。但他們不知道他們是跟誰打交道。誰會笑到最後，誰就笑得最開心。」

說完這番誇大其辭的話以後，男爵先生離開他的客人們，來到以白色、金色佈置的沙龍裡，這個沙龍在昂坦堤道街很負盛名。

他吩咐僕人把訪客帶到這裡，想讓他第一眼就目眩神迷。

伯爵站在那裡，觀看阿爾巴尼[174]和法托利的幾幅複製品，那是別人當作真跡賣給銀行家的，畫是複製的，而且和裝飾天花板的各種金色菊苣極不和諧。

聽到唐格拉爾進來的聲音，伯爵轉過身。

唐格拉爾略微點頭致意，示意伯爵坐在一張蒙著繡金線白緞椅套的金色木質扶手椅裡。

伯爵坐下。

「我有幸與基度山先生說話嗎？」

「我呢，」伯爵回答：「我有幸與榮譽勳位獲得者、參議院議員唐格拉爾男爵先生說話嗎？」

基度山把男爵名片上的所有頭銜重複了一遍。

唐格拉爾感覺被人刺了一下，咬著嘴唇。

「請原諒，先生，」他說：「剛才沒有馬上以您告知的頭銜稱呼您。但您知道，我們生活在平民政府的治理之下，而我呢，是人民利益的代表。」

「所以，」基度山回答：「在維持讓別人稱呼您為男爵的習慣的同時，您卻失去了稱呼別人為伯爵的習慣。」

「啊！我並不看重這樣的稱呼，先生，」唐格拉爾滿不在乎地說：「他們稱呼我為男爵，授予我榮譽勳位，是由於我盡了綿薄之力，但是……」

「但是，您放棄了頭銜，就像蒙莫朗西先生和拉法耶特[175]先生那樣？這是一個值得效法的榜樣，先生。」

「不完全是這樣，」唐格拉爾尷尬地說：「對於僕人，您明白……」

「是的，對僕人您自稱老爺；對新聞記者，您自稱先生；對您的客戶，您自稱公民。在君主立憲政府下，這是非常實際的差別對待。我完全理解。」

唐格拉爾緊咬嘴唇，他察覺，在這方面他不是基度山的對手，因此他試圖回到他熟悉的領域。

「伯爵先生，」他鞠躬說：「我收到湯姆遜—弗倫銀行的通知書。」

「我很榮幸，男爵先生。請允許我擁有與您的僕人一樣的稱呼權利，這是我的壞習慣，是從那些不再新封、卻還有男爵出現的國家養成的壞習慣。我說過我很榮幸，我不需要自我介紹了，那總是讓人難堪的。剛才您說您收到一份通知書？」

「是的，」唐格拉爾說：「但不瞞您說，我不太明白通知書的意思。」

「啊！」

「於是我特地去拜訪您，想請您做解釋。」

「說吧，先生，我洗耳恭聽。」

「這份通知書，」唐格拉爾說：「我相信在身上（他掏口袋）。對，在這裡，這份通知書要我的銀行為基度山伯爵先生開一個無限貸款的戶頭。」

「那麼，男爵先生，裡面有什麼晦澀難懂之處嗎？」

「沒有，先生，只是『無限』這個詞……」

「這不是法文嗎？您知道，這是英國人和德國人合開的銀行所寫的信。」

「哦！是的，先生，在文法方面無懈可擊，但在會計方面情況就不同了。」

174 阿爾巴尼（一五七八—一六六〇），義大利畫家。
175 拉法耶特（一七五七—一八三四），原為侯爵，參加過美國獨立戰爭、法國大革命和一八三〇年革命，甚至是燒炭黨成員。

「依您看來，」基度山用盡可能天真的神態問：「湯姆遜—弗倫銀行不值得信任嗎？男爵先生？見鬼！這真讓我不高興，因為我有幾筆資金放在這家銀行裡。」

「啊！值得信任，」唐格拉爾帶著近乎嘲弄的微笑回答：「但『無限』這個詞的含義，在金融方面非常含混不清……」

「以致沒有限制，是嗎？」基度山說。

「沒錯，先生，這正是我想說的。然而，含混不清就是不準確，哲人曰：不準確，切勿行。」

「這意味著，」基度山說：「如果湯姆遜—弗倫銀行準備做蠢事，唐格拉爾銀行不準備效仿。」

「這話怎麼說，伯爵先生？」

「當然是這樣，湯姆遜—弗倫先生的營業額是無限的，但唐格拉爾先生的營業額是有限的，正如剛才您所說的那樣，您是一個哲人。」

「先生，」銀行家倨傲地回答：「不曾有人過問我的資產呢。」

「那麼，」基度山冷冷地回答：「看來由我開始。」

「憑什麼權利？」

「憑您要我做解釋的權利，先生，您的要求似乎表現出遲疑不決的樣子……」

唐格拉爾緊咬嘴唇，他再次被這個人擊敗，而且是在他的陣地上。唐格拉爾那帶著嘲諷意味的彬彬有禮只不過是裝出來的，而且幾乎達到放肆無禮的極端程度。

相反的，基度山卻溫文儒雅地微笑著，而且只要他願意，還能擺出一種天真的神情，讓他占了許多便宜。

「總之，先生，」唐格拉爾沉默片刻說：「我想請您親自確認打算在我的銀行裡提款的數目，讓我心裡有個底。」

「可是，先生，」基度山回答，決意在商議中毫不退讓：「如果我要求在您的銀行裡無限支取，就是說我不知道我將需要多少錢。」

銀行家以為終於能占上風的時刻到來了，他仰身靠在扶手椅上，帶著笨拙、傲慢的微笑說：「哦！先生，不必擔心是否能滿足您的期望。您可以相信，不管唐格拉爾銀行的資本多麼有限，還是能滿足鉅額的提款，哪怕您要一百……」

「我沒聽清楚，請再說一遍好嗎？」基度山說。

「我說一百萬。」唐格拉爾帶著傻瓜的直率重複。

「一百萬怎麼夠我使用呢？」伯爵說：「天哪！先生，如果我只需要一百萬，我就不會為了這區區數目開一個戶頭了。一百萬？我的皮夾或旅行用品盒裡隨時都有一百萬。」

基度山從放名片的小本子裡抽出兩張五十萬法郎的國庫券，是憑券即付的。

對唐格拉爾這樣的人來說，刺一下是不夠的，必須當頭一棒。這一棒產生了效果。銀行家搖搖晃晃，頭暈目眩，他對基度山睜著驚惶的雙眼，瞳孔可怕地放大。

「唔，老實承認吧，」基度山說：「您不相信湯姆遜—弗倫銀行。天哪！這很簡單，我早預料到了，儘管我不太懂商務，我還是採取了謹慎的措施。這是另外兩份通知書，與寄給您的一模一樣，一份是維也納的阿雷斯坦—埃斯柯勒斯銀行給德·羅特希爾德男爵先生的，另一份是倫敦的巴林銀行給拉斐特[176]先生的。請您開口直說，先生，那我就不再麻煩您，轉而去找這兩家銀行中的一家。」

戰爭結束，唐格拉爾敗北，他帶著明顯的哆嗦打開維也納那家銀行的通知書和倫敦那家銀行的通知書，那是伯爵伸長手遞給他的。他證實簽名無疑，那種仔細審視的認真程度如果不是由於基度山注意到銀行家已暈頭轉向的，那麼對基度山會是一種侮辱。

「哦！先生，這三個簽名就值幾百萬。」唐格拉爾站起來說，彷彿要向面前這個人所代表的金錢勢力致意，「三份對我們的銀行無限貸款的通知書！原諒我，伯爵先生，我雖然不再懷疑，卻仍然十分驚訝。」

「哦！像您這樣的銀行不應該如此驚訝。」基度山彬彬有禮地說：「這樣，您能讓我提款了吧，是嗎？」

「請開口，伯爵先生，我聽候您的吩咐。」

「那麼，」基度山說：「我們已經互相瞭解，因為把話說明白了是吧？」

唐格拉爾點頭表示同意。

「您不再有任何懷疑了嗎？」基度山繼續問。

「哦！伯爵先生！」銀行家大聲說：「我從來沒有懷疑過。」

「是的，您只是想確認，如此而已。那麼，」伯爵重複說：「既然我們已互相瞭解，既然您不再有任何懷疑，如果您願意，我們就確定第一年的總數，比如，六百萬。」

「六百萬，好的！」唐格拉爾驚異地說。

「如果我需要更多的錢，」基度山順口說：「我們就再增加，但我只打算在法國待一年，在這一年裡，我想不會超過這個數字。總之，我們以後再看吧。作為開始，明天請送五十萬法郎來給我，我中午前會一直在家。如果我不在家，我會留給管家一張收據。」

「明天上午十點鐘，款項會送到您家，伯爵先生。」唐格拉爾回答：「您想要金幣、銀幣還是鈔票？」

「請給一半金幣，一半鈔票。」

伯爵站起身。

「我應當向您坦白說一件事，伯爵先生，」唐格拉爾又說：「我原以為對歐洲所有富豪都瞭如指掌，而您是如此富可敵國，不瞞您說，我完全沒聽過您的名字，您是最近發跡致富的嗎？」

「不，先生，」基度山回答：「相反的，我的財富由來已久，這是一筆家族財寶，一直不許動用，利息讓本金增加了三倍，遺贈者規定的年限才過去幾年，因此我只動用了幾年，您對此一無所知是很自然的事，不久您會更加瞭解的。」

伯爵說這番話時露出淡淡微笑，這種微笑曾使弗朗茲．德．埃皮奈毛骨悚然。

「憑您的喜好和興趣，先生，」唐格拉爾繼續說：「很快地您會在法國首都展示豪華的排場，把我們這些可憐的小百萬富翁比下去。不過，我覺得您是一個藝術愛好者，因為我進來的時候，您正在看我的油畫。請允許我為您介紹我的畫廊，都是古老的油畫，是貨真價實的大師珍品，我不喜歡當代作品。」

「您說得對，先生，因為當代作品一般說有個很大的缺陷，就是時間太短，不足以成為骨董。」

「我之後能給您看看幾尊托爾瓦爾森[177]、巴爾托洛尼[178]、卡諾瓦[179]的雕像嗎？他們都是外國藝術家。」

正如您所見，我不欣賞法國藝術家。」

「您有權利對他們不公正，先生，他們是您的同胞。」

176 拉斐特（一七六七—一八四四），法國銀行家、政治家，從一八〇九年起任法蘭西銀行的董事，屬自由派。

177 爾瓦爾森（一七六八—一八四四），丹麥雕塑家，與卡諾瓦齊名。

178 巴爾托洛尼（一七七七—一八五〇），義大利雕塑家。

179 卡諾瓦（一七五七—一八二二），義大利雕塑家，作品有《拿破崙胸像》、《拿破崙執掌勝利》等。

「等以後我們更熟悉的時候，再看那些畫吧，而今天，如果您同意，我想將您介紹給唐格拉爾男爵夫人。請原諒我如此性急，伯爵先生，但像您這樣一位客戶，幾乎等於我家的一員。」

基度山鞠了一躬，表示接受金融家給他的敬意。

唐格拉爾拉鈴，一個僕人身穿華麗制服應聲而至。

「男爵夫人在房裡嗎？」唐格拉爾問。

「在，男爵先生，」僕人回答。

「獨自一人？」

「不，夫人有客。」

「在別人面前介紹您不會冒失吧，伯爵先生？您不隱姓埋名吧？」

「不，男爵先生，」基度山微笑著說：「我自認沒有這種權利。」

「誰在夫人哪裡？是德布雷先生？」唐格拉爾和藹地問，基度山暗自發笑，他早已知道銀行家公開的家庭祕密。

「是德布雷先生，男爵先生。」僕人回答。

唐格拉爾點點頭。然後轉向基度山說：「呂西安·德布雷先生是我們的一個老朋友，內政大臣的私人祕書。至於我的妻子，她嫁給我是屈尊降紆，因為她屬於簪纓世家，娘家姓塞維埃爾，前夫是上校德·納爾戈納侯爵先生。」

「我無幸認識唐格拉爾夫人，但我已經見過呂西安·德布雷先生。」

「啊！」唐格拉爾說：「在哪裡？」

「在德・莫爾賽夫先生家。」

「啊！您認識子爵。」唐格拉爾說。

「羅馬狂歡節期間我們在一起。」

「啊！是的，」唐格拉爾說：「我好像聽說他在遺址遇到強盜、小偷這樣古怪的遭遇。他奇蹟般死裡逃生。我想他從義大利回來之後，原原本本說給我妻子和女兒聽了。」

「男爵夫人恭候二位。」僕人回來說。

「我在前面為您帶路。」唐格拉爾鞠躬說。

「我緊隨在後。」基度山說。

47 帶白斑點的灰色馬

伯爵跟著男爵，穿過一長排房間，裝潢華麗中帶著粗俗，闊綽裡顯得品味低劣，最後來到唐格拉爾夫人的小客廳。這是一個八角形的小房間，蒙著粉紅色的緞質壁紙，外加印度的平紋細布。扶手椅木質漆金，式樣和布料古色古香。門上畫著布歇[180]風格的牧歌場景。最後，兩幅漂亮的圓形粉彩畫跟其他家具十分和諧，讓這個小房間成為公館裡唯一有點情調的屋子。確實，這個房間沒有列入唐格拉爾先生和他的建築師制定的總體計劃，這個建築師是帝國時期地位最高、最負盛名的人物之一。男爵夫人和呂西安．德布雷保留了佈置這個房間的權利。唐格拉爾先生十分讚賞督政府時期[181]的復古風氣，因此，他瞧不起這個風雅的小房間，而且，平時只有當他帶著客人時，才准許他進入。所以，實際上不是唐格拉爾介紹客人，相反的，是客人引薦他，而且會根據來客的面孔是得到男爵夫人的好感或惡感，而受到歡迎或冷落。

唐格拉爾夫人雖然已經三十六歲，但風韻猶存。她坐在鋼琴旁，這架鋼琴是細木鑲嵌工藝的小小傑作，而呂西安．德布雷坐在寫字桌前，翻閱一本畫冊。

在伯爵到來之前，呂西安已經把握時間為男爵夫人說了許多有關伯爵的事。讀者知道，在阿爾貝家吃早餐時，基度山帶給客人強烈的印象，不管德布雷多麼不易激動，這個印象還沒有從他心頭抹去。他提供給男爵夫人的有關伯爵的情況，就受到這個印象的影響。唐格拉爾夫人的好奇心受到莫爾賽夫之前提供的細節，和呂西安提供的新情報的刺激，達到了頂點。因此，鋼琴和畫冊的安排不過是社交場合的一種小詭計，藉此掩蓋小心謹慎的防備。男爵夫人帶著微笑迎接唐格拉爾先生，這對她不是常有的事。至於伯爵，做為對他鞠躬致意的回應，他得到對方過度講究禮節且又優雅的屈膝禮。

至於呂西安，他與伯爵以點頭之交的關係彼此鞠躬，他跟唐格拉爾交換了一個親近的手勢。

「男爵夫人，」唐格拉爾說：「請允許我為您介紹基度山伯爵先生，他是由我的羅馬客戶銀行大力推薦給我的。關於他，我只要說一句話，馬上就會得到所有漂亮貴婦的青睞，他準備在巴黎住一年，在這一年裡預計花費六百萬法郎，這足以舉辦一系列舞會、晚宴、消夜，我希望伯爵先生別忘了邀請我們，就像我們舉行小宴會時不會忘了他那樣。」

儘管這篇介紹恭維得相當粗俗，但是，隻身來到巴黎，一年內要揮霍掉一個王侯的家產，無論如何是非常罕見的，所以唐格拉爾夫人看了伯爵一眼，這一眼不乏興趣。

「您是什麼時候到巴黎的，先生？」男爵夫人問。

「昨天上午，夫人。」

「據說，您按老習慣，是從天涯海角來的吧？」

「這次只是從卡地斯來的，夫人。」

「啊！您在一個可怕的季節到來。巴黎的夏天令人討厭。再也沒有舞會、聚會、宴會。義大利歌劇院的人馬在倫敦，法蘭西歌劇院的人馬四處登台，除了巴黎。至於法蘭西劇院，您知道哪兒也見不到這個劇團。因此我們只剩下練兵場和薩托里[182]那幾場不怎麼樣的賽馬作為娛樂。您賽馬嗎，伯爵先生？」

---

180 布歇（一七〇三—一七七〇），法國畫家，一七六五年成為路易十五的畫師，作品有《獵神之浴》等。

181 一七九五—一七九九年為督政府時期。

「我嘛，夫人，」基度山說：「如果我有幸找到一個人，指點我關於法國人的習慣，巴黎人做什麼，我也做什麼。」

「您喜愛馬嗎，伯爵先生？」

「我生命有一部分時間在東方度過，夫人。您知道，東方人在世上只看重兩樣東西：駿馬和美女。」

「啊！伯爵先生，」男爵夫人說：「您應該將女人放在前面，那就風雅之至。」

「您看，夫人，剛才我說希望有個教師能夠指點我法國人的習慣，是說對了。」

這時候，唐格拉爾男爵夫人的貼身侍女進來了，走近女主人，在她耳畔說了幾句話。

唐格拉爾夫人臉色變得蒼白。

「不可能！」她說。

「千真萬確，夫人。」侍女回答。

唐格拉爾夫人轉向丈夫。

「是真的嗎，先生？」

「什麼，夫人？」唐格拉爾問，明顯不安。

「這個女孩告訴我的話……」

「她對您說了什麼？」

「她告訴我，正當車伕要將我的馬套到我的馬車上時，他在馬廄裡看不到我的馬。請問，這是怎麼回事？」

「夫人，」唐格拉爾說：「您聽我說。」

「啊！我洗耳恭聽，先生。因為我很想知道您要說些什麼，我要讓這兩位先生評評理，我要先告訴他們事情的原委。先生們，」男爵夫人繼續說：「唐格拉爾男爵先生在馬廄裡有十匹馬，在這十匹馬中，有兩匹屬於我，那是巴黎最漂亮的兩匹駿馬。德布雷先生，您是知道我那兩匹有白色斑點的灰馬的！我答應德．維勒福夫人明天到布洛涅園林，正當她向我借用馬車時，那兩匹馬不翼而飛了。唐格拉爾先生大概從中賺到了幾千法郎，把它們賣掉了。天哪！投資者是多麼卑劣啊！」

「夫人，」唐格拉爾回答：「那兩匹馬性子太剛烈，只有四歲，牠們讓我為您膽顫心驚。」

「嘿！先生，」男爵夫人說：「您明明知道，我雇用巴黎最好的車伕才一個月，要不您把他跟馬一起賣掉好了。」

「親愛的朋友，我會為您找到相同的兩匹馬，甚至更加漂亮，如果有的話。但是溫和的、有耐性的馬，不再讓我如此恐懼不安。」

男爵夫人帶著鄙夷不屑的神情聳了聳肩。

唐格拉爾假裝沒有看見這個超出夫婦關係的動作，轉向基度山說：「說實話，我很遺憾沒有更早認識您。伯爵先生，您需要購置各種必需品嗎？」

「是的。」伯爵說。

「我本應將那兩匹馬讓給您的。請想想，我等於奉送一樣地賣掉，正如我剛才對您所說的那樣，我想脫手，那是年輕人使用的馬。」

182 練兵場在巴黎市區，而薩托里位於巴黎郊外的凡爾賽南邊。

「先生，」伯爵說：「謝謝您，今天上午我買到兩匹相當好的馬，也不太貴。來看看，德布雷先生，我想，您喜歡馬吧？」

正當德布雷走向窗邊時，唐格拉爾走近他的妻子。

「請您想一想，夫人，」他低聲對她說：「有人提出高價買下那兩匹馬。我不知道是哪個即將破產的瘋子今天上午派他的管家來找我，其實我在這上頭賺了一萬六千法郎。您別生我的氣，我給您四千，給歐仁妮兩千。」

唐格拉爾夫人淩厲地看了丈夫一眼。

「天哪！」德布雷喊道。

「什麼事？」男爵夫人問。

「我沒有搞錯，這是您的馬，您的馬套在伯爵的馬車上。」

「我的帶白色斑點的灰馬？！」唐格拉爾夫人叫道。

她衝向窗口。

「確實是那兩匹馬。」她說。

唐格拉爾目瞪口呆。

「有可能嗎？」基度山故做驚訝地說。

「真是匪夷所思！」銀行家喃喃地說。

男爵夫人在德布雷耳邊說了兩句話，他走近基度山。

「男爵夫人請我問您，她的丈夫把她的馬以多少價錢賣給您。」

「我不太清楚。」伯爵說：「我的管家想讓我驚喜。我想花了我三萬法郎吧。」

德布雷轉告給男爵夫人。

唐格拉爾臉色煞白，十分狼狽，伯爵看來很可憐他。

「看，」伯爵說：「女人真是忘恩負義，您的體貼一點也沒有感動男爵夫人，忘恩負義還不精準，應該說瘋瘋癲癲。但您有什麼辦法呢，她們總是喜歡破壞性的東西。因此請相信我，親愛的男爵，最省事的辦法就是讓她們做她們想做的，如果撞得頭破血流，真的，她們只能埋怨自己。」

唐格拉爾一聲不吭，他預見不久就要大鬧一場，男爵夫人的眉頭已經皺起，就像奧林匹斯山上的朱庇特動怒一樣。暴風雨將至，德布雷藉口有事走了。基度山不想再待下去，破壞他想得到的效果，便向唐格拉爾夫人致意，脫身走了，留下男爵去忍受他妻子的怒氣。

「很好！」基度山離開時思忖：「我達到了預期的目的，這對夫婦的和睦掌握在我手裡，我一下子就爭取到這對夫婦的心，真好運。不過，他接著想：整個過程中，我還沒有見到歐仁妮·唐格拉爾小姐，我倒是非常樂意認識她。但是，他帶著特有的微笑說：「我們都在巴黎，以後有的是時間，將來再說吧！」

伯爵一邊思索，一邊登上馬車，返回府中。

兩小時後，唐格拉爾夫人收到基度山伯爵一封十分得體的信，伯爵在信中說，他不想一踏入巴黎的社交圈就讓一個漂亮女人絕望，請她收回那兩匹馬。

兩匹馬佩戴著她早上見過的輓具，只是在馬耳上每個玫瑰花結的中央，伯爵叫人縫上了一顆鑽石。

唐格拉爾也收到了伯爵的信。伯爵請他允許一位百萬富翁心血來潮，這樣對待男爵夫人，並請他原諒自己以東方禮儀將兩匹馬物歸原主。

晚上，基度山在阿里陪伴下，動身去奧特伊。

第二天，將近三點鐘，阿里聽到一下鈴聲的召喚，走進伯爵的書房。

「阿里，」伯爵說：「你常常說你非常擅長套馬？」

阿里點點頭，驕傲地直起身。

「好！你能用套繩拉住一頭牛嗎？」

阿里點點頭。

「一頭老虎呢？」

阿里仍然點點頭。

「一頭獅子呢？」

阿里做了一個套繩的姿勢，再模仿勒緊喉嚨時的吼叫。

「好，我明白了。」基度山說：「你獵過獅子嗎？」

阿里驕傲地點點頭。

「你能拉住奔跑中的兩匹馬嗎？」

阿里露出微笑。

「那麼，聽著，」基度山說：「待會兒有一輛馬車，由兩匹帶白色斑點的灰馬——就是我昨天買下的那兩匹拉著經過。你必須在門前止住這輛馬車，哪怕被輾過去。」

阿里下樓來到街上，在門前的馬路上劃了一條線，然後回到樓上，指給伯爵看那條線，伯爵剛才一直在觀察他。

伯爵輕拍他的肩，這是他感謝阿里的方式。然後，努比亞人走去坐在屋子與街道轉角那塊界石上抽土耳其旱菸，而基度山回到房裡，不再過問。

大約五點鐘，也就是伯爵等候馬車到來的時刻，只見他身上流露出幾乎難以察覺的輕微焦急：他在一個臨街的房間裡踱步，不時側耳細聽，不時走近窗戶，他看見阿里規律地吐出一縷縷煙來，表示努比亞人全部心思都放在那上面。

突然，遠處傳來轔轔聲，像雷霆一樣迅速逼近。隨後，一輛四輪敞篷馬車出現了，車伕徒勞地力圖拉住馬兒，馬兒正在狂奔，姿態暴烈，發狂地又蹦又跳。

馬車裡，一個年輕女人和一個七、八歲的孩子緊緊抱在一起，由於過分恐懼，連叫喊的力氣都沒有了。只要在車輪下輾過一塊石頭，或者絆到一棵樹，喀嚓作響的馬車將會完全粉碎。馬車在馬路中間奔馳，看見馬車急闖而過，路人發出恐怖叫聲。

阿里突然放下土耳其長菸管，從口袋裡掏出套繩，拋了出去，把左邊那匹馬的兩隻前腿繞三圈，由於衝力，他被拖著往前走了三、四步，但之後，被縛住的馬一陣掙扎，隨即倒在車轅上，壓斷了車轅，讓站著的那匹馬無法使力，無法繼續向前奔跑。車伕抓住這喘息的時機，從座位跳下，阿里已經用他鋼鐵一般的手指抓住第二匹馬的鼻子，馬兒痛得發出嘶鳴，痙攣地躺在牠的同伴身邊。

這一切只發生在子彈擊中目標的一瞬間。

這時，從面對事故發生的那幢房子裡衝出一個人，後面跟著幾個僕役。車伕剛打開車門，他便從馬車裡抱下貴婦，貴婦一手抓住靠墊，另一隻手把昏過去的兒子緊抱在胸前。基度山將他們兩個抱到客廳，放在一張長沙發上：「不用害怕，夫人，」他說：「您得救了。」

女人恢復神志，她一句話也沒說，她把兒子托給他看，目光比任何祈求都更讓人感動。孩子始終昏迷不醒。

「是的，夫人，我明白，」伯爵說，一邊察看孩子，「不過，請放心，他沒事，他只是嚇壞了。」

「先生！」做母親的大聲說：「您這樣說不是為了安慰我吧？您看他多麼蒼白啊！我的兒子！我的孩子！我的愛德華！回答媽媽的話啊！先生！派人去請醫生吧！誰救活我的兒子，我的家產全都給他！」

基度山做了一個手勢，讓淚流滿面的母親鎮靜下來，他打開一個小盒子，取出一個波希米亞的鑲金瓶子，裡面裝著血一般的紅色液體，他倒了一滴在孩子的嘴唇上。

孩子雖然仍然臉色蒼白，但旋即張開眼睛。看到這種情景，做母親的快樂得近乎暈過去。

「我在哪裡？」她大聲說：「經過這樣的殘忍遭遇之後，是誰讓我如此幸福？」

「夫人，」基度山回答：「您在我家裡，我非常榮幸能讓您擺脫悲傷。」

「該死的好奇心！」貴婦說：「全巴黎的人都在談論唐格拉爾夫人那兩匹駿馬，我想試試，真是瘋了。」

「怎麼！」伯爵維妙維肖地假裝驚奇大聲說：「那兩匹馬是男爵夫人的嗎？」

「是的，先生，您認識她？」

「唐格拉爾夫人？我有幸認識她。看到您從那兩匹馬拉著您狂奔的危險中脫困，我格外高興，因為這個危險，您可以認為是我造成的，昨天我向男爵買下那兩匹馬，但男爵夫人顯得捨不得，昨天我便把牠們送回去，請她接受我的禮物。」

「所以您就是基度山伯爵？埃爾米娜昨天對我滔滔不絕地談論您呢。」

「是的，夫人。」伯爵說。

「我呢，先生，我是愛洛伊絲．德．維勒福夫人。」

伯爵鞠了一躬，好像對方說出一個他完全陌生的名字。

「德．維勒福先生會萬分感謝！」愛洛伊絲說：「因為您救了我們母子的命，他欠您人情，您把他的妻子和兒子送還給他。如果沒有您仗義行俠的僕人，這個可愛的孩子和我一定會死於非命。」

「啊！夫人，想起您剛才所冒的危險，我還膽顫心驚。」

「啊！我希望您答應我向這個人的義舉好好致謝。」

「夫人，」基度山回答：「請別讓我寵壞了阿里，不管是誇獎他，還是獎賞他，我不想讓他養成這種習慣。阿里是我的奴隸，他救了您的命，是為我效勞，而且這是他的職責。」

「但是他冒了生命危險，」德．維勒福夫人說，伯爵那種主人口吻尤其讓她肅然起敬。

「我救了他的命，夫人，」基度山回答：「因此他的性命屬於我。」

德．維勒福夫人一聲不吭，或許她在思索這個人，初次接觸，他在她心裡留下非常深刻的印象。

在這沉默的時刻，伯爵得以仔細觀察孩子，他的母親吻了又吻他。他長得像紅棕頭髮的孩童那樣瘦小白皙，但卻滿頭濃密的黑髮，又硬又鬈，覆蓋住他突出的額頭，垂落至肩，罩住他的臉龐，讓他那對狡黠奸詐又生動兇狠的眼睛顯得更加機靈。他的嘴唇剛恢復紅潤，嘴大但唇薄，這個八歲孩子的臉龐已經長得至少像十二歲。他的第一個動作是猛地掙脫母親的手臂，去打開那個小盒子——伯爵剛才從那裡取出藥水瓶，然後，也不經任何人的許可，就像慣於滿足自己一切任性想法的孩子那樣，他馬上打開瓶蓋。

「別動，孩子，我的朋友，」伯爵急忙說：「這液體幾滴就會造成危險，更別說喝下，連聞到也不行。」

德．維勒福夫人臉色變得慘白，拉住兒子的手，把兒子拉回自己身邊，但擔心平息下來之後，她朝小盒子短暫而意味深長的看了一眼，伯爵攫住了那目光。

這時阿里走了進來。

德．維勒福夫人欣喜得悸動了，把孩子抱得更緊了。

「愛德華，」她說：「你看看這個善良的僕人，他非常勇敢，因為他剛才冒了生命危險止住了拉著我們狂奔的馬，和眼看就要撞碎的馬車。謝謝他啊，如果沒有他，或許我們都已雙雙死去了。」

孩子噘起嘴唇，輕蔑地轉過頭去。

「他太醜了。」他說。

伯爵面露微笑，彷彿孩子剛滿足了他的一個願望。至於德．維勒福夫人，她不輕不重地斥責她的兒子，如果小愛德華叫作愛彌兒的話，這樣有節制的斥責當然是不符合讓．雅克．盧梭[183]口味的。

「你看，」伯爵用阿拉伯語對阿里說：「這位貴婦請求她的孩子謝謝你救了她們母子的命，而孩子回答，你太醜了。」

阿里聰明的腦袋轉過去，看來毫無表情地望著孩子，但他輕輕顫動的鼻孔在告訴基度山，阿拉伯人的心靈受到了創傷。

「先生，」德．維勒福夫人問，準備站起身要走了，「您平時住在這裡嗎？」

「不，夫人，」伯爵回答：「這是我買下的一處臨時住宅，我住在香榭麗舍大街三十號。我看您已完全恢復，想離開了。我剛吩咐把那兩匹馬套在我的馬車上，阿里，就是那個很醜的小伙子，」他對孩子微笑著說：「將榮幸地送你們回家。你們的車伕要留下來修車。這件不可少的工作一結束，我會派人直接把四輪敞篷馬車送回唐格拉爾夫人家。」

「但是，」德．維勒福夫人說：「我再不敢讓那兩匹馬拉回去了。」

「啊！您馬上會看到，夫人，」基度山說：「在阿里手裡，那兩匹馬會變得像羔羊一樣溫和。」

阿里走近那兩匹人們好不容易才讓牠們站起來的馬。他拿著一小塊蘸滿香醋的海綿，擦拭口吐白沫、渾身是汗的兩匹馬的鼻孔和額頭，牠們隨即呼哧呼哧地吸氣，全身抖動了好幾秒鐘。

壞損的馬車和發生事故的聲響，吸引了一大群人聚集在房子前，阿里在人群中把兩匹馬套在伯爵的雙座四輪轎式馬車上，收攏轠繩，登上車座。在場的人看到剛才這兩匹馬像旋風一樣席捲而過，現在阿里卻不得不使勁揮舞鞭子，催促牠們起步，都非常吃驚。那兩匹帶白色斑點的灰馬變得遲鈍而毫無生氣，他只能讓馬邁著踉蹌無力的步伐。德．維勒福夫人花了將近兩個小時，才回到她居住的聖奧諾雷區。

她回到家，等家人的激動平息下來後，便給唐格拉爾夫人寫下這封信：

親愛的埃爾米娜：

我剛才與兒子一起得到那位基度山伯爵的救助，奇蹟般地倖免於難。我們昨天一再談到他，我遠遠沒料到今天會見到他。昨天，您對我提起他時熱情洋溢，我禁不住要恥笑我可憐的腦袋想像力有限，但今天我感到您對這個人的熱情是遠遠不足的。您的馬在拉納拉格街狂奔，宛如發狂一般，我可憐的愛德華和我，眼看就要撞上路樹或村落的界石上，血肉橫飛。這時，一個阿拉伯人，或者一個黑人，一個努比亞人，總之一個侍

---

183 盧梭（一七一二—一七七八），法國啟蒙時期作家、思想家，愛彌兒是他的同名小說中的主人公。

候伯爵的黑人，我想，他看到伯爵的示意，便冒著被輾過的危險，制止馬的狂奔，他沒有死於非命真是奇蹟。於是，伯爵跑過來，把我和愛德華抱到他家裡，並讓我的兒子甦醒過來。我是搭乘他的馬車回到公館的，您的馬車明天送回您府上。您會發現出事之後，您的兩匹馬體虛力弱，牠們彷彿嚇壞了，似乎不能原諒自己被人征服。伯爵託我告訴您，讓馬兒在褥草上休息兩天，餵些大麥，便能讓牠們恢復如初，也就是像以前一樣可怕。

再見了！對這次出遊，我無法感謝您。但我想想，若因為馬匹狂奔而怪罪於您，那是不知感恩圖報，正因為馬匹狂奔，我才得以見到基度山伯爵。這個大名鼎鼎的外國人，除了擁有巨額財富，我覺得還是一個非常吸引人、有意思的謎，我打算不計一切代價研究這個謎，即使要我駕著您的馬再遊一次布洛涅園林。

愛德華以驚人的勇敢經歷了這次事故。他昏過去，但在此之前沒有驚呼，在此之後也沒有流下一滴眼淚。您又會對我說，母愛遮蔽了我的眼睛。但在那脆弱嬌嫩的、可憐的小小身軀裡，有著一顆鋼鐵般的心靈。

我們親愛的瓦朗蒂娜有許多話要告訴你們親愛的歐仁妮，我呢，真心實意地擁抱您。

愛洛伊絲．德．維勒福

又：請設法讓我在您府上見見這位基度山伯爵，我一定要再見到他。另外，我剛讓德．維勒福先生去拜訪他，期望他會回訪。

晚上，發生在奧特伊的事故成了每個人的話題。阿爾貝說給他母親聽；沙托．勒諾說給賽馬總會的人聽；德布雷在大臣的客廳裡講述；博尚親自在他的報紙的《社會新聞》欄目上用二十行字稱道伯爵，把這個高尚的外國人視作所有貴婦身邊的英雄。

德．維勒福夫人家賓客盈門，為的是約定在適當時刻來訪，從她的口中聽見這段豪俠經歷的細節。

至於德．維勒福先生，正如愛洛伊絲所說，他穿著黑色禮服，戴上雪白手套，命僕人換上最體面的制服，登上他的四輪華麗馬車，當天晚上來到香榭麗舍大街三十號的門前。

48 觀點交鋒

如果基度山伯爵在巴黎社交圈長時期生活過，他便會充分重視德．維勒福先生登門拜訪他的這番舉動。

無論在位的國王是嫡子還是庶出，無論掌權的大臣是空談派、自由派還是保守派，德．維勒福先生在宮廷裡的地位總是十分穩固。他的能幹有口皆碑，正如政壇的不倒翁一樣享有聲譽。他遭到很多人的憎恨，也得到某些人的熱忱擁護，但沒有人喜歡他。他是司法界地位崇高的人物之一，就像阿爾萊[184]或莫萊[185]那樣盤踞高位。他的沙龍雖然歷經他年輕的妻子和約莫十八歲的前妻之女，仍然是巴黎正統的沙龍之一，遵循著對傳統的崇拜和對禮儀的信仰。冷漠有禮，對政府的政策完全忠誠，對理論和理論家莫大蔑視，對觀念學派深惡痛絕，這些就是德．維勒福先生所標榜的家庭和社交生活。

德．維勒福先生不僅是個司法官員，簡直還是個外交家。他總是謙恭有禮地談起前朝，他跟前朝的關係讓他受到當今宮廷的看重。他知道許多事，因此旁人不僅謹慎對待他，有時還找他商議。但他就像封建時代反抗君主的領主一樣，住在一座無法攻克的堡壘內。這座堡壘就是他檢察長的職務，他巧妙地從中攫取一切好處，暫時離開職位只是為了當選議員，並以反對派的立場代替中立態度。

一般說來，德．維勒福先生很少出門拜訪或回訪。由他的妻子代勞，這是社交界容許的事，大家歸因於司法官員事務繁重而瑣碎，而其實這只是計算過的傲慢。貴族的本質，最後是這句格言的運用：「只要裝出自尊的樣子，別人就會尊敬你。」這句格言在我們社會裡比希臘人的格言「認識自己吧！」實用百倍。今日，那句希臘格言已被「認識別人！」這種更簡便但更有利可圖的手段代替了。

對朋友而言，德．維勒福是一個強大的保護者；對敵人而言，他是一個不動聲色但不容小覷的對手；對跟他無關的人而言，他是法律的化身。外貌高傲，面容冷漠，目光時而暗淡無光，或者咄咄逼人、敏銳犀利，他就是這樣一個人，四次革命的經歷巧妙地聯繫在一起，塑造進而鞏固了他的基礎。

德．維勒福先生向來以法國最不好奇和最不庸俗的人物著稱，他每年開一次舞會，在舞會上出現一刻鐘，也就是說，比國王在舞會上款待他的臣民還少四十五分鐘。在劇院、音樂會和任何公共場合，從來都看不到他。有時，但非常少見，他玩一局惠斯特牌[186]，而且要仔細為他挑選能與他平起平坐的牌友，不外乎大使、大主教、親王、議長或者孀居的公爵夫人。

馬車停在基度山家門口的就是這樣一個人。

正當伯爵俯身對著一張大桌子，在一張地圖上察看從聖彼得堡到中國的路線時，貼身男僕通報德．維勒福先生來訪。

檢察官邁著走進法庭時那種莊重而刻板的步伐進入房間，這個人還像讀者以前在馬賽見到的那個代理檢察官，或者說得更精準一點，是那個人的延續。他的體質跟他的準則和諧一致，歷經歲月，他從修長變得瘦削，從蒼白轉為蠟黃，他的雙眼睛深陷，金邊眼鏡架在眼眶上，彷彿屬於臉的一部分。除了紅綬帶之外，他的穿著全身黑，這喪服顏色只有紅綬帶那點滾邊顯出了不同，紅綬帶不起眼地穿過鈕孔，好像用畫筆勾出一

184 阿爾萊（一五三六—一六一九），法國法官，曾任最高法院院長，忠於國王。
185 莫萊（一五五八—一六一四），法國法官，曾任總檢察長。
186 橋牌的前身。

條血紅的線。

無論基度山多麼有自制力，他還是帶著明顯的好奇心，一邊回禮，一邊打量檢察官。檢察官習慣多疑，尤其很少相信社會上的奇聞，他傾向於將這個高貴的外國人——基度山已得到這個雅號——視為開拓新市場的冒險家或者違犯放逐令的不法之徒，而不是羅馬教廷的大主教或者《一千零一夜》中的蘇丹。

「先生，」維勒福說，那刺耳的語調是檢察官在發言時佯裝出來的，於是平時談話也無法或者不願放下了，「先生，昨天您幫了我的妻子和兒子的大忙，感謝您是我應盡的職責。我即是前來履行職責的，並向您表達我由衷的感謝。」

在說這番話時，檢察官的嚴厲目光裡絲毫不減平時的狂妄。他剛剛的一番話，是用總檢察長的口吻說出來的，脖子和肩膀僵硬挺著，難怪他的奉承者說他是法律的化身。

「先生，」伯爵也冷冷地回答：「我很高興能為一位母親保全兒子的性命，因為據說母愛是最神聖的感情，而降臨在我身上的幸運不需要先生履行義務，雖然履行這個義務無疑是看得起我。因為我知道，德．維勒福先生從不濫用賜予我的這種恩惠。但無論這種恩惠多麼寶貴，對我來說仍然比不上內心的滿足。」

維勒福沒有預期到這種攻擊，大吃一驚，就像士兵感受到刺穿鎧甲的一擊那樣打了一個寒顫，他那不可一世的嘴唇一彎，表明他從一開始就不視基度山伯爵為一個謙恭有禮的貴族。

他環顧四周，想抓住一樣東西當作話題，因為剛才的話題已被摔得粉碎。

他看到自己進來時基度山正在端詳的那張地圖，於是說：「您在關心地理，先生？這是一門內容豐富的學問，對您尤其如此。據說，您去過許多地方，就像地圖上標示出來的那麼多。」

「是的，先生，」伯爵回答：「我想對人類做整體的研究，而您卻每天處理例外現象。我想，對我而言，從整體到部分，比從部分到整體更容易些。從已知推算未知，而不是從未知推算到已知，這是一則代數定律……請坐，先生。」

基度山對檢察官指著一把扶手椅，後者不得不往前挪動，而基度山只稍往後傾。剛才檢察官進來時，他正跪坐在這把椅子上，這樣，伯爵即側身對著來客，背朝窗戶，手肘支在地圖上，這張地圖當下成為話題。這場談話就像在莫爾賽夫家裡和唐格拉爾家裡一樣，即使情境不同，或至少人物不同，進展卻幾乎完全一樣。

「啊！您在討論哲學。」維勒福沉吟一下說，如同一個競技者遇到一個強勁的對手，在養精蓄銳一樣，「那麼，先生，我以名譽保證，如果我像您一樣悠閒無事，我會找一件不那麼索然無味的事去做。」

「沒錯，先生，」基度山回答：「對於用巨型顯微鏡來研究人的生物來說，人是一條醜陋的毛蟲。我想，您剛才說，我悠閒無事。喲，您倒自認為有事可做，先生？或者說得更清楚些，您以為自己的所做所為稱得上某件事？」

維勒福感受到這個古怪對手狠狠的第二擊，更加驚訝。身為檢察官，許久不曾聽到這樣有力的奇談怪論了，甚至可以說他是第一次聽到。檢察官想方設法做出回應。

「先生，」他說：「您是外國人，我想，剛才您也說過，您平生有一部分時間在東方國家度過。因此您不知道，人類正義在這些野蠻的地方是以快刀斬亂麻的方式實踐的，而在我們國家，則採取謹慎有分寸的步驟。」

「恰恰相反，先生，恰恰相反，這是古代的 pede claudo[187]。我熟知一切，因為我特別關注各國的司法機構，我比較各國的犯罪訴訟程序和風俗民情。應該說，先生，我依然覺得原始民族的法律，也就是形同報復的法律，最符合上帝的心願。」

「如果那種法律被接受，先生，」檢察官說：「就大大簡化了我們的法典。會像您剛才所說的，我們檢察官馬上會無事可做。」

「恐怕會是這樣。」基度山說：「您知道，人類的發明創造是從複雜走向簡單，而簡單，是完美的。」

「等等，先生，」檢察官說：「我們的法典還存在著互相矛盾的條文，這些條文來自高盧人的風俗、羅馬法和法蘭克人的習俗。然而，您會承認，瞭解這所有法律必須經過長時間的工作，而且必須長期研究才能領會，同時還要具備優秀的記憶力，才不致遺忘所獲得的知識。」

「我同意這種看法，先生。但您所知的只是法國的法典，而我不僅知道這部法典，還知道其他國家的法典：英國的、土耳其的、日本的、印度的法律，我對這些法典的熟悉程度如同對法國法律一樣。所以我有立場說，相對而言（您知道一切都是相對的，先生），跟我的所作所為比起來，您做的事情很少；跟我所知的比起來，您還有許多東西要學。」

「您學會這一切是出於什麼目的呢？」維勒福驚訝地問。

基度山露出微笑。「好，先生，」他說：「雖然您有高雅之士的美譽，但您卻以社會上現實而庸俗的觀點看待一切事物，從人開始，以人結束，就是說依照人類智力所能允許的最受限、最狹隘的觀點看問題。」

「請解釋一下，先生。」維勒福越來越驚訝，「我不明白您的話，不太明白。」

「我是說，先生，如果眼睛只盯著各國的社會機構，您就只看到機器的彈簧，卻看不到讓機器運轉的偉大工匠。我是說，在您面前和周圍的人中，您只承認那些由大臣或國王簽署委任狀的官吏，卻無視置於這些官吏、大臣和國王之上，賦予他們一項使命而不是一個官職的人，那些人是您膚淺的目光所看不到的。這是體質衰弱和不完備的人的弱點所在。托比亞斯[188]將那個前來恢復他視力的天使看作一個尋常年輕人；將被阿提拉[189]的民族誤以為他不過是眾征服者之中的一個。所有人必須在顯示上天給他們的使命之後，才被人承認，托比亞斯必須說：『我是主的天使。』阿提拉必須說：『我是上帝之鎚。』兩人的神性才算顯露。」

「那麼，」維勒福不勝驚訝，以為在對一個有宗教幻象的人或者瘋子說話，「您自認為是上述奇人當中的一個嗎？」

「為什麼不是呢？」基度山冷冷地說。

「對不起，先生，」維勒福大為震驚地說：「請原諒，我前來拜見，卻不知道對方的知識和才智遠遠超過常人。我們是受到文明腐蝕的不幸者，在我們國家，像您這樣擁有巨大財富的貴族，至少據說如此，請注意我並非探詢您的財富，極少有富裕的特權階層，將時間消磨在社會思考和哲學幻想上，因為這些思考和幻想至多只能安慰時乖運蹇，被剝奪人間歡樂的人。」

「唉，先生，」伯爵說：「您位居如此顯要高位，卻不曾容許和遇到例外嗎？您需要非常精細和敏銳的眼光，但您不曾運用這種眼光立刻揣度出要審視的是哪一種人嗎？一個檢察官難道不但需要成為最好的執法者和明辨訴訟黑幕的剖析者，而且要成為人心的探測器，和檢驗出每顆心靈包含多少雜質的試金石嗎？」

「先生，」維勒福說：「說實話，您駁得我啞口無言，我從來沒有聽過這樣的議論。」

「那是因為您總是禁錮在一般情況的圈子內，從來不敢振翼飛到更高領域，那裡上帝安置了許多不喜露面

187 拉丁文，意為跛腳的步行者。
188 以色列民族的虛構人物，用毒藥趕走魔鬼，使父親復明。
189 阿提拉（約三九五—四五三），匈奴人國王，曾侵入巴爾幹半島，征服日爾曼人、斯拉夫人、高盧人等。

和超乎尋常的人。」

「先生，您認為存在著這種領域，超乎尋常和不喜露面的人混雜於我們之間嗎？」

「為什麼不是呢？您看得到您賴以為生的空氣嗎？」

「所以，我們看不到您所說的那種人嗎？」

「恰恰相反，只要上帝允許他們幻化成形，您就看得到他們，摸得到他們，跟他們摩肩接踵，對他們說話，他們也回答您。」

「啊！」維勒福微笑說：「我承認，一旦這種人要跟我接觸，我希望事先知道。」

「您已經如願以償，先生，因為您剛才已經得到通知，而現在我亦正告知您。」

「意思是，您就是那種人？」

「我屬於那種超乎尋常的人，是的，先生。而且我相信，迄今沒有人跟我處在相同的地位上。國王的領土或者受到山脈和河流，或者受到風俗和語言的限制。我的王國則像世界一樣廣袤，因為我既不是義大利人、法國人、印度人、美國人，也不是西班牙人，我以四海為家。沒有一個國家的人可以說看到我出生。唯有上帝知道哪一個地方的人能看到我辭世。我接受各國習俗，我會說各國語言。您以為我是法國人，是嗎？因為我的法語跟您一樣流利道地。而我的努比亞奴隸阿里以為我是阿拉伯人，我的管家貝爾圖喬以為我是羅馬人，我的女奴海蒂以為我是希臘人。因此您明白，我沒有國籍，不要求任何政府保護，不承認任何人是兄弟。使強者止步的顧忌或使弱者癱瘓的障礙，都不能讓我止步或癱瘓。我只有兩個對手，我不想說兩個贏家，因為只要持之以恒，我就能使它們屈服：那就是距離和時間。第三個，也是最可怕的對手，就是做為人遲早要死的事實。只有死亡能在我前進的道路上阻止我，不讓我達到奔赴的目標，其餘的一切，都在我的算計之中。世人稱之為命運的東西，破產、變故、可能性，我都一一預見，即使有時會落到我身上，但沒有一種能把我擊倒。除非我離世，否則我始終如一，因此我對您說出一些您從來沒有聽過的話，即使從國王的嘴裡也說不出來，因為國王需要您，別人害怕您。在我們這樣一個結構可笑的社會裡，誰都免不了要對自己說：『有朝一日或許我要跟檢察長打交道。』」

「您呢，先生，您也可能這麼說，因為您現在住在法國，您自然而然遵守法國的法律。」

「我知道這一點，先生，」基度山回答：「但只要我必須到一個國家，我就藉由我特有的方法，研究我可能有所期待或防備的人，做到跟他們本人一樣，甚至超過他們本人對自己的瞭解，如此導致的結果是，不管我打交道的檢察官是哪位，他肯定比我尷尬。」

「也就是說，」維勒福期期艾艾地說：「由於人性是軟弱的，依您看，所有人都犯過……錯誤？」

「犯過錯誤……或罪行。」基度山漫不經心地回答。

「正如您所說，在無人是兄弟的人群當中，」維勒福用有點變調的聲音說：「唯獨您是完美的？」

「不，並非完美，」伯爵回答：「只是不可捉摸而已。如果這場談話讓您不快的話，先生，我們就到此為止。您的司法機關並沒有威脅到我，正如我的雙重視覺並沒有威脅您一樣。」

「不，不，先生！」維勒福趕緊說，他無疑擔心顯得落荒而逃，「不！您透過這番光彩奪目、幾乎崇高偉大的談話，把我提高到一般水準之上，我們不再是閒聊，而是發表宏論。可是，您知道，在索邦學院[190]講

190 索邦學院建於一二五七年，原為神學研究中心，後發展為以人文科學為主的巴黎大學。

壇上的神學家或者爭論中的哲學家，有時也會說出一些殘酷的真理，就算我們是在討論社會神學和宗教哲學。所以我要說一句，不管這句話多麼冒昧：我的兄弟，您目空一切，您凌駕於別人之上，但在您之上還有上帝呢。」

「在一切人之上，先生！」基度山回答，他的聲調非常深沉，維勒福禁不住哆嗦一下，「我對人是目空一切的，就像蛇一樣，蛇隨時準備挺身而起，攻擊越過牠頭頂但沒有踩到牠的人。但我在上帝面前放下這種目空一切的姿態，因為上帝把我從一無所有提高到目前這樣的位置。」

「那麼，伯爵先生，我欽佩您，」維勒福說，至今他只稱這個外國人為先生，在這場奇特的對話中，他第一次使用了貴族頭銜，「是的，我對您說，如果您當真強而有力，當真高人一等，當真神聖或者不可捉摸，您說得對，這兩者幾乎是一樣的，那就繼續保持傲慢吧，先生，這是統治人的法則。但您也有某些野心吧？」

「我有一種野心，先生。」

「哪一種？」

「正如所有在一生中遇到過一次那樣，我也曾被撒旦挾持到地球最高的山上。一到那裡，他便把全世界指給我看，就像從前對基督所說的那樣，他對我說：『啊，萬民之子，你如何才能崇拜我呢？』我思索很久，因為長期以來確實有一種可怕的野心吞噬著我的心靈。然後我回答：『聽著，我總是聽人提到救世主，但我從未見過祂，也從未見過任何與祂相似的東西，這讓我認為祂並不存在。我想成為救世主，因為我知道世上最美、最偉大和最崇高的東西，就是賞善罰惡。』但撒旦垂下了頭，長嘆一聲。『你錯了。』它說：『救世主是存在的，只不過你看不到祂，因為祂是上帝之子，像上帝一樣隱而不見。你看不到任何像祂的東西，因為祂處事手段無形，來去無影無蹤。我能為你辦到的，就是讓你成為救世主的代理人。』交易就此結束。我或許失去了靈魂，但沒關係。」基度山補充說：「要是再來一次交易，我還會這麼選擇。」

維勒福既驚訝又嘆服地望著基度山。「伯爵先生，」他說：「您有父母親嗎？」

「沒有，先生，我孑然一身。」

「那就糟了！」

「為什麼？」基度山問。

「因為您可能已看到足以粉碎您的目空一切的情景。您不是說只怕死嗎？」

「我沒說怕死，我說只有死才能阻止我。」

「衰老呢？」

「我還沒衰老就完成任務了。」

「瘋狂呢？」

「我差點發瘋，您知道這句格言：non bis in idem[191]，這是一句判刑格言，因此關係到您。」

「先生，」維勒福又說：「除了死、衰老和瘋狂之外，還有別的可怕的事。比如中風，這道閃電給您重重一擊，卻不毀滅您，但這一擊之後，一切都完了。您依然是您，然而又不再是您。您像凱列班[192]一樣觸到天使，您只不過是一塊毫無生氣的東西，如同愛麗兒[193]一樣，幾近野獸。正如我說的那樣，這確實就叫作

191 拉丁文法律格言：一件事不能判兩次罪。
192 莎士比亞劇本《暴風雨》中的具有野性而醜怪的奴隸。

中風。如果您願意，伯爵先生，改天您要是想遭逢一位能理解您的意思，並且激進反駁您的對手，請到我家繼續這場談話，我會為您介紹我的父親努瓦蒂埃·德·維勒福先生，他是法國大革命時期最狂熱的雅各賓黨人之一，也就是為最強有力的機構效勞的、最勇往直前的人物。他或許不像您一樣見過世界所有王國，但協助推翻了最強大的王國之一。他像您一樣，自以為不是上帝而是最高存在的使者之一，不是救世主而是命運的使者之一。先生，大腦中一根血管的破裂就會粉碎這一切，不是一天、一小時之內，而是一秒鐘之內。昨天，努瓦蒂埃先生，這個以前的雅各賓黨人、參議員、燒炭黨人，嘲笑斷頭台、大炮和匕首，努瓦蒂埃先生，玩弄革命。對他來說，法國只不過是一個偌大的棋盤，只要把國王將死，兵、卒、馬、車、炮都應該消滅。這樣可怕的努瓦蒂埃先生，第二天就成了可憐的努瓦蒂埃先生，動彈不得的老頭，任憑家裡最弱小的人，也就是他的孫女瓦朗蒂娜的擺佈。總之是一具不能說話的、冰冷的屍體，毫無痛苦地活著，時間無聲無息地慢慢腐蝕他的肉體。」

「唉！先生，」基度山說：「這種情景在我眼裡、在我思想裡都不奇怪。我多少算是個醫生，我跟我的同行一樣，曾經不止一次在活人或死人身上尋找靈魂。就像上帝，我的眼睛看不見靈魂，儘管它出現在我的心靈面前。自蘇格拉底[194]、塞內加[195]、聖奧古斯丁[196]、迦爾[197]以來，上百個作家在散文或詩歌中做了您剛才所做的比較，但我知道，父親的痛苦會在兒子的腦中產生巨大的變化。先生，既然您慫恿我，為了能讓我自己謙卑有禮，我會去看看這幅可怕的情景，它大概讓您的家佈滿愁雲慘霧了。」

「如果不是上帝給了我很大的補償，本來無疑會那樣。正當老人步履蹣跚地走向墳墓之際，兩個孩子來到我們的生活中：瓦朗蒂娜，我第一次和德·聖梅朗小姐結婚生下的女兒，還有兒子愛德華，您救了他的性命。」

「您從這個補償上得到什麼結論呢，先生？」基度山問。

「我的結論是，先生，」維勒福回答：「我的父親被激情沖昏了頭，犯下了一些過失，這些過失逃過了人類正義的懲罰，但應由上帝公平處置，而上帝只想懲罰一個人，便將打擊落在他身上。」

基度山浮現笑容，但內心深處卻發出怒吼，如果維勒福聽得見，一定會嚇得跪下來。

「再見，先生，」檢察官又說，他早已站起身來，站著說話：「我失陪了，同時帶走尊敬您的回憶。我希望，當您更加瞭解我的時候，回憶起這次談話會使您愉快，因為我遠不是一個平庸的人。而且德．維勒福夫人已經成為您永遠的朋友。」

伯爵鞠了一躬，僅僅將維勒福送到書房門口。維勒福來到馬車旁邊，馬車前面有兩個僕人，看到主人的手勢，他們趕緊打開車門。

待檢察官走了以後：「啊！」基度山竭力從壓抑的胸膛發出笑聲，「啊，這種毒藥真讓人難受，我的心房充滿了這種毒藥，需要找點解毒劑。」

於是敲了一下叮噹響的小鈴：「我上樓到夫人房裡，」他對阿里說：「在半小時後備好馬車！」

193《暴風雨》中縹緲的精靈。
194蘇格拉底（西元前四七〇—三九九），古希臘哲學家。
195塞內加（西元前四—西元六五），古羅馬悲劇作家，作品有《特洛亞婦女》、《美狄亞》等。
196聖奧古斯丁（三五四—四三〇），非洲主教，中世紀神學家、哲學家。
197迦爾（一七五八—一八二八），德國醫生，骨相學家，並以此建立一種人類精神的哲學。

49 海蒂

讀者記得，基度山伯爵住在梅萊街時認識的，或者不如說舊相識的是哪些人：馬克西米利安、朱麗和愛馬紐埃爾。

一旦看不見維勒福，伯爵便期待即將來臨的訪問、即將度過的愉快時刻。一道天堂的光芒照進他剛才存心陷入的地獄，這一心境讓伯爵的臉上散發出最迷人的寧靜神態。阿里聽到鈴聲跑來，看到他臉上罕見地充滿喜悅、容光煥發，便踮起腳尖，屏住呼吸，退了出去，唯恐嚇跑了彷彿環繞在他主人周圍的美好遐想。

時值中午，伯爵保留一小時要上樓到海蒂房裡。甚至可以說，快樂不可能突然回到這顆長久破碎的心靈裡，它需要預做準備，需要接受柔和的激勵，一如心靈也需要預做準備，以接受強烈的撞擊那樣。

正如上述，年輕的希臘女郎住在獨立於伯爵的一間套房裡。這間套房完全按東方風格佈置，地板鋪上厚厚的土耳其地毯，錦緞沿牆垂掛而下。每個房間都有一圈寬大的沙發，放著靠墊，供人隨意擺放。

海蒂有三個法國女傭和一個希臘侍女。三個法國女傭待在第一個房間裡，一聽到金鈴響起，就趕緊過來，聽候那個講希臘語的侍女吩咐。侍女會講一些法語，可以將女主人的意願傳達給三個女僕，基度山吩咐過她們，對待海蒂要像對待一個王后那樣唯命是從。

年輕女孩住在最裡面房間，那是一間圓形的小客廳，陽光透過玫瑰色的玻璃窗從上面照射下來。她躺在地上那些繡著銀線的藍緞靠墊上，半仰靠在沙發上，頭枕在柔軟地彎曲的右臂上，而左臂托住水菸筒的珊瑚軟菸管，嘴唇含住菸嘴，煙霧通過讓安息香之液洗漱得芳香的嘴，她柔和的呼氣，再吐出煙霧。

她的姿態對一個東方女人來說再自然不過，但對一個法國女人來說，或許顯得有點矯揉造作，賣弄風騷。至於她的打扮，屬於埃皮魯斯[198]婦女那一種。一條繡著紅花的白色緞褲，露出兩隻孩童般的腳，如果它們沒有擺動兩隻尖端彎起、繡著金線、嵌上珍珠的小拖鞋，甚至會以為是帕羅斯[199]的大理石。一件藍白條紋、袖口寬大、銀線鈕孔、珍珠鈕釦的上衣。最後是一件胸衣，領口開成心形，可以看到脖子和胸部的上部，三顆鑽石鈕釦在乳房下面扣起。胸衣和褲子之間繫著一條色彩鮮豔、垂下長絲穗、足以讓巴黎優雅女人豔羨的腰帶。

頭戴一頂嵌珠金線無邊小圓帽，帽尖向旁邊垂下，在垂下那邊的帽沿下面，一朵美麗的豔紅玫瑰插在黑裡透藍的頭髮中，越發突出。

面孔的俏麗屬於希臘典型最完美的那種，水汪汪的墨黑大眼睛，筆直的鼻樑，珊瑚似的紅唇，珍珠般的皓齒。

而且，青春之花光彩照人、香味四溢地散發在這可人兒身上。海蒂可能有十九歲或二十歲。

基度山叫喚希臘侍女，讓她問海蒂，是否允許進去見她。

海蒂並不回答，只示意女僕撩開門簾，方形的門框中露出一個臥躺著的女郎，恰似一幅迷人的畫面。基度山走向前去。

海蒂支起拿著水菸筒的那隻手，帶著笑容迎接伯爵，一面伸出手。她用斯巴達和雅典女孩那種響亮的聲音

198 古希臘地區名，位於現在的阿爾巴尼亞南部和希臘西南部。
199 希臘島嶼，盛產白色大理石。

說：「為什麼您讓女僕問我，是否允許進我房裡？您不再是我的主人嗎？我不再是您的奴隸嗎？」

輪到基度山微笑。「海蒂，」他說：「您知道……」

「為什麼您不像平時那樣用『你』稱呼我？」希臘女郎打斷說：「我犯了什麼過失嗎？如果是的話，必須懲罰我，而不應用『您』稱呼我。」

「海蒂，」伯爵回答：「你知道我們在法國，因此你是自由的。」

「自由什麼？」少女問。

「可以自由離開我。」

「離開您！為什麼我要離開您？」

「我怎麼知道？因為我們要踏入社交圈。」

「我不想見任何人。」

「如果在你遇到的漂亮年輕人中，有人討你喜歡，我不會不講情理……」

「我從來沒見過比您更漂亮的人，我只愛過我的父親和您。」

「可憐的孩子，」基度山說：「那是因為你只跟你的父親和我說過話。」

「那麼，我何必要跟別人說話呢？我的父親稱我為『我的心肝』；您呢，稱我為『我的寶貝』，您們兩人都稱我為『孩子』。」

「你記得你的父親嗎，海蒂？」

女孩微笑著。

「他在這裡和這裡。」她一邊說，一邊用手按了按自己的眼睛和心臟。

「我呢，我在哪裡？」基度山微笑地問。

「您嘛，」她說：「您無處不在。」

基度山拿起海蒂的手意欲親吻，但天真的女孩子抽回手，把自己的額頭湊上去。

「現在，海蒂，」他說：「你知道，你自由了，你是女主人，你是王后。你可以隨心所欲地保留自己的服裝或者脫下來；你願意留下就留下，你願意出門就出門；總為你備好馬車，阿里和米爾托會一直陪著你，聽候吩咐。不過，我還有一件事求你。」

「說吧。」

「保守你出身的祕密，隻字不提你的過去，在任何場合都不要說出你著名的父親和可憐的母親的名字。」

「我已經對您說過了，大人，我不見任何人。」

「聽著，海蒂，也許東方式的隱居生活在巴黎行不通，就像你在羅馬、佛羅倫斯、米蘭和馬德里所做的那樣，繼續學會過我們北方國家的生活吧，無論你繼續生活在這裡，還是回到東方，這對你都是有用的。」

女孩以淚水晶瑩的大眼睛望著伯爵，回答說：「您想說我們一起回到東方，是嗎，大人？」

「是的，我的女兒，」基度山說：「你知道，決不會是我離開你。決不是樹離開花，而是花離開樹。」

「我永遠不離開您，大人。」海蒂說：「因為我相信，沒有您，我就活不下去。」

「可憐的孩子！再過十年，我會衰老，而再過十年，你還年輕。」

「我的父親蓄著白花花的長鬍鬚，這決不妨礙我愛他；我的父親六十歲，而我覺得他比我見過的年輕人都漂亮。」

「啊，請告訴我，你覺得能習慣這裡的生活？」

「我能看到您嗎？」

「天天看到。」

「那麼，您何必問我呢，大人？」

「我擔心你會煩悶。」

「不，大人，因為早晨時我會想，您會來的；到了晚上，我會回想，您來過了。況且，我獨自一人時，還有許多往事可以回憶，重新看到遠處品都斯山脈[200]和奧林匹斯山廣闊的畫面和雄偉的天際。而且，我心裡有三種永遠不會讓人煩悶的感情：哀傷、愛和感激。」

「你是埃皮魯斯的優秀兒女，海蒂，嫵媚可愛，詩情畫意，可見你是在你的國家誕生的女神家族的後裔。放心吧，我的女兒，我要讓你不虛度青春，因為你愛我像愛你的父親那樣，而我愛你像愛我的孩子那樣。」

「您錯了，大人，我愛我的父親決不像我愛您那樣，我對您的愛是另一種愛。我的父親死了，而我沒有死，您呢，如果您死了，我也會死去。」

伯爵帶著充滿柔情的微笑向女孩伸出手，她像往常一樣吻了他的手。

伯爵於是準備好跟摩雷爾一家人見面，出發時喃喃地念出品達羅斯[201]的這幾句詩：

青春是朵花，愛情是果……看到果實慢慢成熟，採摘的收穫者多麼幸福。

按照他的吩咐，馬車已經備好。他登上馬車，像往常一樣，馬車疾馳而去。

50 摩雷爾之家

幾分鐘後，伯爵來到梅萊街七號。

這幢房子是白色的，十分賞心悅目，前面有一個院子，兩個小花壇開滿美麗的花。伯爵認出來開門的門房是年老的柯克萊斯。讀者記得，他只有一隻眼，而且九年來這隻眼睛視力大為減弱，所以柯克萊斯認不出伯爵。

馬車要停在門前就必須轉一個彎，繞過從人造水池裡噴灑出來的小水柱，這美妙的設計引來全區人的嫉妒，人們因此將這幢房子稱為「小凡爾賽宮」。可以想見，水池裡游動著一群金魚。

房子地下室是廚房和地窖，除了底層外，還有兩層樓和閣樓。年輕人連同附屬建築一起買下來，附屬建築包括一個寬敞的工廠、花園盡頭和中央的兩座小樓房。愛馬紐埃爾一眼就看出這種配置有利可圖。他留下主建築、一半花園，將花園一分為二，築起一道牆，把兩幢小樓和小樓所在的那部分花園出租給工廠工人。所以他只花了一小筆錢即住下來，並且就像聖日耳曼區最細心的屋主嚴守門戶。

餐廳用的是橡木壁板，客廳用桃花心木做護牆板，並且鋪上藍色絲絨的壁衣。臥室用檸檬木做護牆板，壁衣是綠色錦緞。另外，愛馬紐埃爾有一間書房，雖然他不在那裡工作。朱麗也有一間琴房，雖然她不彈奏樂

---

200 希臘中部自南而北的一座山脈。

201 品達羅斯（約西元前五一八—四三八），古希臘詩人，有《競技勝利者頌》留存於世。

器。

第三層全歸馬克西米利安使用，房間結構跟他妹妹的一模一樣，只不過餐廳改成了桌球室，他常帶朋友們來打球。

當伯爵的馬車停在門口時，他正親自監督洗刷他的馬，在花園入口抽著雪茄。

柯克萊斯正如上述打開門，巴蒂斯坦從座位跳下來，詢問埃爾博夫婦和馬克西米利安．摩雷爾先生是否接待基度山伯爵。

「是基度山伯爵！」摩雷爾大聲說，扔掉雪茄，急忙去迎接客人，「我想我們很樂意見他！謝謝，伯爵先生，萬分感謝您沒有忘記諾言。」

年輕軍官非常熱情地握住伯爵的手，伯爵不可能誤解他這種坦率的心意。伯爵看出來，自己受到殷切的等待和熱烈的迎接。

「來吧，來吧，」馬克西米利安說：「我為您帶路，像您這樣的貴客不該由僕人通報。我的妹妹在花園裡摘除枯萎的玫瑰，我的妹夫在看《新聞報》和《辯論報》，離她五、六步遠，無論在哪裡看到埃爾博夫人，四公尺的圓周內必定會看到愛馬紐埃爾先生，反之亦然，正如在綜合工藝學校裡所說的那樣。」

腳步聲促使一個二十至二十五歲的少婦抬起頭來，她身穿一件絲綢晨袍，小心翼翼地為一株淺褐色的玫瑰剪枝。

這個女子便是小朱麗，正如湯姆遜－弗倫銀行的代理人預言的那樣，已成為愛馬紐埃爾．埃爾博夫人。

看到外人，她發出一聲驚叫。馬克西米利安笑了起來。

「你忙你的，妹妹。」他說：「伯爵先生到巴黎才兩三天，但他已經知道瑪雷區一個靠利息生活的女人是什麼樣子。如果他不知道，你告訴他好了。」

「啊！先生，」朱麗說：「這樣帶您進來，我哥哥真是太胡鬧了，他絲毫不顧及可憐的妹妹。珀納龍！珀納龍！」

一個在孟加拉玫瑰花壇裡翻地的老頭把鐵鏟往地上一插，手裡拿著鴨舌帽，盡量掩蓋暫時塞在腮邊的一塊嚼菸，走了過來。幾綹白髮讓他還很濃密的頭髮閃出銀光，而他青銅色的臉龐和大膽活躍的目光表明他是個老水手，被赤道的烈日曬得黧黑，遭受過暴風雨的襲擊。

「我想是您叫我，朱麗小姐，」他說：「我來了。」

珀納龍保留了稱呼他老闆的女兒為朱麗小姐的習慣，改不了口叫她埃爾博夫人。

「珀納龍，」朱麗說：「您去通知愛馬紐埃爾先生有貴客來訪，馬克西米利安先生會將伯爵先生帶到客廳。」

然後她轉向基度山：「請允許我失陪一會兒。」

她不等伯爵同意，便繞到花叢後面，從一條小徑回到屋裡。

「啊！親愛的摩雷爾先生，」基度山說：「我不安地發現我在您家造成了混亂。」

「看！」馬克西米利安笑著說：「您看到她的丈夫在那邊嗎？他正脫下外衣，換上禮服。請您相信，這是因為梅萊街上的大家知道有您這個人，報紙上報導過您。」

「先生，我覺得您有一個幸福的家庭。」伯爵說，他道出了自己內心的想法。

「啊！是的，我向您保證，伯爵先生，這是沒有辦法的事。他們的幸福是完美無缺的，他們年輕、快樂、相親相愛，一年有二萬五千利佛爾收入，手邊有巨額的財產，自以為富有得像羅特希爾德那樣。」

「但二萬五千利佛爾的收入並不多。」基度山說，輕聲細語，就像慈父的聲音那樣直抵馬克西米利安的內心，「不過他們不會到此為止，這對年輕人會成為百萬富翁。您的妹夫是律師？還是醫生？」

「他是批發商，伯爵先生，他繼承了我可憐的父親的公司。摩雷爾先生去世時留下五十萬法郎的財產，我和妹妹一人一半，因為他只有我們兩個孩子。我的妹夫娶她時一無所有，除了他的高尚耿直、一流才智，以及清白聲譽。他想擁有與妻子一樣多的財產，於是埋頭苦幹，攢到二十五萬法郎，用了六年時間。伯爵先生，我向您發誓，這兩個孩子那麼勤勤懇懇，齊心合力，具有發財致富的才幹，絲毫不願改變父親公司的舊習，花了六年完成了也許只需兩三年時間就可以辦到的事，這是一幅多麼動人的景象啊。因此，馬賽至今還對他們稱讚不已，他們這樣勇往直前，克勤克儉，是當之無愧的。終於有一天，愛馬紐埃爾來找他的妻子，她剛付出一筆帳。

「『朱麗，』他說：『這是柯克萊斯交給我的最後一捆一百法郎的鈔票，湊足了二十五萬法郎，這是我們訂下的、要賺到的數目。我們將來要仰賴這一點錢，你滿意嗎？聽著，公司一年能做一百萬生意，賺到四萬法郎。只要我們願意，我們能在一小時內以三十萬法郎把生意轉讓出去，因為我接到德洛內先生一封信，提出用這個數目買下我們的資產，再與他的資產合併。你看該怎麼辦。』

「『我的朋友，』我的妹妹說：『摩雷爾公司只能由摩雷爾家的人來經營。不惜一切，也要讓我父親的名字永遠擺脫厄運，這難道不值那三十萬法郎嗎？』

「『我也這麼想。』愛馬紐埃爾回答：『但我想聽聽你的意見。』

「『那麼，我的朋友，這就是我的意見。帳都收回來了，期票也都付清了；半個月的帳可以結算一下，就此封帳。我們就這麼做吧。』說做就做。那時三點鐘到了，三點一刻，有個顧主要為兩艘船保險，這筆生意可淨賺一萬五千法郎現鈔。

「『先生，』愛馬紐埃爾說：『請您去找我們的同行德洛內投保吧。而我們，我們已經停業了。』

「『從什麼時候開始？』顧主驚愕地問。

「『一刻鐘以前。』

「『先生，』馬克西米利安微笑著繼續說：『我妹妹和妹夫就因為這樣只有二萬五千利佛爾的利息。』」

當馬克西米利安敘述時，伯爵越來越激動。當他講完，愛馬紐埃爾出現了，戴著帽子，穿著禮服。他恭敬地鞠躬，深諳來客的身分。他讓伯爵沿著小花圃繞了一圈，再帶往屋子。

一大束花細心插在一支有把手的日本碩大瓷瓶裡，客廳因此滿室飄香。朱麗衣著得體，髮式雅致（她十分鐘內就完成這身打扮），在門口迎接伯爵。

旁邊傳來一個大鳥籠裡啁啾的鳥鳴聲，金雀花和粉紅色洋槐的枝椏伸到藍色絲絨窗簾旁，在這迷人的小起居室裡，從鳥鳴到主人的微笑，都散發出寧靜的氣息。

伯爵一走進屋子，就感染上這種幸福氣氛，因此他沉默不語，若有所思，忘了大家等他接續寒暄之後中斷了的談話。

他發覺沉默得近乎失禮了，便盡力擺脫沉思默想：「夫人，」他終於說：「請原諒我激動得讓您驚訝了，您已經對我在這裡看到的平和、幸福習以為常，但對我而言，在一個人的臉上浮現出心滿意足的表情卻是新鮮的，因此我百看不厭地望著您和您的丈夫。」

「我們確實非常幸福，先生。」朱麗回答：「但是我們忍受過長時期的磨難，很少有人像我們這樣，以如此昂貴的代價買到幸福。」

伯爵的臉上露出好奇的神情。

「啊！正如那天沙托．勒諾曾告訴您的那樣，這是一部家族血淚史。」馬克西米利安說：「伯爵先生，悲歡離合的事您已經見多了，對這種家庭場景也許興味索然。正像朱麗剛才告訴您的那樣，我們可是經歷過摧肝裂膽的痛苦，雖然這種痛苦侷限在小天地之內……」

「上帝是否為你們的痛苦帶來了慰藉，正如祂對所有人做的？」基度山問。

「是的，伯爵先生，」朱麗說：「我們可以這樣說，因為祂對我們做了祂對自己的選民所做的事，祂派來了一個天使。」

紅暈泛上伯爵的雙頰，他輕咳一聲，設法掩飾自己的激動，一邊以手帕捂住嘴巴。

「出生在富貴人家，一無所欲的人，」愛馬紐埃爾說：「不知道什麼是生命的歡樂。那些不知道晴天價值，不曾經歷過在咆哮的海洋上抓住木板、生命岌岌可危的人，也是如此。」

基度山起身，一聲不吭，因為從他顫抖的聲音中，別人可以看出他內心的激動，他開始在客廳裡踱來踱去。

「我們奢華的陳設讓您見笑了，伯爵先生。」馬克西米利安說，他注視著伯爵的動作。

「不，不，」基度山回答，他臉色慘白，一隻手壓住心臟，另一隻手則向年輕人指著一個水晶球狀的玻璃罩，下面有一個緞質錢包珍貴地放在一塊黑絲絨墊子上，「我只是納悶，這個錢包是做什麼的？它一邊放著一張紙，另一邊是一顆相當漂亮的鑽石。」

馬克西米利安神情嚴肅，回答說：「這個嘛，伯爵先生，這是我們家最貴重的寶貝。」

「這顆鑽石確實很美。」基度山回答。

「啊！我哥哥並不是指鑽石的價值，雖然它價值十萬法郎，伯爵先生；他僅僅想告訴您，這個錢包所裝的東西是我們剛才說的那個天使的珍貴紀念品。」

「這正是我不明白，但又不該問的，夫人，」基度山欠身回答：「請原諒，我不是存心冒昧失禮。」

「您說冒昧失禮？啊！伯爵先生，恰恰相反，您讓我們有機會攤開來談這個話題，我們是多麼高興啊！如果我們將這個錢袋包蘊含的善行視為祕密而隱藏起來，我們就不會這樣把它放在顯眼的地方。啊！我們但願能將這件事公諸於世，那樣的話，我們就能藉由驚動那位不知名的恩人，而得以發現他的存在。」

「啊！沒錯！」基度山用壓抑住的聲音說。

「先生，」馬克西米利安掀開水晶球狀玻璃罩，並恭敬地吻了一下那個緞質錢包說，「這個錢包曾觸及那個人的手，因為他，我的父親免於一死，我們不致破產，我們的姓氏遠離恥辱；因為他，我們這些本來注定窮苦潦倒、以淚洗面的可憐孩子，今天卻可以聽人讚嘆我們的幸福。這封信，」馬克西米利安從錢包抽出一封短箋，遞給伯爵，「這封信是他在我父親決定輕生的那一天寫下的，而這顆鑽石是這個慷慨的匿名者送給我妹妹的嫁妝。」

基度山打開信，帶著難以描述的幸福神情看了一遍。讀者已經知道這封信是寫給朱麗的，署名水手辛巴達。

「您說是匿名者？這麼說，你們一直不知道那個幫助你們的人是誰？」

「是的，先生，我們從來沒有機會握他的手，向上帝要求這個恩惠不算過錯吧。」馬克西米利安說：「但在這件奇遇中，有一種神祕的計算，我們還無法明白。一切都受到一隻宛如魔術師那樣看不見的、強有力的手所操縱。」

「啊！」朱麗說：「我還沒有失去希望，希望有朝一日能親吻那隻手，就像我吻到他接觸過的錢包一樣。四年前，珀納龍在特列埃斯特，伯爵先生，珀納龍就是剛才您看到手裡拿著鐵鍾的那個正直水手，他從舵手變成園丁。珀納龍在特列埃斯特時，在碼頭上看到一個英國人，正準備登上一艘遊艇，他認出就是一八二九年六月五日來見我父親，九月五日寫了這封信給我的那個人。他確定是同一個人，但他不敢上前說話。」

「一個英國人。」基度山若有所思地說，他對朱麗的每一瞥都感到不安：「您說一個英國人？」

「是的，」馬克西米利安回答：「一個英國人，他做為羅馬的湯姆遜—弗倫銀行的代理人來到我們家裡。因此那天您在德．莫爾賽夫先生家裡說，湯姆遜先生和弗倫先生這兩位銀行家跟您有金錢往來，那時，您看到我哆嗦起來。以上天的名義發誓，正如我們說過的那樣，事情發生在一八二九年，您認識這個英國人嗎？」

「但您不是也對我說過，湯姆遜—弗倫銀行始終否認幫過您們這個忙嗎？」

「是的。」

「那麼，那個英國人也許很感激您父親為他做過的好事，您父親卻忘記了，於是，他以這個藉口回報？」

「先生，在這種情況下，一切可能，甚至奇蹟，都是可以想像的。」

「他叫什麼名字？」基度山問。

「他沒有留下別的名字，」朱麗專注地望著伯爵，回答說：「除了信下面的簽名：水手辛巴達。」

「顯然這不是真名，而是化名。」

由於朱麗更加仔細地注視著他，力圖探尋他的嗓音：「唔，」他又說：「是不是跟我近似的身材，或許更高大些，更瘦削些，繫著領帶，衣服緊扣而貼身，紮著腰帶，手裡總是拿著鉛筆。」

「啊！所以您認識他？」朱麗大聲問，眼睛閃爍出開心的光芒。

「不，」基度山說：「我只是假設。我認識一位威爾莫爵士，他是如此樂善好施的。」

「而且不欲人知！」

「他是一個怪人，他不相信人會感恩！」

「啊！」朱麗合起雙手，用極其激動的聲音說：「那個不幸的人究竟相信什麼呢！」

「至少在我認識他的時候，他不相信人會感恩，」基度山說，朱麗發自內心的聲音讓他深為感動，「但或許他後來得到證據，知道感恩是存在的。」

「您認識那個人嗎，先生？」愛馬紐埃爾問。

「啊！如果您認識他，先生，」朱麗大聲說：「請告訴我們，您能帶我們到他那裡，將我們介紹給他；或者請告訴我們，他在哪裡。說呀，馬克西米利安，說呀，愛瑪紐埃爾，一旦我們找到他，他一定會相信心靈的記憶是常存的。」

基度山感到淚水在眼裡滾動著，他在客廳裡又踱了幾步。

「看在老天爺的分上，先生，」馬克西米利安說：「如果您有那個人的下落，請通知我們！」

「唉！」基度山克壓抑聲音的激動說：「如果你們的恩人是威爾莫爵士，我很擔心你們見不到他。兩三年前我在巴勒莫與他道別，他動身到最神奇的國家，因此我懷疑他會再回來。」

「啊，先生，您真是殘酷無情！」朱麗驚恐地嚷道。

淚水湧上少婦的眼眶。

「夫人，」基度山慎重地說，盯著淌在朱麗臉頰上的兩顆晶瑩淚珠，「如果威爾莫爵士看到了我目睹的情景，他會持續熱愛人生，因為您拋灑的熱淚讓他跟人類和解了。」

他向朱麗伸出手，朱麗被伯爵的目光和語調所吸引，也朝他伸出手。

「但這個威爾莫爵士，」她說，還想抓住最後一線希望，「他有家鄉、家庭和親人嗎？總之，有人知道他吧？難道我們不能……」

「啊！別找了，夫人，」伯爵說：「不要把美好的幻想建立在我脫口而出的話上。不，威爾莫爵士不可能是您尋找的那個人，他是我的朋友，我知道他所有的祕密，若真有此事，他會告訴我的。」

「他沒有對您提起嗎？」朱麗大聲問。

「沒有。」

「沒有任何一句話讓您聯想？」

「從來沒有。」

「但您剛才卻脫口而出他的名字。」

「啊！您知道，這種情況下會聯想的。」

「妹妹，妹妹，」馬克西米利安為伯爵幫腔：「先生說得對。想想父親時常對我們說的話吧：締造我們幸福的並不是一個英國人。」

基度山打了一個冷顫。

「你們的父親告訴你們……摩雷爾先生……？」他急切地問。

「先生，我父親在這事件中看到一個奇蹟。我父親相信這位恩人是從墳墓裡出來拯救我們的。啊！這真是讓人潸然淚下的迷信，先生，我雖然不相信，但也決不想抹去他高尚心靈中的這一信念。因此，他幾次低聲說出那個摯友的名字，那個逝去朋友的名字時，他是多麼懷念啊。他彌留之際，接近永生讓他幾近感悟到墳墓是怎麼回事的時候，向來只是懷疑的想法得到了確認，他死時的遺言是：『馬克西米利安，那是愛德蒙．唐泰斯！』」

伯爵的臉越來越蒼白，他聽到這句話時，白得可怕。全身血液湧向心臟，讓他說不出話來。他掏出懷錶，彷彿一時忘了時間；他拿起帽子，向埃爾博夫人急促而尷尬地說了幾句客套話，並同時握著愛馬紐埃爾和馬克西米利安的手：「夫人，」他說：「請允許我時常來為您盡綿薄之力。我喜歡您這幢房子，我十分感謝您的款待，這是我多年來第一次樂不思蜀。」

他大步走了出去。

「這個基度山伯爵是一個怪人。」愛馬紐埃爾說。

「是的。」馬克西米利安回答：「但我相信他有傑出的心靈，我有信心他喜歡我們。」

「我呢！」朱麗說：「他的聲音直達我的心田，有兩三次，我覺得不是第一次聽到他的聲音。」

51 皮拉摩斯和提絲柏[202]

在聖奧諾雷區縱深地帶，這個富人住宅區最富麗堂皇的一座公館後面，延伸著一座寬敞的花園，茂密的栗子樹像城牆一樣高聳，越過高大的牆垣。春天來臨時，栗子樹紅白兩色的花朵飄落在鏤刻凹槽的兩個石盆裡，石盆平行置於兩根四方形立柱上，而路易十三[203]時代的鐵柵就固定在立柱裡。

儘管生長在兩個石花盆裡的天竺葵賞心悅目，大理石花紋的葉子和豔紅花朵隨風搖曳著。自從公館的主人搬進來之後——那是很多年前的事了，這個氣派的入口已廢置不用。樹木蓊鬱的院子面臨城區，而花園以鐵柵封住。從前，鐵柵通向一個秀麗的菜園，菜園有一阿爾邦[204]土地，附屬於產業之內。但投資分子卻劃出一條線，即在菜園盡頭開出一條街道。在此之前，街道已有了一個名字，寫在一塊褐色的鐵牌上，主人本想賣掉這個菜園，沿街建造房屋，與所謂聖奧諾雷區這條巴黎的大動脈相接。

但投資事業，謀事在人，而成事在錢，已命名的街道卻夭折了。菜園的買主付了一大筆錢，卻無法以預期的數目轉手賣出，於是他等待價格上漲，期望有朝一日能彌補過往的損失和資金閒置的利息，而僅僅把這塊地出租給菜農，年租為五百法郎。

這等於收取百分之零點五的利息，在這年頭，這點利息不算好價錢。當時有許多人收取百分之五十的利息，仍然覺得利潤微薄呢。

正如上述，以前通向菜園的花園鐵柵，現已廢置不用，鐵鏽侵蝕著鉸鏈。更有甚者，為了不讓低賤菜農的庸俗目光玷污了貴族庭園的內部，鐵柵上釘了一層六尺高的木板。木板釘得不夠密合，以致可以透過縫隙偷看。然而，這幢房子屬於嚴謹整飭之家，絲毫不用擔心冒失的窺探。

在這個菜園裡，原本種著包心菜、胡蘿蔔、紅皮蘿蔔、豌豆和甜瓜的地方，卻長出高大的苜蓿，這唯一的植物，顯示人們仍將這裡視作廢棄之地。一扇低矮的小門開向那條計劃利用的街道，成為這塊圍起高牆的地方的入口。由於土地貧瘠，菜農剛剛拋棄了這塊園地。一星期後，這塊地不再像過去那樣有百分之零點五的收入，而是一個銅板也賺不到。

在公館那邊，上述的栗子樹覆蓋住牆頭，這並不妨礙繁茂的、開花的其他樹木從縫隙中伸出渴望空氣的枝椏。有個角落，樹葉濃密，陽光勉強照射進來，一張寬大的石椅和幾個花園座椅顯示這是個聚會場所，或者是百步之外那座公館某個主人喜愛的幽靜處所，透過覆蓋此處的綠葉厚壁，約略能看到一點府邸內部。總之，選擇這裡作為神祕的棲處，是因為即使在最酷熱的盛夏也曬不到陽光，總有一片蔭涼。也因為鳥鳴啁啾，遠離了房屋街道，也就遠離了世俗塵囂。

春天已經為巴黎市民帶來燥熱天氣，在這樣的傍晚，那張石椅上放著一本書、一把陽傘、一個針線籃子，以及一條才剛開始刺繡的細麻布手帕。靠近鐵柵的不遠處，有個少女站在木板前，眼睛貼附在隔板上，透過縫隙探視這個荒蕪的園地。

幾乎同時，荒地那扇小門悄無聲息地又關上了，一個年輕男子，高大強壯，身穿一件粗布工作罩衫，頭戴

202 據古羅馬作家奧維德在《變形記》的敘述，皮拉摩斯與提絲柏相愛至深，但受到父母阻撓，便相約逃走。提絲柏先到約會地點，見母獅吞食一頭牛，驚慌返回，失落了外衣，皮拉摩斯來到時發現了血跡斑斑的外衣，以為情人被害，悲憤自殺。提絲柏後來發現情人的屍體，也自殺而死。

203 路易十三（一六〇一—一六四三），法國國王（一六一七—一六四三）。

204 舊時的土地面積單位，相當於五十公畝。

一頂燈芯絨鴨舌帽，但仔細梳理過的黑髮和鬍鬚與這套平民服裝不太協調，他迅速環顧四周，確認沒有人窺伺，便越過這道門，在身後關上，急步朝鐵柵走來。

少女看到自己等待的人，但思忖他不可能穿這種服裝，驚慌地後退。

但年輕男子以情人才有的目光，已透過門縫，看到白長裙和藍色長腰帶飄拂而過。他衝向隔板，把嘴對準一個隙縫：「別怕，瓦朗蒂娜。」他說：「是我。」

少女走過來。

「啊！先生，」她說：「為什麼您今天姍姍來遲？你不知道馬上要吃飯了，我隨機應變，對答如流，才得以擺脫窺伺我的繼母、偵察我的侍女和糾纏我的弟弟，好不容易到這裡刺繡的嗎？我非常擔心，刺繡不久就要完成了。您先解釋一下為什麼遲到，再告訴我為什麼穿上這套新衣服，以致我幾乎認不出您。」

「親愛的瓦朗蒂娜，」年輕人說：「我太愛您了，以致我不敢對您表白。每次我見到您，我都想要對您表達愛慕，如此一來，當我見不到您時，回想起我自己的話，心裡也是甜滋滋的。我感謝您的責備，這責備非常可愛，由此證明，我雖然不敢說您在等我，卻敢說您在想我。您想知道我遲到和扮裝的理由，我就告訴您，我希望得到您的原諒。我已經選定一種身分……」

「一種身分，這是什麼意思，馬克西米利安？我們已經很快樂了，您可以開玩笑似地談論我們的事嗎？」

「啊！」年輕人說：「上帝不讓我拿自己生命的寄託開玩笑。但我疲於在田野奔波和翻越牆頭，想起那天傍晚您告訴我，您的父親總有一天會把我當作小偷，判刑處置。這會損害法國全軍的聲譽，我真的非常害怕，如果有人驚訝地看到一個北非騎兵上尉總是在這裡徘徊，而這裡並沒有任何待圍攻的城堡，也沒有任何需要防守的碉堡。我多麼擔心出現這種可能性，於是我穿上菜農身分的服裝。」

「真是瘋了！」

「剛好相反，我認為這是我生平做過最聰明的事，因為我們可以安全無虞。」

「請解釋一下。」

「好的，我找到了屋主，他與舊房客的租約已經期滿，我成功承租了。您看到的這塊苜蓿地屬於我了，瓦朗蒂娜。什麼也不能妨礙我在乾草堆中蓋一個小屋，從此生活在離您二十步遠的地方。啊！我的快樂和幸福，我幾乎無法克制了。瓦朗蒂娜，您明白，這竟是用錢買到的嗎？不可能，是嗎？這種幸福，這種快樂，這種喜悅，我願用十年生命換取，您猜我花了多少錢？每年五百法郎，按季支付。因此，您看，今後可以高枕無憂了。我是在自己家裡，我可以將梯子靠在牆上向外觀看，我不用擔心巡邏隊打擾，我有權對您說我愛您，只要您聽到一個身穿工作罩衫、頭戴鴨舌帽的可憐短期工說出這句話時，自尊心不致受到傷害。」

瓦朗蒂娜又驚又喜的輕聲叫喊，突然：「唉，馬克西米利安，」她憂鬱地說，彷彿一片嫉妒的烏雲驟然間掩蓋了照亮她內心的陽光，「現在我們太自由了，幸福會讓我們涉險，我們會濫用安全，安全會毀掉我們。」

「您竟然說出這樣的話，我的朋友？自從我認識您以來，我每天都向您證明，我的思想和生命都隸屬於您。是什麼使您相信我的？是我的幸福，對嗎？當您對我說，隱隱的直覺讓您確信正遭遇巨大的危險時，我會忠心耿耿地為您效勞，不要求報償，只求有幸為您效勞。有許多人樂意為您赴湯蹈火，而您對我另眼相看，從那時起，我有過一句話、一個手勢，是讓您悔不當初的嗎？可憐的孩子，您告訴過我，您與德．埃皮奈先生訂婚了，您的父親決定了這門婚事，也就是說婚事已確定了，因為德．維勒福先生想做的事是不可能改變的。因此，我待在暗處，等待一切降臨，不是依我的意願，也不是依您的意願，而是依循事態、依循上天、依循上帝的意願。但您愛我、可憐我，瓦朗蒂娜，您對我說過，謝謝您這句甜蜜的話，我只要求您不時複述，它能讓我忘掉一切。」

「這句話讓您膽大妄為，馬克西米利安，也讓我的生活變得既甜蜜又不幸，以致我時常思索，何者對我更好，是繼母的嚴厲管束以及她對自己孩子的盲目偏愛對我造成的悲哀呢，還是我見到您時所感受到的充滿危險的幸福呢。」

「危險！」馬克西米利安大聲說：「您能說出這樣嚴厲和不公平的字眼來嗎？您見到過比我更忠心的奴隸嗎？您答應過我，不時讓我跟您說話，瓦朗蒂娜，但您不許我跟蹤您，我順從了。自從我找到辦法溜進這塊荒地，隔著這道門跟您談話，離您這麼近卻看不到您以來，請告訴我，我曾請求穿過鐵柵門去觸摸您的裙襬嗎？我曾試圖翻越這堵高牆嗎？我年輕力壯，這些只是可笑的障礙。我從來沒埋怨過您的嚴厲，從來沒有縱聲表達過心願，我像古代騎士那樣遵守諾言。請至少承認這點，不要讓我認為您不公平。」

「沒錯，」瓦朗蒂娜說，在兩塊木板間伸進一隻細長的手指，馬克西米利安在上面親吻，「沒錯，您是一個正直的朋友。但不管怎麼說，您這麼做只是為自己打算，我親愛的馬克西米利安，您明明知道，一旦奴隸開始有所要求，他就會喪失一切。您答應過我，待我如手足，我沒有朋友，我的父親不關心我，我的繼母虐待我，只有無法動彈、不能說話、身體冰冷的老人能安慰我。但他的手不能握住我的手，他只能以目光跟我說話，他心臟僅剩的餘溫無疑是為我跳動。命運讓我成為所有比我強大的人的仇敵和犧牲品，又給我一個癱瘓之人作為支持者和朋友，這真是辛辣的嘲弄！啊！真的，馬克西米利安，我對您重複一遍，我的命運充滿苦難，您應該為了我而愛我，而不是為了您自己而愛我。」

「瓦朗蒂娜，」年輕人非常激動地說：「我不會說這世上我只愛您，因為我也愛妹妹和妹夫，但那是柔和的平靜的愛，絲毫不像我對您的感情。我一想起您就熱血沸騰，內心澎湃，心都要跳出來了。這種力量，這份熱情，這樣驚人的威力，我只用來愛您，直至您要我用來為您效勞的一天。據說弗朗茲·德·埃皮奈先生還要離開一年，在一年裡，有多少機緣能幫助我們，有多少事能助我們一臂之力啊！因此，我們要始終滿懷希望，滿懷希望是多麼美好而愉快啊！但您，瓦朗蒂娜，您埋怨我自私，您至今對我如何呢？是一尊美麗、冷淡而拘謹的維納斯雕像。對忠貞不渝、唯命是從、約束自制的我，您承諾過用什麼交換呢？什麼也沒有。您給過我什麼呢？少得可憐。您對我談起您的未婚夫德·埃皮奈先生，一想到您有朝一日會屬於他我就嘆氣。啊，瓦朗蒂娜，您心裡只有這些想法嗎？然而，我答應為您赴湯蹈火，我將心靈奉獻給您，甚至我心臟最輕微的跳動都是為了您。我完全屬於您，我悄聲對您說，如果我失去您，將會死去。而您想到自己屬於另一個人時，並不驚慌！啊！瓦朗蒂娜！瓦朗蒂娜，如果我身處您的位置，如果我感到被人所愛，就像您確信我愛您那樣，我就會上百次地伸手越過這些鐵條，緊握可憐的馬克西米利安的手，對他說：『我屬於您，只屬於您，馬克西米利安，不管今生還是來世。』」

瓦朗蒂娜默不作聲，但年輕人聽到她在嘆氣和哭泣。

馬克西米利安迅速有所反應。「啊！」他嚷道：「瓦朗蒂娜！忘了我的話吧，如果我話裡有什麼東西傷害了您！」

「不，」她說：「您說得對。但難道您沒有看到，我是一個可憐的女孩，被遺棄在一個近乎陌生的家裡，因為我的父親對我來說幾乎是一個陌生人，十年來，每一天，每一小時，每一分鐘，我的意志無不被欺壓我的主人們的鋼鐵意志所摧毀，沒有人看到我所受的痛苦，除了您，我沒有對別人說過。在表面上，在大家眼裡，我一切都好，他們對我非常親熱；實際上，他們敵視我。社交圈說：『德·維勒福先生太莊重嚴肅，不可能對女兒溫柔，但她至少在德·維勒福夫人身上得到了第二次母愛。』社交圈想錯了，我的父親對我毫不關心，我的繼母憎恨我，尤其因為總是用微笑掩飾，所以憎恨得更加嚴重。」

「憎恨您！瓦朗蒂娜，怎能憎恨您呢？」

「唉！我的朋友。」瓦朗蒂娜說：「我不得不承認，她對我的仇恨來自一種近乎天生的感情。她很愛她的兒子，我的弟弟愛德華。」

「那又怎麼樣呢？」

「我們所談的事跟金錢問題攪在一起，我覺得有點古怪。但是，我的朋友，我相信她的仇恨至少來自這方面。由於她沒有財產，而我擁有我母親名下那份遺產，再加上最終會屬於我的德．聖梅朗夫婦的財產，我的財富會大幅增加，我相信這讓她妒火中燒。天哪！要是我把這筆財產的一半送給她，我在德．維勒福先生的家裡就能像女兒待在父親家裡一樣，那我會立刻這麼做。」

「可憐的瓦朗蒂娜！」

「是的，我感到自己像被禁錮一樣，我勢單力薄，彷彿被捆住手腳，又怕掙斷束縛。況且，我的父親不是違反他的命令卻可以不受懲罰的人。對付我，他是綽綽有餘的，對付您也是毫不費力。他對付國王本人同樣如此，他的過去無可指摘，他的地位幾乎無懈可擊，因此他穩如磐石。啊！馬克西米利安！我對您發誓，我不抗爭了，因為您跟我一樣，我擔心在這場抗爭中都將土崩瓦解。」

「瓦朗蒂娜，」馬克西米利安說：「為什麼這麼絕望，把前途看得如此黯淡呢？」

「啊！我的朋友，因為我用過去判斷未來。」

「不過，如果從貴族門第來看，我們不是門當戶對的，但我在許多方面屬於您生活的圈子。將法國一分為二的時代已不復存在；君主政體最顯赫的家族已融合到帝國時期的家族之中，長矛貴族已跟大炮貴族聯姻。

至於我呢，我屬於後者，我在軍隊裡前程似錦，我的財產有限，但能自由支配。最後，我的父親在我們家鄉備受尊敬，被視為有史以來最正直的商人之一。我說我們家鄉，瓦朗蒂娜，因為您幾乎也是馬賽人。」

「別對我提起馬賽，馬克西米利安，這個名字讓我想起我的好媽媽，大家都很懷念這個天使，她在人間的短暫歲月裡照料過她的女兒，我至少希望，她在永恆天國裡也能照料她的女兒。啊！如果我可憐的母親還活著，馬克西米利安，我就沒有什麼可害怕的了。我會對她說我愛您，她會保護我們的。」

「唉！瓦朗蒂娜，」馬克西米利安說：「如果她活著，我可能就不會認識您，因為您說過，如果她活著，您會很幸福，而幸福的瓦朗蒂娜會高傲地對我不屑一顧。」

「啊！我的朋友，」瓦朗蒂娜大聲說：「換您不公平了……請告訴我……」

「您要我告訴您什麼？」馬克西米利安看到瓦朗蒂娜遲疑不決，問道。

「請告訴我，」少女繼續說：「以前在馬賽，您父親和我父親之間是否有過不愉快的事情？」

「據我所知沒有。」馬克西米利安回答：「只是您的父親熱烈擁護波旁王室，而我的父親忠於皇帝。我推想，他們之間只有這點分歧。為什麼提這個問題，瓦朗蒂娜？」

「我這就告訴您，」女孩回答：「因為您應當知道一切情況。報紙刊登您是四級榮譽勳位獲得者的那天，我們正待在我祖父努瓦蒂埃先生的房裡，另外還有唐格拉爾先生。您知道這位銀行家，他的兩匹馬前天差點兒讓我繼母和弟弟送命嗎？我高聲為祖父朗讀報紙，而那幾位先生在談論唐格拉爾小姐的婚事。當我讀到關於您那一段文字時——我已經知道，因為前一天早上，您已經對我宣佈了這個好消息，當我讀到關於您那段文字時，我非常高興，也因為不得不高聲讀出您的名字而哆嗦不已，如果不是擔心別人會誤解我的停頓，我一定會跳過不念，因此，我鼓起勇氣念了出來。」

「親愛的瓦朗蒂娜。」

「當我念出您的名字，我的父親隨即轉過頭來。我深信（您看我真是瘋了！）大家聽到這個名字都像受到雷擊一樣，我覺得看到我父親，甚至（我確信這只是幻覺），甚至唐格拉爾先生也哆嗦了。」

「『摩雷爾，』我父親說：『等等！（他皺起眉頭。）會是馬賽那個摩雷爾嗎？他屬於一八一五年帶給我們痛苦的、狂熱的拿破崙黨人。』」

「『是的，』唐格拉爾先生回答：『我甚至認為他就是老船主的兒子。』」

「真的！」馬克西米利安說：「您的父親怎麼回答，說啊，瓦朗蒂娜？」

「啊！太可怕了，我不敢複述。」

「說吧。」馬克西米利安微笑著說。

「『他們的皇帝，』他皺起眉頭繼續說：『讓所有狂熱分子各得其所，他稱呼他們炮灰，真是名副其實。我高興地看到，新政府又在推行這個有效的原則。新政府正是為此才守住阿爾及利亞，儘管付出的代價昂貴，我還是要祝賀政府。』」

「實際上這是相當粗暴的政策，」馬克西米利安說：「親愛的朋友，決不要為德．維勒福先生所說的話臉紅。在這點上，我正直的父親決不向您父親讓步，他不斷地重複說：『皇帝有過那麼多傑出的政績，為什麼他不把法官和律師編成一個團隊，並永遠送到前線呢？』您看到了，親愛的朋友，就表達的優雅和思想的溫和而言，各黨派都是一樣的。但唐格拉爾先生，他對檢察官的那番議論說了些什麼呢？」

「啊！他笑了起來，他特有的那種狡黠微笑，讓我感到冷酷。隨後他們起身，走了出去。接著我看到，我的祖父異常激動。必須告訴您，馬克西米利安，只有我猜得出這個可憐的癱瘓的人正激動著，而且我懷疑，在他面前進行的談話（因為大家不再留意他，可憐的祖父！）對他產生了強烈刺激，因為別人說了他的皇帝的壞話，據說，他是皇帝的狂熱信徒。」

「他確實是帝國時期大名鼎鼎的人物之一。」馬克西米利安說：「他當過參議員，不管您知不知道，瓦朗蒂娜，他參與過復辟王朝時期拿破崙黨人的所有密謀。」

「是的，我聽人低聲說起過，我覺得十分奇怪：拿破崙黨人的祖父，保王黨人的父親，但是有什麼辦法呢？於是我朝他轉身。他以目光向我示意報紙。

「『您怎麼了，爺爺？』我說：『您高興嗎？』

「他點頭稱是。

「『對我父親的話感到高興？』我問。

「他示意：不是。

「『對唐格拉爾說的話感到高興？』

「他仍然示意：不是。

「『那麼是對摩雷爾先生（我不敢說馬克西米利安）榮獲四級榮譽勳位感到高興嗎？』

「他示意：是的。

「您想得到如此嗎，馬克西米利安？他並不認識您，卻對您榮獲四級榮譽勳位感到高興。也許他傻了，因為據說他又回到了孩童時代。但我因為他這個認同的表示而更加愛他。」

「真奇怪，」馬克西米利安若有所思地說：「您的父親憎惡我，您的祖父卻相反……政黨的愛與恨真是古怪的東西。」

「噓！」瓦朗蒂娜突然說：「躲起來，快逃走，有人來了！」

馬克西米利安衝向一把鐵鏟，開始挖起苜蓿田地。

「小姐！小姐！」樹後有個聲音喊道：「德．維勒福夫人到處找您，客廳有人來訪。」

「來訪！」瓦朗蒂娜激動地說：「是誰來拜訪我們呢？」

「一個大老爺，一個親王，據說叫基度山伯爵先生。」

「我就去。」瓦朗蒂娜高聲說。

這個名字讓鐵柵那邊的男子大吃一驚，瓦朗蒂娜的一聲「我就去」不啻是每次見面告終的道別語。

「咦！」馬克西米利安若有所思地倚在鐵鏟上，忖度起來，「基度山伯爵怎麼會認識德．維勒福先生呢？」

52 毒物學

果真是基度山伯爵剛剛來到德·維勒福夫人府上，目的是回訪檢察官先生。不難想像，一聽到這個名字，全家受到了驚動。

僕人通報伯爵來訪時，德·維勒福夫人正在客廳。她立刻把孩子叫來，讓孩子再次感謝伯爵。愛德華兩天來不斷聽人談起這個大人物，便急忙跑來，不是因為順從母親，不是為了感謝伯爵，而是出於好奇心，並且想說幾句話，插科打諢，好讓他母親說：「啊，可惡的孩子！但是我應該原諒他，他頭腦多靈活啊。」

在照例的寒暄之後，伯爵問德·維勒福先生是否在家。

「我的丈夫在掌璽大臣家裡吃飯，」少婦回答：「他剛走不久，我相信，他錯過見您的機會一定很遺憾。」

有兩個訪客比伯爵先到客廳，注視著他，在基於禮貌和滿足好奇心的時間過去後，起身告辭了。

「對了，你姐姐瓦朗蒂娜在做什麼？」德·維勒福夫人對愛德華說：「把她叫來，讓我把她介紹給伯爵先生。」

「您有一個女兒，夫人？」伯爵問：「大概是個小女孩吧？」

「是德·維勒福先生的女兒，」少婦回答：「是前妻生的，一個高大漂亮的女孩。」

「不過很憂愁。」小愛德華插嘴說，他正在拔一隻美麗的南美大鸚鵡尾巴上的羽毛，插在他的帽子上做花翎，鸚鵡在鍍金的棲架上痛得亂叫。

德·維勒福夫人只說了一句：「閉嘴，愛德華！這個小冒失鬼也算說對了，他只是重複我多次痛苦說過的話。因為我們雖然盡力讓德·維勒福小姐開心，但她性格憂鬱，沉默寡言，這常常有損於她的美貌。她怎麼還不來？愛德華，去看看是怎麼回事。」

「因為僕人找錯地方了。」

「僕人到哪裡找她了？」

「到爺爺努瓦蒂埃的房裡。」

「你認為她不在那裡嗎？」

「不，不，不，不，不，她不在那裡。」愛德華唱歌似地回答。

「她在哪裡呢？你知道就說出來。」

「她在大栗樹下。」可惡的小男孩說，不顧他媽媽的喊聲，拿活蒼蠅去餵鸚鵡，牠看來非常愛吃這種野味。

德·維勒福夫人伸手拉鈴，讓侍女到瓦朗蒂娜可能在的地方找她，這時瓦朗蒂娜進來了。她果然顯得很憂愁，仔細端詳，甚至可以在她眼裡看到淚水的痕跡。

我們敘述得過於匆促，只讓讀者知道有個瓦朗蒂娜，還沒有詳細介紹她。這是一個十九歲的窈窕少女，身材修長，淡栗色頭髮，深藍色眼睛，舉止慵懶，繼承了她母親優雅高貴的特質。白皙纖長的手指，光潔的頸項，雪白雙頰上的紅暈轉瞬即逝，乍看之下，宛如漂亮英國女孩的神態，人們饒有詩意地將她們的舉止比喻為顧影自憐的天鵝。

她走進客廳，在繼母身旁看到那個早已多次聽聞的外國人，她落落大方地行了禮，並未低垂眼睛，嫵媚姿態越發吸引伯爵的注意。

伯爵站起身來。

「德．維勒福小姐，我的繼女。」德．維勒福夫人對基度山說，一邊靠在沙發上，用手指著瓦朗蒂娜。

「基度山伯爵先生，中國國王，交趾支那皇帝。」小淘氣鬼說，向姐姐投以狡黠的一瞥。

這次，德．維勒福夫人臉色發白了，幾乎要對這個名叫愛德華的家族災星發脾氣。而相反地，伯爵露出微笑，得意地望著孩子，這使得孩子的母親滿心喜悅，熱情親切。

「但是，夫人，」伯爵說，又重拾話題，輪流望著德．維勒福夫人和瓦朗蒂娜，「我好像有幸在什麼地方見過您和小姐？我剛才即想到這點，看到小姐進來的時候，我模糊的記憶又投入了一道光線。請原諒我使用這個字眼。」

「不可能，先生。德．維勒福小姐不愛社交，而且我們很少出門。」少婦說。

「因此，我決不是在社交圈見到小姐的。您也一樣，夫人，這個可愛的淘氣鬼也一樣。再說，我對巴黎社交圈完全一無所知，我相信已有幸告訴過您，我來到巴黎只有幾天。不，請允許我想想，等一下……」

伯爵將手放在額頭上，彷彿要勾起回憶：「不，是在室外……是……我不知道……但我覺得這段往事跟一個豔陽高照的日子和某個宗教節日密不可分……小姐手裡拿著花，孩子追逐著花園裡一隻美麗的孔雀，而您呢，夫人，您待在綠葉扶疏的葡萄棚下……幫我想想看，夫人，難道我敘述的場景沒有勾起您的回憶嗎？」

「說實話，想不起來，」德．維勒福夫人回答：「但我覺得，先生，如果我在哪裡見過您，我一定記憶猶新。」

「伯爵先生或許在義大利見過我們。」瓦朗蒂娜怯生生地說。

「確實是在義大利，很可能，」基度山說：「您到義大利旅行過嗎，小姐？」

「夫人和我，兩年前我們去過。醫生擔心我的肺，吩咐讓我呼吸拿波里的空氣。我們途經波隆那、佩魯賈和羅馬。」

「啊，沒錯，小姐。」基度山大聲說，彷彿這一簡單的提示足以勾起回憶似的，「正是在佩魯賈，聖體瞻禮那天，在『驛站』飯店的花園裡，您、小姐、您的兒子和我，我們碰巧相遇。我記得有幸見過你們。」

「先生，佩魯賈、驛站飯店，及您對我提起的節日，這些我都歷歷在目。」德．維勒福夫人說：「但我怎麼也想不起來。我很慚愧記憶力這麼差，不記得有幸見過您。」

「真奇怪，我也不記得。」瓦朗蒂娜說，朝基度山抬起漂亮的眼睛。

「啊，我嘛，我記得。」愛德華說。

「我來幫您回憶，夫人。」伯爵說：「那天天氣炎熱，您等馬車到來，由於正值盛大節日，馬車無法準時來到。小姐走到花園的盡頭，您的兒子追逐飛鳥，跑得無影無蹤。」

「我趕上了小鳥，媽媽，你知道，」愛德華說：「我拔下三根鳥尾巴的羽毛。」

「您呢，夫人，您待在葡萄藤綠廊下，當時您坐在一張石椅上，而德．維勒福小姐和您的兒子像我剛才說的，都走開了。您不記得跟一個人聊了很久嗎？」

「一點都沒錯，是的，」少婦紅著臉回答：「我記起來了，那個人披著一件呢料長披風，我想是個醫生。」

「正是，夫人，那個人就是我。我住在那個飯店裡已半個月，我治好了貼身男僕的發燒和飯店老闆的黃疸病，因此大家把我看作高明的醫生。我們談了很久，夫人，談各種各樣的事，談到佩呂季諾[206]、拉斐爾[207]、各地風俗、服裝、有名的托法娜毒液，我想有人告訴過您，在佩魯賈還有幾個人保留著製作這種毒液的祕方。」

「啊！沒錯。」德．維勒福夫人帶著些許不安，急忙說：「我想起來了。」

「我不記得您具體說過的話，夫人，」伯爵泰然自若地說：「但我記得很清楚，您跟大家一樣誤以為我是醫生，詢問我德．維勒福小姐的身體如何治療。」

「但是，先生，您確實是個醫生，」德．維勒福夫人說：「因為您治好了不少病人。」

「夫人，莫里哀或博馬舍[208]會回答您，正因為我不是醫生，我並沒有治好病人，而是我的病人不治而癒。我呢，我只想告訴您，我對化學和自然科學素有研究，不過是愛好而已，您明白吧。」

這時六點鐘敲響了。

「六點鐘了。」德．維勒福夫人說，明顯很激動，「瓦朗蒂娜，您去看看您爺爺是否要吃飯？」

瓦朗蒂娜起身，向伯爵行了個禮，一言不發地走出客廳。

「啊！我的天，夫人，您是因為我才把德．維勒福小姐打發走的嗎？」瓦朗蒂娜出去後，伯爵問。

「決不是的。」少婦趕緊回答：「我們總是在這時候為努瓦蒂埃先生送去少得可憐的一頓飯，維持他的風燭殘年。先生，您知道我公公的處境多麼讓人悲傷吧？」

「是的，夫人，德．維勒福先生對我談起過，我想是癱瘓吧。」

「唉！是的。這個可憐的老人完全無法動彈，在這部人體機器，只有心靈是清醒的，但就像即將熄滅的燈一樣，黯淡而搖曳不定。先生，請原諒談起我們家裡的不幸，正當您告訴我，您是一個高明的化學家時，我

205 義大利中部城市。
206 佩呂季諾（一四四五—一五二三），義大利畫家，死於佩魯賈。
207 拉斐爾（一四八三—一五二〇），義大利大畫家，作品有《雅典學派》、《西斯汀聖母》等。
208 博馬舍（一七三二—一七九九），法國喜劇作家，作品有《塞爾維亞的理髮師》、《費加洛的婚禮》等。

打斷了您的話。」

「啊！我沒有這樣說，夫人。」伯爵微笑著回答：「恰恰相反，我研究過化學是因為我決意大半時間待在東方，我想以米特里達特國王[209]為榜樣。」

「Mithridates, rex Ponticus[210]。」那個冒失的孩子說，一邊從一本華麗的畫冊上剪下人像，「這個人每天早餐要喝下一杯帶奶油的毒藥。」

「愛德華！可惡的孩子！」德．維勒福夫人嚷道，從兒子手裡奪過那本殘缺不全的畫冊，「你真叫人受不了，你讓我們昏頭轉向，走開吧，到你爺爺努瓦蒂埃房裡找你的姐姐瓦朗蒂娜吧。」

「畫冊呢……」愛德華說。

「怎麼，要畫冊？」

「是的，我要畫冊……」

「為什麼你把畫剪下來？」

「因為我覺得好玩。」

「走開！」

「不把畫冊給我，我不走。」孩子抱持從不屈服的老習慣，坐在一張大扶手椅裡。

「拿去吧，讓我們安靜點。」德．維勒福夫人說。

她把畫冊給了愛德華，孩子由母親陪同，走了出去。

伯爵目送著德．維勒福夫人。「倒要看看她是否在他身後關上門。」他低聲說。

德．維勒福夫人小心翼翼地在孩子身後關上門，伯爵裝作沒有注意到。

然後，少婦環顧四周，回來坐在橢圓形雙人沙發上。

「請允許我向您指出，夫人，」伯爵帶著讀者熟悉的和藹態度說：「您對這個可愛的小淘氣非常嚴厲。」

「必須如此，先生。」德．維勒福夫人以母親的堅定語氣回答。

「愛德華提到米特里達特國王時，背誦的是柯內琉斯．內波斯[211]的句子。」伯爵說：「您打斷了他背誦、他的引言，這顯示他的家庭教師沒有浪費時間，您的兒子很早熟。」

「伯爵先生，事實是，」做母親的受到奉承，回答說：「他思路敏捷，想學什麼都能學會。他只有一個缺點，就是非常任性。至於他剛才所說的話，伯爵先生，您認為米特里達特那種小心防備會有效嗎？」

「我相信很有效，夫人，我向您保證，我也曾經小心防備，免得在拿波里、巴勒莫和斯米爾納中毒，如果沒有謹慎提防，我有三次幾乎喪命。」

「您用這種方法獲得成功了嗎？」

「完全成功。」

「是的，沒錯，我記得您在佩魯賈對我說過類似的話。」

「當真！」伯爵說，他的驚訝神態裝得維妙維肖，「我呢，我不記得了。」

「那時我問您，毒藥對北方人和南方人是不是起同樣作用，您回答說，北方人冷淡的淋巴體質跟南方人熱

---

209 米特里達特（約西元前一三二—六三），小亞細亞蓬蒂庫斯的國王，為防敵人投毒，自己試服毒藥，直至能抗毒。

210 拉丁文：米特里達特，蓬蒂庫斯國王。

211 柯內琉斯．內波斯（約西元前九九—二四），古羅馬作家、演說家。

烈剛毅的本性不會有同樣的抵抗力。」

「沒錯。」基度山說：「我見過俄國人毫無不適地吞下某些植物，而這些植物勢必會讓拿波里人或阿拉伯人喪命。」

「因此您認為，比起東方人，我們的效果更為顯著，我們這樣多霧多雨的地區，比起炎熱地帶的人，更容易逐漸吸收毒藥？」

「當然如此。只有習慣了一種毒藥，才能預防這種毒藥。」

「是的，我明白。可是，您是如何習慣的呢，或者更準確地說，您是怎麼適應的呢？」

「這很容易。假設您事先知道別人要用什麼毒藥對付您，假設這種毒藥是……比如是番木鱉鹼……」

「我想，番木鱉鹼是從安古斯都拉樹皮提煉出來的。」德．維勒福夫人說。

「正是，夫人，」基度山回答：「我想，我沒有什麼東西可以教給您了，請接受我的祝賀，因為女人掌握這樣的知識是罕見的。」

「啊！我承認。」德．維勒福夫人說：「神祕學像詩歌一樣可以開發想像力，像代數方程式一樣可以推算得出，我有強烈的興趣。我請您繼續說下去，您所說的話，讓我覺得興味盎然。」

「那麼，」基度山說：「假設這毒藥是番木鱉鹼，第一天您吃下一毫克，第二天吃下兩毫克，那麼十天之後您可以吃一釐克；再過二十天之後，由於您每天增加一毫克，您可以吃三釐克；也就是說，您可以安全無虞地承受這劑量，而對於未曾跟您一樣採取謹慎措施的人來說，這是非常危險的。一個月之後，您與別人同飲一瓶水，這瓶水能殺死對方，而您除了略感不適以外，不會發覺水裡混有任何毒藥。」

「您知道其他解毒劑嗎？」

「不知道。」

「我經常反覆地看米特里達特的這段歷史，」德．維勒福夫人若有所思地說：「我視它為無稽之談。」

「不，夫人，跟一般史書的敘述相反，這是真有其事的。您對我說過的話，夫人，以及您提出的問題，決不是隨口說出的，因為兩年前您已經向我提出過同樣問題，而且您告訴我，米特里達特這段歷史已在您腦海中盤旋不去。」

「沒錯，先生，我年輕時最喜愛的兩門課是植物學和礦物學，後來我又知道，藥草的使用常常能解釋各民族的通史和東方人的全部生活，正如花朵可以解釋他們的情思一樣。我很遺憾生來不是男人，有機會成為弗拉梅爾[212]、豐塔納[213]或卡巴尼斯[214]那樣的人。」

「夫人，還有，」基度山說：「東方人決不像米特里達特那樣，毒藥只限於做護胸甲，他們也把毒藥當作匕首，科學在他們手中不僅是防禦武器，而常是進攻武器。前者用來解決肉體的痛苦，後者用來對付敵人。他們用鴉片、顛茄、番木鱉鹼、蛇木、桂櫻讓那些想一覺醒來的人永遠沉睡。你們這裡稱為善良女人的那些埃及女人、土耳其女人或希臘女人，沒有一個人的化學知識是不驚倒醫生的，心理學知識不嚇壞聽告解的神父的。」

「真的！」德．維勒福夫人說，聽到這番話，她的眼睛閃爍出古怪的光芒。

212 弗拉梅爾（一三三〇—一四一八），巴黎大學的錄事，傳說把他描述成煉金術士。
213 豐塔納（一七三〇—一八〇五），義大利生理學家。
214 卡巴尼斯（一七五七—一八〇八），法國醫生、哲學家。

「哦！天哪，是的，夫人。」基度山繼續說：「東方神祕的悲劇就是這樣展開和結束的。有的植物能讓人產生愛情，有的植物能致人於死；有的飲料能開啟天堂，有的飲料能把人打入地獄。人的肉體和精神千差萬別，愛好和脾氣更是千奇百怪。我要進一步說，這些化學家的本領就在擅長根據情愛的需要或復仇的願望，將藥物和病痛巧妙地按比例調配處方。」

「但是，先生，」少婦說：「您曾在東方社會裡生活過一段時期，那些社會是否就像美麗國家的故事那樣神奇呢？那裡的人能被消滅，而兇手不受懲罰嗎？加朗[215]先生筆下的巴格達或巴士拉[216]確實就是這樣嗎？統治這些社會的、在法國稱為政府的蘇丹和大臣，認真地說就是伊斯蘭教的教主和祭師，他們不僅寬恕下毒者，而且如果犯罪手段巧妙，還讓他成為首相，在這種情況下，他們會叫人將故事以金字寫下，供他們煩惱時消遣吧？」

「不，夫人，今日的東方已不再存在神奇之事，那裡也有化名和喬裝打扮的警長、預審法官、檢察官和專家。那裡很樂意對罪犯處以絞刑、斬首、木樁刑。但那些罪犯卻非常靈巧狡猾，善於閃躲司法機關，以機巧的手段達到目的。在我們的國家裡，有人被仇恨或貪婪的魔鬼纏身，傻瓜才會到雜貨店去，說出一個假名，這個假名比真名更加暴露自己。他藉口被老鼠吵得睡不著覺，要買五、六克砒霜。如果他很狡黠，他會到五、六家雜貨店，被發現的可能性因而增加了五、六倍。他得到特效藥後，便給他的仇敵、他的祖父服下一點砒霜，這點劑量能毒死一頭猛獁象或乳齒象，會讓受害者無緣無故地大吼大叫，驚動整個街區。警察和憲兵因此蜂擁而至。他們派人去找醫生，醫生解剖死人，在他的胃和內臟裡採集到砒霜。第二天，上百家報紙報導了事實，提到受害者和兇手的名字。當天晚上，雜貨店的老闆或幾個老闆報告說：『是我將砒霜賣給這位先生的。』他們非但不會錯認買砒霜的人，即使有二十個也認得出。於是犯罪的傻瓜被抓住了，關進監牢，接受審問與對質。犯罪者被駁得啞口無言、受到判決、走上斷頭台。如果是一個有點身分的女人，就判處終身監禁。你們北方人就是這樣理解化學的，夫人。我應當承認，德呂[217]做得比這更巧妙。」

「有什麼辦法呢，先生。」少婦笑著說：「人只做能力所及的事。不是每個人都掌握梅迪奇[218]家族和博爾賈家族的祕密的。」

「現在，」伯爵聳聳肩說：「您願意我告訴您這些蠢事是怎麼造成的嗎？這是因為在你們的舞台上，至少我可以根據上演的戲劇判斷，觀眾總是看到劇中人吞下瓶子裡的東西，或者咬破一只戒指的底座，然後直挺挺地倒下死去，五分鐘後，大幕落下，觀眾散去。他們不知道兇殺的結果，既看不到披肩帶的警察分局長，也看不到下士和他手下的四個士兵，這讓許多頭腦簡單的人以為事情就是這樣進行的。但請走出法國，或者到阿勒頗[219]，或者到開羅，或者只到拿波里和羅馬，您就會看到街上走過腰桿挺直、臉色紅潤的人，這時瘸腿魔鬼[220]如果碰到您的披風，便會告訴您：『這位先生已中毒三星期，一個月內他會死於非命。』」

「所以，」德．維勒福夫人說：「他們找到那著名的托法納毒液的祕方了？但在佩魯賈，別人告訴我這祕方已失傳。」

「唉！天哪，夫人，人類有什麼東西會失傳呢！藝術能遠遊，在世界繞一圈，東西換個名字，如此而已。

215 加朗（一六四六—一七一五），法國東方學家，懂阿拉伯文、土耳其文、波斯文，翻譯《古蘭經》和《一千零一夜》。
216 伊拉克第二大城，接近波斯灣。
217 德呂是個下毒犯，於一七七七年在巴黎處死。
218 義大利商人、銀行家、政治家的家族。
219 敘利亞西北部城市。
220 法國作家勒薩日（一六六八—一七四七）同名小說中的主人翁，名叫阿斯莫戴。

而凡夫俗子被矇騙了，但結果總是一樣的。毒藥對這種或那種器官有特殊作用。這一種毒藥對胃起作用，另一種對大腦起作用，還有一種對腸子起作用。這種毒藥能讓人咳嗽，咳嗽能導致胸部炎症或者醫書記載的另一種疾病，這對它致人於死是毫無妨礙的。即使它不致命，但藉助那些天真的醫生所開的藥方，也會變得致命。那些醫生都是蹩腳的化學家，他們隨心所欲地用藥，要嘛治好，要嘛搞砸。一個人被巧妙地、循序漸進地殺害了，司法機關束手無策。這是我一個朋友、一個可怕的化學家說的，他是西西里傑出的神父阿戴爾蒙泰·德·陶爾米內，深入研究過各民族的各種現象。」

「這很可怕，但非常巧妙，」少婦說，聚精會神，一動不動，「我承認，我一直以為這些故事都是中世紀杜撰出來的吧？」

「無疑是的，但今日變得更加完備了。如果歲月、鼓勵、獎章、十字勳章、蒙蒂榮獎都不是為了把社會推向盡善盡美，這些又有什麼用呢？可是，只有人像上帝一樣善於創造和毀滅，人才因此變得完美。懂得毀滅的人，只是走完了一半路程。」

「因此，」德·維勒福夫人總是回到她的話題上，「博爾賈家族、梅迪奇家族、勒內家族、呂傑里[221]家族，之後或許還有德·特朗克男爵的毒藥，都被現代戲劇和小說寫濫了……」

「這些都是藝術品，夫人，不是別的東西。」伯爵回答：「您認為真正的學者會輕易地向某個人請教嗎？不會。科學喜歡反覆試驗、相互比較、異想天開，如果可以這樣說的話。因此，比如說，剛才我對您提起的那個出色的阿戴爾蒙泰神父，曾在這方面進行過驚人的試驗。」

「真的！」

「是的，我只說一件事。他有一個非常美麗的花園，種滿蔬菜、鮮花和果樹。在蔬菜中，他選擇了最適中的一種，比如包心菜。他以摻有砒霜的溶液一連灌溉三天。第三天，包心菜得病、發黃，這正是採收的時候，人人以為它成熟了，因它保留著好看的外表，只有阿戴爾蒙泰看出它有毒。於是他把包心菜拿回家，再捉來一隻兔子——阿戴爾蒙泰神父搜羅兔子、貓、印度豬，不下於他搜羅蔬菜、花卉和果樹，阿戴爾蒙泰神父於是捉來一隻兔子，讓兔子吃一片包心菜葉子，兔子一命嗚呼。有哪個預審法官會對此多置一詞，有哪個檢察官竟敢指控馬詹迪耶先生或弗洛朗先生毒死兔子、印度豬和貓呢？決沒有。兔子死了，而司法機關不會為此不安。這隻兔子死了，阿戴爾蒙泰神父讓廚娘剖開，將腸子扔進垃圾堆。垃圾堆有隻母雞，牠啄食腸子，因此也得了病，第二天便死去。正當牠垂死掙扎時，一隻禿鷲飛過（阿戴爾蒙泰的家鄉有許多禿鷲），這隻禿鷲撲向屍體，帶到岩石上啄食。吃過這隻母雞後，禿鷲一直不舒服，三天後在雲端感到一陣昏眩，牠墜落下來，重重地落到您的水塘裡，白斑狗魚、鰻魚、海鱔貪婪地嚼食，您知道，牠們是在吃禿鷲。假設第二天您的飯桌上端上了這鰻魚、白斑狗魚或海鱔，這些魚是第四輪中毒了，而您的客人會第五輪中毒，八天或十天之後內臟疼痛，心臟發病、幽門膿腫，最後死去。解剖後，醫生會說：「他死於肝腫瘤，或死於傷寒。」

「可是，」德・維勒福夫人說：「所有這些情況您都串連在一起了，但稍有意外，便可能中斷。禿鷲可能沒有及時飛過，或者落在距離魚塘百步之外的地方。」

「啊！這正是高明之處了。在東方要成為一個大化學家，必須能運籌帷幄，才能達到目的。」

221 義大利波隆那十八世紀製造煙火的家族，後飲譽法國和英國。

德．維勒福夫人沉思默想，側耳傾聽。

「但是，」她說：「砒霜是無法去除的，不管怎麼吸收，總會在人的體內找到，只要達到致人於死的劑量。」

「好！」基度山大聲說：「好！我也正是這樣對善良的阿戴爾蒙泰說的。」

「他想了一想，露出微笑，用一句西西里諺語回答我，我想這也是一句法國諺語：『我的孩子，世界不是一天之內創造的，而是在七天之內，禮拜天再來吧。』

「下一個禮拜天我又去了，他不再用砒霜去澆灌包心菜，而是用含有番木鱉鹼的鹽溶液，學名稱為 Strychnos colubrina 的溶液。這次包心菜完全沒有得病，所以兔子也不嫌棄。五分鐘後兔子死了，母雞吃了兔子內臟，第二天便倒地而死。我們來當禿鷲，把母雞帶走，為牠解剖。這次一切特殊症狀都沒有，只有一般的症狀。所有器官都沒有特殊跡象。神經系統亢奮，如此而已，還有腦溢血的現象，最多如此。母雞沒有中毒，牠死於中風。雞中風是很罕見的，我知道，但在人身上卻非常普通。」

德．維勒福夫人顯得越來越神思恍惚。

「幸好，」她說：「這種物質只能由化學家配製，因為，說實在的，否則世界上一半人會毒死另一半人。」

「由化學家或愛賣弄化學的人配製這種物質。」基度山不經意地說。

「而且，」德．維勒福夫人說，她在掙扎，竭力擺脫心裡的念頭，「不管怎麼精心策劃，犯罪總是犯罪，即使能逃過司法調查，也無法逃脫上帝的目光。在良心問題上，東方人勝過我們，他們謹慎地取消了地獄的觀念，如此而已。」

「唉！夫人，像您這樣高尚的心靈，自然會產生這種疑懼，但這種疑懼很快會被論證驅逐的。人類思想邪惡的一面始終概括在盧梭的這句謬論之中，您知道他是這樣說的：『一伸手指就能殺死五千法里以外的要人。』人的一生就是在做這種事中度過的，人的智力在夢想做這種事中耗盡。沒有多少人會殘忍地將刀插入別人的心臟，或者為了讓別人從地球上消失，配製我們剛才提到的大量砒霜。這樣做確實是一種怪癖或者是蠢事。做這種事，體溫必須升到三十六度，脈搏跳到九十下，心緒也超出普通限度。但如果您把這個詞轉成比較溫和的同義語，就像在語文學上常見的那樣，您只是簡單消滅一個人；您不是犯下卑鄙的謀殺罪，您只是要擺脫道路上妨礙您前進的人。而且沒有打擊，沒有暴力，沒有使用讓人疼痛的刑具——這會成為酷刑，把受害者變成殉難者，把行刑的人變成嚴格定義下的劊子手。也沒有流血、沒有慘叫、沒有掙扎，尤其沒有那種施行極刑的可怕瞬間，於是您逃脫了人類法律的制裁，法律只對您說：『不要擾亂社會！』東方人就是這樣行動和取得成功的，他們天性莊重冷淡，在相當重要的情境下，對時間長短並不在意。」

「剩下的是良心問題。」德．維勒福夫人用激動的語調說，忍抑住一聲嘆息。

「是的，」基度山說：「是的，幸虧剩下良心問題，否則，人就太不幸了。在強而有力的行動之後，總是良心來拯救我們，它提供我們成百上千個解脫的理由，只有我們才能判斷這些理由是否成立。不管這些理由如此助我們入眠，在法庭面前卻不足以拯救我們的生命。比如理查三世[222]，在消滅了愛德華四世的兩個孩子之後，不得不絕妙地求助於良心，他可以這樣想：『那兩個孩子是一個殘忍且迫害成性的國王生的，他們遺傳了父親的惡習，只有我從他們幼年的癖性上察覺出來，那兩個孩子妨礙我締造英國人民的幸福，他們勢

222 見莎士比亞劇本《理查三世》，愛德華四世是哥哥，遭到弟弟理查三世的謀害。

必會造成英國人民的苦難。』馬克白夫人[223]也是這樣得到良心幫助的，不管莎士比亞怎麼說，她並非想給丈夫，而是給兒子王位。啊！母愛是偉大的美德，強大的動力，它讓人原諒許多事情。因此，鄧肯死後，馬克白夫人如果沒有良心的慰藉，會萬分痛苦。」

伯爵用他特有的、自然而然的諷刺口吻說出這些可怕的準則和怪論，德．維勒福夫人貪婪地攝入耳中。

沉默了一會兒。

「您知道嗎，伯爵先生，」她說：「您是一個可怕的、喜歡辯論的人，而且是在有點暗淡的光線下看待世界。您是否通過蒸餾器和曲頸甑觀看人類，才這樣評價人的呢？您說得對，您是一個高明的化學家，您讓我兒子服下的藥水，讓他迅速甦醒過來。」

「啊！不要相信那種藥水，夫人，」基度山說：「一滴藥水足以讓這個昏迷的孩子甦醒過來；但三滴藥水會使血液湧到他的肺部，心跳加劇；六滴藥水會中止他的呼吸，引起比他的昏迷嚴重得多的昏厥；十滴藥水會送掉他的命。您知道，夫人，他冒冒失失去拿那些瓶子時，我趕緊把瓶子拿得遠遠的。」

「那是一種可怕的毒藥嗎？」

「啊！我的天，不！首先，我們假設這點，毒藥這個詞並不存在，因為在醫學上使用得最厲害的毒藥，由於服用方式的關係，而成為良藥。」

「所以真有這樣一種毒藥嗎？」

「那是我的朋友、傑出的阿戴爾蒙泰神父巧妙配製而成的，他曾傳授我用法。」

「啊！」德．維勒福夫人說：「那大概是一種抗痙攣的良藥吧。」

「靈丹妙藥，夫人，您已親眼見到了。」伯爵回答：「我常常使用，當然，盡可能小心。」他笑著補充說。

「我相信如此，」德．維勒福夫人用同樣的口吻回答：「至於我，我非常神經質，容易昏厥，我深怕有一天會窒息而死，真需要有一位像阿戴爾蒙泰那樣的醫生，替我創造一些自由呼吸的方法，讓我安心。由於在法國這種藥很難找到，而且您的神父不大可能專程為我到巴黎一趟，我暫且使用普朗什先生的抗痙攣劑，霍夫曼的薄荷和滴劑在我身上很有效果。看，這些藥片是我訂製的，劑量加倍。」

基度山打開少婦遞給他的玳瑁盒子，聞了聞片劑的氣味，他雖然是業餘藥劑師，卻能估量藥物成分。

「藥片很好，」他說：「但需要吞服才能見效，對暈倒的人無法產生作用。我更喜歡我的特效藥。」

「當然了，我也一樣，根據親眼所見的效果，我更喜歡您的藥。但這無疑是一個祕密，我向您索取一點，不會太冒昧吧。」

「我呢，夫人，」基度山站起來說：「我殷勤有禮，願意奉送。」

「啊！先生。」

「不過您要記住一點：少量是良藥，過量是毒藥。一滴可以喚醒知覺，正如您所見到的，五、六滴會毫無疑問地致人於死，尤其若滴在酒杯裡，絲毫不改變酒味，卻更加厲害。我說到這裡，夫人，我簡直像給您建議了。」

六點半剛敲響，僕人通報德．維勒福夫人的一個女友來訪，要共進晚餐。

「如果我有幸能第三或第四次見到您，而不是只是再次見到您，伯爵先生，」德．維勒福夫人說：「如果

223 見莎士比亞的劇本《馬克白夫人》，鄧肯是蘇格蘭國王。

我有幸成為您的朋友，而不是僅僅有幸受惠於您，我會堅持留您吃飯，而不至於第一次開口就遭到拒絕。」

「萬分感謝，夫人，」基度山回答：「我也有一個約會，不能失信。我已答應帶我的一個朋友、一位希臘公主去看戲，她還沒有看過大歌劇院，正指望我陪她去。」

「好吧，先生，但別忘了我的藥方。」

「怎麼，夫人！要忘記這件事，就得忘記我在您身邊度過的談話時間，完全不會如此的。」

基度山行禮，走了出去。

德．維勒福夫人陷入沉思。

「這是一個怪人，」她說：「我覺得他看來教名就叫阿戴爾蒙泰。」

至於基度山，效果超過了他的期待。

「好啊，」他邊走邊說：「這是一塊肥沃的土地，我深信撒下去的種子不會發不了芽。」

第二天，他信守諾言，將她索取的藥方送去。

53 惡棍羅貝爾

到歌劇院看戲的理由提得很妙，因為當天晚上在皇家歌劇院有盛大的演出。勒瓦塞爾[224]長期身體不適，如今重返舞台，扮演貝爾特蘭的角色，而且像往常一樣，當紅的大師作品吸引了巴黎最光彩奪目的社交圈。莫爾賽夫像大多數富家子弟一樣，在正廳前座有單人座位，外加他在十個熟人的包廂中所能找到的座位，以及他有權進入的花花公子包廂。

沙托．勒諾的單人座位在他旁邊。

博尚作為新聞記者，是戲院的國王，能到處走動。

這一晚，呂西安．德布雷能使用大臣的包廂，他把這個包廂提供給德．莫爾賽夫伯爵。由於梅爾塞苔絲拒絕前往，伯爵又把包廂轉讓給唐格拉爾，並派人告訴他，自己大約晚上會去拜會男爵夫人和她的女兒，如果夫人和小姐願意接受他提供的包廂的話。她們決不會拒絕，沒有誰比百萬富翁更喜歡免費的包廂了。至於唐格拉爾，他已表示過，他的政治原則和反對派議員的身分不允許他坐在大臣的包廂裡。因此，男爵夫人寫信叫呂西安來接她，因為她不能獨自帶歐仁妮上歌劇院。

確實，如果這兩個女人獨自前往，輿論自然會對此說長論短。而唐格拉爾小姐跟母親和母親的情人一起上

224 勒瓦塞爾（一七九一—一八七一），法國歌劇演員。

歌劇院，就沒有什麼可指責了：必須入境隨俗。

幕啟時，像往常一樣，大廳幾乎空蕩蕩。在戲開場時到達，仍然是巴黎上流社會的習慣。因此，第一幕演出時，到場的觀眾不是在看戲或聽戲，而是在互相觀察，只聽到開關門的聲音和交談。

「看！」阿爾貝看到第一排側面的包廂打開門，突然說：「看！G伯爵夫人！」

「G伯爵夫人是誰？」沙托．勒諾問。

「啊！男爵，我不能原諒您提這個問題，您問G伯爵夫人是誰？」

「啊！沒錯。」沙托．勒諾說：「就是那位迷人的威尼斯女人？」

「正是。」

這時，G伯爵夫人看到阿爾貝，與他互相致意，微微一笑。

「您認識她？」沙托．勒諾問。

「是的。」阿爾貝回答：「我在羅馬由弗朗茲介紹給她。」

「您願在巴黎給我效勞，就像弗朗茲在羅馬為您效勞那樣嗎？」

「非常樂意。」

「噓！」觀眾干預了。

兩個年輕人繼續交談，彷彿完全不理會正廳觀眾聆聽音樂的願望。

「她去過練兵場看賽馬。」沙托．勒諾說。

「今天？」

「是的。」

「啊！確實有賽馬。您賭賽馬了嗎？」

「小意思，賭五十路易。」

「哪匹馬贏了？」

「諾蒂呂斯，我押在牠身上。」

「第三場賽馬？」

「是的。設了賽馬總會獎：獎品是一只金盃。結果居然出了一件怪事。」

「什麼怪事？」

「噓！」觀眾喊道。

「什麼怪事？」阿爾貝重複問。

「怎麼回事？」

「獲獎的是大家一無所知的一匹馬和一個騎師。」

「啊！我的天，是的。沒有人注意到一匹叫作瓦姆帕的馬和一名名叫約伯的騎師，只見一匹出色的栗色馬和一個拳頭大小的騎師突然走向前。人們不得不在他的口袋裡塞上二十斤的鉛，但這並不妨礙牠到達終點時，超過同時出發的阿里埃爾和巴爾巴羅三個馬身。」

「大家不知道那匹馬和騎師屬於誰？」

「不知道。」

「您說那匹馬叫作……」

「瓦姆帕。」

「那麼，」阿爾貝說：「我消息比您靈通，我知道那匹馬屬於誰。」

「別說話！」正廳聽眾第三次喊道。

這次，抗議提得非常激烈，兩個年輕人終於發覺，聽眾是對他們喊話。他們轉身，在人群中尋找，看有誰敢對他們無禮的行為負責，但沒有人重複噓聲，於是他們又轉向舞台。

這時，大臣包廂的門打開了，唐格拉爾夫人、她的女兒和呂西安．德布雷入座。

「啊！」沙托．勒諾說：「您的熟人來了，子爵。見鬼，您朝右邊看什麼？他們在找您呢。」

阿爾貝轉過身，他的目光果然與唐格拉爾男爵夫人的相遇，她用扇子向他致意。至於歐仁妮小姐，她的黑色大眼睛不屑地朝下看著正廳前座。

「說實話，親愛的，」沙托．勒諾說：「我有一點不明白，您對唐格拉爾小姐有什麼不滿意呢，除了門第不等外——我決不相信您看重這一點，她確實是一個非常漂亮的女孩。」

「非常漂亮，當然囉！」阿爾貝說：「不瞞您說，說到美，我喜歡更溫柔、更甜美，總而言之更女性化的東西。」

「真是年輕人。」沙托．勒諾說，他以而立之年的身分，對莫爾賽夫擺出父輩的神態：「他們永遠不滿足。怎麼，親愛的，父母為您找到一個按狩獵女神狄阿娜為形像塑造的未婚妻，您卻不滿意。」

「沒錯，我更喜歡米羅的維納斯或卡普阿[225]的維納斯那種類型的女孩。這個狩獵女神狄阿娜總是待在山林女神間，讓我有點恐懼，我擔心她把我看成阿克泰翁[226]。」

確實，只要向這個女孩看一眼，就幾乎能解釋莫爾賽夫的自白。唐格拉爾小姐是漂亮的，但是，正如阿爾貝所說，那是一個意志堅定的美人。她的頭髮烏黑發亮，但在自然起伏中可以感受到某種不服從梳理的倔強。她的眼睛像頭髮一樣黑，黛眉彎彎，只有一個缺點，就是有時會皺起眉頭，浮現出堅不可摧的表情時，尤其讓人驚訝怎麼會在一個女人的眼光中看到這種神情。她的鼻子恰如雕塑家為朱諾[227]安排的比例大小。唯有她的嘴太大，然長著一口皓齒，皓齒讓雙唇更為醒目，過分豔紅的胭脂與臉色的蒼白恰成對照。最後，嘴角上比這類自然的捉弄更為明顯的一顆黑痣，補全了這副面孔堅定不移的個性，正是這種個性讓莫爾賽夫有點兒害怕。

而且，歐仁妮身上的其餘部分跟上述描繪的頭顱緊密結合。正像沙托．勒諾所說，這是狩獵女神狄阿娜，但她的美更具堅毅陽剛之氣。

至於她所受的教育，如果有所指責的話，那就是，正如她的某些面容那樣，這種教育似乎有點陽剛。她確實會說兩三種語言，畫畫揮灑自如，又會寫詩作曲。她特別熱衷音樂，曾跟她在寄宿學校的一位女同學一起研習，那個女同學沒有財產，卻具備一切天賦條件，大家確信，她能成為出色的女歌唱家。據說，有個傑出的作曲家對她懷有近乎慈父般的關心，讓她努力學習，抱著希望，自信有朝一日她會靠歌喉賺得家業。

這個有才能的女孩名叫路易絲．德．阿米利小姐，她總有一天能走上舞台前端，這讓唐格拉爾小姐決不在她的陪伴下拋頭露面，雖然在家裡是接待她的。路易絲雖然在銀行家家裡享受不到一個女友的獨立地位，但她的地位卻高於一般家庭女教師。

---

225 義大利城市，為古代兵家爭奪之地。

226 希臘神話中的獵手，因看到狩獵女神沐浴，被變成一隻母鹿，又被神犬撕成碎塊。

227 羅馬神話中大神朱庇特之妻，等於希臘神話中的赫拉。

唐格拉爾夫人剛進包廂不久，布幕已經落下，由於幕間休息時間很長，可以在休息室散步，或者有半小時的拜訪時間，所以正廳前座的人幾乎都走光了。

莫爾賽夫和沙托．勒諾最先走出去。唐格拉爾夫人當下心想，阿爾貝這樣匆忙，目的是要過來問候她，於是她附在女兒的耳邊，向她說明即將的來訪，但她的女兒僅微笑著搖頭。與此同時，彷彿為了證實歐仁妮的否定多麼有根有據，莫爾賽夫出現在第一排的一個側面包廂裡。那是G伯爵夫人的包廂。

「啊！您來了，旅行家先生。」G伯爵夫人說，帶著舊識的熱情把手伸給他：「您認出我，尤其優先來看我，真是太好了。」

「夫人，請相信，」阿爾貝回答：「如果我事先知道您來到巴黎，而且知道您的地址，我決不會這麼晚才來。請允許我向您介紹德．沙托．勒諾男爵先生，我的朋友，是當今法國僅餘的罕見貴族之一。他剛告訴我，您去看過練兵場的賽馬。」

沙托．勒諾行了個禮。

「啊！您去看過賽馬嗎，先生？」伯爵夫人趕緊問。

「是的，夫人。」

「那麼，」G伯爵夫人急忙又說：「您能告訴我，獲得賽馬總會獎的那匹馬屬於誰的嗎？」

「不能，夫人，」沙托．勒諾說：「我剛才也問過阿爾貝。」

「您非常想知道嗎，伯爵夫人？」阿爾貝問。

「知道什麼？」

「知道馬的主人是誰？」

「十二萬分的想。您想想……您碰巧知道是誰嗎，子爵？」

「夫人，您剛才要說什麼事，您說，您想想。」

「那麼，您想想，那匹可愛的栗色馬，那名漂亮的穿粉紅上衣的小個兒騎師，乍看就引發我強烈的好感，我為馬和騎師許願，彷彿我將一半家產都押在牠和他身上似的，當我看到這一對到達終點，超過其他對手三個馬身時，我開心得瘋了一般地鼓掌。等我回到家裡，在樓梯遇到那個穿粉紅上衣的小個兒騎師時，請想像我是多麼驚訝！我以為賽馬的獲勝者湊巧跟我住在同一幢樓裡，打開客廳門的時候，我看到的第一樣東西，就是來歷不明的那匹馬和那個騎師獲得的金獎盃。盃裡附有一小張紙，上面寫著幾個字：『贈給G伯爵夫人，魯思溫爵士。』」

「果然沒錯。」莫爾賽夫說。

「什麼！果然沒錯？您這是什麼意思？」

「我的意思是，這是魯思溫爵士本人。」

「是哪一個魯思溫爵士？」

「我們那位魯思溫爵士，吸血鬼，阿根廷劇院的那個吸血鬼。」

「真的！」伯爵夫人嚷道：「所以他在這裡？」

「一點也沒錯。」

「您見到他了嗎？您接待過他嗎？您去過他家嗎？」

「那是我的摯友，而且德．沙托．勒諾先生有幸認識了他。」

「是誰讓您相信，就是他獲勝了？」

「他那匹名叫瓦姆帕的馬……」

「那又怎麼樣？」

「怎麼，您不記得綁架我的那個著名強盜叫什麼名字了？」

「啊！沒錯。」

「伯爵把我從他手裡奇蹟般地救出來？」

「記得。」

「他名叫瓦姆帕。您看，就是他。」

「他為什麼把這只獎盃送給我呢？」

「首先，伯爵夫人，因為我常常向他談到您，這是您能料想到的。其次，因為他很高興能看到一個女同胞，而且很高興這個女同胞這麼關切他。」

「但願您沒有把我們議論他的蠢話說給他聽！」

「真的，我不能發誓沒有說過，而且他以魯思溫爵士名義送給您這只獎盃的方式……」

「這太可怕，他要恨死我了。」

「他採用的是仇敵的方法嗎？」

「我承認不是。」

「那就對了。」

「這麼說，他在巴黎囉？」

「是的。」

「他引起什麼迴響嗎？」

「人們議論了他一星期。」阿爾貝說：「接著是議論英國女王的加冕典禮和馬爾斯小姐[228]的鑽石失竊案，現在大家只談這兩件事。」

「親愛的，」沙托．勒諾說：「看得出，伯爵是您的朋友，您也是這樣對待他的。您不要相信阿爾貝對您說的話，伯爵夫人。相反的是，人們只談論來到巴黎的伯爵。他先是送給唐格拉爾夫人價值三萬法郎的兩匹馬，繼而他救了德．維勒福夫人的性命，然後據說他在賽馬總會組織的賽馬中獲勝了。不管莫爾賽夫怎麼說，我呢，我堅決認為，大家現在仍然關注伯爵，一個月後，大家甚至會更加關注他，如果他繼續標新立異的話，看來這只是他一貫的生活方式。」

「很可能，」莫爾賽夫說：「暫且問一下，究竟是誰租到了俄國大使的包廂？」

「哪個包廂？」伯爵夫人問。

「第一排兩根柱子之間的那一個，我覺得已裝修一新。」

「果然是。」沙托．勒諾說：「上演第一幕時裡面有人嗎？」

「您指哪裡？」

「那個包廂。」

「沒有。」伯爵夫人說：「我沒有看到人。那麼，」她回到最初的話題上，「您認為是您的基度山伯爵獲

---

228 馬爾斯小姐（一七七九—一八四七），法國女演員，曾在雨果的《歐那尼》中扮演堂娜．索爾一角。

獎了？」

「十之八九。」

「是誰把這只獎盃送給我的？」

「毫無疑問是他。」

「但我不認識他。」伯爵夫人說：「我很想把獎盃退回去。」

「啊！千萬別那麼做；他會送給您另外一隻杯子，由藍寶石或者紅寶石製成的。他的行動方式就是這樣，您有什麼辦法呢？只能這樣對待他。」

這時，鈴聲傳來，宣佈第二幕即將開始。阿爾貝起身，要回到自己的位子上。

「我還能再見到您嗎？」伯爵夫人問。

「如果您允許的話，幕間休息時我會來瞭解我在巴黎能否為您效勞。」

「二位，」伯爵夫人說：「每星期六晚上，我在里伏利街二十二號的家中招待朋友。算是通知你們了。」

兩個年輕人行禮，退了出去。

他們走進大廳時，看到正廳聽眾都站起來，緊盯大廳的某處，他倆的目光也朝著大家注目的方向看去，落在俄國大使以前的包廂上。一個三十五到四十歲、身穿黑衣服的男子，帶著一個穿著東方服裝的女子，剛走進包廂。女的有傾國傾城之貌，服裝珠圍翠繞，正如上述，人人的目光立刻轉到她身上。

「啊！」阿爾貝說：「那是基度山伯爵和他的希臘女人。」

果然這是伯爵和海蒂。

片刻過後，年輕女郎不僅成了正廳聽眾，而且成了整個大廳注意的對象。女性們將身子探出包廂，觀看在枝形吊燈的照射下那如同瀑布般瀉落下來的鑽石項鍊。

第二幕在嗡嗡嘈雜聲中演出，這顯示聽眾在議論發生了轟動的事。沒有人想叫全場安靜下來。這個年輕俏麗、明豔照人的女郎就是最吸引人的場景。

這次，唐格拉爾夫人以手勢向阿爾貝明確表示，男爵夫人想在下次幕間休息時見到他來訪。

別人這樣明白地表示要見他，莫爾賽夫一向很有風度，自然不會讓人等候。第二幕一結束，他便趕緊上樓，來到舞台另一側面的包廂。

他向兩位女士行禮，將手伸向德布雷。

男爵夫人帶著迷人的微笑迎接他，而歐仁妮依然冷淡。

「說實話，親愛的，」德布雷說：「您看到的是一個走投無路的人，他要求您幫忙，讓您接替他。這位夫人提了許多關於伯爵的問題，叫我招架不住，她以為我知道他的出身和經歷，說真的，我不是卡格利奧斯特羅[229]，為了脫身，我說：『有問題都問莫爾賽夫吧，他對他的基度山瞭如指掌』，於是她召喚您了。」

「一個人可以支配五十萬祕密資金，」唐格拉爾男爵夫人說：「消息卻這樣不靈通，不是讓人難以相信嗎？」

「夫人，」呂西安說：「請您相信，即使我可以支配五十萬法郎，我也會用在別的地方，而不會去探聽基度山先生，他在我眼裡沒有別的價值，他只是比大富豪加倍富有而已。我還是讓我的朋友莫爾賽夫說話吧，

229 卡格利奧斯特羅（一七四三—一七九五），義大利冒險家，跑遍歐洲，在巴黎曾因祕術而大獲成功。因「項鍊案」於一七八六年被逐出法國，一七九一年在義大利因為共濟會員身分被處死刑，後改無期徒刑。大仲馬在《約瑟夫．巴爾薩莫》中描寫過他。

您和他打交道吧，這不關我的事了。」

「一個大富豪肯定不會送我價值三萬法郎的兩匹馬，外加耳朵上的四顆鑽石，每顆五千法郎。」

「啊！鑽石，」莫爾賽夫笑著說：「這是他的嗜好。我認為，他像波坦金[230]一樣，口袋裡總有鑽石，沿路拋灑，像大拇指[231]撒石子那樣。」

「他大概發現了鑽石礦，」唐格拉爾夫人說：「您知道他在男爵的銀行裡開了個無限貸款的戶頭嗎？」

「不，我不知道，」阿爾貝回答：「但這是可能的。」

「您知道他對唐格拉爾先生說，他打算在巴黎待一年，花掉六百萬嗎？」

「這是波斯沙赫[232]微服出遊。」

「那個女人，呂西安先生，」歐仁妮說：「您注意到她很漂亮嗎？」

「說實話，小姐，我認為只有您能這樣正確評價女性。」

呂西安把觀劇望遠鏡湊近眼睛。「很迷人！」他說。

「那個女人，德．莫爾賽夫先生知道她是誰嗎？」

「小姐，」聽她指名道姓，阿爾貝回答說：「我所知不多，就像我們所關注的這個神祕人物一樣。她是個希臘女人。」

「從她的服裝很容易看出來，您告訴我的是全場都已知道的事。」

「我很抱歉，」莫爾賽夫說：「作為這樣無知的引導，但我應當向您承認，我所知的僅限於此。另外，我知道她是個音樂家，因為有一天我在伯爵那裡吃早餐時，聽到單弦小提琴的樂聲，一定是她在彈奏。」

「所以您的伯爵也招待客人？」唐格拉爾夫人問。

「我向您發誓，菜肴極其豐盛。」

「我要鼓動唐格拉爾宴請他，並請他參加舞會，以便他回請我們。」

「怎麼，您要到他家裡？」德布雷笑著說。

「為什麼不呢？跟我的丈夫一起去！」

「但這個神祕的伯爵是個單身漢。」

「您明明知道不是。」輪到男爵夫人笑著說，一面指著那個希臘美女。

「據他親口告訴我們的話，那個女人是個奴隸。您記得嗎，莫爾賽夫，在您家裡吃早餐那一次？」

「您得承認，親愛的呂西安，」男爵夫人說：「她很有公主的儀態。」

「《一千零一夜》中的公主。」

「我不是說《一千零一夜》中的公主，但構成公主身分的是什麼？是鑽石，這一位戴滿了鑽石。」

「她甚至戴得太多了。」歐仁妮說：「要不然她會更美麗，因為大家就可以看到她的頸項和手腕，它們的形狀多麼迷人啊。」

「藝術家的口吻。喂，」唐格拉爾夫人說：「您產生藝術激情了嗎？」

「凡是美麗的東西，我都喜歡。」歐仁妮說。

---

230 波坦金（一七三九—一七九一），俄國陸軍元帥、政治家。
231 法國作家貝洛（一六二八—一七〇三），同名童話中的主人公，他用撒豆、撒石子等方法認路。
232 波斯國王的稱號。

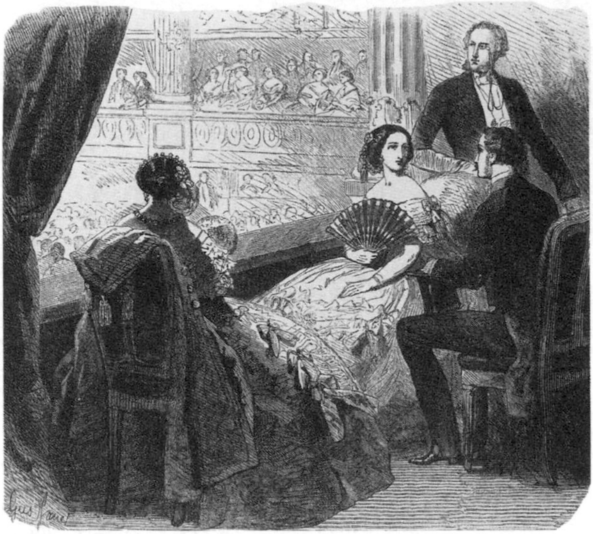

「那個女人，德．莫爾賽夫先生知道她是誰嗎？」歐仁妮問道。

「您對伯爵有什麼看法？」德布雷問：「我覺得他也不錯。」

「伯爵嗎？」歐仁妮說，彷彿她還沒有想到要觀察他，「伯爵嘛，他臉色十分蒼白。」

「沒錯。」莫爾賽夫說：「我們要探究的就是蒼白臉色的祕密。您知道，G伯爵夫人認為他是個吸血鬼。」

「G伯爵夫人又來了？」男爵夫人問。

「在側面的包廂裡，」歐仁妮說：「幾乎就在我們對面，媽媽。這個女人有一頭美麗的金髮，這是她。」

「啊！是的。」唐格拉爾夫人說：「您難道不知道您應該做什麼事嗎，莫爾賽夫？」

「您吩咐吧，夫人。」

「您應該去見基度山伯爵，把他帶到我們這裡。」

「做什麼？」歐仁妮問。

「我們要跟他說話，你不想見他嗎？」

「根本不想。」

「古怪的孩子！」男爵夫人喃喃地說。

「啊！」莫爾賽夫說：「或許他會主動過來。看，他看見我們了。夫人，他在向我們致意。」

男爵夫人向伯爵還禮，伴以一個迷人的微笑。

「好吧，」莫爾賽夫說：「我豁出去了。失陪了，我去看看有沒有辦法跟他說話。」

「到他的包廂去嘛，非常簡單。」

「但我還沒有得到介紹。」

「介紹給誰？」

「介紹給希臘美女。」

「您不是說她是個女奴嗎？」

「是的，但您認為她是個公主……。我希望當他看見我走出去，會走出來。」

「很可能。去吧！」

「我這就去。」

莫爾賽夫行禮致意，走出包廂。果然，當他經過伯爵那間包廂時，門打開了。伯爵以阿拉伯語對站在走廊的阿里說了幾句話，接著伯爵一把拉住莫爾賽夫的手臂。阿里又關上門，守在門口。走廊裡，一群人圍觀著努比亞人。

「說實話，」基度山說：「你們巴黎是一個古怪的城市，你們巴黎人是古怪的人。他們甚至是頭一次看到一個努比亞人，看他們擠在可憐的阿里周圍，阿里完全不知道是怎麼回事。我可以對您保證一件事，那就是，一個巴黎人到了突尼斯、君士坦丁堡、巴格達或者開羅，也不會有人圍觀他。」

「那是因為你們東方人很理智，他們只觀看值得一看的東西。但請相信我，阿里之所以引人注目，是因為他屬於您，您當下是紅人。」

「真的！我怎麼會得到這份殊榮？」

「當然是靠您自己！您贈送別人價值一千路易的兩匹馬；您救了檢察官妻子和兒子的性命；您以布萊克少校的名義，選出純種馬和狨猴大小的騎師參加賽馬；您最終獲得金獎盃，又送給漂亮的女人。」

「是哪個鬼傢伙告訴您這些蠢事？」

「當然，首先是唐格拉爾夫人，她引頸盼望能在她的包廂見到您，或者不如說大家想在那裡見到您。其次是博尚的報紙，第三是我自己的想像力。如果您想匿名，為什麼您又替自己的賽馬取名為瓦姆帕呢？」

「啊！沒錯！」伯爵說：「這是我的疏忽。您告訴我，德．莫爾賽夫伯爵會到歌劇院來嗎？我到處搜尋他，但怎麼也看不到。」

「今晚他會來。」

「會在哪裡？」

「我想，在男爵夫人的包廂裡。」

「跟她在一起的迷人姑娘是她的女兒嗎？」

「是的。」

「我向您祝賀。」

莫爾賽夫微微一笑。

「我們改天再詳談這個。」他說：「您覺得音樂怎麼樣？」

「什麼音樂？」

「您剛聽到的音樂啊。」

「我說，既然是由人間的作曲家創作出來，而且又像已故的迪奧熱內斯[233]所說的，是由兩隻腳、沒有羽毛的鳥唱出，音樂當然非常美妙。」

「啊！親愛的伯爵，看來您能隨心所欲地聽到天堂的七部合唱。」

「彷彿如此。只要我聽到美妙的音樂，那種凡人的耳朵聽不到的音樂，子爵，我就會入睡。」

「所以，您在這裡是適得其所。睡吧，親愛的伯爵，睡吧，歌劇院是為此而設的。」

「不，說實話，正廳前座太吵鬧。我所說的那種睡眠，環境必須寧靜，我的心境也要平靜，然後吃一點藥劑……」

「啊！是有奇效的大麻嗎？」

「正是，子爵。您想聽音樂，就與我共進晚餐吧。」

「那次早餐時，我已經聽過了。」莫爾賽夫說。

「在羅馬？」

「是的。」

「啊！那是海蒂的單弦小提琴。是的，流落他鄉的可憐女孩有時會為我彈奏她家鄉的音樂，藉以消愁。」

莫爾賽夫不再堅持；伯爵也沉默不語。

這時鈴聲響起。

233 迪奧熱內斯（西元前四一三—三二七），古希臘苦行學派哲學家，據說住在酒桶裡。

「我失禮了?」伯爵說,一邊準備返回他的包廂。

「怎麼了?」

「請代表吸血鬼問候G伯爵夫人。」

「對男爵夫人呢?」

「請轉告她,如果她允許,今晚我將有幸去向她致意。」

第三幕開始了。德.莫爾賽夫伯爵正像他答允的那樣,前來找唐格拉爾夫人。伯爵決不是引起劇場轟動的那種人,因此沒有人注意到他的蒞臨,除了他落座的包廂裡的人。但基度山看到他了,基度山的唇邊露出一絲笑容。

至於海蒂,幕一拉起,她便目不轉睛。就像天性純潔無邪的人一樣,凡是動聽入耳和賞心悅目的東西,她都酷愛。

第三幕如常演出。諾布萊、朱莉亞和勒魯三位小姐表演尋常的足尖舞;格拉納達親王受到羅貝爾.馬里奧的挑釁;最後,讀者知道的,這位威武的國王繞場一周,一邊挽著他的女兒,一邊展示他的絲絨披風;然後布幕落下,全場觀眾隨即湧向休息室和走廊。

伯爵離開包廂,過了一會兒,出現在唐格拉爾男爵夫人的包廂裡。

男爵夫人禁不住發出一聲又驚又喜的叫喊。

「啊!您來了,伯爵先生!」她大聲說:「我急著當面向您道謝,即使我已寫信向您致謝,但老實說,書面感謝是不夠的。」

「啊!夫人,」伯爵說:「您還記得那件區區小事?我早已忘了。」

「是的，令人難忘的是，伯爵先生，第二天您救了我的好友德．維勒福夫人，我的兩匹馬差點帶給她災禍。」

「夫人，這件事我仍然不值得您感謝。那是阿里，我的努比亞人，有幸能為德．維勒福夫人效勞。」

「把我的兒子從羅馬強盜手中救出來的，也是阿里嗎？」德．莫爾賽夫伯爵問。

「不，伯爵先生，」基度山說，握住將軍伸向他的手：「不，這個我要領情了。但您已經感謝過我，我也已經接受。說實話，您依然口口聲聲感謝，讓我很慚愧。男爵夫人，請讓我有幸結識您的女兒。」

「啊！至少您的大名已經如雷貫耳，因為兩三天來我們總是談論你。歐仁妮，」男爵夫人轉向女兒說：「這位是基度山伯爵先生。」

伯爵鞠躬致意，唐格拉爾小姐略微頷首。

「您帶來了一位可人兒，伯爵先生，」歐仁妮說：「她是您的女兒嗎？」

「不是，小姐。」基度山回答，對這樣開門見山和泰然自若的提問十分驚訝，「她是一個可憐的希臘女孩，我是她的保護人。」

「她叫什麼名字？」

「海蒂。」基度山回答。

「一個希臘女孩。」德．莫爾賽夫伯爵喃喃地說。

「是的，伯爵，」唐格拉爾夫人說：「請告訴我，您在阿里．泰貝林的宮廷裡立過汗馬功勞，您見過像我們眼前這麼華麗的服飾嗎？」

「啊！」基度山說：「您在雅尼納服過役，伯爵先生？」

「我是帕夏軍隊裡的督察將軍。」莫爾賽夫回答：「我的一點資產，毫不隱瞞，來自那個著名的阿爾巴尼亞人領袖的慷慨贈與。」

「看啊！」唐格拉爾夫人提醒說。

「看哪裡？」莫爾賽夫結結巴巴地問。

「看吧！」基度山說。

他用手臂摟住伯爵，一起將身子探出包廂。

這時，海蒂正在尋找基度山伯爵，看到他臉色蒼白的臉出現在德·莫爾賽夫先生旁邊，而且他正摟住後者。

這一眼在女孩身上產生了看到美杜莎[234]頭像般印象。她身體前傾，彷彿要牢牢盯住這兩個人，然後她又往後一靠，發出輕微的喊聲，但卻被離她最近的人和阿里聽到了，阿里旋即打開門。

「看，」歐仁妮說：「您保護的人出了什麼事，伯爵先生？她似乎不舒服。」

「確實如此，」基度山伯爵說：「但不必擔心，小姐，海蒂有些神經質，因此對氣味十分敏感，對她過敏的香味足以讓她暈倒。但是，」伯爵從口袋裡掏出一個瓶子，補充說：「我有藥。」

他向男爵夫人和她的女兒鞠躬，跟德·莫爾賽夫伯爵和德布雷握手後，走出唐格拉爾夫人的包廂。

等他走進自己的包廂時，海蒂仍然臉色慘白。他一出現，她便抓住他的手。

基度山發覺女孩的雙手濕淋淋，且冷冰冰。

「您在那邊跟誰交談，大人？」女孩問。

「跟德·莫爾賽夫伯爵交談啊。」基度山回答：「他在你大名鼎鼎的父親手下辦過事，而且承認因此致富。」

「啊！那個壞蛋！」海蒂大聲說：「正是他把我父親賣給土耳其人的。那筆財產就是他叛變的酬勞。難道您不知道這件事嗎，親愛的大人？」

「我在埃皮魯斯聽說過一點，」基度山說：「但我不知道詳情。來，我的孩子，你告訴我吧，這應該很吸引人。」

「是的，走吧，走吧，如果我再待在那個人的對面，我覺得我會死去。」

海蒂忽地站起，披上繡滿珍珠和珊瑚的白色喀什米爾斗篷，當布幕正拉起時，匆匆走了出去。

「您看看那個人行動就是與眾不同。」G伯爵夫人對回到她身邊的阿爾貝說：「聽《惡棍羅貝爾》的第三幕時她全神貫注，可是第四幕即將開始時，她卻離開了。」

234 希臘神話中的女怪，頭上長著毒蛇，誰見了即化為石頭。

54 公債的漲落

這次見面之後過了幾天，阿爾貝．德．莫爾賽夫到香榭麗舍街拜訪基度山伯爵，伯爵的家已經具有宮殿的氣派，由於伯爵富甲王侯，即使是臨時住宅，也裝修得富麗堂皇。

阿爾貝是來替唐格拉爾夫人再表謝意的。男爵夫人已經寫過信道謝，信上署名：唐格拉爾男爵夫人，原名埃爾米妮．德．塞爾維厄。

阿爾貝由呂西安．德布雷陪同，他在客套之外再加幾句恭維，無疑都是應酬話，伯爵觀察入微，不難看出這些話的底蘊。

他甚至覺得，呂西安來看他是出於雙重的好奇心，其中一半來自昂坦堤道街。確實，他不必擔心搞錯。可以想像，唐格拉爾夫人由於無法親眼目睹一個贈送別人價值三萬法郎的兩匹馬，並帶著一個身佩價值一百萬法郎鑽石的希臘女奴到歌劇院去的富人屋內如何陳設，便委託她一貫信賴的耳目前來刺探。

伯爵好像並不懷疑，在呂西安的來訪和男爵夫人的好奇心之間有著任何關聯。

「您跟唐格拉爾男爵持續往來嗎？」他問阿爾貝．德．莫爾賽夫。

「是的，伯爵先生，正如我對您說過的那樣。」

「說過的話算數嗎？」

「一如既往，」呂西安說：「事情已經安排好了。」

呂西安無疑認為自己這句插話讓他有權置身事外，於是戴上他的玳瑁架單片眼鏡，咬著他手杖上的金球，開始環顧房間，觀察當作擺設的武器和油畫。

「啊！」基度山說：「聽您這麼說，我沒想到會這麼快解決。」

「有什麼辦法呢？事情進展順利，不用人操心。您還沒有想到，事情卻找上門來。您轉過身，很驚訝事情已經辦妥了。我的父親和唐格拉爾先生曾一起在西班牙服役，我的父親在陸軍，唐格拉爾先生在軍需處。我的父親在大革命中破產了，而唐格拉爾先生沒有什麼家產，他們都紮下了根基，我的父親在政治和軍隊中締造佳績；而唐格拉爾先生在政治和金融業中成果豐碩。」

「確實如此，」基度山說：「我想，上次我拜訪他時，唐格拉爾先生已對我談起。而且，」他瞥了呂西安一眼，後者在翻閱一本畫冊，「而且歐仁妮小姐是漂亮的，對嗎？我記得她叫歐仁妮。」

「非常漂亮，或者不如說非常美，」阿爾貝回答：「不過是一種我不欣賞的美。與我不相配！」

「您說起她就像您已經是她的丈夫似的。」

「啊！」阿爾貝說，環顧左右，想看看呂西安在做什麼。

「您知道，」基度山壓低聲音說：「您好像對這門親事沒有熱情。」

「唐格拉爾小姐對我來說太富有了。」莫爾賽夫說：「這使我惶惶不安。」

「啊！」基度山說：「多麼充分的理由；難道您不也是很富有嗎？」

「我的父親大約有五萬利佛爾年收入，或許在我結婚時會給我一萬或一萬二。」

「確實不多，」伯爵說：「尤其在巴黎。但在這個世界上，財產並非一切，一個名門姓氏和一個顯赫的社會地位，是同樣重要的好東西。您的姓氏很有名，您的地位很卓越，而且，德．莫爾賽夫先生是個軍人，人們喜歡看到貝亞爾[235]的廉正和杜蓋克蘭[236]的聖潔結合在一起，不計較利益是使貴族佩劍重現光芒的最美陽光。我呢，恰恰相反，我感到這個結合再匹配不過：唐格拉爾小姐使您富有，而您讓她身分顯赫！」

阿爾貝搖搖頭，陷入遐想之中。

「還有別的情況。」他說。

「我承認，」基度山說：「我難以理解您會厭惡這個富有而漂亮的女孩。」

「我的天！」莫爾賽夫說：「如果有厭惡的話，這種厭惡不是來自我這邊。」

「那麼來自哪邊？因為您對我說過，您的父親希望結這門親。」

「來自我母親那邊，而她看問題一向謹慎可靠，她不贊成這個結合，我不知道為什麼她反對唐格拉爾一家。」

「哦！」伯爵用有點不自然的口吻說：「這可以想像。德．莫爾賽夫伯爵夫人優秀、高貴、細心，與猥瑣粗俗的平民之家結親便有點遲疑不決，這是很自然的。」

「我確實不知道是否如此。」阿爾貝說：「但我知道的是，如果結這門親，我覺得會使她深感不幸。六個星期以前，大家本該聚齊商議，但我頭痛得厲害……」

「真的？」伯爵微笑著問。

「當真，可能也有擔心……以致商議延後了兩個月。不需急忙確定，您明白，我還不到二十一歲，而歐仁妮只有十九歲。但到下星期，兩個月就期滿了。事情非辦不可。親愛的伯爵，您不能想像，我多麼尷尬……啊！您自由自在，是多麼幸福啊！」

「那麼，您也自由自在吧。我要請問，是誰妨礙您這麼做呢？」

「哦！如果我不娶唐格拉爾小姐，我的父親會大失所望的。」

「那麼就娶她吧。」伯爵古怪地聳聳肩說。

「是的。」莫爾賽夫說：「但對我母親來說，就不是失望，而是痛苦。」

「那就不娶她。」伯爵說。

「我要看看，嘗試一下。您會給我建議，是嗎？如果可能，您會幫我擺脫這個困境的。為了不致讓我的好媽媽痛苦，我想，我會跟伯爵鬧翻。」

基度山轉過身去，他好像很激動。

「喂，」他對德布雷說，後者坐在客廳盡頭一把寬大的扶手椅裡，右手拿著一支鉛筆，左手拿著一個筆記本，「您在做什麼，臨摹普桑的畫嗎？」

「我嗎？」德布雷平靜地說：「不是的！臨摹，我太喜歡繪畫，所以不會臨摹。不是的！跟畫畫恰好相反，我在計算。」

「計算？」

「是的，我在計算，而這跟您有間接關係，子爵，我在計算唐格拉爾銀行在最近一次海地公債的漲價中賺到多少：三天中，公債從二百零六漲到四百零九，謹慎的銀行家以二百零六買進許多股。他大約賺了三十萬利佛爾。」

「這還不是最好的一次。」莫爾賽夫說：「今年他不是在西班牙國庫券上賺了一百萬嗎？」

235 貝亞爾（約一四五七—一五二四），法國貴族，曾隨國王征服義大利，被視為英勇無畏、純潔無瑕的騎士。

236 杜蓋克蘭（一三二〇—一三八〇），法國古代戰將，被看作完美騎士的典範。

「聽著，親愛的，」呂西安說：「基度山伯爵先生在這裡，他會像義大利人一樣對您說：

Danaro e santia

Metàdella Metà[237]

「這種情況還很多。因此，別人對我說起這種事的時候，我便聳聳肩。」

「您剛才是說海地公債嗎？」基度山問。

「啊！海地公債，那是另一回事了。海地公債，是法國投資活動中的一種紙牌戲『埃卡泰』。人們可以喜歡『布約特』，酷愛『惠斯特』，迷戀『波士頓』，然而若厭倦這一切，總是要回到『埃卡泰』，這是一種插曲。因此唐格拉爾先生昨天以一股四百零六法郎拋出，賺進三十萬法郎。如果他等到今天，公債就回跌到二百零五法郎，他非但賺不到三十萬法郎，反而會虧損兩萬或兩萬五千法郎。」

「為什麼公債從四百零九跌回二百零五法郎呢？」基度山問。「請您原諒，我對交易所的陰謀詭計一竅不通。」

「因為，」阿爾貝笑著回答：「消息接踵而來，但互不雷同。」

「啊！見鬼，」伯爵說：「唐格拉爾先生一天之內輸贏三十萬法郎，那麼他是個大富翁了？」

「並不是他買空賣空！」呂西安急切地大聲說：「而是唐格拉爾夫人，她膽子真大。」

「但您是理智的，呂西安，您知道資訊變化莫測，因為您掌握底細，您原該阻止她。」莫爾賽夫微笑著說。

「她的丈夫都做不到，我又有什麼辦法呢？」呂西安反問：「您瞭解男爵夫人的性格，誰也無法指使她，她一意孤行。」

「啊！如果我身處您的位置。」阿爾貝說。

「我就會糾正她，這等於幫助她未來的女婿。」

「怎麼樣呢？」

「怎麼做呢？」

「啊，沒錯，這很容易，我會給她一個教訓。」

「一個教訓？」

「是的。您身為大臣祕書，這職位讓您在訊息方面具權威性。您一開口，證券經理人會馬上記錄您說的話。您讓她接連虧損十萬法郎，她就會因此謹慎一點。」

「我不明白。」呂西安期期艾艾地說。

「我說得很清楚。」年輕人帶著毫不造作的直率回答。「找一個上午告訴她不為人知的消息，一個只有您才能獲悉的電報消息，比如昨天亨利四世出現在加布里埃爾家裡[238]。這會讓公債上漲，她會在交易所孤注一擲，而肯定會虧損，因為第二天博尚會在報上寫道：『消息靈通人士聲稱亨利四世國王前天出現在加布里埃爾家裡，此說純屬不實謠傳，亨利四世國王並未離開新橋。』」

呂西安嘴角一抿，笑了笑。基度山儘管表面上漠不關心，但一句話也沒有聽漏，他銳利的目光甚至看出私

237 義大利文：聖潔與金錢，一半對一半。

238 亨利四世（一五五三—一六一〇）是波旁王朝的老祖宗，他的出現自然是無稽之談，這裡是一種假設。

人祕書感覺困窘的祕密。

阿爾貝卻完全沒有注意呂西安的困窘。而正因為困窘，呂西安縮短了他的拜訪。

他明顯感到不自在。伯爵送他出去時低聲對他說了幾句話，他回答說：「很樂意，伯爵先生，我接受。」

伯爵回到小莫爾賽夫身邊。

「您想想，」他對莫爾賽夫說：「像您剛才那樣，在德布雷先生面前談到您的岳母是不合適的嗎？」

「唉，伯爵，」莫爾賽夫說：「請您不要提前用這個稱謂。」

「真實而毫不誇大地說，伯爵夫人這麼激烈反對這門婚事嗎？」

「因此男爵夫人很少到我們家。而我母親，我想，她平生到唐格拉爾夫人家也不到兩次。」

「那麼，」伯爵說：「我即冒昧地對您開誠佈公：我的錢匯到唐格拉爾先生的銀行裡，而德．維勒福先生為了感謝我剛好幫了他一個忙，對我客氣有禮。我因此猜想會有一連串的宴請和晚會。而為了避免顯得到處白吃白喝，甚至為了搶先一步，我已打算在我奧特伊的別墅裡宴請唐格拉爾夫婦和德．維勒福夫婦。如果我邀請您和德．莫爾賽夫伯爵夫婦同時赴宴，不會被視作是為了促成婚事的宴會吧？或者至少德．莫爾賽夫伯爵夫人決不會這樣想吧？尤其如果唐格拉爾男爵賞臉帶著他的女兒呢？屆時，您的母親會恨我，而我決不想如此。相反的，一有機會就請您告訴她，我想在她的腦中裡留下好印象。」

「真的，伯爵，」莫爾賽夫說：「感謝您對我這樣坦率，我接受把我們家排除在宴請之外。您說，您要在我母親的腦中裡留下好印象，您在她腦中的印象已經好極了。」

「您這樣認為？」基度山饒富興趣地問。

「我有把握。那天您告辭以後，我們議論了您一小時。我還是言歸正傳，如果我母親知道您的關心，而且是我大膽告訴她，我深信她會感激不盡。說實話，至於我的父親，他會生氣的。」

伯爵笑了起來。

「所以，」他對莫爾賽夫說：「您有先見之明？但是，我已想過，不止您的父親會生氣，唐格拉爾夫婦會把我看成一個不可理喻的人，他們知道我跟您關係密切，您甚至是我最早認識的巴黎人，但他們在我家卻看不到您，他們會問我，為什麼不邀請您。您至少要未雨綢繆，先訂下其他約會，為了看起來煞有介事，您寫封信告訴我。您知道，跟銀行家打交道，只有書面文字才算數。」

「我有更好的辦法，伯爵先生。」阿爾貝說：「我母親想去海邊呼吸新鮮空氣。您的宴會訂在哪一天？」

「星期六。」

「今天是星期二，我們明晚動身，後天我們就在勒特雷波爾[239]了。伯爵先生，您知道，您真是一個可愛的人，將每個人都安排得十分妥貼。」

「我嗎，說實話，您真是過譽了；我只想讓您滿意，如此而已。」

「您哪一天發請柬？」

「今天。」

「好，現在我趕到唐格拉爾先生家裡，告訴他，我母親和我明天將離開巴黎。我沒有與您見面，因此我對您的宴請一無所知。」

---

239 面臨英吉利海峽的村鎮，是個漁港，有海水浴場。

「您瘋了，德布雷先生剛在我這裡看到您。」
「啊，沒錯！」
「相反地，您應該說我見到您，而且非正式地邀請您，您坦率地回答我，您不能來赴約，因為您要到勒特雷波爾去。」
「那一言為定。您呢，您明天以前會來拜訪我母親嗎？」
「明天以前有困難，你們準備動身時我會突然而至。」
「嗯，您還是多賞光吧。您之前是一個可愛的人，您更要做一個可敬可佩的人。」
「我該怎麼做才能獲得這份讚譽呢？」
「您該怎麼做嗎？」
「請說。」
「今天您像空氣一樣自由，與我一起用餐吧，只有您、我母親和我，我們小型聚會。您只見過我母親一面，這次您可以就近看看她。她是一個非常了不起的女人，我只有一個遺憾：找不到一個比她小二十歲，跟她一模一樣的女子。我向您發誓，不久就會有一個德．莫爾賽夫伯爵夫人和一個德．莫爾賽夫子爵夫人。至於我的父親，您不會見到他，今晚他有事，到掌璽大臣家赴宴。來吧，我們可以談談旅行。您遊遍全世界，請為我們說說您的奇遇，說說那個希臘美女的故事，那天晚上她與您一起上歌劇院，您說她是您的女奴，卻待她如同公主。我們可以用義大利語和西班牙語交談。請接受吧，我母親會感謝您的。」
「萬分感謝，」伯爵說：「您的邀請讓我太榮幸了。但很遺憾我不能接受，我不像您想像的那麼自由，相反的，我有一個非常重要的約會。」

「啊！您要小心。剛才您還教我，如何婉拒邀請。我需要一個證明。幸虧我不是唐格拉爾先生那樣的銀行家，但我事先告訴您，我像他一樣多疑。」

「我馬上證明給您看。」伯爵說。

於是他拉鈴。

「哼！」莫爾賽夫說：「您已經兩度拒絕與我的母親一起吃飯。您打定主意了，伯爵。」

基度山哆嗦了一下。

「啊！您不相信我的話，」他說：「我的證人來了。」

巴蒂斯坦走了進來，在門口站定等候。

「我事先不知道您來訪不是嗎？」

「您是一個非比尋常的人，以致我不能確認是否如此。」

「至少我猜不到您會邀請我吃飯。」

「啊！至少這點是可能的。」

「那麼，聽著，巴蒂斯坦，今天早上我叫你到我辦公室來，對你說了什麼？」

「吩咐五點鐘一敲響，便叫人關上伯爵先生的大門。」

「然後呢？」

「啊！伯爵先生……」阿爾貝說。

「不，不，我非常想摘掉您給我的「神祕莫測」雅號，親愛的子爵。一直扮演曼弗雷德這個角色真是太難了。但願我生活在一間玻璃屋中。然後呢，接著說，巴蒂斯坦。」

「然後，吩咐我只接待巴爾托洛梅奧．卡瓦爾坎蒂少校父子。」

「您聽到了吧，巴爾托洛梅奧．卡瓦爾坎蒂少校先生出身義大利最古老的貴族，但丁不憚麻煩地為他樹碑立傳，不管您記不記得，在《地獄篇》第十章中，他的兒子，一個與您年紀相仿的、可愛的年輕人，也有跟您一樣的貴族頭銜，子爵，而且帶著他父親的幾百萬財產進入巴黎社交圈。少校今晚要帶著他的兒子安德烈亞到我這裡，我們在義大利稱為繼承人。他把這個孩子委託給我。如果他有點才能，我會栽培他。您也會幫助我，是嗎？」

「毫無疑問！這位卡瓦爾坎蒂少校是您的舊友嗎？」阿爾貝問。

「完全不是，他是一位高貴的紳士，斯文有禮，謙虛謹慎，在義大利這樣的人多的是，他們都是古老家族的後裔。我要嘛在佛羅倫斯，要嘛在波隆那，要嘛在盧卡[240]見過他幾次，他事先通知我已經抵達。旅途中相識的人要求往往很高，只要偶爾對他們表示友誼，他們就會在任何地方要求你如此。彷彿文明社會的人不管跟誰相處過一小時，就會無話不談似的。這個善良的卡瓦爾坎蒂少校再度遊歷巴黎，他在帝國時代，隨軍到莫斯科挨冷受凍時曾路過巴黎。我要設盛宴招待他，他會留下他的兒子。我答應他照顧他的兒子，我會讓那個孩子做他所適合的一切傻事，這樣我就算有所交待了。」

「太好了！」阿爾貝說：「看得出來您是良師益友。再見，我們星期天回來。對了，我收到弗朗茲的消息。」

「啊！真的！」基度山說：「他還是喜歡待在義大利嗎？」

「我想是的，但他很懷念您。他說，您是羅馬的太陽，沒有您，那裡就陰沉沉的。我記不得他是否說過那裡在下雨。」

「所以您的朋友弗朗茲改變對我的看法了？」

「正好相反，他始終認為您是個神奇而特別的人，因此他懷念您。」

「可愛的年輕人。」基度山說：「那天晚上，我第一次見他時，他正在找飯吃，而且很樂意接受我的邀請，我就對他有強烈好感。我想，他是德．埃皮奈將軍的兒子吧？」

「正是。」

「就是在一八一五年被人卑劣地暗殺的那個人嗎？」

「是被拿破崙黨人暗殺的。」

「沒錯！說真的，我喜歡他，他不是也準備結婚嗎？」

「是的，他要娶德．維勒福小姐。」

「真的？」

「像我一樣，我要娶唐格拉爾小姐。」阿爾貝笑著說。

「您在笑……」

「是的。」

「您為什麼笑？」

「我笑是因為我似乎看到，就像唐格拉爾小姐和我之間那樣，另一方對婚事也十分起勁。親愛的伯爵，我

240　義大利中部城市。

們談論女人，就像女人談論男人那樣，是不可原諒的！」

阿爾貝站起來。

「您要走了？」

「為何這麼問！我打擾您兩個鐘頭了，您卻客氣地問我是否要告辭。說真的，伯爵，您是世界上最謙恭有禮的人。而您的僕人多麼訓練有素啊。尤其是巴蒂斯坦先生，我從未擁有過這樣的僕人。我的僕人似乎都以法蘭西劇院舞台上的僕人為榜樣，只要有一句台詞，他們總是走到那排腳燈前說出來。因此，如果您要辭退巴蒂斯坦先生，請您優先讓給我。」

「一言為定，子爵。」

「話還沒有說完，等等，請問候那個謹慎小心的盧卡人、卡瓦爾坎蒂族的後代，如果他意外地想為他兒子操辦婚事，就給這個年輕人找一個至少母系富裕且高貴，而父系是個男爵的女人。我會助您一臂之力。」

「哦！」基度山回答：「說實話，您願意這麼做嗎？」

「是的。」

「真的，什麼事都不能說得太絕。」

「啊！伯爵，」莫爾賽夫說：「您能幫忙我什麼呢，如果靠您的幫忙，哪怕只能保持十年的單身漢身分，我會百倍地喜歡您。」

「世上什麼事都有可能。」基度山莊重地回答。

他送走阿爾貝以後，回到房裡，敲了三下鈴。

貝爾圖喬出現了。

「貝爾圖喬先生，」他說：「星期六我要在奧特伊別墅請客。」

貝爾圖喬微微顫抖一下。「好，先生。」他說。

「我需要您，」伯爵繼續說：「把一切準備好。別墅非常漂亮，或者至少可以佈置得非常漂亮。」

「必須更換一切才能做到這樣，伯爵先生，因為壁衣帷幔都陳舊了。」

「那就統統更換，除了一個地方，就是蒙著紅色錦緞和帷幔的那間臥室，您一定要讓它保持原封不動。」

貝爾圖喬鞠了一躬。

「您也不要變動花園，但院子您可以隨意安排，如果改變得認不出來，我甚至會很高興。」

「我盡力而為，讓伯爵先生滿意。如果伯爵先生願意告訴我宴請的意圖，我就更有把握了。」

「說實話，親愛的貝爾圖喬先生，」伯爵說：「自從您來到巴黎，我覺得您像是因離鄉背井而顯得小心翼翼，您不再領會我的話了？」

「最後，大人能告訴我宴請對象嗎？」

「我還一無所知，您也不需要知道，到呂庫呂斯家吃飯的總是呂庫呂斯嘛，如此而已。」

貝爾圖喬鞠了一躬，退了出去。

（未完待續）

國家圖書館出版品預行編目（CIP）資料

基度山恩仇記／大仲馬（Alexandre Dumas）作；鄭克魯譯 . --
三版 . -- 臺北市：遠流 , 2019.08
冊；　公分 . --（世界不朽傳家經典；PR00A ,PR012-PR015）

譯自：Le comte de Monte-Cristo

ISBN 978-957-32-8601-1（全套：平裝）. --
ISBN 978-957-32-8597-7（第 1 冊：平裝）. --
ISBN 978-957-32-8598-4（第 2 冊：平裝）. --
ISBN 978-957-32-8599-1（第 3 冊：平裝）. --
ISBN 978-957-32-8600-4（第 4 冊：平裝）

876.57　　108010331

世界不朽傳家經典 PR013

基度山恩仇記 2

Le Comte De Monte-Cristo Vol.2

作者／大仲馬（Alexandre Dumas）
譯者／鄭克魯

總 編 輯／黃靜宜
執行主編／蔡昀臻
視覺設計／張士勇
美術編輯／丘銳致
行銷企劃／沈嘉悅

發 行 人／王榮文
出版發行／遠流出版事業股份有限公司
地址：104005 台北市中山北路一段 11 號 13 樓
電話：（02）2571-0297
傳真：（02）2571-0197
郵政劃撥：0189456-1
著作權顧問／蕭雄淋律師
2019 年 8 月 1 日 新版一刷
2023 年 3 月 10 日 新版三刷
定價 330 元

ISBN 978-957-32-8598-4

◎本書譯文由南京譯林出版社授權使用
◎本書譯自：Le Comte De Monte-Cristo
Librairie Générale Française, 1973

遠流博識網 http://www.ylib.com　E-mail: ylib @ ylib.com